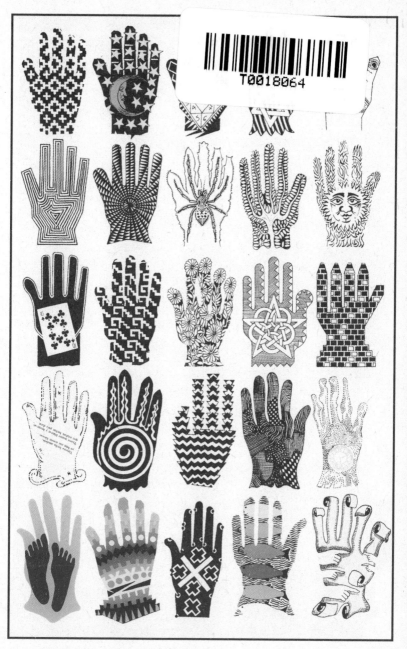

D.R. © Pedro Friedeberg. *40 Manos*, 1994

Contemporánea

José Agustín (Acapulco, 1944) es narrador, dramaturgo, ensayista y guionista. Entre sus obras destacan *La tumba* (1964), *De perfil* (1966), *Inventando que sueño* (1968), *Se está haciendo tarde (final en laguna)* (1973), *El rey se acerca a su templo* (1976), *Ciudades desiertas* (1984), *Cerca del fuego* (1986), *La miel derramada* (1992), *La panza del Tepozteco* (1993), *La contracultura en México* (1996), *Vuelo sobre las profundidades* (2008), *Vida con mi viuda* (2004), *Armablanca* (2006), *Diario de brigadista* (2010) y la serie *Tragicomedia mexicana* (2013). Ha recibido, entre otros, el Premio de Narrativa Colima, el Premio Mazatlán de Literatura y el Premio Nacional de Ciencias y Artes en el área de Lingüística y Literatura.

José Agustín

Se está haciendo tarde
(final en laguna)

Prólogo de
Fernanda Melchor

DEBOLS!LLO

El papel utilizado para la impresión de este libro ha sido fabricado a partir de madera procedente de bosques y plantaciones gestionadas con los más altos estándares ambientales, garantizando una explotación de los recursos sostenible con el medio ambiente y beneficiosa para las personas.

Penguin
Random House
Grupo Editorial

Se está haciendo tarde (final en laguna)

Segunda edición en Debolsillo: octubre, 2022

D. R. © 1973, José Agustín Ramírez

D. R. © 2022, derechos de edición mundiales en lengua castellana:
Penguin Random House Grupo Editorial, S. A. de C. V.
Blvd. Miguel de Cervantes Saavedra núm. 301, 1er piso,
colonia Granada, alcaldía Miguel Hidalgo, C. P. 11520,
Ciudad de México

penguinlibros.com

D. R. © 2022, Fernanda Melchor, por el prólogo

D. R. © por la obra gráfica de portada, Pedro Friedeberg, *40 Manos*, 1994

Penguin Random House / Paola García Moreno, por el diseño de colección
Fotografía del autor: archivo familiar de José Agustín.
Esta fotografía apareció en la primera edición de *Se está haciendo tarde*.

ISBN: 978-607-382-076-9

Impreso en México – *Printed in Mexico*

Prólogo

The higher you fly/ The deeper you go

Empecé a leer a José Agustín el verano que terminé el segundo semestre de la prepa. No recuerdo qué sucedió primero, si la lectura de *El rey se acerca a su templo* o mis primeras caladas a un churro de mota. En mi mente, los dos sucesos se entremezclan y sobreponen. Es posible que la prosa de José Agustín llamara mi atención porque en ese momento ya había experimentado con ciertas drogas, pero también es factible que mi pachequez en la vida real quedara delineada, definida y coloreada por la lectura de esta novela, por el lenguaje de sus personajes y sus conflictos y peripecias. Como miembro de la triste casta de los pobres diablos que crecimos prefiriendo a la literatura por encima de la experiencia de un mundo que pensábamos inhabitable, no me extrañaría nada que la última posibilidad fuera la verdadera.

Recuerdo, eso sí, que lo que más me impresionó de la prosa de José Agustín fue la sinceridad con la que parecía hablarme de asuntos que me inquietaban profundamente y con un lenguaje que me llegaba a la médula. Los libros y cuentos de este autor me resultaban tan cercanos que, a pesar de toda la evidencia en contra (como las fechas de publicación impresas en las páginas legales de sus libros, o las fotografías en blanco y negro de las contraportadas), pasé años enteros convencida de que José Agustín era un morro como yo, un adolescente igualito a mí, pero infinitamente más talentoso y precoz, pues no sólo había escrito *un montón* de libros sino que además los había *publicado*, mientras yo sufría por no poder sacar ni un *pichurriento* arranque de novela (cuando la realidad era que José Agustín pasaba ya del medio siglo en aquel momento). No voy a negar que su prosa también me fascinó por la constante alusión al consumo de drogas, ni desmentiré que me divertía enormemente el humor con el que trataba hasta las escenas más sórdidas, pero creo que lo que realmente me motivó a buscar más libros suyos —empezando por *La tumba* y *De perfil*, y siguiendo con *Círculo vicioso*, *Ciudades desiertas* y sus libros de cuentos, hasta llegar a *Se está haciendo tarde (final en laguna)* y *Cerca del fuego*— fue la forma tan íntima y entrañable con la que José Agustín se dirige siempre a sus lectores, tomando el lenguaje de todos los días y cotorreándolo, desvergándolo (o despapayándolo, como dirían en mi tierra) para crear un arma poderosísima: una voz literaria capaz de atravesar la superficie aparentemente imperturbable de lo cotidiano y alcanzar ese *chiclocentro* oscuro, denso y repugnante, que todos ocultamos en nuestro interior. Una voz límpida y mercurial que alcanza una maestría indiscutible en *Se está haciendo tarde (final en laguna)*, una de las novelas más arriesgadas de la literatura mexicana del siglo xx.

Desde la primera vez que la leí, a finales del 99 o principios de los dosmiles (no hay muchas cosas que recuerde con claridad de esta particular época en la que me convertí oficialmente en adulta, y tal vez sea mejor así) he vuelto a *Se está haciendo tarde…* por lo menos una docena de veces, siempre para admirar la energía rabiosa con la que fue escrita y disfrutar de ese narrador enloquecido y vertiginoso que —tal vez siguiendo el dictado de aquella estrofa de los Beatles constantemente citada en la novela ("The higher you fly/ The deeper you go")— es capaz de elevarse grácilmente hasta las cósmicas cúspides de la omnisciencia, sólo para desplomarse en picada y acometer juguetonamente al lector con una sarta de albures y juegos de palabras, estrofas de rolas y cantaletas absurdas, paréntesis atrapados en paréntesis, cursivas al cuadrado, escenas de una banalidad desopilante, crisis histéricas y paranoicas, sueños proféticos y párrafos cegados con bloques de tinta negra, tan negra como los delirios y la consciencia de los personajes que pueblan esta historia, y aun así, en medio de todo este jolgorio carnestolendo, apañárselas para evidenciar el vacío, la soledad y el desencanto del coto psicodélico; el malviaje social que por ese entonces ya comenzaba a bajonear a los convidados de la dictadura perfecta, y la tensión que existía (y que por supuesto aún existe hoy, exacerbada con potencia) entre las aspiraciones de una sociedad que pretende trascender y liberarse a sí misma a través del consumo egoísta, y la sombría y opresiva realidad de un país en donde la vida vale menos que nunca.

"No somos nada, no somos nadie y somos todo, somos todos", piensa Rafael, el protagonista de *Se está haciendo tarde…*, en un instante de lucidez sobrecogedora, aunque ni siquiera esta epifanía logrará evitar que se lo cargue la chingada. Pero no importa: la buena literatura no da lecciones (que no sean de arrojo o de escritura), ni siquiera esperanza. La buena literatura perturba, y perdura, como lo prueba esta enorme novela, soñada y escrita entre las paredes de una celda, y que ahora está por cumplir 50 años.

FERNANDA MELCHOR

Se está haciendo tarde, ¿no se dan cuenta? Caray, mejor nos regresamos. Uno cree estar muy *mal* y quizá no está tan mal: es hora de trabajar en lo que se ha echado a perder, como presiente el gurito Rafael, quien guiado por otro Virgilio nos lleva a través de algunas ondas fuertes de Acapulco, donde casi todos huyen de su propia naturaleza. Recorreremos ese infierno, ese sufrimiento sin sentido, tentados por las grueserías que se alimentan de herir a los demás, pero alivianándonos con viejas esoterías que podrían fundirse con las ondas sicodélicas de ahora. En esa misma forma este libro (primero de mi más reciente ciclo evolutivo) lleno de esperanza trata de rescatar viejas tradiciones, descubrir nuevos recursos y obtener una visión artística neta y efectiva, en la cual los personajes resulten imágenes arquetípicas (numinosas) sin dejar de ser personajes (vivos) y se revelen como partes determinantes de una totalidad que avanza a tomar conciencia de sí misma (final en laguna).

(Palabras de José Agustín para la cuarta de forros de la primera edición de Se está haciendo tarde (final en laguna), *publicada por Joaquín Mortiz en 1973.)*

Se está haciendo tarde
(final en laguna)

A Margarita

Este libro también está dedicado a Hilda Gómez Maganda, Augusto Ramírez Altamirano, Elsa y Juan Tovar, Yolanda Ramírez, Angélica Ortiz, Leonor y Alejandro Ramírez, Bárbara y Ricardo Toledo, Emilio Carballido, Hilda Ramírez, Carlos Díaz, Pepe Cíper, Hugo Argüelles, Joaquín Díez-Canedo, Augusto Ramírez, Juan José Arreola, Alejandro Gómez Maganda, Elena Poniatowska, Jorge Fons, René Avilés Fabila, Parménides García Saldaña, Gerardo de la Torre, Norma y Manuel Aceves, Bernardo Giner de los Ríos, Alicia y Alejandro Oscós, Gustavo Sainz, Vicente Leñero, Margarita Dalton, Vicente Alba, Alfonso Perabeles, Luis Carrión, Alicia y Salvador Rojo, Raúl Ruiz, Mario Alcántara, Adela Garza Ramos, Macaria, David Siller, Sergio García, Luis Alberto, Concepción Ramírez Altamirano, Paloma Villegas, Magdalena, Angélica María, Guillermo Vázquez Villalobos, Rafael Giménez Siles, Emmanuel Carballo, Javier Bátiz, Pili Bayona, Héctor Abadie, Jorge Portilla, Ernesto Arévalo, María Luisa y Arturo, Óscar Villegas, Leonardo García Zenil, Teresa Ulloa, Guillermo Bermúdez, Leonor y Miguel, Jesús Luis Benítez, Elsy Alcaraz, Julián Gómez, Silvia y Carlos Valero, Gerardo Gómez, Víctor Villela, Carlos Velo, Octavio Galindo, Fernando Balzaretti, Manuel Suárez, Alejandro Aura, Rubén Broido, Alfonso Ramírez Altamirano, Mari y Paco Ignacio Taibo, Pedro Peñaloza, Juan José Belmonte, Manuel Farill, Luis Bermúdez, Raúl Pérez, July Furlong, Mayita, Polo Duarte, Augusto Elías, Carlos Castaneda, Tania y Ricardo Vinós, Alberto Dallal, José Emilio Pacheco, Enrique Marroquín, Jorge Espinoza, Alejandro Ruiz de Esparza Rodríguez, Alejandra, Electra, Alejandro, León, Leonora, Augusto, Yuyi, Leonor, Miguel, Claudio, Verónica, Arturo, Andrés y Jesús.

EL POZO. *El pueblo puede cambiar*
pero el pozo no puede ser cambiado.
Ni disminuye ni aumenta.
Vienen y van y extraen del pozo.
Si uno desciende casi hasta el agua
y la cuerda no recorre todo el camino,
o el balde se rompe, trae infortunio.

I Ching o Libro de cambios,
versión R. WILHELM,
hexagrama 48.

Your outside is in
Your inside is out
The higher you fly
The deeper you go
JOHN LENNON Y PAUL MCCARTNEY:
«Everybody's Got Something to Hide
Except Me and My Monkey»
(*The Beatles*)

I used to sit and listen to the slowly falling rain
and draw my knees up to my chin and see your face again
The fire used to cast such frightened shadows on the wall as time
eased slowly by me from the clock down in the hall
My eyes are playing tricks upon the stage inside my mind
as the memories of my used to years become the veil of time
Tie your hands and spin in circles close your eyes & shut the door
You won't see me like you used to do the way you did before
The blind men making faces as you spin and walk away
they stagger staring at the nothingness of what you used to say
and love is blushing madly searching for a place to be alone to
make account of what you've taken and what really is your own

PETER ROWAN: «Close Your Eyes and Shut the Door»
(*Earth Opera*)

HACIA EL NORTE DE ACAPULCO, y dentro de sus límites, las playas Caleta y Caletilla forman una bahía muy pequeña. El mar allí es manso y benévolo. Las corrientes peligrosas se hacen sentir en mar abierto, entre las playas y una isla: Roqueta, donde se alza el faro de Acapulco.

Esta historia en verdad se inicia en Caleta, que con Caletilla vio momentos de gran prosperidad en la década de los años cincuenta. Grandes hoteles, turismo internacional, los cabarés de moda se ubicaron allí. Sin embargo, cuando empezó la década de los años sesenta las celebridades y el ruido se mudaron al sur de Acapulco. Nuevos hoteles, mejores cabarés y otra generación, aún más desinhibida, prefirió las olas agresivas de la playa Condesa, balcón a la Bocana, al mar abierto. En Caleta y Caletilla sólo vacacionistas de Semana Santa. Ecos de gritos. Botes anclados.

A principios de los setenta algunos turistas adinerados y su cortejo de aventureros y codiciosos volvieron a Caleta. Playa risueña de manso oleaje. La tranquilidad. Allí ya no va *nadie*, hayquir. Muchos jóvenes playeros olfatearon: en Caleta se estaba creando un ambiente apropiado. Virgilio encontró allí su medio natural. Virgilio tenía veinticuatro años y se sostenía vendiendo mariguana y drogas sicodélicas en pequeñas cantidades a hippies y aventureros. Muy bajito y muy delgado, pelo chino y corto, su mirada era alegre, tan colorida como sus camisas: *chi*-llan-tes, una para cada día de la semana. A gifty from a lady. A veddy ole lady. Imaginativos sombreros de fieltro.

A causa de sus experiencias con las drogas sicodélicas Virgilio conoció variadísimos tipos humanos. Aprendió a adaptarse y a aceptar distintas formas de pensar (maquinación a exaltación). Trató de estar a gusto en cualquier lugar. No asombrarse de nada. No juzgar————nobody here has reached his center. No pasó por la etapa de Ferviente Misticismo (¡OM!) quizás a causa de tanta disipación entre los concurrentes, fijos y flotantes, de la playa. Le fascinaba ir a Caleta: allí encontraba personajes naturales, decadentes porque la decadencia era su meta vital e iban a ella inmejorablemente, al menos sin esa falsedad obvia (insegu-ridad) que sin excepción mostraban sus amistades de la ciudad de México.

Virgilio viajaba a México periódicamente para vender mariguana a sus conocidos. Entre éstos se hallaba Rafael, quien a pesar de que *nunca* compraba un cartón *siquiera* de mariguana, escuchaba con gusto cuando Virgilio ponderaba el movimiento esotérico-sexual de Caleta. La gente allá es más abierta, más groovy, tú sabes, vibra mejor. No son tan nacos como aquí. Inexorablemente invitaba a Rafael a Acapulco. Él se encargaría de llevarlo where the action is (Caleta), conocería a sus amigas, están buenísimas y cogen como ninfomaniacas biencomidas, wow!, otro ambiente, vas a *descansar*, y volvería a su trabajo con mejor ánimo.

De pequeño Rafael había tenido visiones en las que el futuro se revelaba, y por esa razón estudió Ciencias Ocultas en templos y asociaciones teosóficas. Las visiones no se repitieron y para conocer el futuro Rafael aprendió a leer las cartas y el café. Trabajaba en el salón de té Scorpio de la zona turística de México leyendo el café en sesiones vespertinas. Su clientela, señoras-de-clase-media-muy-maquilladas, esperaba las mismas trivialidades. El rojo es su color pero por *ningún motivo* lo lleve en martes porque sus tendencias agresivas se van a duplicar. Y usted *tiene* sus tendencias agresivas, ¿verdad? Aries clásico. Le recomiendo un anillo de amatista en la mano derecha. Una persona. Un hombre. Rubio. Sí. Un hombre rubio va a tratar de entorpecer sus planes.

Si analizar el café de esa manera causaba remordimientos a Rafael, leer el tarot era la fuente de todos sus problemas. Un legendario maestro de la escuela de Ciencias Ocultas le infundió una idea sagrada del tarot. Con el tarot no se debe jugar. Hay que interpretarlo bien porque quien lo malusa acumula karma negativo. En el tarot está compendiada la sabiduría de la qábala, posibilidades infinitas de conocimientos, Sefer Yerizá.

Como el salón de té Scorpio no se distinguía por sus atractivos salarios, para obtener algún dinero extra Rafael llevaba a cabo lecturas domiciliarias de cartas. Cuarenta pesos la sesión. Estoy desolado, lo juro, todo mundo quiere que le lea el tarot. Debe estar de *moda*. Les podría interpretar la baraja española o hasta la de póker, numerológicamente, pero por qué el tarot. Para impresionar a su clientela, Rafael tenía que interpretar las cartas arbitraria, subjetivamente, ignorando las combinaciones correctas, que por lo general aparecían con claridad. Bueno, sí. No lo negaré, aunque no me alegra mucho: esa carta es *la* muerte, pero no por fuerza la muerte física, también puede ser un deceso espiritual o, si no, ¡un cambio! De cualquier forma, encarémoslo, no es algo precisamente agra*da*ble.

Cada vez que Rafael leía el tarot terminaba con una punzada en los intestinos, el estómago se le descomponía. Sensación creciente de estar jugando con fuego, de no poder, en breve, controlar los poderes vindicativos de los arcanos. Para solucionar el conflicto, el maestro veredictó: Rafael tenía que experimentar nuevamente las visiones que le ocurrían cuando niño. Y sugirió: Rafael debía leer el tarot, por una vez, tal como se le había enseñado. Rafael no encontraba a quién. Su clientela se horrorizaría al verse retratada en semejante espejo, lo detestaría. Y Rafael se moriría de hambre.

Para colmo de males, Rafael persistía en una etapa extraña, en la cual muchas cosas quedaban sin sentido. Despertar sin saber dónde-quién-qué. Y una dulce melancolía. Estoy solo. Mi familia allá en Torreón. Y yo solo. Más vale. Rafael tuvo relaciones con una muchacha durante siete años, hasta que ella se fue, con toda tranquilidad, a vivir a Venezuela. Adiós, me escribes ¿eh? ¡Y en Venezuela! Rafael no hallaba una compañera para toda la vida. Sospechaba que la causa podía radicar en sus dientes (su sonrisa). Durante una temporada larguísima sus incisivos superiores mutaron de un ocre dudoso a un negro capricorniano. Rafael consultó a un dentista, quien con violencia medieval le extrajo los dientes superiores y los reemplazó por unos postizos impolutos. Por desgracia, cambió la expresión de Rafael. A partir de ese momento pareció que sonreía con cierto cinismo (sexualidad), lo cual podría justificar sus continuas descargas seminales en clientes superficialmente esotéricas o en las meseras del salón de té. Creían que Rafael las inducía a algo sórdido (¡voluptuoso!). Sin embargo, Rafael aún no encontraba el amor y sólo le consolaba la idea de perfeccionarse espiritualmente (algún día): sólo así encontraría el alma gemela que necesitaba (a gritos). Y para eso debía empezar por ser honrado: el maestro tenía razón. A través de lo que el tarot revelara a otras personas, Rafael encontraría el camino para descubrirse. La ruta del Sefirot. Coïncidentia oppositorum.

Flashback elemental

Un día en que se vio con dinero extra (no mucho), consideró que *debía* ir a Acapulco. Virgilio era la única persona a quien podía tratar de leer el tarot a conciencia. Haría un esfuerzo enorme. No lo conocía bien, o casi nada, pero existía cierta afinidad entre ellos. Además, el mundo de Virgilio era fascinante. Mujeres que se a-cos-ta-ban a la menor provocación, mucho ruido, brisa fresca, Acapulco Gold, pieles bronceadas, lentes oscuros, sol radiante.

Pidió permiso en el salón de té Scorpio, a medianoche (luna casi llena) fue a la Estrella de Oro, compró un boleto y montó en el superexpreso de lujo. ¡De lujo! Le tocó en los asientos delanteros, tras la derecha del chofer, y soportó las luces de los vehículos que transitaban en sentido contrario, y un airecillo glacial que se colaba por la ventanilla, y el romance entre el chofer y la automoza, interrumpido en dos ocasiones en que ella ofreció un café un oranche o un chíquele a los pasajeros. Y un radiecito de transistores orinando ruidos de estática. Soportó eso y hubiera soportado más gracias a que nunca se fue de su cabeza la imagen arbitraria del sol, cielo despejado, mar tranquilo y reluciente, olas como espuma, rostros sofisticados, mujeres (¡todas altas!) con los ojos muy pintados y la piel muy bronceada y una copa (cristal cor*ta*do) con un J&B. Oh Dios. Iodhevauhe. Y la casa de Virgilio: no muy grande, pero junto al mar, con *hama*cas y (posiblemente) techo entejado y un jardincito (no muy grande) lleno de flores y algunas plantas de cannabis (¿sativa?).

Rafael llegó a Acapulco a las seis de la mañana. Se desentumió y su espíritu se reconfortó momentáneamente con el clima fresco. Vio con suma desconfianza a los choferes que ofrecían llevarlo en sus taxis a hoteles pensiones casas de huéspedes cuartos con baño. Quieren esquilmarme. ¡O asaltarme! Como no conozco Acapulco. ¡Cómo no conozco Acapulco! Incluso lo miraban con hostilidad, viendo en su cara un signo de pesos. No gracias, yo tengo casa aquí en Acapulco y está muy cerquita. Echó a caminar por una calle perpendicular al Malecón. La piel pegajosa. Podía *oler* el aire húmedo, fresco. Qué diferencia. En la ciudad de México no se ve nada a estas horas, a excepción de nubes de humo saliendo de fábricas y panaderías. Respiró profundamente. El sol aún no descendía a la calle, destellaba en lo alto de las casas. Y la temperatura, muy agradable. La calle era sinuosa, estrecha. Rafael se detuvo, alarmado. Épale, dónde estoy. La maleta pesaba ya. Revisó la calle, apenas transitada y llena de apacibilidad. Buscó en su camisa hasta obtener un trozo de papel con la dirección de Virgilio. Calle del Mar 199, Mozimba. ¿Será por aquí? Esto parece el centro. ¡Y ni un taxi, es el colmo! Qué porquería de *pueblo*.

Caminó varias cuadras más, por otra callecita. Ningún vehículo transitaba por allí, sólo transeúntes cargando botes, cubetas, canastas, seviche de abulóóóóón y lapa. Rafael continuó caminando a la caza de un taxi. Muchas tiendas de ropa, cerradas. Sin darse cuenta, llegó al zócalo, donde había varios taxis estacionados. Rafael analizó cuidadosamente a los choferes, para no caer con un ladrón. Descubrió a uno de aire honesto y subió en su auto. Rumbo a Mozimba. El chofer enfiló por una callecita muy angosta y empinada. Todo se veía tan fresco, aunque el sol acariciaba las banquetas. Había más gente saliendo de todas partes. Rafael consideró que ya tenían *mucho* tiempo recorriendo calles. El chofer aclaró que Mozimba no estaba cerca, era rumbo a Pie de la Cuesta, en cuya carretera entraron. ¡Pero si ya estamos alejándonos de Acapulco! Es más adelante. Los montes que bordeaban la carretera se hallaban exuberantemente verdes; y el mar, sereno. Dieron muchas vueltas por la carretera y Rafael evitaba preocuparse: era claro que ya faltaba poco para llegar a la casa de su amigo. Salieron de la carretera para entrar en una callecita llena de baches que trepaba por un monte. ¿Falta mucho? Pues ya estamos en Mozimba pero no encuentro esa calle del Mar. El chofer pidió instrucciones a un peatón. Ah pues creo que es más arriba, a la derecha. No, a la izquierda. Bueno, allá arriba creo. ¡Qué ayudadota!, pensó Rafael. El motor del taxi caracoleó y petardeó ruidosamente al subir, entre más piedras y baches, hasta una intersección de cinco calles: una gran campana roja en una casa; y más allá de la falda del monte, el mar, inmenso; y en el fondo, la playa de Pie de la Cuesta: una línea dorada extendiéndose hasta el horizonte, con las olas rompiendo fuertemente con una blanca inmovilidad; una fila de árboles y palmeras inclinadas y la laguna de Coyuca, casi gris a esas horas, con las montañas azules a lo lejos. Rafael se asombró: la imagen era bellísima, reconfortante: tenía que ir allí, Dios mío, ese lugar es el *paraíso*. Pues a ver si por ésta le llegamos. Entraron por otra calle con agujeros de todos tamaños. El mar desapareció y sólo quedó una ladera muy verde con algunas, esparcidas, casas lujosas. Rafael volvió a inquietarse, por qué tantas vueltas. El chofer juraba no haber oído hablar nunca de ese monte del carajo. Dieron una vuelta más, ascendieron por una calle empinada y de nuevo se encontraron con la casa de la campana roja y Pie de la Cuesta en el fondo, con su belleza serena y primigenia. Ah chirrión, dijeron el chofer y Rafael. Escogieron otra calle y descubrieron una carreterita con más agujeros que asfalto, y dieron vueltas por varias cimas, y vieron el mar, y luego sólo la pared de monte, y pequeñas calles todas con agujeros y pedruscos, casas esparcidas con hermosos jardines o con jolecitos donde se asoleaban mujeres faldilargas; y de nuevo una calle empinada y se hallaron en la intersección de calles la casa con la campana roja y con Pie de la Cuesta y la laguna de Coyuca en el fondo, como una visión pacificadora. Pero Rafael apenas contenía su indignación. El chofer también se había enardecido pero más bien se hallaba intrigado: su orgullo profesional no admitía que unas calles de Mozimba le jugaran esas bromas. Arremetió con furia por otra callecita, en bajada. ¡Oiga, baje la velocidad, parecemos coctelera! El taxi cobró mayor velocidad, saltando, y el chofer, pálido, tuvo que frenar para dar una vuelta muy cerrada: la calle terminaba en una absurda glorieta junto a un mirador, de donde Pie de la Cuesta seguía viéndose radiante. Circularon la glorietita a toda velocidad y regresaron para llegar a las bocacalles anteriores. Otro camino más, lleno de agujeros. El taxi despedía nubes de polvo. Un callejón sin salida. Vuelta en u y de nuevo hacia atrás: dos calles. ¿Por aquí? A la derecha. Mejor preguntamos. Instrucciones vaguísimas que los condujeron a otra callecita embachada y enfrentada al mar. En el horizonte se había colocado una larga hilera de nubes de forma triangular: desde una pequeñita hasta otras enormes. Desde allí no se veía Pie de la Cuesta ni la laguna de Coyuca. Cuando menos lo esperaban desembocaron en una calle más o menos asfaltada que descendía peligrosamente hasta llegar a la carretera. Ya es algo. ¡Qué alivio! En la esquina encontraron a una señora que sí sabía y sí les quiso decir y finalmente dieron con Calle del Mar.

El chofer quiso cuarenta pesos. ¡Usted me debería pagar por la pesadilla de estar dando vueltas y vueltas por el *mismo* lugar! Rafael acabó pagando veinticinco pesos que le dolieron hasta el alma. Mientras subía por una veredita llena de ramas, hacia el 199, se reprochaba haber perdido tanto dinero. Todos son unos ladrones aquí, éste fue un robo en despoblado, el imbécil debería conocer Acapulco, es su *trabajo*, ¿no?

¿Y la casa de Virgilio? La veredita había terminado y frente a ella sólo había dos paredes improvisadas con ladrillos y otras dos que atestiguaban la presencia de una vieja construcción. Techo de palma. A la derecha un cubículo de ramas. ¡Ése es el *baño*! Ésta no es casa, es la construcción de la decadencia, oh Dios, por qué por qué, no es posible. En el aire diversos pájaros cantaban pero también se oía música. Un disco. Traffic. Seems I have to make a change of scene cause every night I have the strangest dream, imprisoned by the way it could have been, left here on my own or so it seems, I've got to leave before I start to scream but someone's locked the door and took the key. Rafael se sintió terriblemente cansado.

¡Virgilio!

No hubo respuesta. You feelin alright? Rafael volvió a llamar. I'm not feelin' too good myself. Virgilio apareció, con media dona sostenida en su boca, con aire de extrañeza, casi con temor. Abrió los ojos al máximo al ver a Rafael.

¡Rfl qubno quvniste!, exclamó Virgilio tratando de tragar el pan seco que llenaba su boca. Se acercó a Rafael y lo abrazó con efusividad. Creí que nunca me harías el honor.

Rafael sonrió débilmente, haciendo alarde de su aire fatigado, pero amigable, jovial. Le narró las inclemencias del viaje, ese radiecito de transistores. Su radito je je, bromeó Virgilio vaciando más leche en un verdadero traste colocado sobre una parrilla eléctrica. La caminata hasta el zócalo por calles laterales. Qué pendejo eres zanca. El taxi y las vueltas interminables por los mismos lugares.

¿Pero verdad que ahorita todo está out of sight? Wow! ¡Qué color, matador! ¿Quieres un fuetazo?

Rafael se negó, escandalizado: cómo tan temprano. Pero Virgilio, sin conceder importancia a nada, encendió un cigarro hecho a mano como denotaba su grosor y empezó a fumarlo alternándolo con sorbos a una taza con leche y mordidas a otra dona. Indicó una taza humeante. Híjole, ni siquiera tiene un *platito*. Virgilio seguía fumando el cigarro de mariguana. Caray, lleva siglos ¿o ya me horneé? Tras un titubeo, Rafael estiró la mano, sin atreverse a pedir el cigarro. Virgilio lo miró, risueño. Qué. Cómo qué. Pásame la morita. Ah. Virgilio sonrió, rió quedamente, dio una chupada más y al fin tendió el cigarro a su amigo, sin dejar de verlo. Rafael, incómodo, casi lo arrebató y lo sometió a tres fumadas intensas, casi te lo acabaste, hijo. Pues de eso se trata, ¿no? Simón y Garfunkel.

¡Pero a qué horas salimos?, exclamó Rafael al sentir el sol penetrando hasta los huesos. Calaba. Y todo estaba verdísimo en su rededor.

Desde hace rayo, hijo. Estuvimos parroteando durante el atizapán hasta que pirañas el charro. Luego te clavaste con la posteriza, pero te sacó de onda el póster de Frank Zappa cagando y dijiste que mejor nos saliéramos y te dije vámonos de una vez a la playuca y te desvestiste y te pusiste el traje de baño y tus lentes y le llegaste aquí afuera y nomás vi cómo te clavabas viendo el almendro. Te dije que esta mostaza está súper.

Rafael frunció el entrecejo y no respondió. Estúpido. Buscó sus lentes oscuros, ansioso, hasta que se dio cuenta de que los tenía puestos. Ah. Ya se hallaban caminando por la calle agujerada. Ca-ramba. Casi con rencor Rafael observó que Virgilio iba tan campante, como si nada. Y fumó más que yo, ¿no?, yo fumé *muchísimo*, casi me acabé el cigarro, ¡y en ayunas!, uf, por eso. Por eso. Virgilio sonreía mirando a Rafael mientras caminaban. Sus ojos pequeñitos. Y el pelo adherido al cráneo como de negro, pero un poco más lacio. Vestía una camisa que

Virgilio sonreía

25

casi cubría el traje de baño, vestigio de unos viejos pantalones vaqueros recortados. Iba descalzo, sin sentir las piedras. A Virgilio le fascinaba mirar en los ojos de los demás. Una mirada que procuraba ser tranquila, pero con una tranquilidad lo suficientemente notoria para inquietar. Rafael detestaba que Virgilio se le quedara mirando, ¡y mientras caminaban!, sentía la obligación de sostenerle la mirada. En ese momento Virgilio sonreía, con una camaradería tan notoria que Rafael presentía aires de superioridad. Yo puedo *leer* en ti ignorante. Nada más aguarda a que te eche el tarot. Pensándolo bien, a Virgilio siempre le había valido un cuerno que Rafael leyera el tarot. Para Rafael era habitual ser considerado como alguien que sabe más, un casisacerdote, ¡respeto a la Palabra del Señor! Con Virgilio, al revés (Oiligriv): simplemente le valía madre. Y no sólo eso: Rafael presentía que Virgilio se creía superior *a él nada más* porque aguantaba mayores cantidades de mariguana y porque (según Virgilio) su medio playero era muy so*fis*ticado, lo *máx*imo. Realmente pobre ton-to, qué risa. Su estatura espiritual es tan mínima como su estatura física. El *vicio* le quitó la sensibilidad. Está muy tranquilo, cómo no, pero porque ya no siente nada le importa, nunca ha advertido la naturaleza de lo que yo hago, mi-misión.

Sin embargo, cuando subieron en un autobús urbano, ya en la carretera hacia Acapulco, con el mar refulgiendo en frente, Rafael recordó que en realidad Virgilio *sí* se había interesado por la naturaleza de lo que Rafael hacía (su-misión). En más de una vez había escuchado, muy *atentamente*, las preocupaciones esotéricas de Rafael. Virgilio le pidió (incluso) que le echara las cartas, pero Rafael no pudo reunir el valor necesario para aclarar que cobraba, de algo tenía que vivir, ¿no?, y tampoco se decidió a leerle el tarot gratis. Virgilio sólo se interesaba en las drogas, los viajes, las viejas, mmmm… De cualquier manera, Virgilio nunca había mostrado entusiasmo, efusividad o algún sentimiento *humano*.

Virgilio observaba el mar, en silencio, con una sonrisa apenas perceptible. Con delectación. Rafael lo vio y una emoción muy intensa, resquebrajante, le llenó el pecho. Le daban ganas de llorar, nudo en la. Ojos acuosos fijos en Virgilio quien en ese momento veía la gente transitando por la calle. Ya se estaban acercando al centro de Acapulco. Rafael quiso decir a Virgilio que iba a leerle las cartas como a nadie, honestamente, con toda su percepción…, ¡y explicándole el significado de cada símbolo y de cada posición en el tendido! Rafael sonrió y se recostó un poco en el asiento, suspirando. Advirtió que las manos ya no le sudaban y que, fuera del camión, ¡ya vamos por la *Costera*!, sol intenso. Vio que Virgilio alzó sus lentes oscuros para ver por encima: entrecerró los ojos.

Al acercarse a la playa, Rafael se entusiasmó: pidió que bajaran en la terminal, junto al frontón, para caminar por Caletilla y Caleta. En los restorantes de Caletilla había sombra y frescor; y en la playa, poca gente: niños muy prietos que sí disfrutaban. En el puente se veían las dos playitas, tranquilas; botes con fondo de cristal esperando clientela. Muy temprano todavía, hijo. Pero la arena ya quemaba y mejor caminar con las pequeñas olas limpiándoles los pies, refrescándolos, ni María Magalena y sus aceites, ¿estarían buenos los aceites de María Magalena? ¡Hasta el visigordo con los aceites de María Magalena! Los vendedores de nieve de limón y a la vez meseros de los restorantes de Caletilla recorrían las playas de arriba abajo, sin ver (como Rafael) el monte con el viejo hotel Caleta, el mar abierto, tranquilo, y la Roqueta a lo lejos. Llegaron a un restorán ubicado en el extremo de Caleta, donde Rafael cubrió, con su toalla, la silla en que tomó asiento. En otra mesa tres turistas bebían naranjadas, con dos niños: sendas ruedas salvavidas y helados de chocolate. Dos *ancianas* (las cursivas son de Rafael) bebiendo algo como vodka tónic o martini seco o daiquirí o frozen daiquirí derretido. De cualquier forma, qué horas de beber, y a qué edad (*tan* avanzada)… Un bolero dormitaba sentado en los escaloncitos que conducían a la playa. Los meseros conocían a Virgilio, quien no perdió oportunidad para saludar a todos por su nombre: qué nalgotas Manotas, qué tales Rosales, qué pasón Salmerón, qué ha pasado Hurtado, qué ha habido Sabido, matador Óscar Villegas Borbolla alias el Marvilo buenos días. Rosales los atendió. Oye Virgilio a ver si ya pagas. Que pague qué. ¿No me debes un toleco de unas chevodias que yo pagué por ti cuando tú andabas bien erizo? ¿Yo? ¿Cuándo? Ah pues yo creía. No andes creyendo zanquita. ¿Una cervezuca? Para mí una limonada, intervino Rafael. Oye Virgilio dile a tu cuate que se aliviane y se ponga con los buchannans, cómo una limonada. Maestro Rosales agarre usted la onda de mi cuate anda hasta el gorro. Pues que se cruce. No Rosales a mi cuate no le pasa el cruce de caminos, ¿o te gusta, hijo? Claro que *no*, replicó Rafael (colorado). ¿Y a poco tu cuate anda hasta el gorro ahorita? Maestro Rosales, no conoces al gurú Rafael: le llega como los buenos | ¡Con medio charro de moronga hasta ve alucinaciones!, agregó Virgilio, riendo quedito. Pues águilas entonces porque ahí andan unos monigotes de la Federal. Me la pelan, consideró Virgilio, pero Rosales ya se había ido. Oye, ¿de veras hay agentes? ¿No se nos notará? Claro que no, Rafael, nadie diría que estás hasta el gorro, cualquiera diría que andas retacado de pastillas, ¿está buena la mora o no? Oye Virgilio, ¿y no que había unas muchachas sensacionales por aquí? Yo nada más veo a las ancianas de la esquina. Espérate espérate compadre, no comas ansias: apenas son las diez y media. Ninguna gente respetable llega a la playa antes de las doce, vas a ver qué forros. Pues así lo espero. Nhombre olvídate. Aquí está la serpientemplumada y bien elodia Virgilio. Gracias Rosales, eres el mejor amigo del hombre. Oye Virgilio, preguntó Rosales, ¿no hay champú de afanar un poco de material? La Francine me dijo que si no le podía conseguir. ¿Francine te pidió? Yo le doy, no te apures. Tengo aceites, Rosales. ¿De cuáles? De los azulísimos, la neta son purísimos, la pura efectividad, nadana de speed, ácido puro como el de Sandoz: más puro todavía que el sunshine. No gracias zanquita yo soy de la onda peda. Entonces sacarrácate de aquí. Sacarrácale al trabajo. Rosales se fue, mientras Rafael bebía su limonada. Cuando llegaron a la playa aún se hallaba arriba, aunque a gusto. Pero cuando Rosales mencionó a los agentes, creyó: iba a desmayarse. Todo giró fugazmente, su cuerpo ardió y hasta estuvo seguro de que una de las ancianas que se emborrachaban en el fondo le hizo una seña que sólo podía traducirse como ¿cogemos? Después volvió a tranquilizarse y a advertir que en realidad ya no estaba tan high. La limonada sabía deliciosa, como ninguna antes. Caleta podía ser una playa desprestigiada pero era muy bella, qué colores, qué apacibilidad y el vientecito. Con razón todos los ricachones han vuelto aquí. A ver si puedo leer las cartas a alguno de los conocidos millonarios de Virgilio y saco un poco de dinero, no me caería nada mal. A éstos sí les podría leer el tarot de a deveras lo que les salga y lo que yo pueda entender: al fin que ni los conozco ni van a hacerse clientes míos. Así me aliviano espiritualmente, porque sigo los consejos de mi maestro; y económicamente, pues saco unas monedas. Sería espléndido regresar a México ¡con dinero! Rafael se dio cuenta de que Virgilio tenía un rato diciendo estos meseros siempre se portan así porque siempre los trato bien, ves, no cuesta nada, y les paso sus aceites de vez en cuando pero no les llegan porque se azotan. Los que sí les llegan son los gabachos. Y los vetabeles gabachos también, aunque no creas. Al rato va a venir un ruco panzoncito que se llama McMathers: una vez se empedó gacho en el Tugurius y Francine le metió un sunshine enterobioformo, matador. Cuando le prendió en serio se salió del Tiberios y a la playa: allí estuvo revolcándose hasta que llegó gente a la playa vendedores tú sabes y lancheros y todo el perradón. El ruco no podía ni hablar pero aguantó como los buenos. De vez en siglos le ha vuelto a llegar al ácido porque está esta viejita loca de que te hablé que se llama Francine: ella sí viaja y fuerte. Y como el ruco se quiere casar con Francine o no sé bien qué pedo se traen, hace todo lo que Francine quiere. Ah, puff es esa dama, la que está chupando allá en el fondo, ¿la ves? ¿La *anciana*? Ey. Al rato cotorreamos con ella. ¿Vamos a nadar? Fueron a nadar, no sólo a nadar: Virgilio propuso alquilar un deslizador, conozco a la encargada y me da chance de sacarlo sin importe y a mita de precio. A Rafael no le entusiasmaba la idea de subir en un deslizador porque presagiaba una quemada de piel espantosa; estaba todo *blanco*, como se burló Virgilio desde que lo vio en traje de baño... Hasta ahorita me estoy acordando de eso. Pero en realidad Rafael no se daba cuenta de nada, como no se dio cuenta de que por lucubrar Virgilio alquiló el deslizador (sin importe), lo botó en el mar y allí estaba Rafael, perplejo, viendo un remo sin saber qué hacer con él. Tú le das de este lado y yo déste. No hay pedro, vas a ver, tú déjame que yo haga de timón, además más para allá hay unas corrientotas que nos van a llevar a la Roqueta casi sin esfuerzo, nomás hay que salir de la bahía. Isn't this groovy Rafael? I havva lotta friends there in México City and sometimes there's a swell groove over there and all, but I'd just live here in Acapulco for the fuckin' rest of my *life*! I think I wanna go to the States, mainly San Pancho, but just for a short trip, you know, take a trip with the Frisco heads and deal some acids and hear the bands and all that you know, but I'd come back to Acapulco sooner or later, this is my scene, man, the swingin' scene, where the action is, wow! When was a kid | Oye habla en espapañol porque casi no te entiendo. Oh. Bueno. Pero no tatartamudees. Digo, cuando yo estaba muy chavito me escapé de mi cantera y me fui con una familia de gabachos a vivir en San Antonio pero nomás no me pasó el patín: esa familia le llegó de vacaciones a Acapulco y yo me quedé. La verdad es que ya les andaba por deshacerse de mí. Y yo me quedé aquí en Acapulco, Rafael, desde el cincuenta y ocho tú sabes, en el puro rol, el gran rolaqueo. Sí, una vez me platicaste dijo Rafael: estaba furioso: el sol le picaba por todas partes *estaba seguro* de que se iba a *despellejar*, y remar era cansadísimo. Ni sabía remar, ni quería dar una vuelta en deslizador. Y si se rema de pie, se va más rápido pero el cansancio es mayor. Y si se rema sentado hay poco remo en el aire y es pesadísimo: y las olas, aquí sí están más feas. Oye Virgilio, no nos iremos a voltear; estas olitas están medio peligrosas. Estas olitas son la base, hijo, la pura baselina: indican que ya estamos cerca de la corriente de pure ol' waterola, y entonces no vamos a tener ni que *remar*, ¿y sabes qué? De regreso le voy a pedir a los de las lanchas que nos remolquen con un pinche mecate y nos vamos a todo ídem, cotorreando la brisa y el solapas. Me debí haber puesto aceite para broncear, reflexionó Rafael. Ah pues allá en la Roqueta puedes comprar, digo: si hay: sí hay. Finalmente llegaron a la Roqueta, muy cansados, y si hubo una corriente que los arrastrara, Rafael *nunca* la sintió, todo el tiempo fue ponerse de pie, volver a tomar asiento, hacerse tonto con el remo (cómo pesaba), para que Virgilio fuese quien remara en algunos tramos (muchos); a él se le ocurrió, ¿no? Que se aguante. Cuando llegaron a la playa de la Roqueta, Rafael se echó en el agua y allí se quedó largo rato; conteniendo la respiración bajo el agua, hecho ovillo, hasta salir a tomar aire y de nuevo a hundir la cabeza: nada más eso: ni nadó ni chapoteó. Virgilio hizo amistad con un turista que tenía una tapa redonda de hule. Empezaron a jugar, tirándose la tapa, la cual salía por el aire describiendo una parábola y nunca caía donde debía: el turista y Virgilio tenían que correr desaforados para atraparla en el aire. Rafael los vio jugar en una ocasión en que emergió para tomar aire y sin darse cuenta se descubrió incómodo porque Virgilio jugaba feliz con el gringo. Qué juego tan *infantil*: andar corriendo tras una tapita. ¡Rafael!, ¿no juegas?, propuso Virgilio y Rafael se negó: al instante se echó un clavado y nadó vigorosamente hacia dentro, para que vieran que él también se divertía, pero cuando se detuvo y descubrió que ya no había arena donde apoyar los pies, una sombra de terror fugaz se posesionó de él: nadó a toda velocidad hacia la orilla y salió preguntándose qué me pasa estoy loco o qué. Se tiró en la arena. Virgilio pasó corriendo cerca de él para atrapar, milagrosamente, la tapa de plástico. ¡Bravo! ¡Bravo!, gritaron y aplaudieron unos niños. Tres veces más Virgilio pidió a Rafael que jugara y hasta la última éste aceptó. Jugó un rato pero se le hizo idiota: muy fatigoso, además de que la tapa, al tirarla, cortaba la piel de la mano. Échala con efecto, that's the trick!, indicó Virgilio, el gringo rió y Rafael lo intentó pero de plano fue imposible; yo no sirvo para estas *cosas*, pero colóquenme ante algo espiritual, ante problemas profundos, ante mentalidades complejas y las descifro. ¡Soy un mago! Dentro de poco asombraré a todos. Leeré las almas de la gente y la gente sentirá un ligero estremecimiento solemne al estar conmigo, porque estarán con alguien que conoce los misterios y sabe descifrarlos; pero no querré descifrarlos pues los misterios no se descifran más que para uno mismo. Después de todo es bonita esta isla. Dejaron de jugar, se despidieron del turista, bebieron una yoli, nadaron otro poco, sin hablar casi y decidieron regresar. Botaron el deslizador en el mar y Virgilio sonrió nerviosamente. Vamos al muelle a ver si nos remolcan, ¿no? De nuevo a remar, o a hacerse líos con el remo (*enorme*). Cuando llegaron al muelle, donde había varias lanchas, Virgilio se quedó pensativo y fingió que observaba a los lancheros, para ver quién los podía remolcar. La verdad es que le avergonzaba pedir el favor, casi no lo conocían. Uh ninguno de esos cuates es cuate; digo, todos son una bola de sangrones; vamos a tener que remarle, hijo, pero nomás un rayo, vas a ver: exactamente en la mitad del camino entre la isla y Caleta hay otra corriente que nos va a llevar casi hasta allá. ¿*Otra* corriente? Esa vez fueron por otra parte, sin enfilar hacia la virgen sumergida sino hacia la Quebrada; qué absurdo, pensó Rafael, pero en esa ocasión sí advirtió que una corriente los iba conduciendo hacia la orilla, donde había puras rocas grises, boludas, y trozos verdes de vegetación. Las olas golpeando. Pero también se veía un hotel perdido en el litoral, con una alberca natural de agua salada y otra de agua dulce, un nivel más arriba. Varios turistas yacían en los restiradores y hasta una pareja los saludó. Ra-

fael no contestó el saludo, ya quería llegar llegar y dejar esa porquería de deslizador. En Caleta había mucha más gente: innumerables bañistas bordeaban la orilla, chapoteando; muy pocos nadaban más adentro, cerca de las boyas amarillas. En el
restorán también había mayor clientela. Desde la playa se veía
un gran movimiento. La señora de los deslizadores les regresó las camisas y la toalla de Rafael. Y en el restorán, Hurtado,
Salmerón, Rosales y Manotas no se detenían, muy atareados.
En las mesas había de todo: muchachos bronceados, shorts
muy shorts o pantalón de mezclilla recor-
Your inside is out   tado. Estadunidenses o extranjeros, de
grandes lentes oscuros y sombreros bar-
bas pipas puros cigarros de 100 milímetros vasos de whisky
en las rocas o cocteles pletóricos de yerbas y flores shorts hot-
pants bermudas camisas de seda camisas floreadas bikinis teji-
dos encendedores de oro zapatos blancos de piel de cabra miradas enrojecidas desveladas rostros frescos de todo como en
todo, veredictó Rafael al tomar asiento. Esa vez Rosales tardó
más en aparecer. Qué buen paseo, ¿no?, explicó Virgilio después de pedir otra cerveza de lata. Exprimió varios limones en
el triángulo donde se veía agitarse el líquido con formaciones
irregulares de espuma; echó considerables cantidades de sal,
bebió largamente y después abrió la boca con un ¡ahhh! mudo.
Se volvió a Rafael. A ver si se descuelga una chava que se llama
Leticia. Está bastante pues simón, está muy bien, y es como la
chingada. Ha asaltado bancos, hijo, pistolen mano, y maneja
la transa y la finanza en todos los niveles. Una vez estuvo viviendo como queen con unos cheques de hule que cambió.
Nomás que le pidieron su dirección y la pendeja dio su *verdadera* dirección… Mira, ahí sigue Francine empedándose gacho
con la otra ruca su compañebria, gorda infecta. Se llama Gladys.
Wow! Bueno, pues la tira le cayó a Leticia en el departamento
donde la estaba engordando con su amiga Yolanda. Pues qué
crees, la pinche dama salió hecha el pedo a la cocina y se descolgó de unos pinches tubos. Estaba muy alto. Digo, como

cuatro pisos o algodón así. Cámara cabrón, quién sabe cómo le hizo: yo nunca me hubiera bajado: eran unos tubitos mierdas de esos de gas estacionario. En cada piso Leticia vio si había champú de clavarse en algún cuarto, ves, pero ni chicles. ¿No quieres una cheve? No gracias, esta limonada está bien. Está bien jodida. Bueno. Total, se metió en una ventana del pinche primer piso pero la puerta principal estaba cerrada con llave y no podía salir por ningún nuevolaredo, así es que ahí se quedó. Era un departamento de soltero, ves, un chavo vivía allí. Pues Leticia se bañó y se puso del English Leather del galán y una de sus camisas y agarró una revistuca, ¡un play*boy*!, jia jia, y a esperar. Cuando llegó el cuate pues imagínate, la chava ésta casi encuerada y deveras está muy bien: como caída del cielo: más bien: del tubo: te doy mis respetos maese. Quién sabe qué pinche cuento le hizo y le dio las nalgas, of course, y palabra de honor que coge riquísimo, y después el cuate la llevó hasta afuera. Ah pues fíjate. En el cuarto donde llegó la tiranía se quedó la otra chava, Yolanda, para hacer el paro, pero como también tiene el pelo lacio y el ojo verde y se parecen, los tiroides creyeron que ella era Leticia y se la llevaron a la Procu. Como era domingo, la pobre Yolita se tuvo que joder hasta el lunes para que la sacaran. Le han de haber dado pira los agentes y si no, qué pendejos. ¡Ya llegó Yolanda, hijo! Ahorita la llamo. Está loquísima. Cuál cuál cuál, disparó Rafael buscando por todo el restorán, desorbitado: nada más distinguió a las dos viejecitas (creo que una se llama Francine) que seguían bebiendo, en ese momento con un señor enjaibolado, de la edad de ellas o aun mayor: barriga peligrís y traje de baño hasta las rodillas. Enjaibolado fue a otra mesa, meneando la cara con aire salomónico. ¡Yolanda! ¡Yolanda! Llegó Yolanda. Alta, pelo negro y lacio, muy bien cuidado, y blusa transparente sobre el bikini y el cuerpo muy bronceado, el cual fue revisado de arriba abajo por Rafael en una fracción de instante fugaz. Siéntate no, Yolanda, échate una cheve con los. *Quiero* un stinger, avisó Yolanda. Ya vas. Mira, te presento a un amigo. ¿Dónde lo conociste? En el campo. ¿Era conejo? No, era pendejo. ¡Yolanda, por *favor*! Mi cuate se llama Rafael y dice Francine que es el mejor mamador que ha conocido. Rafael Coloradísimo. Yolanda estiró la cabeza hacia la derecha y alzó las cejas por encima de los lentes oscuros. Y tú en qué la giras, preguntó. Digamos que mi ocupación es poco frecuente, respondió Rafael con el tono más grave de su voz: el corazón le latía irregularmente. ¿Eres mamador profesional?, curioseó Yolanda. Rafael enrojeció. Soy especialista en Ciencias Ocultas, interpreto las cartas y el café entre otras cosas. ¿Entre qué cosas?, preguntó Virgilio, pero Yolanda afirmó al mismo tiempo: pues eres un vago como todos nosotros, aquí todos le hacen a la esoteria. Bueno, yo diría que *es* distinto, argumentó Rafael, condescendiente. A huevo que es distinto; tú cobras, consideró Virgilio. Rafael fingió no escuchar. El interés por la esoteria que tienen *todos* aquí me parece muy superficial. Digo, no es lo mismo. Yo he estudiado cómo hacerlo: disciplinas muy rigurosas y mucha práctica. Rafael tragó saliva. Había palidecido y su corazón latía con mayor vigor que antes. Mira, Yolanda, te seré franco, agregó entre carraspeos: yo sé que a pesar de toda tu angustia y todos tus tormentos puedes llegar a tener instantes de infinita tranquilidad de vez en cuando. Yolanda vio a Rafael durante unos segundos y después rió. Dijo a Virgilio: está bien tu amigo, Virgencito, yo creo que a pesar de todos sus tormentos aspira a instantes de tranquilidad. No los va a tener, pero ésa es otra historia; qué *padre* que nos traes muchachos como éstos: bienorientados. A ver, galán: échame las cartas. No las traigo ahorita. Entonces léeme la mano. No sé leerla. Sí sabes sí sabes, no te hagas. Léemelas. A ver, déjamelas ver: las dos. Yolanda tendió sus manos largas, espatuladas, con uñas muy cortitas. Rafael tomó las manos con mucha delicadeza y las estudió (absorto) un largo rato. Bueno qué, urgió Yolanda. Rafael observó las manos unos momentos más, suspiró largamente y las soltó, con aire desalentado. Bebió de su limonada. Carajo, ya que le diga, pensó Virgilio, cómo la hace de emoción. Palabra de honor que no sé leer las manos, la quiromancia no es mi fuerte. Rafael calló y mordió sus labios. El corazón le latía desaforado, y Rafael palideció aún más, que no se me note que no se me note que no se me note. Si hubiera tenido que encender un cigarro, Rafael habría temblado tanto que nunca hubiera podido. Y se le antojaba *tanto* un cigarro, es que Virgilio no ha comprado, qué miserable. Yolanda estaba muy guapa, sobre todo tenía una voz ronca (cachondísima) y una mirada deliberadamente festiva. Todo el tiempo conservaba una sonrisita apacible, con ligeros estremecimientos labiales, como si la risa asomara detrás de los dientes blanquísimos. Pero se desconcertó lo suficiente como para experimentar un temblor, una sacudida, un calosfrío abrupto y extraño. Aunque soplaba un aire tibio, Yolanda deseó nadar, sentir el sol. Nos vemos al rato, dijo Yolanda y se puso de pie. ¡Oye! ¡Tu stinger!, gritó Virgilio. ¡Guárdamelo!, contragritó Yolanda, ¡al rato regreso!, ya entre los bañistas desinflados en las sillas de madera, bajo los techos de palma. Ándale pequeña, para que sepas con quién te metes, pensó Rafael y se descubrió repentinamente cálido, contento: hasta se le antojó pedir un coñaquito, ¿cuánto costará? ¿Qué te pareció, galán? ¿Verdad que está *muy bien*? Claro que sí, respondió Rafael. Ojos verdes, pelilacia, voz ronca, los lentes oscuros subiendo y bajando para dejar ver su mirada (chispeante) y esa sonrisita: casi todo el tiempo impasible, como si *nada* la afectara. Pero conmigo no pudiste, pensó Rafael, ¿o no? Pues sí, prosiguió Virgilio, sonriendo, mirando aún a Yolanda detenida (¿pensativa?) en la orilla del agua; esta niña Yolanda se parece *horrores* a la Leticia; pelo así: lacio y también El Gran Ojo Verde. Y *chorros* de rímel. Pero quién sabe quién está más loca. Leticia ya debería estar aquí. Se te van a caer los cal-

Flashback elemental   zones, hijo. Esta Leticia entorna todavía más los ojos, es una mamerta. Alza la mano. *Así.* Con sólo alzar la mano y mostrártela así, remedó Virgilio, te puedo enseñar el *universo* y decirte quién crees ser

36

y qué eres en realidad, cómo te puedes liberar, wow! Qué jaladotas, ¿no?, whaddya think 'bout *that*? Rafael frunció el entrecejo, molesto, pero sin atreverse a ver los ojos virgilianos. ¿Qué se trae este imbécil? ¿Por qué me platica *eso*, eh? ¿Está sugiriendo que así de *jalado* soy yo? ¿Que estoy loco? ¡Yo sí puedo decirle quién cree ser y qué es en realidad! Virgilio sonreía alegremente, dando sorbitos a su cerveza, cuando Rosales llegó de nuevo y depositó el stinger sobre la mesa. Ahi que se quede, dictaminó Virgilio, al fin que esta chava *sí* regresa; y como Leticia no tarda, ya verás, buddy. ¿Estás seguro de que viene Leticia y de que Yolanda regresa? ¡Por *favor*, maestro por *fa-vor*! Oye, pero mientras, ¿no conoces otras muchachas?, caramba, hay unas preciosas. Virgilio suspiró (sonrisa de gran conocedor). Desplazó la mirada por todo el restorán (dos ancianas bebiendo en el fondo), la playa, el hotel Caleta. Hijo, claro que conozco, y bíblicamente, a casi todas esas chavacanas. Deveras, ya me he fumigado a la mayoría. ¿De veras?, preguntó Rafael con un brillo de interés en la mirada, aunque pensaba que su amigo era un presuntuoso. Simón simón, continuó Virgilio, pero…, ¿sabes qué? Te voy a aventar esta onda, matador. Voy a presentarte a la *mujer* más in-cre-í-ble del mundo, the world's freakest dirty old lady! Deveras no se mide. O sea, es inconmensurable, colaboró Rafael. ¿Eh?, dijo Virgilio y continuó: esa dama ay manito. Mira, aquí hay *muy buenas* señoras y que las menean muy bien, pero ésta, wow! The superduperfantabulous groove! Ella fue quien verdaderamente me *enseñó a coger*, hijo, agarra ese patín. ¡Qué paliacates, the real good thing! Le llega a tocho, además. Ahorita la llamo, vas a ver. Está con Gladys, pero a ver si se descuelga solana. ¡Perfecto!, exclamó Rafael, ¡que venga con Gladys, para hacer el cuatro! No exageremos, amonestó Virgilio y se irguió, se volvió hacia el fondo del restorán y vociferó ¡Francine Francine! ¡Silencio!, rugió Rosales desde la barra. ¿Francine Francine? pensó Rafael mirando con ansiedad todo el restorán, ¿no era ésa la *anciana*? ¡No puede ser, por qué por qué! ¡Dios mío, sí es!

Francine se levantó sin soltar el vaso (¿vodka tónic?) que tenía en la mano. De pie, la viejecita sostuvo un intercambio de palabras, al parecer agitado, con la anciana gorda y arrugada que la acompañaba. Francine le dedicó una seña notoriamente obscena con la mano y avanzó, con lentitud, entre las mesas. Fue detenida por el señor Enjaibolado: shorts hasta las rodillas, barriga peligrís. Mira, ése es McMathers. ¿Quién, cuál? Francine y McMathers dialogaron brevemente, y aunque ni Rafael ni Virgilio pudieron escuchar la plática (demasiado ruido a esas horas) sí se dieron cuenta de que Francine reía, sarcástica, al disparar una hilera de frases rápidas. Su figura aún esbelta, muy bien formada (conservada), ¡y a sus años! ¿Qué edad tendrá? Como un cincuentón, fácil. Más. Francine es legendaria, compañera de burdel de María Magalena. Pero qué padre señora, nomás le grité y ahi te viene. Este Rafaelito se va a quedar con la boca cuadrada. Y vino *sola*. Sin Gladys, la repugnante gorda fofa borrachota que no se quita nunca ese vestido negro, y su chal; ni *en la playa*.

Quihubo Francine, ¿qué te dice el rucainolín McMathers?

McWhat? ¿Quién, eh?, dijo Francine ya de pie frente a la mesa. Sonriendo. Rostro delgado. Ojos casi dorados, con la cantidad correcta de pintura y la piel uniformemente bronceada, ignorando las múltiples arrugas que surgían (sin duda) en la frente, las mejillas. Francine vestía una blusa blanca de encaje, transparente, con bolsas para mediocubrir los pezones, y así permitía observar que sus senos aún se conservaban firmes. Y pantalones blancos, pegados a los muslos. Orgullosa de mostrar que su cuerpo seguía atractivo, todo lo contrario de Gladys, la otra anciana repugnante y gordinflona. Y se nos queda mirando *acuosamente*. Está pedísima. ¡Pinche Gladys! Oye Francine, qué raro que no vino la gorda Gladys.

Es una pendeja. Ni la conozco además, replicó Francine

con un ligerísimo acento extranjero. ¿Y este muchachito de la sonrisa cachonda, quién es?

¿Quién?

Éste.

Sepa. Ni lo conozco. Es un pendejo. ¿Quién eres, *eh*? Virgilio mirando canallamente a Rafael, como si hasta ese momento descubriera su presencia.

Rafael enrojeció. En el acto se puso serio. Trató de esbozar una cada vez más pálida sombra de sonrisa y terminó viendo duramente a Virgilio, pobre ton-to, pero Virgilio ya no lo veía, sino que sonreía a Francine, quien tomó asiento.

¿Quién fue el *estúpido* que pidió este stinger?, preguntó Francine blandiendo el vaso que Rosales dejara en la mesa.

Es de Yolanda. Fue a echarse una nadadita. Al rato viene.

Francine sostuvo el vaso, lo estudió unos segundos y por último vació el contenido en el cenicero de barro que se hallaba sobre la mesa. Después se volvió a ellos, muy tranquila. Qué amistades. Beware of Yolanda, she's a puuuuuta, that's what I say.

Don't you dig Yolanda?

¿No se te puede quitar la pésima costumbre de hablar en inglés?, preguntó Francine exagerando al máximo su acento. ¿Eres o no mexicano?

Soy de Acapulco, lo demás vale verga.

Eres un pendejo, concluyó Francine y se dio a la tarea de encender un cigarro con toda calma, ignorando a Virgilio y a Rafael, viendo la playa———Yolanda platicando con alguien.

Rafael miraba fijamente a Francine, tratando de mostrarse muy serio. Interesante. Ya se le había pasado el efecto de la dinamita que fumara en la mañana, y en ese momento, para su sorpresa, se le antojó pedir una copa. ¿Qué pediré? Un whisky. No. Un *coñac*. No. ¡Un stinger! ¿A qué sabrá?

Mientras Rafael localizaba a Rosales, o a *cualquier* mesero, qué pésimo servicio caray, Francine revisó su rededor y se inclinó un poco para decir en voz baja:

Oye Virgilio, esas mescalinas que me pasaste la última vez estaban pinchísimas. Muy suavecitas.

¡No puede ser!, exclamó Virgilio con vehemencia, ultrajado, también en voz baja, esas mescalinas son medio orgánicas y medio sintéticas, un cañonazo. *Todos* los que las han probado se han puesto más hasta el culo que con un sunshine entero. Hasta se les aparece Mescalito.

Lo que pasa es que tus amigos no aguantan nada, con cualquier naquería se ponen stoned.

¿No te habrás tomado nomás una mitad?

Rosales llegó finalmente.

Y ahora qué, ¿a poco se quieren ligar a la Franchita? Cuídales las manos a estos zancas, Pancha.

Rafael encaró a Rosales con seriedad.

¿Me podría hacer el favor de traerme un un un un stinger?

¿Y aquí qué hicieron? ¿Se les cayó el chupe?, preguntó Rosales viendo el cenicero lleno de licor: con la ceniza y las colillas lucía viscoso, repugnante. No *ensucien*, por favor.

Un stinger, por favor.

Te voy a ensuciar las nalgas.

Lo que tú quieras Francinita.

Un stinger por favor.

Tienes que meter al orden a Francine, Rosales. Nomás llegó aquíntaros y lo primero que hizo fue tirar el stinger de Yolanda.

Qué ojete.

Préstame atención.

Señor, ¿me puede traer un stinger? Por favor.

¿Para que lo tiren otra vez? Están *locos*, dijo Rosales y se fue.

Rafael enrojeció.

Mira qué bonito color shrimp le salió a tu amigo. Todavía está jovencito. Se ruboriza y *todo*. ¿Qué edad tienes, pequeñuelo?

Veintinueve años, confesó Rafael (incómodo).

¡Uh qué ruco! Yo tengo veintifour.

A los veintinueve años ya eres un perfecto anciano, canturreó Francine.

¿Y tú qué? Debes tener unos ciento veinte años, pensó Rafael pero no dijo nada: sólo sonrió y bajó la vista.

Tú estás pensando, especuló Francine, que en ese caso yo soy contemporánea de María Magdalena, pero déjame decirte, jovencito, que si la juventud es algo interno, yo soy prehistórica.

Rafael iba a decir algo pero calló, desconcertado. Virgilio, con cierto aire de extrañeza, rió sólo porque Francine reía.

Bueno sí, dijo finalmente Rafael, inseguro; yo sé que la juventud es en esencia más interna que física. Mucha gente, es decir, la mayoría, digo

Francine bostezó y preguntó a Virgilio.

¿A qué se dedica tu amigo?

Pues se dedica a conocer a las personas.

Entonces es un huevón como todos.

Nhombre, replicó Virgilio, riendo; lee cartas.

Entonces es un espía. Espiar la correspondencia es un *delito*. ¿Qué nadie le escribe a él?

Soy especialista en Ciencias Ocultas. Leo las cartas del tarot.

Entonces es un tarot, deslizó Francine, con aire aburrido, siempre dirigiéndose a Virgilio e ignorando por completo a Rafael.

Ya Francine, aplácate. Mi cuate es serio.

De serio nada más le veo el color. ¿No será medio maricón?

Deveras, Fran. Aparte de que Yolanda opina que es el mejor mamador que ha conocido, mi cuate gana un dineral echando la suerte.

¿Y por qué no te ha echado la suerte a ti para que dejes esa vida de ganapán motatraficante? ¿Y Yolan

No nada más echo la *suerte*, tosió Rafael, sintiendo mucho calor, cómo tarda ese trago, pensó, y dijo en realidad no soy *adivino*. Al consultar el tarot soy como un oráculo: doy respuestas precisas, concluyentes, que sirven como clave para un mejor entendimiento interno y como base para decisiones importantes. Trato de *penetrar* en las personas hasta el fondo, escruto

¡Escruto!

Yo escroto, dijo Virgilio.

Yo clítoris, reforzó Francine.

profundizo en el alma, sus resquicios, sus abismos, sus luminosidades; y lo que veo lo transmito con veracidad, con honesti*dad*,

Rafael se mordió los labios. Sudaba. Francine bostezó de nuevo.

Entonces qué, Virgilio, ¿me vas a conectar algo que *sirva*?

Pues ahorita tengo unos blue meanies en mi casa, si quieres mañana te los traigo.

¿Y mota, tienes mota, Virgilio?

¡Shhhh!, Virgilio afiló la mirada y la deslizó por todo el panorama. Me dijo Rosales que por aquí andan unos monos de la Federal. Tengo un material que te va a enloquecer, Franny.

Yo enloquecí desde hace muchísimo tiempo, hijito. ¿Tienes suficiente para mí?

¿Cuánto es suficiente para ti?

Lo que tengas es poco, Virgilito.

Lo que tengo es suficiente para ti y para *todas* tus amigas.

No me vengas con habladas, Virgilio. Yo sé que apenas tienes para alguien que se conforme con muy *poco*.

Al contrario, *tú* mejor que nadie sabes que soy el efectivo.

Rosales se hallaba de pie, frente a la mesa, charola en mano.

A ver Efectivo, aquistá el stinger. Nomás ya no hagan desfiguros.

Qué *pendejo* eres, Rosales, agarra tu patín. ¿No ves que Yolanda va a rebotar y Francine tiró el que tenía?

Yolanda no va a regresar a ninguna parte. Está metidísima trabajándose a un ruquito gabacho. Le va a sacar hasta el traje de baño, ya verán.

Rafael se estiró para ver. Yolanda platicaba animadamente con un hombre de poquísimo pelo y cuerpo largo. Los dos tendidos en la playa. Sol radiante.

Rosales se fue.

Qué bueno que no va a venir esa pendeja, gruñó Francine. ¿Alguna vez les platiqué que es una puuuuuuuta barata?

Rafael advirtió: en la playa otro turista de edad, batafelpada, sandalias, lentes oscuros y un radio enorme que superaba lo portátil, tomó lugar junto a Yolanda y su compañero.

Rafae-eeeeeel..., canturreó Francine.

Rafael se volvió sobresaltado. Francine lo miraba fijamente, con una sonrisa.

Así te llamas, ¿verdad?

Rafael asintió.

¿Cuánto me cobrarías por echarme el tarot, eh?

Rafael quedó pensativo.

¿Cuánto cobras en México, Rafael?, inquirió Virgilio, con curiosidad. Creo que nunca me has dicho.

Cuarenta pesos por sesión.

¡Bueno!, consideró Francine, eso es en México. Esto es Acapulco. Aquí tendrías que cobrar ochenta pesos, lo menos. Pero a mí más barato porque te pasé el tip. Y además, yo podría enseñarte *muchas* cosas, en cambio.

Las nalgas porjemplo, sonrió Virgilio.

Hasta el culo, si quiere. ¿Quieres?, preguntó a Rafael, quien alzó los hombros sonriendo con esfuerzo. Las manos le sudaban————————————————————————

————————En la playa, al trío compuesto por Yolanda y los dos turistas se había agregado otra muchacha de piel suave, bikini absoluto, ¡sin lentes oscuros!, qué preciosidad, ¿ésa será Leticia?, sí debe de ser, se parece mucho a la otra, a Yolanda. ¿No dijo este imbécil que iban a venir a departir con nosotros?, qué malvadas y mentiroso Virgilio: ahora tendremos que soportar a estas reliquias de la era terciaria.

Virgilio sonrió ampliamente.

Bueno Fran, a ver cuándo repetimos those magic moments.

¿Cuáles magic moments? What the hell are you talkin' about?

Hombre, tú sabes, cuando me invitaste el fin de semana a tu departamento, tú y yo solapas, sin Gladys y sin el güero Paulhan, nada más con las botellas que le bajaste al gringo McMathers y con mi medio kilate de moronga.

No seas *estúpido*, concluyó Francine, muy seria, con su acento extranjero aún más marcado,

se hallaba observando fijamente la mesa de Enjaibolado, el turista de la barriga caída, shorts hasta las rodillas, el buen McMathers, quien se hallaba platicando ¡con Gladys!, ¿qué hace esa gorda vacuna con McMathers? ¡No entiende!, pensó Francine. Le he prohibido que se le acerque.

Oye Francine |

Cállate pendejo, dijo ella bruscamente, mirando aún a Gladys que platicaba, vodka tónic en mano, con McMathers es un perfecto estúpido, es capaz hasta de dejarse engañar por Gladys, obnoxious-unbathed-untanned-lousy-fatsa-softa-repugnant Gladys. ¿Qué se cree? McMathers es propiedad privada. Seguramente Gladys está diciendo que yo le he prohibido que hable con él. Cuando le entra el espíritu *chismoso* no hay quien la aguante…

Francine se puso de pie, sin hacer caso a sus acompañantes. Virgilio vio cómo Francine torció la boca, con esa mueca se ve todavía *más* vieja. Y Rafael pudo darse cuenta, sin comprender qué sucedía, de que Francine caminó con pasos rápidos a la mesa de McMathers, donde, después de pellizcar a Gladys (la hizo saltar), rió alegremente. La invitaron a tomar asiento y se negó. Tan sólo dio unas palmaditas en la espalda de Gladys, quien la miraba con frialdad. McMathers (jaibol y shorts hasta las rodillas) se mostraba amabilísimotolerante con Francine y ella continuó riendo, hablando cada vez con mayor seguridad, mayor regocijo. Gladys fue ensombreciendo, a pesar de que pugnaba por no perder su sonrisa raquítica. Finalmente, Rafael pudo advertir (ni él ni Virgilio hablaban) que Francine volvió a pellizcar a Gladys, quien, después de hacer aspavientos (risas de McMathers), se puso de pie (siempre con su ¿vodka tónic?) y acompañó a Francine a la mesa de Rafael y Virgilio.

Rafael vio acercarse a las dos ancianas y se volvió nerviosamente hacia Virgilio, sin saber si debía ponerse de pie o no. Antes de que pudiera tomar una decisión, las mujeres se ubicaron a la mesa. Gladys sin soltar su copa, furiosa.

Next time you do *that* Francine, gonna slap you in the kisser in front of ev'body!

Cállate la boca y bebe. Saluda a Virgilio.

Gladys bebió pero no dijo nada.

Cómo te va, Gladys.

Mal. ¿Y ustedes qué? Deberían estar con gente de su edad. Seguramente no tienen ni un centavo. Francine, vamos con McMathers.

¡Ya te dije que dejaras a McMathers por la paz! ¡Te fascina calentarle el cerebro para que después esté imposible conmigo!

Gladys se acaloró. Su acento, extranjero también, se volvió más difícil de entender y Virgilio y Rafael tuvieron que aguzar el oído.

¡Pero tú no tienes derecho de contar esas cosas, Francine!, chilló Gladys, ¡la próxima vez te voy a romper una botella de Cutty Sark en la cara!

Falta que consigas una botella de Cutty Sark, pendeja, gorda vodquera. ¿Por qué no te acomodas la ropa? Ya es bastante ridículo que vengas a la playa con vestido negro y con chal *negro*. Te ves más vieja de lo que eres, como si tuvieras ciento setenta y ocho años y no los ciento cuarenta que tienes.

Tú eres más vieja que yo. Me llevas cuatro meses de edad.

Ja *ja*. Eres *tonta*, gordita. Tú puedes ser más joven que yo pero pareces momia circulante. En cambio Francine es una belleza todavía, cualquiera daría la vida por tenerme en la

45

cama, donde me muevo como gelatina y aprieto suavecito—
————Francine se recargó en Rafael mientras continuaba dirigiéndose a Gladys: tengo las nalgas firmes y por donde me la metan es la gloria suprema. Mi clit se mueve a setenta y ocho revoluciones por segundo, y mamarme el gatito es como beber Grand Marnier…, ¿o no me lo crees?, ¿te gustaría comprobarlo?, esto último lo dijo ya directamente a Rafael, casi en el oído, inyectándole su aliento (¿vodka tónic?).

Rafael buscó una respuesta ingeniosa, pero como no la encontró optó por sonreír y probar el stinger. Inmediatamente lo hizo a un lado.

Qué chistosa sonrisa cachonda tiene este muchacho, parece que está invitando a coger, comentó Gladys casualmente, bebiendo hasta vaciar su vaso. En el acto vociferó ¡otro par de vodka tónics, Rosales, qué esperas!

¡Ahi voy ahi voy no griten!, gritó Rosales.

Por favor, no grites, Gladys, pidió Francine con aire disgustado pero con una sonrisa en los ojos.

Mira quién lo dice, repuso Gladys, tú te la pasas gritando todo el tiempo, para que todos te vean.

Para que vean algo bueno.

Algo bueno para nada.

¿Ah sí? A ver jovencitos, ¿creen que valga la pena mirarme?

Clarinete que simón, respondió Virgilio, riendo.

No, musitó Rafael sin darse cuenta, al mismo tiempo, sin poderlo evitar.

¿Que no? ¿A poco no te gustaría verme encueradita?

Rafael enrojeció. Le sudaban las manos.

Claro que sí, estaba bromeando.

Francine se acercó aún más y acarició con suavidad la mejilla de Rafael, quien trató de ocultar que su corazón latía con rapidez. Francine bajó su mano hasta el cuello de Rafael, el pecho,
se detuvo en el corazón, lo sintió latir (y rió),
el vientre

le acarició el pene con un movimiento casual,
y luego descendió al muslo, donde la mano de Rafael sudaba copiosamente. Francine estrechó la mano, la secó en el acto frotándola contra el muslo enrojecido y la levantó hasta colocarla en su propio seno, donde la dejó.

Rafael respiraba, a través de la nariz, profunda, acompasadamente, con el vientre como fuelle, contando cien doscientos trescientos cuatrocientos quinientos seiscientos setecientos, al inhalar, y setecientos seiscientos quinientos cuatrocientos trescientos doscientos cien, al exhalar. Tratando de verse impasible. Sonriendo. Hombredemundo. El seno de Francine estaba calientito, suave, el pezón erguido, me tengo quacostar con Francine mtngo quastar cn Frnine. Cruzó las piernas para ocultar una erección casi molesta.

Virgilio sonreía.

La mano de Francine movió la mano de Rafael sobre el seno, con suavidad y luego con fuerza, apachurrando,
hasta que Gladys torció la boca, ¡escupió!, tomó la cerveza de Virgilio y se puso de pie. Se dirigió al fondo del restorán.

Francine soltó la mano de Rafael, diciendo we'll meet again don't know where don't know when, vio la pierna cruzada, la erección apenas oculta, dio una sacudidita casual al miembro que se hallaba a punto de explotar; pas mal, dijo, con su permisito; y se puso de pie para seguir a Gladys.

Virgilio sonreía.

En la playa, Yolanda, la supuesta Leticia y los dos turistas de edad continuaban platicando, vientres al sol, niños corriendo chapoteando en la orilla lanchas con fondo de cristal surcando la pequeña bahía con indolencia muchachos de piel totalmente tostada casi negra y pelo casi rubio colorado rizado por el sol acompañando a señoras con sombreros enormes y blusas de encaje bolsas gigantescas, aceite de coco y nieve de limón en mano. Rafael vio eso y no vio nada, su mente rondaba la calidez de un seno, la piel tostada, curtida.

Virgilio sonreía.

Virgilio sonreía

Rafael advirtió que Virgilio lo observaba (sonriendo). Tosió ligeramente y también sonrió (un poquito) sin poder evitar que una amplia sensación de placer lo recorriera.

Qué te parece la Francine, preguntó Virgilio.

¿A dónde se fue?, dijo Rafael, inquieto (un poco), casi incorporándose para buscar con la mirada a Francine y a Gladys. ¿Seguro regresarán? Ya ves que Yolanda: dijo que iba a volver y se quedó con unos turistas, allá en la playa.

Dónde.

Allá.

¡Cá!mara, declaró Virgilio, y ya llegó Leticia. Pinches viejas, qué chuecas, ¿por qué no me dijiste antes?

El mesero nos dijo. Y yo no podía saber que era Leticia.

Te dije que se parecía a Yolanda.

Bueno en realidad apenas las acabo de *ver*. ¿Con quiénes están?

Sepa la madre. Unos turistas babosos. Pinches viejas culeras, les van a dar bajilla con la dolariza. Pero la neta es que estas chavas prefieren el rol con unos buenos cuadernos que el bizz. Están tan buenas que sacan la luz que quieran cuando quieran y como quieran. Para eso son jefas. ¿Las llamo? Yo creo que sí mandan a la chingada a los gabardinos.

¡No no! Quiero decir este ahorita va a regresar Francine, ¿verdad? Es decir…

Aja*já*, ahora sí ya te calentó la viejita. ¿Qué tal le sentiste el holy chicharrón? ¿Verdad que con todo y sus cuatrocientos años de edad la ruca aguanta?

Bueno Virgilio, déjame decirte: en realidad no sólo se trata del aspecto sexual, es una personalidad muy interesante, un verdadero caso.

Y un culo de lo mejor, no te hagas pendejo. Tú le das juventud y ella aliviana experiencia. ¿Quieres llegarle?

Rafael trató de balbucear algo pero no supo qué.

Le pasaste, Rafaelito. Seguro te las da.

Pero, ¿y la otra viejita?

No te apures. Agarra la onda de que yo te hago un paro cotorreándola para que Francine te pase la dona.

¿Crees que existan posibilidades?

¡No mames Rafael! ¡Hasta te agarró el pispiate, bien que me di colorín!

Rafael bajó la mirada, enrojeciendo ligeramente (¿de placer?). *Ton*to Virgilio, qué vulgari*dad*. Pero qué simpático es. Y yo que creí que nadie había visto cuando bajó la mano y me la acarició. Todavía no se me va la erección. ¡A lo mejor todos se dieron cuenta!, pensó Rafael, sonriendo.

Oye Virgilio, ¿y Francine qué se trae con Gladys?

No sé. La gorda fofa repugnante apareció hace unos meses por aquí, buscando a Francine, como siempre. O a McMathers. El caso es que la encontró y creo que están viviendo en el mismo departamento. Pero en otras temporadas Gladys ya ha venido a Acapulco con Francine. Yo he tratado de hacerle plática pero ni *habla*, a no ser que esté con Francine. Bueno, una vez que estaba cruzadísima, tiradota en la playa con vestido y chal como ahora, me empezó a aventar unas ondas rarísimas sobre McMathers y Francine, no sé qué pedo gigantesco tuvieron en Montego Bay, pero el caso es que allí se la llevó pifas. Según ella, antes de Montego Bay era un cuero y después se gordafofó. La neta es questaba tan pedestal que no se le entendía nada, porque estaba hablando con un inglés babeante. Y aparte yo estaba al punto trabajando a una chava de la playa que tenía la pura luciérnaga: finalmente me compró diez aceites. Creo que Francine y Gladys son canadienses, de Montreal, pero han vivido siempre en otros patines: Nueva York, Europa. Sepa.

¿Y Francine tiene mucho tiempo viviendo aquí?

Nomás le llega en temporadas, casi siempre cuando viene el gabacho aquel, McMathers, que se está pudriendo en dine-

ro. Más bien, no viene con él, ni siquiera creo que *se venga* con
él. No me he fijado bien pero o él la si-

gue o ella lo sigue o los dos siguen a Gladys o Gladys sigue a los dos. El caso es
que, con algunos días de diferencia, siem-
pre coinciden aquí. McMathers va a un hotelazo, creo que esta
vez se hospedó en el Villa Vera, y ella alquila siempre el mismo departamento de la Costera, a la altura del hotel los Peri-
cos. Gladys, la nefasta ruca panzona, vive allí con ella. Ah, y
un güerito que es un cuero pero es putísimo.

¿Y de qué vive Francine?

De milagro, cabrón. Yo creo que McMathers o Gladys le
pasan la luz, aunque la neta es que puede ser al revés. El caso
es que viven en grande, llegándole a tocho. Aguanta como
cosaca y sigue como nueva. Puede ser que se chingue sus pe-
ricazos a la sorda, pero nunca la he visto. Seguramente ahorita tienen chupando desde que amaneció, si es que acaso se
acostaron.

Se escuchó un estruendo proveniente del fondo del restorán. Varios meseros, Rosales entre ellos, corrieron al baño
de mujeres. Seguían oyéndose gritos.

Esa voz es la de Gladys, ¿no?, dijo Virgilio, aguzando el
oído.

Rosales aporreó la puerta del baño de mujeres, gritando
qué les pasa viejas locas, sálganse de ahí, a hacer tortillas lati-
gueras a su casa. Virgilio y Rafael, como la mayoría de los pa-
rroquianos, se pusieron de pie, viendo hacia el baño de mujeres, donde Rosales y los meseros continuaban golpeando la
puerta. Tráiganse la llave, estas taradas se encerraron. ¿Dónde está la llave? Creo que la tiene el señor Vázquez Villalobos.
La ha de tener clavada en el fundillo. Me das miedo. ¡Ahi viene la llave! La puerta se abrió. Francine salió sosteniendo a
Gladys, quien se veía pálida, totalmente demacrada, con las
piernas flaqueantes, pero aún con la mirada fiera.

¡Ya ni la muelan, vie |

¡Cállate la boca y dos vodka tónics más!, rugió Francine.

Rosales enjarró los brazos, con cara de noesposible, mientras Francine y Gladys se dirigían de nuevo a la mesa, bajo la mirada de todos.

Bunch of suckers it seems that never in their fuckin' life they've seen two ladies gettin'outta bathroom!

McMathers meneó la cabeza, ocultando una sonrisita, al verlas salir. Se puso de pie invitándolas a tomar asiento. Ellas lo ignoraron y siguieron de largo hasta la mesa de los muchachos.

¿Ya se alivianaron?, inquirió Virgilio.

¿Qué quiere decir alivianaron?, preguntó Gladys, bostezando.

Rafael se hizo a un lado al sentir un olor fétido, descompuesto, proveniente de la boca de Gladys.

Quiere decir que estás más a gusto, precisó Francine: inexplicablemente condescendía a responder, más o menos, una pregunta directa de su compañera. Sin embargo, Virgilio quiso aclarar:

Alivianarse no quiere decir *eso*|

Bueno, ahora vamos a tener un seminario de semántica en pleno Caleta.

Rosales llegó con cuatro vodka tónics y los colocó, en fila, sobre la mesa; para que ya no estén chingando, aclaró y se fue. Gladys se dejó ir sobre uno de los vasos y bebió la mitad del contenido de un solo trago. Después eructó, se limpió la boca propiamente con un kleenex usadísimo y sonrió por primera vez. Sudando. Francine con una sonrisa impasible.

Si te arrepientes sinceramente y pagas tus pecados, Gladys, a lo mejor después de todo no te pudres en el infierno cuando te mueras.

No hables de la muerte, por favor.

¿Por qué no, gordita?

¿Qué tiene que ver la muerte con todo esto?

Después de todo te queda muy poco de vida ya. Unos cuantos meses. Te descuidas mucho.

¡No seas chistosa Francine! ¡No hables de esas cosas!

Virgilio alzó los hombros, serio: para *nada* le gustaba que se hablara de la muerte: sol radiante, mar tranquilo, una buena cheve, ¿qué necesidad había?

Rafael limpió su garganta.

La muerte *no* es un tema como cualquier otro. Es un tema fundamental. Todo mundo debe prepararse para la muerte, y de hecho así sucede: al dormir, por ejemplo |

¿Ah sí? ¿Cómo se prepara uno para morir *durmiendo*?, preguntó Francine, sin ganas, tocando madera por debajo de la mesa. Tampoco ella tenía deseos de hablar de la muerte, pero reunió corrosividad para decir ¿rezando el padrenuestro en las noches? ¿O hay que respetar las leyes de Dios como buenos niñitos? Ya estamos grandes y cada quien sabe lo que hace. Yo no le tengo miedo a la muerte.

Yo tampoco, aclaró Rafael, carraspeando. Para esas alturas tampoco quería bordar en ese tema. Las manos volvieron a sudar. Sin querer se quedó viendo el mar, a lo lejos. El mar impasible, siempre en movimiento constante. Tuvo una fugaz visión o impresión de alguien (¿él mismo?) ahogándose en silencio. Se sobresaltó.

Ustedes piensan con la cabeza, hay que pensar con el corazón. Dejarse llevar…, musitó Virgilio, estirándose.

Pues yo *sí* le tengo miedo a la muerte, confesó Gladys.

No veo por qué, sonrió Francine. Has llevado una vida repugnante, my darling Gladys, absolutely wasted. Seguramente será mejor cuando mueras. Suicídate, muchacha.

Muchacha prehistórica, pensó Virgilio pero no dijo nada.

Gladys bebió el resto del vodka tónic y tomó otro de los vasos que Rosales enfilara. En esa ocasión sólo le dio un traguito. Rafael quería argüir que nada de que será mejor cuando mueras, el karma acumulado se haría presente en la muerte, allí radicaba el cielo o el infierno. Veía de reojo a Francine y quería seguir discutiendo con ella, pero Francine había cerrado los ojos   ambas manos aferradas al vaso   el

mentón apoyado en el pecho   absorta en una profunda   concentración   absorta——————————————
——las manos de Rafael continuaban sudando, malditas ancianas, qué raras son,
se había creado una tensión sutil que afectaba a los cuatro;

                                                                    el
mar tronando sin interrupción.

Gladys meneaba la cabeza, con aire de mártir; Virgilio, en
apariencia sereno, silbaba Paint it Black, mientras deslizaba su
mirada por la playa.

Esta Yolanda no se mide, me *prometió* que iba a venir con
Leticia y prefirió quedarse con los gabachos, así es esto de la
vida,
cuánta melancolía,
oyendo la uniformidad del mar…

Rafael, discretamente, hizo a un lado el stinger (apenas lo
había probado) y optó por uno de los vodka tónics restantes.
Dio un sorbo ansioso, sintió que su corazón latía con fuerza
por qué, por qué, qué me pasa, y miró a Francine, quien continuaba con los ojos cerrados (absorta), sufriendo, deshacién-
dose, ¿qué le sucederá?

Perdón, Francine, ¿usted es estadunidense?

Francine no contestó, pero Gladys alzó la cara y vio, con
furia, a Rafael, quien a pesar de eso continuó (titubeante):

Tengo entendido que en los Estados Unidos hay unos es-
pecialistas en Ciencias Ocultas que son una maravilla;

                                                            Rafael
se dio cuenta de que Gladys lo miraba con fuerza, y de que Virgilio le hacía señas para que se callara, por qué me voy a callar, qué se creen. Continuó, con mayores titubeos:

Por supuesto que también hay muchos charlatanes que tra-
tan de embaucar a las pers |

¡Mayores charlatanes que tú no hay!, vociferó Gladys, ¿no
sabes quedarte *callado*? ¡Déjala en paz! Fuck off, you sucker!
Fuck off!

Virgilio sonreía.

Oiga, señora, no veo por qué tiene usted que hablar de esa manera |

Fuck *off*, don't you understand? Y agregó, con pésimo acento, ¡a la chingada!

Rafael tomó aire profundamente, con la nariz, contando cien doscientos trescientos cuatrocientos quinientos seiscientos setecientos, al inhalar; y setecientos seiscientos quinientos cuatrocientos trescientos doscientos cien, al exhalar. Francine alzó la cabeza, la sacudió, sonrió con fuerza, pero sus ojos estaban húmedos, como si saliera de un trance.

Se volvió a Gladys, sonriendo.

Gladys *Mc*Mathers, por favor cállate y no insultes a este muchacho. No sabes reconocer a alguien decente cuando lo tienes frente a ti.

Fuck off you too! And don't you call me again that name!

Todos guardaron silencio nuevamente. Rafael bebió un poco más del vodka tónic.

¡Bueno!, dijo Francine después de un momento. ¿Así vamos a estar? ¿Por qué no nos vamos a dar un tocador? ¿Tienes, Virgilio?

En mi casa. No me gusta andar cargando el huataclán. Hay mucha tira. Por aquí andan unas madrinas de la Federal. Tengo un café súper, pregúntale a Rafael. En la mañanita estaba alucinando. No supo a qué horas salió de la casa al jardín. Y después andaba *cayéndose*.

La casa, infecta ratonera, pensó Rafael, airado, y dijo:

No exageres, por favor. Sí es cierto que me puse muy high pero es que no había desayunado |

Ahi mismo te reventaste un café y pan, hijo.

y yo me acabé casi todo el cigarro.

Nomás te diste las tres.

Bueno, consideró Francine, de cualquier forma vives hasta casa del carajo. Mejor vamos a mi departamento, ahí tengo un huatito regular. Rafael, ¿vamos en tu coche?

¿En *su* coche | empezó a decir Virgilio pero Rafael lo interrumpió, sonriendo:

No vine en mi coche, lo dejé en México. No me gusta manejar en carretera. Vine en avión.

Virgilio sonreía.

¿Viniste en avión, hijo? No me habías dicho. Y tampoco que ya tenías coche.

Antes de que Rafael pudiera responder Francine se adelantó.

Ahorita consigo uno. Espérenme.

Se puso de pie y fue con McMathers, quien hizo aspavientos pero habló con uno de sus acompañantes y obtuvo un llavero. Francine casi lo arrebató y regresó con sus amigos, proclamando les dije que les regresaría el carro en media hora y los pendejos lo creyeron. Prête la voiture, agregó, y Rafael se asombró de oírla hablar francés: fue algo que no esperaba. Todos se pusieron de pie y Rosales llegó corriendo para exigir el pago del consumo. Gladys y Francine se pusieron a hablar entre ellas, fingiendo que no advertían a Rosales con la cuenta. Virgilio y Rafael se concentraron en el mar, la playa. No se hagan pendejos, *paguen*, exigió Rosales. Rafael, petrificado, siguió observando la playa. Leticia y Yolanda y los turistas ya no se veían ni en el mar ni en la arena. Virgilio suspiró, miró con furia contenida a Rafael, luego sonrió a Rosales y dijo apúntamelo. Te apunto pura madre, replicó Rosales, aquí nadie tiene crédito: cayitos con ciento ochenta más un toleco de propela. Virgilio palideció un momento pero obtuvo un rollo de billetes del bolsillo de su camisa, lo contó con el entrecejo fruncido y pagó, echando miradas laterales a Rafael quien seguía, al parecer, en una profunda contemplación de la playa. ¡Sonriendo porque dos niñitos jugaban en la orilla del mar! ¡Qué *tierno*! Esperemos que este pendejo se ponga a tiro y pague algo, ya casi me quedé sin monedas. Virgilio dijo a Rafael déjale *tú* la propina, ¿no?, y Rafael hizo ver que salía de su profundísima concentración, después sonrió brevemente, ajeno, buscó en los bolsillos de su camisa. Con los dedos tentaleó entre los billetes y por último pescó uno: de a veinte. Lo volvió a guardar hasta que levantó otro: de a cinco. Sin ver a Rosales, dejó el billete sobre la mesa. *Pu*ta, me lleva la chingada, qué amigos tan generosos tienes pinche Virgilio, dijo Rosales. Tomó el billete de a cinco y se fue, malhumorado. Gladys recogió el vaso de vodka tónic que había empezado a beber Rafael. El auto que consiguió Francine era un dodge charger con placas de Canadá. Francine dio las llaves a Virgilio y ocupó, con él, el asiento delantero. Gladys y Rafael se acomodaron atrás. Enfilaron por la Costera, llena de letreros en inglés. Francine, insatisfecha por las cassetes existentes para autoestéreo (Ray Coniff, Stanley Black, Los Panchos Goes Latin, Santana, Mariachi Percussion), echaba pestes en inglés por el gusto del dueño del auto. Virgilio iba orondísimo manejando un auto tan enorme y suavecito. Ya había olvidado su disgusto al tener que pagar la cuenta. THE MOST CUTE ROOMS TO LET. Gladys daba sorbitos al vodka tónic echando miradas acuosas a Rafael, quien fingía ir concentrado en las casas y establecimientos de la Costera. Finalmente, Rafael se volvió, vio a Gladys y le sonrió, con lo que él consideró fría cortesía. Pero en realidad su sonrisa resultó, para Gladys, sensual, *The higher you fly* escogida. ¿Y esa sonrisita qué quiere decir? Estos acapulqueños son verdaderamente increíbles, este muchacho se está insinuando, es más, con esas miradas y esa sonrisa casi me está invitando a acostarme con él. Gladys se ciñó la blusa y no pudo dejar de reparar en su abdomen flojo y blanco. VACANCY. De cualquier manera sonrió, satisfecha, y luego volvió a mirar, con interés, a Rafael. Pero él ya no la veía. Es discreto. La casa de Francine no se hallaba lejos de Caleta y a causa de la velocidad con que Virgilio guiaba, qué maravilla de carrote, uno déstos me gustaría tener, rrrrmmmmm, llegaron muy rápido. HAVE YOU EVER LEARNED TO READ? Desde la Costera se veía un edificio de departamentos construido a principio de los cincuenta, todo blanco. Un patio con mosaico y escalera en el fondo que conducía a tres pisos. Ventanas opacas, seguramente de cuartos de baño, estaban abiertas. Francine se adelantó, con rapidez para su edad, y subió las escaleras hasta que llegó al tercer piso. Virgilio corrió tras ella. Gladys subió despacio, un poco tambaleante; no era precisamente ágil y además cuidaba, aún, que no se derramara su preciado vodka tónic. Cuando Rafael llegó al tercer piso, se detuvo al oír que Gladys lo llamaba, unos cuantos escalones abajo.

Oye amor, ¿por qué no vas a comprar una botellita de licor? Aquí abajo hay un supermercado.

Rafael se indignó. Bien pudo habérmelo dicho antes de *subir. Además*, no soy su *criado*. Quedó inmóvil en su lugar. Gladys lo alcanzó y se detuvo junto a él, resoplando.

Precioso ve a comprar eso, por favor. No me digas que con la mota te pones stoned. A ver si con la bebida nos ponemos un poco más high.

Rafael, sonriendo nerviosamente, vio hacia dentro del departamento, buscando a Virgilio, esperando alguna indicación, a lo mejor no tengo que ir. O con la esperanza de que Virgilio fuera, pero dentro del departamento sólo se oían risas estruendosas.

Bueno. Dónde está la tienda.

¿La qué?

La tienda.

¿Qué quiere decir tienda?

El lugar donde voy a comprar la botella.

En la puerta siguiente, ¿no te fijaste cuando llegamos?

Rafael negó con la cabeza, tratando de sonreír. Empezó a bajar la escalera, casi corriendo. Gladys se recargó en el barandal, observándolo. Y continúa sonriéndome de la misma forma, qué divertido.

Rafael ya iba en el primer piso.

¡Oye!, gritó Gladys. Rafael se detuvo, volviéndose con un gesto interrogante. ¿Cómo te llamas, eh?

¡Rafael!,
y volvió a bajar, corriendo.

¡Yo me llamo Gladys!

¡Sí, ya sabía!

Antes de que Rafael corriera de nuevo, Gladys volvió a gritar ¡oye, compra vodka, por favor!

Rafael asintió, asqueado, ¡y me está sonriendo la anciana! Gorda, Fofa y Repugnante. Antes de que Gladys pudiera pedir algo más, Rafael echó a correr. Qué señora tan *pesada*, a ésta *nunca* le leo las cartas; o si tengo que leérselas, le deslizaré algunas verdades paranoiantes para que empiece a *respetar* a los demás.

El supermercado parecía vender sólo bebidas alcohólicas. Estantes y estantes de botellas cubrían la vista y sólo a lo lejos se veía comida. Qué compro, pensó Rafael, dónde está el vodka. Recorrió las botellas de coñac y whisky. Si la botella fuera para mí compraría un brandy, pero para estas ancianas algo mucho más barato. No soy su idiota. Ni su criado, no sé para qué acepté bajar, qué estúpido soy. Francine tiene morita, con eso es más que suficiente. Ojalá no esté tan dura como la de la mañana, se me hace que Virgilio le espolvoreó LSD a ese cigarro, para ponerme a girar. ¡No puede ser, todo el vodka está *carísimo*, qué ladrones son en Acapulco, en México cuestan como quince pesos menos! Definitivamente Gladys me quiso ver la *cara*, a explotar a ese idiota, ¿no? A explotar a su *madre*. Les voy a comprar tequila. Rafael buscó la botella más barata. La encontró. Tequila Ruco Rulfo, Sayula, Jalisco. Caramba, éste parece siniestro, les va a hacer polvo el estómago. Siete pesos. En México este tequila debe de costar tres o cuatro pesos menos.

The higher you fly

Rafael, botella en mano, subió la escalera del edificio, en esa ocasión lentamente, considerando: después de todo Virgilio no estaba portándose como debería: *juró* que arreglaría que Francine se acostara con él, y había resultado todo lo contrario: en el auto Francine fue delante, con Virgilio; no atrás, con él, cual debía de ser. Y en lugar de bajar a comprar la botella, yo ni pienso *beber* y hasta tuve que pagar, cuánta injusticia, Virgilio se quedó solo: bueno, casi solo: se quedó con la señora de piel dorada, ojos relampagueantes y senos cálidos. Oh Dios mío. Iod He Vau He.

Llegó al tercer piso y franqueó una puertecita que conducía al departamento. En frente, una cocina diminuta. Cajas y latas apiladas, la estufa llena de trastes

The higher you fly
The deeper you go

que parecían adheridos a base de viscosidad. Rafael se volvió hacia la izquierda, hacia una puerta que al parecer pertenecía a una ¡recámara! En el lado opuesto, en el fondo, el pasillo desembocaba en una terraza que obviamente hacía las veces de estancia. Ramas de árboles, el mar a lo lejos. Voces. Nadie a la vista.

Rafael ardió en deseos casi incontrolables de ir (hurgar) a la recámara de Francine: todo parecía indicar que las ancianas se encontraban, con Virgilio, en la terraza. Titubeando, cerró con cuidado la puerta de entrada; no hacer ruido. Abrazando, sin advertirlo, la bolsa con la botella de tequila (*muy* barato). Sonrió con una extraña mezcla de placer al darse cuenta de que su corazón se sacudía, saltaba desordenado, y de que sus manos sudaban. Ignoró la cocina (voces en la terraza). Pasos lentos a la recámara, entreabierta, de la izquierda. Nadie a la vista. No hagas *ruido*, retrasado mental.

Cuando al fin se encontraba frente a la recámara, y estaba a punto de empujar (si-len-cio-sa-men-te) la puerta,

ésta

se abrió, con un golpe brutal. Rafael saltó, pálido, casi temblando. Se asomó Virgilio, recién bañado, pelo escurriendo, olor agradable a loción, y emitió una carcajada, la mano en la puerta.

Rafael continuaba muy pálido, verdaderamente aterrado. ¡Con semejante *escándalo* Francine y la gorda Gladys también lo sorprenderían!, corazón desembocado, la boca sin saliva, abrazando la botella de tequila (horrible), una sombra de sonrisa por delante, como conejo acorralado. Estoy muy *mal* pésimo, alcanzó a pensar Rafael (fugazmente), una estupidez como ésta no debería sobresaltarme tanto. ¿Dónde estoy que me altero así? ¿Qué va a suceder? ¿Qué me pasa?

Una corriente de aire se perfiló por el pasillo, desde la terraza (las voces continuaban), pero no refrescó a Rafael.

Virgilio seguía riendo.

¿Te asustaste, Rafaelín? Qué vaciado eres. ¿Tú también te vas a bañar?

Sí, claro que sí, allí está el baño, ¿verdad?, dijo Rafael asintiendo, concentrándose en borrar la palidez de su rostro, la sonrisa endeble.

¿Fuiste por una botella? Qué pedo eres chavo… Épale, ¿qué te piensas bañar *con la botella*?

Virgilio observó, con el entrecejo fruncido, a Rafael. Una ligera sonrisa. Ojos chispeantes. Algo sospechas. Pero qué. Este lanchero imbécil *deveras* cree que está *escrutando* hasta el fondo de mi alma. Yo, clítoris. ¿Y si en verdad lo está haciendo, sa-bién-do-me? Adivinando lo que en realidad sucedió. Lo que *iba* a suceder. ¿Pero qué iba a suceder? *Nada* en realidad. Rafael aspiró, inflando el vientre, silenciosamente, hasta llenar los pulmones. Al fin alzó la cara con su mejor actitud superior, iluminada, y trató de sostener la mirada en los ojos de Virgilio. No pudo. Se sintió débil.

Yo creí que aquí se habían reunido todos, ves, por eso vine, dijo Rafael y se arrepintió en el acto, al ver una chispa burlona en los ojos de Virgilio.

Ah picarón, yo creí haber oído que te querías bañar. Pero no hay pedo de *nada*, Rafaelito, a mí no tienes que verbearme, soy tu soul brother,
soul brother mis huevos,

llégale por acá, agregó Virgilio. Dio un empujoncito a su amigo, sintiéndose de un humor espléndido, al grado de can-
turrear

I'm not tryin' to compete with you beat or cheat or mistreat
you classify you sacrify you deny defy or crucify you all I really
want to do babe is be friends with you,

y después, palmeando y haciendo pasos de baile,

I'm Jumpin' Jackflash it's a gas gas gas;

recorrieron el pasillo, I was raised by a toothless bearded hag,
ignoraron el desorden de la cocina y siempre oyendo las voces
de las señoras a lo lejos, it's a gas gas gas. El pasillo, antes de
desembocar en la terraza, se abría en *otra* habitación pequeña,
sin puertas. Una estructura de madera con algunos libros y un
tocadiscos pequeño, portátil, con forma de libro; álbumes al
lado y cassettes, pero ninguna grabadora a la vista. En la pared, pósters: un mandala de colores intensos, con un ☯ en el
centro, grabados antiguos, dos pinturas de Kandinsky, la
Muerte del Che de Augusto Ramírez, y dos camas gemelas, y
en una de ellas yacía dormido Paulhan. Virgilio construía un
collage de canciones: she took me upstairs for a ride, y luego
it's a gas gas gas.

Paulhan bocabajo, cubierto por unos shorts muy pequeños, adheridos a unas nalgas casi femeninas. Durante sanos
segundos Rafael dudó de que se tratara de un hombre, ya que
el pelo cubría el cuello y una parte de la espalda, y se acomo-
daba con naturalidad en cada ondulación. Y porque el cuerpo, perfectamente bronceado, carecía de vello y tenía una capa
aterciopelada que brillaba con la luminosidad del mediodía re-
flejada en la piel a través de una ventana abierta, amplia (la
terraza: la vegetación exuberante: el mar con filos plateados
en el fondo). Qué *calor*. En la mente de Rafael se fijó extraña,
indeleblemente, aquella figura dormida. Una emoción del más
puro carácter estético haciéndolo vibrar. Ésa era una de las
figuras más perfectas (la más) que Rafael hubiera visto. Sin
duda no era una mujer, a pesar de que las proporciones, aun-

que masculinas, eran tan precisas, que parecían insólitas en un hombre. ¿Qué es eso? ¿Qué es?

¿Quién es?, preguntó Rafael.

Se llama Paulhan. Es putarro. It's a gas gas gas. Te gustó, ¿eh, mayatón? Llégale.

Virgilio empujó a Rafael y pasaron a la terraza. La brisa corría apenas bloqueada por las hojas verdes de mangos y almendros. Francine en el fondo. Pantalones blancos y piel tostada. Gladys se puso de pie ¡con una sonrisa!, se acercó a Rafael y tomó la botella.

No había vodka, alcanzó a musitar Rafael

(Paulhan bocabajo).

¿Y qué trajiste? ¿Gin?, preguntó Gladys rompiendo la bolsa. No pudo evitar una sombra de desilusión al ver el tequila (repugnante). Sin embargo, encogió los hombros, pero no se atrevió a dar una palmadita a Rafael ya que él se hallaba mirando

a Francine:

pensativa, con una expresión tan verdadera, tan hermosa que la hacía verse joven,

me dan ganas de hacerle cariñitos, se dijo Rafael, de apapacharla, de quererla. Un nudo en la garganta. Se descubrió muy emocionado, casi con ganas de llorar. ¿Y ahora? ¿Qué me pasa? ¿Qué

Paulhan bocabajo   me está ocurriendo, qué me está sucediendo? ¿Por qué paso del terror absoluto a la cursilería mas abyecta?

Gladys había quitado, con los dientes, la banda de plástico que hermetizaba la botella y en esos momentos servía tequila, sin miramientos, en varios vasos.

Francine se acercó, aún abstraída, con pasos lentos, a la mesa. Quedó frente a Virgilio. Y con la misma expresión de lejanía, pidió:

Fórjate unos charros, big boy.

Big boy ni que fuera hamburguesa, pensó Virgilio. Sonrió y ella le dedicó una palmadita casual en la mejilla antes de volverse a Rafael, quien continuaba paralizado en el mismo lugar. Paulhan bocabajo. Rafael perplejo, extraño aún, percibiendo que Gladys quería que él la ayudara a *servir* y *repartir* la bebida; y que en realidad lo que le había parecido profundamente natural, conmovedor y hasta tierno en Francine (su abstracción, la frescura de espíritu que –él creyó– no pudo continuar oculta y que se elevó desde su alma para retratarse en sus facciones),

sólo era una pose más, tan mecánica, refleja, como sus actitudes vulgares llenas de palabrotas: algo asquerosamente estudiado. Y sin embargo el corazón de Rafael latía con rapidez—————viéndola mirarlo—————Virgilio se hallaba preparando unos cigarros gordísimos cuando vio de reojo a Francine mirando a Rafael y dijo (¿casual?):

Oye Francine, mi cuate el *Esotérico Escrutador* también quiere darse un baño, ¿le das champú?

Francine suspiró, resignada.

Pues cómo no. Pero qué pendejo es. El shampoo está en la regadera. Una botella de plástico.

Jia. Te afresaste. Que si le das chance.

Rafael sintió: la sangre le subía a la cabeza. Salió apresuradamente, cerrando los ojos con obstinación ante la figura dormida (bocabajo) en la cama. A medio pasillo oyó que Francine lo llamaba. Respiró profundamente, contando cien doscientos trescientos cuatrocientos quinientos seiscientos setecientos, al inhalar; setecientos seiscientos quinientos cuatrocientos trescientos doscientos cien, al exhalar.

La revelación

¡Rafae*lín*!, volvió a llamar Francine, Rafael de nuevo ignoró a Paulhan (bocabajo) dormido al atravesar la habitación sin puertas. Francine le pidió que pusiera a trabajar la ridiculez de tocadiscos que se hallaba en la recámara, pero allí está dormido P | alguien, que se chingue ese puto pendejo y cogido, concluyó Francine: pon musiquita. Est-ce que tu ne veux pas danser avec moi?, agregó, con coquetería.

Rafael salió de la terraza, fingiendo que no veía a Gladys guiñarle un ojo (arrugado) al ofrecerle un brindis mudo (¡de tequila!). Sudando de nuevo llegó a la estructura de madera y revisó

las cassettes: Shine on Brightly: Procol Harum. Let it Bleed: Rolling Stones, Sgt. Pepper's Lonelyhearts Club Band: Beatles, The Family that Plays Together: Spirit, Aoxomoxoa: Grateful Dead, New Morning: Bob Dylan, A Saucerful of Secrets: Pink Floyd, Open Road: Donovan, Earth Opera, Traffic, It's a Beautiful Day, Retrospective: Buffalo Springfield, The Worst of Jefferson Airplane, On Tour: Delaney & Bonnie & Friends with Eric Clapton, The Twain Shall Meet: Animals. Y los discos (maltrechísimos): Led Zeppelin II, Atmosphères: Édgar Varèse, Wilson Pickett's Greatest Hits, In a Gadda da Vida: Iron Butterfly, Sugar Sugar: Archies, Cashbox Hits by Stanley Black, With a Little Help From My Friends: Joe Cocker, Von Suppé Overtures. Rafael puso el último disco esbozando para sí mismo una sonrisa canalla. Von Suppé Overtures estaba muy rayado y sólo ofreció, en un principio, una mezcla de ruidos espeluznantes. El joven dormido, Paulhan Bocabajo, alzó la cabeza y vio a Rafael, ojos soñolientos, una sonrisa débil en los labios. Hola, dijo apaciblemente.

Rafael asintió y salió del cuarto apresurado, confundido. Se acaloró y entró en la cocina donde se descubrió mirando unas latas y cajas polvosas apiladas en el suelo. Después de un rato, no supo exactamente cuánto tiempo, oyó que Von Suppé Overtures era reemplazado a favor de Led Zeppelin II. Sonrió, nervioso, y pasó a la recámara que en un principio había acicateado su curiosidad. También en franco desorden: una cama inmensa, deshecha, y ropa femenina de tallas distintas indicaban que allí dormía Francine, ¡y Gladys también! Muchos botes y frascos en el tocador.

Y en el baño, Rafael permaneció largo rato bajo el chorro

raquítico de la regadera, oyendo apenas, a lo lejos, una voz muy aguda; mezclada con los autos y camiones que transitaban la Costera. Un gran alivio al sentir que se iban los últimos restos de agua salada. Se quitó el traje de baño para eliminar la arena que le estaba molestando desde la playa. Y el agua, más tibia que fría, apenas lo refrescaba. Estoy ardiendo, he estado *muriéndome* de calor desde que llegué a este puerto de porquería. Agua y luz casi nada callejones llenos de cagada y un calor de la chingada: ¿qué es? Y eso que todavía no fumamos morita: entonces sí voy a volar.

Fuera de la regadera sólo había dos toallas, ambas empapadas. Estúpido Virgilio: mojó las *dos*, con lo enano que está bien se pudo secar con un kleenex. En el lavabo había cremas y perfumes, pinturas para la boca, las cejas y las pestañas, polvo, talco, depilador, secador, minitoallas, peines, cepillos, diversas bases para maquillaje, pasta para dientes, piedra pómez, gotas para los ojos (cuatro marcas distintas), tijeritas, cortaúñas, champú y desodorante, todo para mujer; pero también rastrillo, expedidor de navajas, loción, talco, desodorante y crema espumosa de la misma esencia. Rafael titubeó unos instantes pero finalmente optó por utilizar todo eso. Una fugaz sombra de satisfacción y tranquilidad lo invadió después de rasurarse al bañar su cara con loción, pero se inquietó al considerar: las señoras (las ancianas) lo olerían a kilómetros y pensarían que era un conchudo-irrespetuoso-incorregible por utilizar cosas ajenas sin pedir permiso. Eso le permitió advertir que tenía mucha hambre, y que desde la mañana, ¡desde hace meses!, no había disfrutado de un momento de paz verdadera. Ya se hallaba sudando y no por el calor: él lo sabía muy bien. Tomó asiento en el excusado, perplejo, mirando las palmas de sus manos. Sudando. Le cruzó por la mente la idea que si alguien entrara, de golpe, en el baño, contemplaría a un hombre, porque ya no soy un muchacho, terriblemente abatido (¿derrotado?), con el entrecejo sinuoso porque no reconocía nada de lo que estaba allí, y no porque se hallara en un lugar desconocido: a fin de cuentas era un baño como cualquier otro, sino porque los filos del mosaico, golpeados por la luminosidad del mediodía, parecían vibrar, con vida latente, formando reflejos desusuales: las líneas y los pequeños puntos de luz del mosaico hormigueaban, se rompían en fragmentos incandescentes. Su corazón saltaba, oprimido: el calor hacía que Rafael respirara con la boca bien abierta, como si la nariz no bastase, mientras las gotas de sudor continuaban brotando, fluyendo interminablemente por sus manos. ¿Por qué estoy aquí? ¿Dónde estoy? ¿Quién *soy*? se dijo, pero desatendió las preguntas al reconocer: esa sensación, esa extraña percepción sensorial tenía que ser el aviso de un evento inminente o fatal. ¡Algo va a suceder! ¡Algo le va a suceder a alguien! ¡O algo me va a suceder *a mí*! Ansiaba que el maestro de Ciencias Ocultas se hallara con él para leerle el tarot; o leerlo él mismo, aun a sabiendas de que no es posible echarse uno mismo los arcanos. Vio las palmas de sus manos, llenas de sudor, y contempló que bajo la línea del corazón se trenzaban ramificaciones, como si quisieran tejer una estrella que surgiría a partir de la línea de la cabeza. Por último, Rafael optó por respirar profundamente, contando cien doscientos trescientos cuatrocientos

The higher you fly
The deeper you go
The deeper you go
The higher you fly

quinientos los sonidos de los autos y camiones de la Costera se habían convertido en notas terriblemente agudas seiscientos al grado de que lo hacían estremecer setecientos, al inhalar setecientos seiscientos la música irreconocible brotaba del lavabo quinientos cuatrocientos y después de su propia cabeza trescientos doscientos de su interior surgía la música que hacía vibrar las líneas del suelo cien puntos de luz en agitación intermitente, al exhalar. Se puso de pie y volvió a lavarse la cara, sintiendo cómo el olor de la loción se avivaba, resurgía. La toalla estaba imposible y por eso corrió la cortina de plástico, entró en el cubículo de la regadera y abrió la ventana, grande y de vidrios opacos, para que el aire lo secara. La luz de la calle lo obligó a cerrar los ojos y así vio, como cine proyectado en los párpados, surgiendo de una oscuridad encarnada, rostros con máscaras rituales, con gestos furiosos y grandes ojos blancos, que posteriormente se convirtieron en perfectas y absurdas caras de diablos cuernilargos, colmillos afilados y ojos fosforescentes. Si esas imágenes hubieran estado dibujadas, si fuesen reales, habrían motivado su risa, por ingenuas, pero dentro de su mente, con el fondo rojo de los párpados cerrados, eran siniestras, amenazadoras; y Rafael prefirió abrir los ojos,

y en ese momento tuvo la alucinación, pavorosa y real como sus visiones infantiles, sin visos oníricos, sino tangible como lo que veía cotidianamente, de la gorda Gladys cayendo de la azotea, con lentitud, hacia el patio, tres pisos abajo; pero no terminaba de caer y en el aire giraba con la blusa abierta, mostrando su abdomen lleno de grasas, profiriendo gritos de auxilio. Casi al llegar al suelo la gorda Gladys se metamorfoseó en Francine, quien se estrelló con un ruido sordo y fue cubierta por una mancha de sangre: surgía de un orificio en la frente, arriba de los ojos, y fluía hasta mojar sus pantalones tan blancos que parecían ser la fuente de luz del día (el sol impasible). Ojos entreabiertos y apagados.

Rafael quedó inmóvil, sin darse cuenta de que el viento ya lo había secado. Con la boca seca y sin reconocer miedo o compasión o asco o placer o algún otro sentimiento, miraba el cuerpo ensangrentado de Francine, con la sangre casi hirviendo (vibrando) por el calor. Los ojos yertos. ¡Era como si *alguien* viera a través de Rafael, porque él se hallaba en otra parte! La miró fijamente, sin saber cuánto tiempo, un atisbo de eternidad. Todo cesó: el instante fue absoluto, el patio se desenfocó, la Costera perdió sus contornos y los autos y camiones que transitaban se volvieron borrosos. Sólo quedó claro, preciso, vibrante, el cuerpo de Francine ensangrentado en el suelo. A lo lejos apenas se escuchaba In a Gadda da Vida: Iron Butterfly, y aun el cuerpo de Francine fue perdien-

do sus contornos hasta que sólo quedó en foco la perforación en el centro de la frente, arriba de los ojos, manando sangre fresca, con reflejos plateados como el mar a lo lejos; y los senos cálidos, con las bolsas cubriendo los pezones y una mano a la altura del corazón: cuánta edad, cuánta fatalidad. Finalmente Rafael cerró los ojos y de nuevo la oscuridad encarnada, ramificaciones azules, sin visiones. Se tranquilizó. Sintió el viento en la cara. Dejó la ventana, la cerró a ciegas, si abro los ojos pierdo la paz, y respiró profundamente, contando cien doscientos trescientos cuatrocientos quinientos seiscientos setecientos, al inhalar; setecientos seiscientos quinientos cuatrocientos ¡un calosfrío! trescientos doscientos cien, al exhalar. Hasta entonces abrió los ojos. La regadera. El mosaico ya seco. Tras la cortina, el lavabo, el excusado, las lociones. Wilson Pickett's Greatest Hits a lo lejos. Todo normal, ¿no?, lo único extraño era que él se hallaba tranquilo, seco, ¡ya no me sudan las manos! Volvió a asomarse a la ventana y para su sorpresa el cuerpo ensangrentado de Francine aún yacía en el patio, se suponía que ya no debería estar allí, ¿no?, por qué continúa la alucinación, ¿eh?, ¿yo soy el que ve eso o alguien ve a través de mí?, quién soy, ¿eh?, y los ojos entreabiertos definitivamente apagados y
una especie de sonrisa en los labios

The deeper you go

y Rafael cerró la ventana, suspirando profundamente; sonrió cuando creyó obtener la verdad:
Dios me ha favorecido
ya no me vuelve la espalda me permite verlo
puedo ver el futuro,
                              ¡Francine se va a morir!
   Pero cuando regresó a la terraza, el corazón le dio un vuelco al ver que Francine y Virgilio bailaban *escandalosamente* pegados, cómo se atreven, adheridos el uno al otro. Paulhan, el joven rubio, ya se había levantado y aún atesoraba restos de

soñolencia a través de una serie ininterrumpida de bostezos. Expresión plácida. Sonrió a Rafael cuando lo vio llegar, pero no tanto como la gorda Gladys, quien alzó la mano blandiendo un cigarro de mariguana descomunal.

Hi! ¡Rafaelín, cómo te tar*das*|

Creímos que ya te habías ido, dijo Virgilio sin moverse, su mejilla pegada a la de Francine.

pero te guardé un toque, concluyó Gladys con pésimo acento.

Rafael tomó el cigarro y fumó con ansiedad para toser en el acto, invadido por el sabor rasposo, a hojas secas. Vio que Gladys sostenía un vaso con tequila y lo observaba, asintiendo, comprensiva.

Está regañona la morita, se disculpó Rafael, fumando.

¿A *eso* le llamas regañona?

Es que fumas como profesional, dijo Gladys. Seguramente aguantas *mucho*, lover boy.

Claro que aguanto mucho.

Gladys sonrió.

Qué bueno Rafael, qué bueno. Me fascina la gente que aguanta mucho. Yo también aguanto mucho…

Rafael vio a Gladys, extrañado.

¿Eh? Ah. Bueno, la mariguana es cosa de niños.

Aquí tenemos un poco de licor.

Sí, claro. Pero aguantaría más un ácido. Las drogas sicodélicas son mejores. El camino del Sefirot a corto plazo.

¿Tú has viajado mucho?

¿Yo? Bueno, sí. Digo, lo suficiente.

Francine y Virgilio bailando. Muy despacito, tenazmente enlazados, sin moverse casi a pesar de que la música, en ese momento, se llamaba Funky Broadway. Bueno, ¿a qué horas se acabó Led Zeppelin II? ¿E In a Gadda da Vida? ¿Me habré tardado mucho en el baño?, se preguntó Rafael sin dejar de fumar. Empezaba a verse muy pesado y encendió uno de los winston que se hallaban en la mesa. La boca seca. Mirando fijamente a Virgilio. Qué bruto cómo se tardó Rafaelito: está que se lo lleva pifas por llegarle a la Francine, qué sabrosa está esta pinche vetarra. ¡Virgilio le está *acariciando* las nalgas a Francine!, observó Rafael, ultrajado, mientras Gladys lo veía, copa en mano, aire soñador. Pass the toke, please. ¿Eh? Que me pases el toque. Pero Rafael no la escuchó en esa ocasión. Este jovencito enano pelichino se está calentó, ya se le *paralizó*, se siente *rico* después de todo, es que soy muy *puuuuu*ta, consideró Francine con una sonrisa, oscilando el pubis contra el miembro rígido de Virgilio; todavía me las traigo: una piecita bailando pegaditos y el chavo listo para venirse. Hold on I'm comin'! Francine sintió una leve excitación, sobre todo al advertir que Rafael la observaba fijamente. Francine restregó el pubis en el miembro de Virgilio para sentir la calidez de su vagina lubricándose. Rafael torció la boca, le dio el cigarro (la colilla) de mariguana a Gladys y fumó rabiosamente el winston. Gladys le sostuvo la mano, mirándolo, y Rafael le dedicó una sonrisa artificial y aceptó el vaso de tequila que le tendió la gorda Gladys, quien no le soltaba la mano. Ojos entreabiertos. Este muchachito se quiere acostar conmigo, qué divertido, qué excitante; bebe de mi vaso y me ofrece su cigarro de mariguana y me continúa sonriendo con esa sonrisa tan suya, tan única…, tan *pecaminosa*, como si me invitara a hundir esos dientes tan blancos, tan bien formados, tan perfectos, en mis hombros, en mi vientre, en mis vellitos agitados y en mi clítoris, how long since a real good lay with a kid?, oh centuries. Rafael tosió nuevamente, en esa ocasión después de un trago prolongado. Repugnante gorda fofa, pensó, quién sabe cómo puede ponerse high con esta morita que está *fuertísima* y seguir bebiendo ese bebistrajo que sabe a dedeté. Me pone muy nervioso que me mire tanto. Francine es la que debería de mirarme *tanto* y darme de beber de su boca y pasarme el toque. Siéntate Rafaelito, invitó Gladys, junto a mí. Hazte a un lado, Paulhan, deja sentar a Rafael. Paulhan sonrió, bostezando una vez más y se pasó a la silla contigua. Tarareó oh oh!

Other flamingos than me! Rafael tomó asiento, junto a Gladys. En la mesa había vasos, la botella de tequila (baratísima), cajetillas de winston, una cajita llena hasta la mitad de mariguana limpia y más de veinte cigarros voluminosos, hechos por Virgilio, quien se quedó helado, desconcertado, cuando Francine se desprendió de él y lo dejó a media terraza, oyendo Wilson Pickett's Greatest Hits, con una erección notoria, apenas oculta por el traje de baño.

¡Vean todos! ¡El acapulqueño perfecto! ¡Pura verga y nada de cerebro!, proclamó Francine señalando a Virgilio, quien apenas logró sonreír, incomodísimo, sintiendo que debía de cubrir su miembro en erección. Nada más para eso sirven los beach boys, para que se les pare. They're good for nothing, just for screwing. ¿O no, Virgilio?

Chinga tu madre, respondió Virgilio. Su erección desapareció en segundos, a la vista de todos, y él caminó con pasos rápidos hacia la mesa, donde tomó uno de los cigarros descomunales de mariguana. ¿No quieren un queto?, propuso, titubeante, al encender el cigarro en el acto. Pero si ya hay uno prendido, pensó Rafael. No dijo nada porque Gladys en ese momento le pasó la colilla y le quitó el vaso de tequila al decir (pésimo acento) ponte hasta las nalgas big boy.

Tú le quieres poner las nalgas, old *bag* delató Francine, remedando el acento de Gladys. Se acercó a Virgilio, triunfante, y le quitó el cigarro de mariguana recién encendido. Dándole fumadas breves, juguetonas, fue al centro de la terraza, con la cabeza hacia atrás, marcando pasitos de baile, totalmente desincronizados con el disco que estaba puesto.

C'est ansi comme le bongo bongue, recitó Paulhan.

Rafael advirtió que sus oídos zumbaban y que los párpados se le caían: sus ojos ardían pero las manos ya no le sudaban. No se hallaba tranquilo, sino a gusto, con una rara, lenta, clase de euforia. Le alegraba en especial que Virgilio estuviera callado, despatarrado, humillado, eso mereces, vicioso. Vio de reojo a Paulhan, quien sonreía ya sin soñolencia, tranquilo y

71

distante como si no hubiese fumado *nada*, a mí se me hace que ni se puso hasta el gorro. Ni siquiera se le irritaron los ojos. ¡Me está mirando! Rafael bajó la mirada, inquieto, intuyendo algo extraño que no podía precisar. Después miró a Gladys: bebía tequila: ojos irritados, ojeras descomunales, se ve todavía más vieja de lo que es, ¡y debe de ser antiquísima! En cambio, Francine –había tomado otro vaso de tequila y bebía, alternando con chupadas breves al cigarro de mariguana– se ve como nueva, qué aguante de señora, es un pro-*digio*, qué bruto, estoy rezumbando…

The deeper you go

Cómo te sientes, preguntó Gladys.

Estoy rezumbando. Qué bruto.

Todavía no estás, señaló Virgilio.

¿Pues no que aguantas mucho?

Cuando alguien dice que está rezumbando es que todavía *no está* rezumbando.

Si alguien puede alzar la mano para tomar un charro, es que todavía *no está* rezumbando, corroboró Virgilio.

Sí está, contradijo Paulhan.

Bébete un poco de tequila gurú, instó Gladys.

No gracias.

Cuál tequila Gurú. Éste es tequila Ruco Rulfo.

Cómo no, bebe, urgió Francine. Para que veas qué tequila tan culero trajiste. Eres bien elbow.

Más respeto, por favor, pidió Rafael pero bebió del vaso de Gladys.

¡Tequila Ruco Rulfo, de Jalisco! ¡Usted caminará en su propia guácara!, locutoreó Virgilio.

Yo no respeto a nadie, todos me respetan a mí, motherfuckers.

I'm a fatherfucker, corrigió Virgilio.

Sois sage et reste toi plus tranquile, recitó Paulhan.

Chinga tu madre puto pendejo, contrapidió Francine.

Oyes, ¿tú eres francés?, preguntó Rafael.

Soy belga. Quiero decir, de Bélgica.

Te gusta la ¿qué?, dijo Francine.

Recuerda que tenemos un pacto de no agresión, Francine. Pacto de no agresión mis ovarios. No seas *sangrón*. ¿No te gusta la vergadora, Paulhan? No te hagas del culo chiquito. Rappelle-toi que tu aimes le zote, le pispiate, la pescuezonne, le vergantin|

Le chile, agregó Virgilio, riendo.

The good ol'prickeroo!, exclamó Gladys.

Estamos hablando en francés, gorda pendeja y vieja. Inculta. Shoddop!

Gee, I'm pretty stoned. Of course I shoddop.

Le platane, le fierre, le pirouli, la verdure, le chilaquil, contribuyó Virgilio, regocijado.

La pirinolle, l'oiseau, agregó Francine, le pale, le pite, la cornette.

Le chilam-balam de Choumayel, siguió Virgilio, muerto de la risa, le legne, le pincel, la pingue, le rifle, la pistole, le bat, la verdolague, le penelope, le garrote, la macanne.

À l'avoir chats|

Tu me donnes peur, sonrió Paulhan.

No entiendo nada, declaró Rafael (sintiéndose flotar).

A ver si te metes por el culo tu sonrisita cachonda de a penny, gurú buey.

¿Mi sonrisa cachonda? ¿Cuál?

Cállate la boca y sigue bebiendo, ordenó Gladys a Rafael, tendiéndole el vaso.

No, ya no quiero.

Entonces date otro toque, sugirió Francine.

Tampoco, ya no puedo.

Sí, puedes, cómo no, ándale.

Francine se acercó, blandiendo el cigarro encendido y llegó hasta Rafael. Hazte a un lado anciana, dijo a Gladys. Bugger off, respondió ella, pero Francine se colocó tras Rafael y se aproximó hasta que su pubis quedó incrustado en el hombro:

empezó a moverse con lentitud (exasperante) mientras colocaba el cigarro de mariguana en la boca de Rafael, quien fumó a duras penas, ya no quería, todo él se hallaba muy pesado, la boca y la garganta más secas que nunca. Quiso hablar y su voz no salió. Como en un delirio sentía los muslos de Francine y el pubis acolchonadito, delicioso, esta mujer me va a volver loco loco loco. Dejó de fumar y ella le enterró el cigarro en la boca: aún se hallaba a la mitad.

Ya no quiere, intercedió Paulhan.

Don't hump me, advirtió Francine, mientras su pubis continuaba oscilando, laissez moi faire, incrustado en el hombro de Rafael.

Virgilio se había relajado nuevamente, después de emitir un sonoro resoplido y sacudir la cabeza. Qué bruto, palabra de honor que sentí que me estaba *yendo*. Pero se baja el efecto: es lo malo de la mota pinche: quema uno como cosaco pero lo high dura muy poco, después es el puro aplatane. Y *hemos* fumado, pero es que Francine es algo serio. A Rafael ya se le ha de haber paralizado. También a mí se me puso como riel hace rato. *Pinche* Francine, si no hubiera sido *ella* la habría agarrado a patadones. ¡Mocos mocos, en el cerebro y en el paladar los patadones! Cómo que nada más sirvo para coger, también sirvo para *Piiinche* Francine, bien que le gustó. No salimos en todo el puto fin de semana. El paliacate continuo. ¿Y *ella* para qué sirve? Nada más para que se la cojan, o para llegarle a otras rucas. ¡Hasta a la asquerosa gorda fofa repugnante Gladys en un momento de abandono y desenfreno! Cámara: no medime: abandono y desenfreno. Pues así es esto. ¡Hasta *pálido* ya se puso Rafael, ha de estar que se muere por tiroteársela! Bien que le está gustando cómo le entierran el monitorcito. Pero qué pálido está. El pendejo ha de haber creído que las ondas que yo le cotorreaba allá en los Méxicos eran puras papas. Ándale buey, para que te des un quemón. Aquí en Acapulco is where the action is! Qué zona rosa ni qué pendejadas. Allá hay puros nacotes, padrotes-pendejos, putas de a peso y hippies fresas. Qué diferencia. Aquí sí está la onda maciza-maciza. Y no nomás en el destrampe, también hay cotorreos profundos y trascendentes. Mucho gabacho superhead que sí sabe cómo leer el *tarot* sin andar cobrando *cuarenta* pesos la sesión. ¡Cuarenta pesos la sesión, my diosh! Qué grueso estás, maese Rafael. En México anda muy nalgoncito, viendo a todanos como si fuera el pinche Es*pí*ritu Santo. Lo único que tiene de santo es la máscara. Deveras estoy rezumbando. Pero no tanto como Rafael: qué *pálido* está. Bueno, es que no aguanta casi nada. ¿No que aguantas mucho, hijín? En la mañana nomás le faltaba decir quién soy dónde estoy qué me dieron. Se me hace que *nunca* se ha metido un aceite. Él dice que simón. *Bueno.* Pero lo que él dice, ni en cuenta. Aquí el chavo nomás ha estado como el ojo square, como buen ídem. Jia jia. Cherry pink an'apple blossom white. Aquí el rol es distinto, pesado, y sin embargo, groovin' is easy if you know how. Al principio yo deveras pensaba que era bien machín, por eso lo dejaba que agarrara vuelo, hasta le daba cuerda, para que me viera y me hablara como si yo fuera un acapulqueño pendejo bueno para nada nada más para coger. *¡Pinche Francine!* ¡Cámara! ¡Le *debí* haber dado unos patadones en el cerebro, unos moquetes en el paladar a la ruca Francine, no tiene derecho!

No tienes derecho de estarlo excitando, Francine. Ya déjalo, pidió Paulhan.

¡Excitando!, rió Francine y se inclinó ante Rafael. ¿Se está usted excitando, jovencito?

Rafael se volvió a ella, cruzando la pierna para disfrazar la erección de su miembro, y trató de sonreír. Francine leyó algo en el rostro de Rafael y no lo dejó hablar.

Lo que pasa, Paulhan, es que dentro de tu cerebro *homosexual* sienten envidia los últimos restos de virilidad que te quedan: a ti *nunca* te he frotado el monín como a Rafael.

Gladys explotó.

¡Paulhan tiene razón! ¡Ya *déjalo*! ¡Eres baratísima! ¡Debería darte vergüenza!

Don't mamey that it's banana, sentenció Francine, aún restregando su pubis en el hombro de Rafael.

Cien doscientos trescientos cuatrocientos quinientos seiscientos setecientos, al inhalar; y setecientos seiscientos quinientos cuatrocientos trescientos doscientos cien, al exhalar.

¡Que lo dejes en paz!, chilló Gladys.

Gordita. *Gordísima.* Yo te conozco bien. Te sé de memoria. Ya sé qué te sucede, canturreó Francine.

¡Y también déjame en paz *a mí*!

¿Quieres que describa con shimmering technicolor qué está sucediendo en tu cabecita? ¿Se lo digo a *todos*? ¿Eh? Sería divertido. Mmmm. Posiblemente ni siquiera tú lo sabes.

¿Qué crees que soy? ¿Pendeja? Tú eres más pendeja que yo, porque crees que sabes algo. No sabes nada. Y te pones muy *fea* cuando eres así. No me gustas.

Discusión sentimental en puertas, suspiró Paulhan. Nada más eso nos faltaba.

Cállate puto. Mira Gladys, tienes razón. Yo no sé nada. ¿Verdad Virgilio que yo no sé nada?

Sí sabes, cómo no.

Are you sure?

Pues sí.

Bueno. Gracias Virgilito. Pero doña Gladys no está de acuerdo. Awright. Entonces que hable el que sí sabe. Ladies & gentlemen! The amazing wizard of the occult! ¡Rafael!

No gracias, dijo Rafael, aún muy pálido.

Cómo no, léele las cartas.

Pero no tengo cartas.

Yo tengo, dijo Paulhan. Se puso de pie y fue a la recámara. Se detuvo a medio camino.

¿De veras sabes leer las cartas?

Sí sabe, dijo Virgilio. Cuarenta pesos la s |

El tarot, tosió Rafael.

Es *profesional* aclaró Francine y canturreó: cua-renta pesos la se-sión.

¿Me vas a cobrar cuarenta pesos a *mí*?

Rafael negó. Francine sonrió significativamente y se acercó a Gladys. Le colocó las manos en los hombros y los acarició con suavidad.

¿Entonces sí quieres que Rafaelín te lea las cartas, gordita? Te juro que me *sorprendes*.

Siguió acariciando los brazos de Gladys, pero ella se hizo a un lado, molesta.

¿No quieres que te cachondee los brazos, hipopotamito? ¿Ya no te gusta?

Gladys rió, nerviosamente, viendo de reojo a Rafael, pero él tenía los ojos cerrados y la cabeza en el respaldo de la silla. Francine también lo vio, fue hacia él y le propinó un puntapié furioso. Rafael brincó, sobresaltado, diciendo eh eh.

No se duerma, joven. Más seriedad.

No estaba dormido, estaba meditando, explicó Rafael pero calló al ver que Francine se hallaba de nuevo tras Gladys. Le enterró el pubis en los hombros e inició unas lentas ondulaciones. Gladys se revolvió, furiosa.

Fuck off! Bugger *off*! Gonna kill you, gonna kill you!

Virgilio no pudo más y soltó una carcajada.

And you you shut your fuckin' mouth, you pimp, good for nothing, good for—screwin'!

Voicì le tarot, anunció Paulhan, sonriendo. Colocó las barajas frente a Rafael y se inclinó hasta que sus caras quedaron a pocos centímetros. Me interesa mucho tu técnica, agregó.

Te lo quieres coger, confiésalo, delató Francine.

Francine, tú sabes que me interesa su técnica |

Sí, ya sé, y también sé que te lo quieres coger, putarraco. Esa sonrisa ladina-cachonda del tarotista ha causado sensación.

Cuál sonrisa.

Y además, Paul Paul, te estás metiendo en terrenos peligrosos. Gladys se va a enojar.

¿Por qué?

¡Ya *cállate*, Francine!

Ahora sabes por qué.

Yo soy muy respetuoso con tus amigos, dijo Paulhan.

Muy respetuoso... Francine se volvió a los demás. El señor Paul Paulhan, porque así tiene el pésimo gusto de llamarse, ¡Paul Paulhan!, antes de venir a *mi* casa, a dormir como buen huevón pasado, estaba en el Villa Vera Racket Club practicando la fellatio a *tres jovencitos* que se ligó anoche. *Mamándoselas*, pues. Los tres jovencitos en cuestión eran amigos míos. Yo los traje a mi casa y se los presenté. Y ni crean que eran unas bellezas. Y ahora sale que es muy respetuoso, como si a mí me importara si se los coge o no. Tírate a este sonrisa algodonera también, me tiene sin cuidado. No porque te la meta se le va a dejar de parar. O quién sabe.

Rafael regresó del estado de sopor. Una jaqueca. Todo muy pesado pesado como brumoso y mucho calor mucho calor. Y el suelo iluminado, incendiado por el sol, como————con vida. Oyó las últimas palabras de Francine y se le revolvió el estómago. ¿Por qué habla *así*? ¿Por qué tanta *vulgaridad*? ¿Por qué tanta *grosería*, agresividad y hablar de vergas y mamadas y culos y coger? Pensó fugazmente que en ocasiones él hablaba de culos-mamadas-vergas-coger y no le parecía vulgar. En el fondo es pura hipocresía, descubrió. Y si no hablaba siempre *así*, porque edificaba con tesón su imagen de joven-serio-responsable-decente-profesional-intachable-con-cultura-y-sólidos-conocimientos-del-alma, sí pensaba *así*, y pensaba en la novia que lo abandonó, después de tantos años, porque se descuidaba los dientes, y cómo desde que le pusieron la dentadura postiza algunas mujeres se le entregaban y él era feliz pensando en un torrente de semen inundando a las clientes del salón de té Scorpio, *Flashback elemental* quienes le mamaban la verga, le metían el dedo en el culo y se lo cogían. ¡Pero qué barbaridad! La cabeza le estallaba. De nuevo sudando. Qué mariguana, alcanzó a pensar, es un cañonazo. Soy un farsante un mentiroso y un hipócrita me odio me odio me odio, se descubrió pensando. Pero ellos son más farsantes que yo.

¿Podrás leer las cartas?, deslizó Virgilio y sonrió tenuemente cuando Rafael, al tomar el tarot, le dedicaba la mejor de sus sonrisas dignas,

con los ojos como conejo cuyo no se ve muy *digno* que digamos, pensó Virgilio y emitió una risita. Vio que Rafael sacudía la cabeza varias veces, con fuerza, mientras Gladys daba tragos nerviosos al tequila antes de colocarse frente a Rafael con *toda* su atención, tragando saliva para humedecer su garganta tan seca, escupiendo después para ahuyentar el sabor a tequila y mariguana que surgió de su interior. Paulhan jaló una silla y se ubicó junto a Rafael, muy cerquita, para ver su técnica, pinche puto se quiere coger a mi cuate. Rafael aclaró la garganta, con los ojos entrecerrados, como en trance, que mamón es, mirando de reojo a Paulhan a su lado y sonriendo con ¿nerviosidad?, sudando a mares y eso que se acaba de bañar. Ajajá, conquésas tenemos, mi culebra Rafaelito, quién lo creyera... Pues yo. Rafael indicó a Gladys que revolviera las cartas, las partiera tres veces para después depositarlas en sendos montones sobre la mesa... Pon la mano encima de cada montón y di respectivamente, por mí, por mi casa, por mi futuro. Ahora saca una carta. Francine se hallaba tras Gladys, con una sonrisita negligente, pero a fin de cuentas no pudo evitar que el interés la dominara y tomó asiento junto a su (ancianísima) amiga. Después de todo, qué rucas están las dos. Ésa es tu carta, avisó Rafael. ¿Mi carta? Ésa eres *tú*, agregó Rafael con un ligero toque efectista que le surgió sin advertirlo, mecánicamente. La carta era Le Pendu. Virgilio también tomó asiento, comprendiendo que sus amigos gabachos que echaban el tarot en realidad no *sabían* echarlo, al menos Rafael lo hacía de una forma distinta, y Rafael había *estudiado*... La garganta de Virgilio estaba muy seca también y jaló el vaso que se hallaba frente a Paulhan diciendo cómper. Paulhan se volvió hacia él y sonrió cortés, encantadoramente. Es que es *pre-*

cioso este putín, se dijo Virgilio sin darse cuenta. Paulhan volvió a las cartas, que Rafael se hallaba tendiendo al norte, sur, este y oeste de la carta —Le Pendu, ella, Gladys— que permaneció en el centro. Bueno, empezó a decir Rafael pero calló, frunció el entrecejo con un gesto de perplejidad, sacudió la cabeza, para despejarla, y siguió colocando más cartas, ya no encima, abajo y a los lados, sino diagonalmente de la central. Veía largo rato cada carta: al parecer le costaba trabajo considerar que *ésa* en especial saliera; y luego estudiaba las que ya estaban tendidas, analizando su relación; colocaba la siguiente carta donde correspondía y entrecerraba los ojos, como si quisiera enfocar mejor (¡en trance!). Gladys veía las cartas y atisbaba la cara de Rafael antes de dar un nuevo sorbo, brusco, al tequila (repugnante). Virgilio advirtió que Francine también se hallaba absorta viendo cómo iban acomodándose las cartas, y que Paulhan (muy próximo a Rafael) también estaba grave, estudiando el tendido, hasta que meneaba la cabeza y torcía la boca como si pensara esto no puede ser nada más no puede ser. El mismo Rafael se había puesto muy nervioso, gotitas de sudor brillante bajo la nariz. Quién sabe quién se puso *tan* nervioso que contagió a los demás, el caso es que cada uno de ellos permanecía en silencio, atento, sin sentir las ráfagas de brisa que se descolgaban de la bahía (deslumbrante) atrás de la terraza. Rafael terminó de tender las cartas y dejó un montoncito con las restantes a un lado. Desaliento. Al parecer instintivamente se volvió a Paulhan, quien le reciprocó una mirada de perplejidad, no es *cierto* lo que estoy interpretando, ¿verdad? Rafael mostró otro gesto, desalentado, impotente, y se volvió a las cartas y luego miró a Gladys. Con piedad. Gladys lo observó, asustándose, en silencio, ansiosamente; carajo, qué se trae este cochino brujo, hasta a mí me puso nervioso ya, esta onda no me pasa matarile rile ron. A lo mejor nomás está payaseando, puros efectos que ya tiene muy bien estudiados para impresionar a los demás, a la anciana gordifofa en especial. ¿Pero a poco *Paulhan* le está siguiendo la corriente? Virgilio dudaba pues alcanzaba a percibir un tormento oculto en el rostro de Rafael, como si en verdad estuviera atisbando, escrutando el fondo del alma de Gladys, sus abismos y resquicios; y lo que veía le resultara terriblemente impresionante, al grado de enmudecerlo. Tomó un winston y lo fumó mirando el tendido y *todos* tomaron sendos cigarros también, incluyendo a Virgilio, ¡chale, si yo ni quería fumar! Francine dio una larga bocanada; el cigarro le supo horrible, lo apagó violentamente, bebió de su tequila y exclamó, sin poder controlarse más:

Bueno, *ya*, ¿no? Esto está peor que una película de ¿cómo se llama? Hitchcock.

De Polanski corrigió Paulhan.

¿Qué dice, Rafaelín, qué dice?, urgió Gladys, con desesperación verdadera. ¿Algo terrible? Por favor dímelo. Puedo soportarlo, te lo aseguro.

Rafael miró a Gladys, indeciso.

¿Qué dice, Rafael?

Ya dile, carajo, no le hagas de emoción, gruñó Francine.

Rafael miró a Francine, casi implorante.

¿Pues qué onda, eh?, tuvo que decir Virgilio.

No me mires con esa cara de pendejo, pendejo.

Rafael trató de hablar pero su voz no ascendió. Gladys le pasó el vaso de tequila y Rafael bebió para después toser incontrolablemente.

Me lleva la chingada con este imbécil, sopló Francine.

Paulhan dio unas palmadas en la espalda de Rafael, cariñoso, comprensivo.

Si está actuando, especuló Virgilio, es un actor buenísimo. Pero *sí* está actuando, cómo no, ya me acordé que cuando le iba a leer la mano a Yolanda, hace rayo en el restorán, se estuvo haciendo pendejo para construir emoción, suspense. Qué ojete. Con lo hasta las nalgas que está la gorda fofa repugnante la tiene en un hilo; ve nomás: nunca la había visto *así*. Está que no le cabe ni un hot chili. Y es que aparte parece que se quiere ligar a

Rafaelete, qué cotodeo mami qué cotodeo. Pero qué *bien* actúa Rafael, carajo, está más pálido que antes. Y sudando. Ligero temblor en las manos y como si no escuchara que ya *todos* le piden que se deje de mamadas y *lea*. ¿Y Paulhan qué? También se ve preocupadísimo, el putarro. ¡Cámara, a lo mejor sí es en serio! ¡Ni modo que el maricón le esté siguiendo la corriente!

Gladys tragó saliva (todos la oyeron) y con los ojos acuosos dijo a Rafael:

Por favor muchacho,

voz muy vieja, de verdadera anciana, oxidada, carcomida,

dime qué ves, no estés jugando conmigo.

Nostoy jugando contigo, Gladys, palabra de honor, musitó finalmente Rafael, sudando a mares, en un hálito, la verdad es que no entiendo. Le doy vueltas y vueltas a las cartas y este tendido no puede ser, no puede ser…

No, no puede ser, repitió mecánica, débilmente, Paulhan.

Cómo no, tú sabes qué hay allí, insistió Gladys.

Palabra de honor que no. Todas las relaciones están dislocadas, fuera de sitio. No ligo nada.

¿Qué quiere decir no ligo?

Digo, no entiendo nada, se apresuró a explicar Rafael. Debe de ser que estoy muy high. Nunca me había pasado esto, estoy casi alucinando.

Sí, estás muy pálido, corroboró Virgilio sin darse cuenta.

¡Qué payasadas!, gruñó Francine.

Palabra de honor que no entiendo.

Léeme eso, por favor.

No puedo, Gladys. Palabra.

Por favor.

Hasta me cuesta trabajo hablar. Te juro que no |

Rafael calló al sentir que una estruendosa sensación de náusea subía hasta su garganta. Se tapó la boca y abrió los ojos, alarmado.

¿Y ahora qué tienes, niño?, preguntó Francine, cáustica.

Engo anas e omitar, respondió Rafael aún con la boca cubierta.

Eo e ita on un oque, diagnosticó Francine y ordenó a Virgilio ende uno ergudito.

Rafael negó con la cabeza, aterrado, hasta que no pudo más. Se volvió frenéticamente hacia todas partes, ¡no alcanzo a llegar al baño!, y corrió hasta el barandal de la terraza, donde había una jardinera. Allí vomitó largamente. Una punzada de dolor desarticulaba sus sienes cada vez que él se contraía y expulsaba una serie de líquidos, verdiviscosa al principio y muy amarilla después. Con cada contracción su estómago se anudaba y sus piernas se debilitaban.

Down wind boy!, exclamó Virgilio, aguantando la risa.

Gladys estaba azorada, pero Francine no cesaba de reír.

¡Hasta que hizo algo bueno ese pendejo! ¡Toda su porquería de guácara va a caer en la terraza de los fresas que viven abajo!

Virgilio, repentinamente, avergonzado: no por el espectáculo de Rafael: una mezcla ambigua de sentimientos lo poseyó después de gritar down wind, boy!: algo como culpa, remordimientos, humillación… Carajo, ni que yo hubiera guacareado. Sólo Paulhan permanecía impasible: con un esbozo de sonrisa que lo hacía verse más angelical.

Rafael fue a lavarse, tambaleante, tan aturdido y con un martilleo punzándole las sienes que no le permitía sentir vergüenza: todo giraba. La gorda Gladys continuaba estudiando el tendido del tarot hasta que Francine llegó a la mesa y con un golpe fulminante desordenó todas las cartas, ¡basta de mamadas!, adujo. Gladys se incorporó hecha una fiera.

Stop it! Stop it! Y'think y'can mess my *life* with a single stroke of yer cotton' pickin' hands an' I won't let ya!

Your life is quite a mess already, fatsa.

Screw you!

Francine quedó pensativa y luego preguntó a Virgilio:

¿Cuál sería la traducción de screw you?

Chinga tu madre, respondió Virgilio.

La tuya, replicó Francine automáticamente.

Gladys trataba de reordenar las cartas, acongojada. Virgilio rió.

Lo cual me recuerda a aquel cuate que tenía tal complejo de Edipo que cada vez que le decían chinga tu madre, se le paraba la verga.

¿Me llamaban?, preguntó Paulhan.

Dijimos verga.

Perdón, entendí: la belga.

Tú eres una bastarda, consideró Gladys, quedito, con odio intenso, un nudo en la. Yo *sé*, intuyo, que allí en las cartas había algo muy importante; y Rafael hubiera podido leérmelo cuando se sintiera *mejor*.

Francine miró fijamente a Gladys, con una sombra de alarma al advertir la ansiedad pasmosa de su amiga. Pero alcanzó a reír.

Allí no decía nada importante. Las cartas son puras pendejadas. Por ejemplo, allí nomás decía que eres tan pendeja, que estás tan confusa y eres tan retorcida que antes de que se acabe esta noche te vas a morir.

Gladys se puso lívida. Susurró:

Te odio.

No digas eso.

Te odio.

Okay, that's something.

I *really* hate you.

I *really* think I've heard you say that before.

I really do.

¡A la chingada!

Gladys torció la boca y dio un sorbo al tequila. La cabeza le empezó a doler, por primera vez. Francine la miraba, frotando el dedo pulgar de su mano derecha contra las yemas de los dedos restantes. Virgilio se hallaba viendo el mar. Paulhan, pensativo, viendo las cartas revueltas. Wilson Pickett's Great-

est Hits había terminado y se oía un ruido monótono, rasposo, pero nadie lo advirtió. Gladys se volvió a Paulhan.

¿Cuál era yo?, preguntó.

Paulhan la miró, sin comprender.

Quiero decir, ¿cuál era mi carta?

Paulhan mostró, con un gesto, haber entendido y mecánicamente recogió una carta y se la dio. Gladys la tomó con rapidez para observarla. Le Pendu.

¿Por qué está de cabeza?, preguntó Gladys.

Está haciendo yoga, respondió Virgilio.

Paulhan alzó los hombros.

¡Contéstame! ¡Tú sabes por qué salió esa carta y qué quiere decir! ¡Tú sabes qué decían las cartas! ¡Yo te vi!

Si Rafael no pudo leerlas, respondió Paulhan tranquila-
mente, recogiendo todas las cartas, acomodándolas; menos *yo*.
Él es profesional. Yo soy un diletante. Dame esa carta. Voy a
guardarla.

¡Es *mía*!

No seas payasa. Gladys. Dámela.

No.

Paulhan volvió a alzar los hombros.

Como quieras, pues.

Rafael regresó, completamente pálido: rostro húmedo. Se
sobresaltó al ver a todos en silencio. Se acercó a Virgilio y dijo,
en voz baja:

¿Nos vamos?

Virgilio, desconcertado, se quedó pensativo. ¿Ya no quieres seguir aquí?

No.

¿Y Francine?

Rafael apretó los párpados, muy fuerte, y hasta después de
un momento los abrió para ver a Francine: estaba hablando
en voz baja con Paulhan.

Espérate un rayo, hijo. Te pasaste y ya. Todavía falta lo
bueno.

Rafael vio el suelo, pensativo. Asintió varias veces, en silencio, lentamente. Después suspiró.

¿Cómo te sientes ya?

Mejor.

¿No quieres otro toque?

Yo creo que no, Virgilio. Nunca me había intoxicado tanto.

¿*Intoxicado*? ¡No mametion! Además, eso no es nada. Palabra que se te quita poniéndote más stoned. Son los diversos niveles del rebote, maestro.

¿De veras? ¿No me hace daño?

Nel pastel. Te aliviana.

Bueno.

Virgilio y Rafael fueron con los demás.

¿No nos damos otro queto?

Jazz bar, nada más pongan otro disco, dijo Francine. Esos ruidos horribles ya me tienen hasta el gorro.

Todos repararon en que el disco ya había terminado.

¡Cámara!, exclamó Virgilio y salió corriendo.

Yo creí que habían puesto a Varèse. O Frank Zappa, deslizó Paulhan con una sonrisita y se puso de pie. Tomó un cigarro que se había apagado a la mitad y lo encendió. Se oyó With a Little Help From My Friends: Joe Cocker, y Virgilio regresó. Vio que Paulhan fumaba y aplaudió.

¡Vientos huracanados, Paulhancito! ¿No quieres mi matabachas?

Virgilio sacó en el acto una pipa de hueso, para hashish, de un color marrón a causa de tanta resina acumulada, pero Paulhan la rechazó.

Gracias Virgilio. Tengo otra idea.

Introdujo el cigarro, con la punta encendida dentro de su boca, de forma que la otra punta surgía, un par de centímetros, al exterior. En silencio se acercó a Virgilio y lo invitó a fumar. Cara a cara, casi besándose, rozando los labios. Virgilio parpadeó varias veces y aspiró profundamente, a la vez que Paulhan también lo hacía, con un brillo juguetón en la mirada.

¡Puuuuuutos!, gritó Francine, nuevamente regocijada. ¡A mí a mí!

Paulhan fue a ella, sin extraer el cigarro de la boca, y le ofreció la colilla (los labios). Ambos fumaron, mirándose, en tres ocasiones. Paulhan fue después con Gladys, pero ella no quiso. Tan sólo dio un sorbo al tequila y ostensiblemente prefirió encender otro de los cigarros gordísimos para ella sola.

Your outside is in

Paulhan extrajo la colilla de su boca y una nube de humo salió de su interior, cortinándolo. Tiró la ceniza y se volvió a Rafael, quien no lo había perdido de vista. Rafael cerró los ojos, apretándolos con fuerza, salvajemente. Sus manos sudaban. En el baño, cuando se lavó la boca y las manos después de ver su efigie, sin verla, prolongadamente, en el espejo, había logrado apaciguarse; la pesadez en su cabeza se había mitigado y cesaron los efectos del vómito y la nerviosidad. Pero en ese momento un temblor interno sacudió su cuerpo y su estómago, su vientre, se encogió. Paulhan miró a Rafael prolongadamente, sin ninguna expresión determinada, tan sólo muy tranquilo, con una sombra de sonrisa. Se le acercó y en ese momento la punta que emergía de sus labios era más pequeña. El corazón de Rafael latió con tal violencia que iba a hacer erupción de alguna forma. Paulhan lo advirtió y guiñó un ojo, tranquilizándolo, con suavidad. Alzó las manos y las colocó en las mejillas de Rafael, cubriéndole las sienes con las yemas de los dedos. Inclinó la cabeza ligeramente y ofreció la punta del cigarro (sus labios) a Rafael y lo atrajo, hasta que Rafael sintió el cigarro (los labios) y lo acomodó bien. Aspiró el humo en el mismo instante en que Paulhan lo hacía. Y trató de desprenderse, pero Paulhan lo atrajo aún más, con una presión suave, imperiosa. Los labios ya no rozaban, estaban en contacto perfecto. Una tibia carnosidad. Volvieron a fumar y Paulhan no soltó a Rafael, los dos echaron humo por la nariz, formando una cortina delgada entre sus rostros (tan próximos). Rafael cerró los ojos, con una dulce lasitud, sintiendo los labios y las yemas de los dedos de Paulhan como algo suave, tierno, desfallecedor, que le pertenecía, como si fumar así fuera lo más solemne del mundo, la ceremonia más íntima, la comunión perfecta. Volvieron a aspirar dos veces más, prolongadamente, hasta que Paulhan despegó los labios, sin soltar la cabeza de Rafael; sin brusquedad pero con rapidez hizo a un lado su rostro y escupió la colilla al suelo: estaba pequeñísima ya, y por la presión de los dedos de Paulhan en sus sienes, Rafael comprendió que, cuando menos en la última fumada, Paulhan se había quemado. Y lo comprobó al ver que humedecía sus labios repetidas veces con la lengua, con un movimiento mitigador pero también terriblemente ambiguo, sin dejar de mirar los ojos de Rafael, quien estaba a punto de desplomarse, sin fuerzas, con una languidez inaudita, como si le hubieran extraído sangre.

¡Ya cásense!, dijo Gladys, con una mueca distorsionando su cara.

Paulhan soltó la cabeza de Rafael, y caminando con lentitud fue al barandal de la terraza.

Good grief! The things one has to see!, comentó Francine, pero con una sonrisa.

Paulhan llegó hasta el lugar donde Rafael había vomitado (down wind, boy!) y, como si nada, dio varios pasos hasta alejarse de allí, siempre viendo el cielo.

Rafael se dejó llevar por un rubor insólito, que nunca había experimentado, y caminó a la mesa, mirando de reojo el cuerpo quemado, bronceado (perfecto) de Paulhan en el barandal. Shorts mínimos adheridos a las caderas. Rafael tomó asiento y hasta ese momento advirtió que se hallaba completamente cálido, la mariguana nunca antes lo había puesto *así*. La sangre fluía por todo su cuerpo enrojecido por el sol, y al fluir lo incendiaba de una forma voluptuosa. Todo el tiempo había sido así, aunque hasta ese instante lo advirtiera: su cuerpo era fuego, brillantez y calor consumiéndose perennemente y a través de esa consunción surgía más y más vida, más fuego, más calor: un desgaste eterno que permitía un eterno renacimiento, una constante fuente de vida al agotarse. Se hallaba distinto, ya no era la pesadez insoportable, un brillo opaco en todo: ojos entreabiertos, como si segregaran líquidos estancados o que se estancaban en los ojos mismos, frente a uno, sudar ríos, notablemente en las palmas de las manos. En ese momento, por el contrario, era la brillantez, radiancia: una afinación notabilísima de todos los sentidos, ronroneo muy ligero, hormigueo, vibración, en todo el cuerpo; y un calorcito muy agradable, como si recibiera el sol directamente y no su reflejo; fluir de pensamientos con su propio orden inexplicable, sin causa ni efecto. La música surgiendo de su mente; y todas las cosas se veían con vida, con mayor precisión, en movimiento, hormigueando, llenas de luz. Se sentía pesado pero no fatigado, como si se hallara en él un exceso de energía, como si en su mente se hubiera abierto otra puerta, por donde irrumpía más luz para iluminar————hasta la puerta anterior, más sombría.

Se dejó caer en una silla, suspirando (¿profundamente?): disfrutar esos *segundos* de paz extraña.

Alguien observando————————————————————————
————y Rafael se volvió.

La gorda Gladys, sosteniendo aún *su* carta (Le Pendu) en las manos, veía a Rafael tratando, en vano, de ocultar cierta inquietud.

Rafael sintió una sacudida, entrecerró los ojos para simular que estaba embotado, sin comprender. Todo se oscureció. Cerró los ojos. ¡Dios mío, me voy a poner a *temblar*!, ¡y me sudan las manos! Amor amor amor amor comprensión humildad amor. Esto es, Dios mío, como un *viaje*, como un ver-da-de-ro via-je, nada más permito que mi mente se aventure por caminos egoístas, sin corazón, y hasta la brillantez de este día, de este día que en momentos ha sido tan hermoso, se opaca, la luminosidad amengua; por eso los hippies han de haber inventado aquello de pazamorcomprensiónhumildad, para salir del infierno, para no quedarse girando y girando en los tormentos (chirriar de dientes) de la mente. Y no somos nada, no somos nadie y somos todo, somos todos. Y todo lo demás. ¡Qué buen descubrimiento! Amor amor amor amor amor amor amor amor amor |

Rafael sopló ruidosamente. ¿Dónde estaba?, cien doscientos trescientos cuatrocientos quinientos ya no voy a fumar más mariguana qué mariguana nunca había fumado una tan fuerte bueno en la mañana seiscientos estaba *más* fuerte setecientos, al inhalar; y setecientos seiscientos quinientos se me hace que Virgilio le puso LSD cuatrocientos trescientos doscientos le espolvoreó un ácido *entero* a la mariguana cien, al exhalar. Él mismo me dijo que así hacen con el DMT. Pero esta mariguana es de Francine. Entonces es ella quien pulveriza los ácidos y los espolvorea en la mariguana. Rafael se descubrió mucho más tranquilo. Suspiró. Y pegó un brinco cuando Francine se le acercó y le hundió los dedos bien estirados (uñas afiladas) en las costillas. Risa nerviosa. Ojalá te pudras.

Francine se volvió hacia los demás.

Uhhhh, qué *aguados* son, ¿así vamos a estar? Aliviánense pónganse hasta el gorro, esto parece *funeral* y nada detesto tanto como un velorio sobre todo el de Gladys que va a ser tan pronto. Alégrense niños, aprendan a la Gran Francine la Indómita, que nunca pierde el buen humor y que no se deja impresionar por las pendejadas de un gordo libro. A ver tú, ventruda, Gladys la Momia Caminante, bébete este tequila que tienes enfrente y no digas que no.

Gladys no hizo caso (absorta).

Y tú muchacho de las Sonrisas Cogelonas, date un queto de mota, casi no has fumado.

Francine colocó el cigarro de mariguana en la boca (cerrada) de Rafael.

No gracias, he fumado mucho. Demasiado. Ya me *pasé*.

Todavía *no*. Tú aguantas mucho, ¿no? Aliviánate. Fuma. *Que fumes*.

Oprimió el cigarro en la boca (cerrada) de Rafael.

¡Ah! Sólo fumas cuando cuando ese fag te da de fumar con besitos, ¿verdad? ¿Crees que no me di cuenta? ¡Te estabas *viniendo*! Francine dio una fumada alentadora al cigarro. Y yo creía que estabas en tránsito conmigo. Pensé que te había gustado cuando te sobé la *verga* durante horas. Bien que se te *paró*, ¿no?

Rafael sintió que la sangre le subía a la cabeza, ardía. Vio de reojo a los demás y descubrió que nadie había *sonreído* siquiera. Pero aflojó los labios, y ante la mirada imperativa-juguetona-ya-muy-segura de Francine, empezó a fumar nuevamente. Me voy a pasar me voy a pasar me voy a repasar más de lo repasado que estoy. ¡Qué bruto, no debería fumar más!, pensaba Rafael al aspirar, nervioso, viendo, sin ver cómo la punta regordeta del cigarro se consumía dejando escapar un hilito azul. En los bordes crecía un anillo ocre oscuro, muy oscuro, la resina acumulándose. Tosió pero Francine fuma, ordenó. Y fumó un poco más, todo el humo ¡Penetraba e impregnaba su ropa, su piel recién *quemada* que lucía vergonzosamente roja, delatando que sólo en contadas ocasiones Rafael tomaba el sol,

sostenido en el aire, la tierra abajo, y se iba, se iba, se estaba yendo, y no quería ir. Adivinó que había palidecido, ¡me voy me voy no me quiero ir! Fuma ándale, instó Francine y él negó con la cabeza y con el movimiento se iba——en verdad aterrado, la boca y la garganta completamente secas, ásperas; en su cabeza un remolino agitándose a velocidades cada vez más vertiginosas todo se borró frente a él——el remolino se iniciaba con amplios círculos concéntricos: se iba estrechando (¡un embudo, me pierdo en un embudo!) hasta formar paredes circulares, perfectamente verticales: giraban y giraban descendiendo imperceptiblemente hacia ¡un pozo! sin fin, ¡me voy me voy!, ¡no me quiero ir! En el vacío, cuerpo gelatinoso, sin articulaciones. ¡Se desploma! Todo se nubló y Rafael cayó al suelo aparatosamente. Los demás, azorados, viéndolo en el suelo; y

Rafael se volvió a su rededor, los ojos salvajes, por doquier un color intensísimo, casi goteante, el color derritiéndose, y sus amigos

viéndolo.

¡Qué pasón!, anunció Virgilio, anonadado.

Deja el pasón, qué golpazo se dio, dijo Gladys y se arrodilló frente a Rafael, quien aún miraba todo salvajemente y no se dio cuenta de que Gladys le colocó la cabeza en sus muslos. Rafael sintió una materia tan blanda——viscosa————pantanosa el lodo en el pozo nadie bebe en un pozo viejo.

Denle agua, sugirió Paulhan.

Denle una patada para que se aliviane, corrigió Francine.

¿Cómo te sientes?, preguntó Gladys.

La voz de Rafael no salió (¡tan seca su garganta!). Sonrió débilmente y alcanzó a ver: Gladys se llenaba de extrañeza, de una sensación tan peculiar al verlo sonreír, que su corazón en el acto latió con más fuerza. O *él* sintió que el corazón de Gladys latía con más vigor.

Gladys acariciando la cabeza de Rafael

y él prefirió cerrar los ojos (pozopantanoso), un estrépito dentro de su cuerpo, un alud, unas nubes, truenos, truenos y nubes, una tormenta a punto de explotar y que se anunciaba sacudiendo casi imperceptible, silenciosamente, todas las células del cuerpo de Rafael; el ruido sordo de un volcán antes de hacer erupción, un estremecimiento interno corriendo de pies a cabeza.

Rafael empezó a temblar: sus pies se agitaron violentamente y las sacudidas ascendieron: tobillos, muslos, vientre, pecho, garganta, ¡no quiero que mi cabeza vaya a temblar! ¡Si mi cabeza tiembla es el fin! Atisbaba fugazmente el fondo de un pozo donde se debatían truenos y nubes rabiosas. Temblaba incontrolablemente, con un vigor insospechado. ¡Un terremoto! ¡Un terremotísimo! Gladys colocó sus dedos (regordetes) en las sienes de Rafael y eso calmó un poco los temblores. Rafael abrió los ojos, vio espantado a su rededor y observó su cuerpo (desde la punta de los pies) temblando y todos me están viendo Dios mío qué vergüenza qué vergüenza.

En efecto, todos lo veían, silenciosos. Alguien falta. ¡Paulhan! ¿Dónde está Paulhan? ¿Dónde ese rayo de luz? Ese pedazo de sol ¿dónde?

Paulhan regresó con un vaso de agua que colocó en los labios de Rafael. El agua se deslizó, refrescando, abriendo un surco en la garganta calcinada (hinchada). Rafael advirtió que Paulhan sonreía, tranquilo tranquilo no pasa nada.

Estoy temblando, pero no pasa nada, balbuceó Rafael (¿a todos?).

Carajo, qué manera de pasonearte, comentó Virgilio.

Es que aguanta mucho…, dijo Francine.

Sentí que me iba…

Ojalá te hubieras ido, pinche bastardo. Vas a convertir esta humilde mota party en una enfermería.

Gladys dedicó una mirada reprobatoria a Francine y después, sonriendo, ¡con ternura!, se volvió a Rafael.

¿Te sientes mejor, muchacho? Todavía estás temblando.

Y los dedos (regordetes) masajeando las sienes de Rafael. Tiemblitiemble. Rafael tenía deseos de seguir temblando toda la vida.

Bueno ya párate, ¿no?, pidió Francine, riendo.

¿De qué se ríe? ¿De qué se ríe?

Francine siguió riendo. ¿Sabes cómo se te quita esa temblorina?

Cómo.

Con un toque. ¡Un electrotoque!

Paulhan meneó la cabeza, riendo muy quedito. Había recogido el cigarro encendido (quedó junto a Rafael, en el suelo) y lo fumaba en ese momento. En el acto lo ofreció a Rafael, quien lo miró con ojos acuosos, inquiriendo si debía o no fumarlo. Un niño pequeño que no sabe y pregunta a los mayores si esto está bien. Sin voluntad, dejándose guiar, muy lánguido y calientito, con temblores espasmódicos. Paulhan dejó de sonreír y pasó el cigarro a Virgilio, quien lo fumó con grandes aspavientos, casi orgulloso.

Francine, de reojo, no perdía de vista a Gladys, quien continuaba acariciando con sus dedos (regordetes) las sienes de Rafael. Y Rafael trataba de pensar que nunca había fumado tanta mariguana como ese día, pero no lograba concentrarse, pues Paulhan canturreaba una tonada y Rafael sentía que estaba dirigida a *él*. I feel I've changed another change another gate I will have left, I slowly turn and take a step I feel I've changed and I accept, if it's a game I will regret. Rafael no entendía, y tampoco advertía, por eso, la mirada extrañamente destellante, festiva, de Francine.

¿Ya no quieres atizar? ¿Sabes cómo te alivianas? ¿Sabes cómo? Pues cogiendo, kiddo. Un buen paliacate. A good ole stick. Prick for two an' two for prick…

If it's a game I will regret.

Rafael alzó la cara. Francine mirándolo con los ojos convencionalmente entrecerrados, labios entreabiertos, brillantes, cinematográfica y seductora.

¿Ya ves? Ya dejaste de temblar.

Ya no temblaba, ni espasmódicamente. Lánguido y calientito. Y Gladys acariciando su cabeza. ¡Sigue sigue! Y Paulhan canturreando otra tonada que Rafael no podía entender. No matter how low you are there is always somebody lower and no matter how high you are there is always somebody higher.

Shut up you fag!, exclamó Francine, y agregó, a Rafael: ¿por qué no te paras, eh? ¿Quieres pasarte toda la vida allí tirándote mientras la vieja vaca te acaricia la cabeza? Al rato te va a acariciar la otra cabecita, anciana horrible lúbrica *luju*riosa, agregó Francine, muy seria;

y Gladys

en el acto

mecánicamente

soltó la cabeza de Rafael.

Mientras Rafael se ponía de pie, Francine se acercó a Gladys, tratando de reír, pero molesta, tensa, dura.

Pinche ruca infecta te conozco te conozco ya sé qué te traes entre manos acuérdate del agua lodosa muddy waters old bag y del pozo al que te voy a echar y remember Montego Bay. ¡Qué rápido se te olvidó que querías *saber*! Se te calentó el agujero y por allí te vas, ¿no es así? Quiero saber quiero saber sí sé quién eres Francine qué has hecho pero quiero saber. ¡Quieres *coger*! Como si no te bastara lo que recibes, y luego sucede que na-die se preocupa por ti poor dahling, y que tienes buenas cualidades pero *nadie* las ve, ¿no? Qué bien te conozco, hipopótamo, barril sin fondo, eres inagotable.

Gladys sonrió suavemente y abrazó a Francine.

Ya déjame en paz, Franny.

Don't touch me, old bag!, gruñó Francine (secamente)———————pero después sonrió——————You've got a very lousy kinda restlessness, baby.

Aw go to hell, then.

Llégale a más pot.

Ya vas.

Virgilio se estiró y pasó la colilla a Gladys, quien la tomó, la miró durante varios segundos como si fuera algo extraño pero riendo quedito,

divertida,

y después de exhalar un suspiro quejumbroso se dio a la tarea de fumar con vigor hasta que casi terminó la colilla. Inconscientemente la pasó, sin saber a quién——————A su lado se hallaba Rafael: después de ponerse de pie había tomado asiento en una silla, a la mesa, con actitud extraviada y ocasionales sacudidas que lo hacían regresar a sus introspecciones y ver el mar sereno, las estelas de luz brillantísimas, vibrantes, ondulándose en el fondo. Franjas de sol. Vegetación verde oscuro, grandes rosas pelonas grises, un aspecto inhóspito ro-

The deeper you go
Your outside is in
The higher you fly
Your inside is out

deado de vida; y en el mar abierto, tras la Bocana (el horizonte) nubes con forma de triángulo perfectamente enlineadas, desde unas pequeñitas hasta otras inmensas. Todo el panorama irreal, extraño cuando Rafael lo veía. Tomó, sin advertirlo, la colilla mínima que Gladys le ofrecía y fumó, de ladito, fascinado al ver el calor próximo a sus dedos. Siguió fumando hasta que se quemó. Pegó un grito sordo y tiró la colilla (pequeñísima), sobresaltado. Todos rieron, pero él hasta entonces se dio cuenta de que había fumado ¡*más* mariguana! Estoy loco, qué me pasa————————————————————

————————————————————————————————————

————pero ya no se sintió mal, una dulce pesadez escudriñándolo. Y reposo. Un zumbido intermitente en sus oídos, pero era agradable. De nuevo calientito, lánguido, una melancolía voluptuosa. Después de vomitar y desplomarse y temblar como loco supongo que ya pasé por lo que tenía que pasar. Ahora sí ya nada me puede afectar. Incluso podría fumar más mariguana y sólo obtendría una mayor placidez, una sonrisa más abierta para mis labios resecos.

Your inside is out

The higher you fly

Cashbox Hits by Stanley Black terminó y alguien puso With a Little Help From My Friends: Joe Cocker. Un organito gentil. La música parecía muy diáfana, una vez más como si saliera de su cabeza y no de la porquería de pilas con forma de librito que asesinaba los discos. I shall be released. I shall be released. Las voces de todos parecían salir de la música, a tal grado se hallaban integradas en la belleza, franjas de sol, pero, ¿qué están diciendo?

¿No quieres bailar conmigo?

¿Eh?

Que si no quieres *bailar*, y'know, chachachá.

¿*Cuál* chachachá?, se preguntó Rafael oyendo la voz negra de Joe Cocker. Se puso de pie, de cualquier manera: quería comprobar si podría tenerse en pie. Sí pudo y sonrió. Además, le gustaba bailar. Francine con la cabeza ladeada, ojos entrecerrados, apenas enrojecidos, parece que no ha fumado ni bebido casi nada, qué aguante de señora. Francine retrocediendo, con ritmo, hasta el centro de la terraza. Oscilando las caderas con lentitud. El ritmo de la música no era precisamente *lento*, y en la terraza Francine empezó a bailar sola, sin fijarse en Rafael, con perfecta coordinación; se agitaba con fuerza durante unos segundos a contrarritmo, y después se detenía dando una palmada sonora, suck it to me!, feliz, en su boca, y la pierna derecha, apenas flexionada, contoneándose; y una sonrisa amplísima, felicidad profesional, ocupó toda su cara, mirando a los demás, con gracia, ¿no soy hermosa?, ¿no soy perfecta?, y Rafael viéndola bailar, con una sombra de sonrisa, aún contento y ya excitado, deseando compartir su animación. Qué bien baila, pensó, qué ángel tiene, y tan *viejita*, es milenaria y aún conserva su agilidad. Rafael olvidó que iba a bailar, aunque llevaba el ritmo con los pies, sin dejar de verla (admirarla) y Francine tuvo que recordárselo (a gritos), pero sin dejar de bailar (sola). Rafael decidió no tener más remedio que bailar sin estrecharla. Y se descubrió a gusto bailando, su cuerpo le respondía. Una sonrisita, voy a impresio*narlos*. Rafael se consideraba un bailarín magnífico, conocedor de los ritmos de moda, qué alegres veladas en el Señorial de México bailando, ¡todos juntos!, Zorba el griego y Pata-pata y Hava naguila, tomados de la mano, delirantes, la noche es joven, y Rafael el centro de la animación. Meneaba la cabeza y las manos, de arribabajo; y los pies, dando brinquitos, con *ritmo*, ¿qué les parece?, ¡un giro sorpresivo!; aún un poco pesado pero feliz de hallarse en movimiento, casi flotando, girando, respirar más agitado————y las estelas de luz en el fondo, rabiosas, y de todos mirándonos, mi*rándome*, ¡hasta Francine!, es que bailo muy bien; si en la noche vamos a bailar a alguna de las Fabulosas Discotheques de la Costera, Francine y yo seremos la sensación bailando como dioses. Y también le hago a los ritmos tropicales, la rumba, ah las rumbeadas de mi adolescencia, hace algunos años. ¿Algunos *años*? ¡Hace eternidades! Pero bailar rumba siempre es de moda, es un ritmo *imperecedero*, como el *tango*, ¡y también sé bailar tango! Francine me sigue viendo, ahora sí ya deslumbré a Francine lo miraba, en efecto, con los ojos (ligeramente entrecerrados, sonrosados) chispeantes, mordaces, ¡qué cosa más in-creíble! ¡Jamás había visto semejante ridiculez! ¡Pero qué *risa*! ¡Qué manera de *bailar*! Francine a duras penas lograba evitar reír; y baila con *ganas*, echándole toda su alma & inspiración, oh boy, estoy segurísima de que se cree que baila como los ángeles y en realidad bailotea *peor* que los bailarines del Ballet Folcaca de México, la máxima nauseabundez que he visto en todo el mundo.

Francine optó por sentir tal compasión por Rafael que fue hasta él, lo detuvo en una de sus sacudidas simiescas y con un dulce tch tch (sonrisa malévola) le puso las manos en los hombros, lo atrajo y empezaron a bailar juntos (despacito). Rafael sonrió abiertamente, qué bruto, bailo como los ángeles, tan arrebatadoramente que ésta ya cayó. Sin más, la estrechó con intimidad, con seguridad unió su mejilla (sudorosa) a la de Francine y osciló las caderas, procurando que su miembro se incrustara en el pubis. Para su sorpresa Francine no meneó las nalgas, como hiciera anteriormente (¡y de qué forma!) al bailar con Virgilio. Pues porque a mí no va a hacerme lo que a él. La viejita recargó su cabeza en el hombro de Rafael y cerró los ojos. Él continuaba adhiriéndole el pene, moviendo las caderas, friccionando, a los lados y detrás palante, qué te parece viejita, ahora sabrás lo que es bueno. Francine suspiró y Rafael sonrió, victorioso; en ese momento sí veía próximo lo que en realidad había procurado desde un principio, lo que le había hecho soportar tanta mariguana (¡uf!) y tanto *desenfreno*, tanto dolor de cabeza y sudar ríos por las manos. En ese momento se hallaba cálido, caliente, pero no sólo en el aspecto sexual (¡claro que no!): todo su cuerpo había sido invadido por un calor sofocante; y su corazón latía, desquiciado, mientras el miembro se erguía más y más, hasta que experimentó una tensión punzante en los testículos. El miembro alzándose queriendo romper las telas y penetrar, irrumpir triunfal en el sexo milenario de Francine, ¡la *historia* del mundo en esa gruta! Y el corazón bailoteaba aún más cuando oprimía, exprimía a la anciana para sentir los pechos aún erguidos, llenos, los pezones causándole una titilación más imaginaria que real; las manos de Rafael recorrían la espalda, la blusa sobre la espalda, quería rasgar la blusa y hundir sus dientes (postizos), los responsables de su sonrisa (¡sexual!), en el cuello de Francine, en los hombros, los brazos delgados y doraditos, qué sabrosa señora Dios Dios Dios mío gracias por permitirme que al fin la pueda cabalgar.

Rafael ubicó sus labios en el cuello de Francine, quien continuaba sin moverse (¿absorta?) y (aparentemente) sin prestar atención al percibir, de reojo, que Gladys los devoraba con la mirada, respiración contenida, flameante, ojiabierta, pálida, revolviendo expresiones, desde la perplejidad hasta la ira difícilmente contenible. Pero después Francine sí la vio, sí vio a Gladys y aun le sonrió una sonrisa endeble, desvalida, que ansiaba mostrar despreocupación. It's all in the game (the fuckin' game).

Rafael, a su vez, no se dio cuenta de que Virgilio y Paulhan se fueron al barandal de la terraza, junto a la muy antigua y salitrosa cortina de bambú que separaba al departamento contiguo. Hablaban muy bajito, con entusiasmo, riendo con frecuencia, obviamente a gusto, entendiéndose. Virgilio de estatura pequeña, muy moreno, pelo anudado, y Paulhan el opuesto, dorado, un tono en la piel perfecto para el color del bambú que se hallaba tras de él. Los dos fumaban. ¡Mariguana! If it's a fuckin' game I will regret.

Rafael no podía advertir nada pues se hallaba besando con ardor el cuello y los hombros de Francine; sus labios ascendían por el cuello, siguiendo un filamento de músculos hasta llegar al oído, donde depositaba la lengua y recorría con delectación el lóbulo. Aspirando el olor francinesco: litros de Joy, restos salados de sudor, tequila, vodka, mariguana, fragmentos de sol seco en su piel dorada. Aspirando con fuerza, para embriagarse con el olor, le resultaba incitante, excitante, enloquecedor. Inoculando con fuerza su aliento en el oído de Francine, pero ella parecía hallarse en otro lugar, en otras contemplaciones, ¿qué le sucede a esta anciana?, y la anciana llevaba sus dedos al oído para rascar, como si una mosca aleteara por allí. Hasta ese momento Francine no había meneado las caderas, ni adhería sus manos al cuerpo (sudoroso) de Rafael, ni las bajaba para abrazarlo, con violencia apasionada, por la cintura, para sentir aún más la erección de Rafael, me voy a venir, me voy a venir *en seco.* Ni nada de lo que antes hiciera con Virgilio jugando al gato y el ratón, ¿eh? Necesito excitarla más, se dijo Rafael (fugazmente) y una de sus manos llenó las nalgas (redondas) de Francine, la sensación resultó electrizante y Rafael tuvo que controlar el inicio de un espasmo. Los dedos trepando por debajo de la blusa para sentir la piel desnuda. Finalmente colocó ambas manos en las nalgas e hizo presión. El pubis se incrustó en su pene y el contacto lo hizo sudar, jadear: ya no el aliento tequiloso en los oídos de Francine, sino su ansia desbordada, sus labios magullaron el cuello (bronceado) de Francine hasta que, como él esperaba, no pudo resistir más e hincó sus dientes (postizos), primero con suavidad, mordiscando, pero después la fricción del pubis lo obligó, no me pude contener, a hundir sus dientes con fuerza apasionada en los hombros de Francine. Un gritito. Francine no protestó. Jadeando, Rafael consideró: todo bien. La anciana feliz. Ha de ser hasta *masoquista.* Al fin encontraste a alguien con cerebro y larga verga. No te voy a soltar hasta que pidas esquina, viejita. El calor era mayor que nunca. Copulando hasta quamanezca. La cortina de bambú, la pared, la ventana de la habitación sin puertas, la vegetación (almendros y mangos) y el mar (lejos), franjas de sol, parecían gelatinosos, goteantes, como si fueran a desplomarse, el fin de la tierra.

The higher you fly

Los muchachos mexicanos
hacen gala de su pene

pero esta vida canija
puede ser que los apene.

Francine giró las caderas, hmmmmm, y Rafael creyó que su miembro iba a explotar, ya me *mojé*, si Francine sigue moviéndose así me voy a vnir dadveras, y en seco (qué desperdicio). Pero Francine dejó de moverse
y se desprendió de él,
ojos destellantes.
Rafael no comprendió.

¿Qué te pasa, muchachito? No te *aceleres*, no te car*bu*-res.

Rafael trató de sonreír (jadeando), qué pasa qué pasa. ¿Por qué?, dijo, yo nunca macelero. Cien doscientos trescientos cuatrocientos quinientos seiscientos setecientos, al inhalar; setecientos seiscientos quinientos cuatrocientos trescientos doscientos cien, al exhalar————setecientos————cuatrocientos ————¿cuatrocientos?————seiscientos————

————Mira jovencito, ¿en verdad crees que tu sonrisa hace *milagros*? Estoy de acuerdo en que es una sonrisa cachondona, pero me la paso por los ovarios. Francine tomó aire y agregó: pon esto en tu cabeza, joven. Las cosas suceden cuando yo quiero. El corazón de Rafael desbocado. No cuando se le ocurre a cualquier pendejo-estúpido-bueno-para-nada-más-para-coger, ¿estás entendiendo o te cuesta mucho trabajo, pequeño? Porque eres medio morón, sólo verga y nada de cerebro. Y tú no creas que no voy a la cama contigo porque me *ruborice*, verily I tellya; si tengo ganas de hacerlo, lo hago. Si quiero una mujer voy a la zonaja, a la Huerta, al Congo 69 y compro una puta para cogérmela o para que *me* coja. O si quiero hacerlo con McMathers, aunque él diga lo que diga, tiene que esperar a que yo quiera y lo *llame*. O si prefiero escoger a cualquier muchachito vergudito como tú, les digo ven paracá ahora sí te vas a agasajar, y hay veces en que *yo* me los cojo, a los muchachitos-descerebrados-verguditos. ¿Por qué por qué?, se preguntaba Rafael, escuchando a medias a Francine, pálido, escandalizado, una corriente extraña lo envolvía de pies a cabeza como si fuera a temblar nuevamente. ¿Por qué tiene que ser tan *vulgar*?, tan tan tan *estú*pida anciana estúpida está podrida nunca ha sabido otra cosa que no sean vulgaridades por qué tanta leperada por qué ser tan tan tan soez se ve *fea* espantosa repugnante vieja vieja *vieja* llena de arrugas en la cara y en el cerebro ha perdido todo vestigio de claridad en su mente se le apagó la luz interna sólo eructa majaderías y cosas que *nunca* deben decirse. Porque, niñito, yo he caminado lo suficiente para cortarle las alitas a muchachos como tú que se sienten fuera de este mundo, en su pinche torre, muy arriba, poseedores de la verdad, nadie sabe más que ellos sonriendo su sonrisa cachonda|

Rafael no sonríe, es que es dientón, bromeó Virgilio (débilmente).

¡Por eso se va a morir! Francine tendida, ojiabierta, aún esa sonrisa sensual en su boca pero un surtidor, un manantial de sangre, sus pantaloncitos blancos y su montecito de Venus, y pensar que yo podría *salvarla*, explicarle qué le está sucediendo; cómo, con perseverancia y queriendo ver a *Dios* y estando muy *despierta* y y y y humilde y qué bruto, siento que todo está vivo, *moviéndose*, y qué pesadez, mejor me voy a sentar. Yo me cago en los jovencitos que creen que con su *sonrisa* todo les pertenece, hasta las nalgas de la Todavía Buena Francine, pero estás equivocado gurito, cuando *yo te llame* será distinto, más sabroso, además. Persevera porque puedes llegar a tener esa Suerte Inmensa. En ese momento vas a venir *corriendo*, sin pensarlo, o pensando lo que quieras pero corriendo; y vas a estar feliz, con la sangre *caliente*, aunque sea yo quien te coja con un un un| dildo, what's the fuckin' name for dildo in Spanish? Anyway, te pongo en cuatro patitas y te abro las nalguitas y home run! Good ole dildo strikes again! Pero whenever *I* want. Las piernas de Rafael flaqueaban. Trató de mirar penetrantemente a Francine, pero sus ojos se cerraban. ¡Me voy me voy, no me quiero ir! Su sangre *hirviendo* con verdadera violencia. Tomando asiento en una silla. Mucho mejor. Ah mucho mejor. Je ne me raproche pas une bonne action pourvu qu'elle m'exerce ou m'amuse, dijo Paulhan sin perder su sonrisa. ¿Ah sí?, pensó Rafael. Shut yer sucky mouth!, ordenó Francine. ¿Con que ésas tenemos? ¿Esta anciana me va a regañar, me va a *destruir* así como así?, Rafael se preguntó azorado. Su cabeza giraba y un terror repentino lo poseyó. Una vibración muy intensa lo sacudió de pies a cabeza y lo hizo desorbitar los ojos. ¡Sí! ¡Sí! ¡Sí me puede insultar y decir lo que quiera! ¡Sí puede tratar de destruirme! ¡Cualquiera puede, si tiene la razón! ¡O si no la tiene, incluso! ¡No tiene por qué afectarme tanto, para eso tengo criterio! ¿O no? ¿O no? Une bonne action aussi peut te sublimer, acotó Paulhan señalando, tras una inclinación, a Gladys,

quien se hallaba llorando, inmovilizada; brazo yerto sobre la mesa, la mano aferrada al vaso de tequila. Cabeza de lado y una mirada de impotencia mientras las lágrimas fluían interminables y descendían hasta su ropa.

Francine corrió hacia Gladys. Se arrodilló frente a ella, mirándola, tratando de no mostrar preocupación.

¿Tú qué te traes?

Gladys continuó llorando, sin emitir un solo ruido.

Whatsa matter?, insistió Francine.

She's a-cryin', aclaró Paulhan.

I know that she's a-cryin', I can see her!, rugió Francine. Jaló una silla, con ferocidad, y se colocó ante Gladys. C'mon c'mon, qué te traes gordita. Dime. Gordita. *Panzona*. Gorda fofa y repugnante. ¡Contéstame, con un carajo! ¡Ya tienes ciento ochenta años para ponerte a llorar enfrente de *todos*! ¡No te da vergüenza?

Yo no tengo ciento ochenta años.

¿Ciento setenta?, sugirió Virgilio, sin poderse controlar.

Fuck you.

¿Por qué lloras, Gladys? Gladys. Dime.

Qué te importa. A ti no te importa nada. Sólo armar ruido para que te *vean*.

Sí me importas gordita. ¿Quién crees que va a llevar flores a tu tumba? Yo voy a ser la única. Ni McMathers.

¿Sí? Quién sabe quién se muera primero, tú estás más vieja que yo, replicó Gladys, furiosa, llorando.

En ese caso gorda, lo menos que puedes hacer es llevarme flores y *confundirte* con la *multitud* que irá a mi sepelio. ¡Murió Francine la Grande! ¡Aúúúú aúúúú! ¡Construyan una cruz de siete kilómetros en el cerro de la Mira para que todos sepan que allí, en las verdaderas alturas de Acapulco, está el recuerdo de Francine, el Azote del Pueblo!

Los ojos de Gladys refulgían bajo las lágrimas.

¡Déjame llorar en paz! ¡Déjame llorar en *paz*! ¡Deveras te odio!

¿Sabes qué? Deberías darte otro toque. Prendan uno, Francine tronó los dedos en dirección de Virgilio, quien en el acto recogió un cigarro (gordísimo). Iba a encenderlo cuando vio que Paulhan le indicaba no, con la cabeza.

Te vas a ir al infierno, Gladys, palabra de honor; yo vengo a ti abnegadamente, a consolarte y tú me sales con que me voy a *morir* y me odias me odias me odias, qué *mala*, qué *feas* vibraciones.

Gladys continuó llorando, esa vez a grito pelado, lloraba tan feo que se me erizaron los vellitos. Además, moqueaba y se contraía, toda su cara era una gran arruga, qué *espantosa* se veía, palabra de honor, y la ojete Francine que ni siquiera le daba un kleenex para que se limpiara el moquerío. Apenas le hubiera bastado con una *camisa*, qué manera de llorar. Paulhan también estaba incómodo, cómo ño, inquieto por primera vez. Me quitó el toque de mota e inconscientemente lo empezó a arrugar en la palma, ándele cabrón, no que muy cool, muy sereno y la verga. Y el buen Rafael nomás piró al fondo de la mesa y se aplatanó, con cara de pendejo, sufriendo horrores como buen mexicano. Fumaba un pinche winston sin parar.

En el departamento contiguo, tras la cortina de bambú, se

escuchó, a todo volumen, To Our Children's Children's Children: Moody Blues: inicialmente un ruido fuertísimo, como una tormenta o un jet despegando y con el ruido magnificado, y después unas voces muy agudas: una corriente de sonidos en crescendo, que alteró, sobrecogió, a todos y humilló al disco, With a Little Help From My Friends: Joe Cocker, que pusiera Francine. Higher and higher.

¡Cállense!, gritó Francine al departamento contiguo.

Gladys se tapó los oídos, con una expresión de horror.

¡Me voy me voy, no me quiero ir!

La catarata de sonido dio lugar a una melodía aceleradísima con un gran despliegue de fuerza, un trueno que va hacia arriba y arriba esparciendo el terror, la sacudida de la naturaleza.

¡Tú también te vas a ir al infierno! ¡En realidad *estás* viviendo en el infierno y me has hecho vivir contigo desde que te conozco!

¡Que se callen!, volvió a gritar Francine al departamento contiguo y luego se volvió a Gladys. Yo no te he hecho vivir conmigo, ni a ti ni a McMathers, ni en el *infierno* ni en Montreal ni en Nueva York ni en Acapulco ni en *Montego Bay*. Ustedes son una cosa y yo otra. Si coincidimos en todos estos lugares es porque McMathers y tú lo han querido.

El infierno está en la mente recitó Paulhan.

Y el cielo tambor, agregó Virgilio.

El infierno está donde Francine *está*, dijo Gladys. Con ella todo es tan apresurado, tan vertiginoso, tan siniestro que no se puede vivir.

Tú no puedes vivir, aclaró Francine.

¿Tú sí?, preguntó Paulhan, como si nada.

La música, del otro lado de la cortina de bambú, se repitió: el mismo arranque de sonido, con más fuerza.

The sons of a…!, gritó Francine, alterada, y se volvió a Paulhan. ¡Tú no te metas en lo que no te importa!

Carajo, les gusta ese pinche principio, comentó Virgilio, oyendo la música.

¿Crees que *tú* me lo puedes preguntar? ¿Por qué tú?

Eso es lo que yo estaba diciendo, ¿por qué yo?

Él tiene razón, consideró Gladys, estás muerta en vida, como yo, sólo que tú crees que vives pero en realidad eres una persona *inferior*; vives en el lodo, sucia.

Virgilio tarareaba la música del departamento contiguo, pero Rafael no podía soportar la revoltura de canciones: toda la música le parecía chillona, distorsionada, insoportable.

Vivimos las dos juntitas, ¿o no, gorda? No me vengas con ésas, no me vengas con infiernos ni nada. Has disfrutado muchísimo. Conmigo. Y métanse esto en la cabeza. Paulhan y tú: yo estoy *bien*, no me suelto a llorar por cualquier pendejada, sé por qué hago lo que hago y *me gusta* hacerlo; y ustedes dos no me van a decir *nada*, lárguense de mi casa.

Mi casa, este departamento lo paga McMathers, dijo Gladys.

Entonces lárgate de *tu* casa |

¡Va de nuez!, dijo Virgilio.

La música, To Our Children's Children's Children: Moody Blues, del departamento contiguo, volvió a repetirse desde el principio con mayor volumen. Un embudo de sonidos revueltos progresivos que sobresaltó a todos otra vez.

Francine tuvo un calosfrío que la sacudió, le hizo endurecer sus facciones, paralizar sus manos ahuecadas como si repentinamente no pudiera controlarse más; arrugó toda la cara y corrió hasta la cortina de bambú, gritando:

Gotta hell! Gotta hell yuh lousy sonofabitches! Fuck you and your fuckin' music!

Por favor no exageres Francine, pidió Paulhan.

Como respuesta, la música del departamento contiguo subió aún más de volumen.

¿Cómo que fuckin' music?, pensó Virgilio, I wouldn't hear *that* music to *fuck*!

Francine corrió de nuevo, en esa ocasión a la recámara sin puertas, y subió todo el volumen del tocadiscos de librito. Era tan pequeño y de tan baja calidad que la música de Joe Cocker surgió distorsionada, chillona, llena de ruidos. Francine se asomó a la terraza a través de la ventana, frenética. ¡Para que aprendan!, gritó.

Deliras Fran, razonó Paulhan, por más que quieras ellos no llegan a oír esa horripilante mezcla de ruidos agudos, ellos tienen un McKintosh, yo lo he visto, y todavía les queda volumen para rato. Nada más estás aporreando *nuestros* oídos.

¡Pues chínguense!

Francine no se movió. El pequeño tocadiscos se cimbraba.

No exageres, deveras, pidió Paulhan.

Mejor apaga esa madre y oímos la música de al laredo: está chira, propuso Virgilio,

pero Francine ni lo oyó.

A Rafael le dolía la cabeza (terriblemente). En ese momento no podía pensar, sólo veía *todo* empezaba a agitarse de nuevo y Rafael experimentaba un odio rabioso hacia Francine, Virgilio, Francine, Gladys, Francine empezó a sonreír para sí misma con aire extraviado: ya no le importaba que la música contigua no le permitiera oír a Joe Cocker, ni siquiera lo había estado oyendo. Además, después de todo, está buena esa musiquilla, aunque un poco muzak. Pero es que me *sobresaltó*, me sacó de onda y eso sí no lo puedo permitir, no lo puedo soportar… No hay nada que deteste más que perder la onda, no entender qué sucede, no poder pensar qué estoy haciendo porque simplemente no puedo. Algo, o más bien: algo como alguien, que no soy *yo*, independiente de mí, me domina y me obliga a gritar, golpear, herir. Me sucede en muy raras ocasiones pero igualmente me parece *mal*. O quizá me suceda más a menudo de lo que creo pero ese algo como alguien me hace creer que soy yo quien está actuando, conscientemente, y en realidad no es así. ¡No poder controlar que tomen posesión de mi cuerpo para abalanzarme y hundir mis uñas o para darme de topes contra la pared o para estrangular a Sonrisas Colchondas! ¡Sonrisas Colchondas!

risita,

pero sucede que *abomino* ver a Repugladys depositando su mirada-bovina-quiéranmestoy-muy-sola-métanmelestoy-muy-seca (what a lie!) en los ojos de El Que Sí Sabe the Amazing Wizard of the Occult the Grinning Prick que ni siquiera se fija en ella (*muy* normal) porque me ve a mí, me desea a mí. Me tiene que ver a *mí* y jamás a Gladys por razones obvias: yo no me descuido, soy muy puuuuutà, cómo no, pero elegante, eso sí, muy acá; no *babeo* a cada rato nada más porque me bebí a whole bottle of coñac o de tequila (repugnante), doscientas pastas y quinientas onzas de mariguana y otro tanto de nieve en una sesión. Dear Gladys, si tus piernas flaquean y los párpados se te caen llégale a un buen perico, gee whiz, up again—up up and awaaay! Brand *new*. Pero Gladys prefiere andar dando bandazos ojiabsorta y sonrisaperdida. ¿Quién eres, dónde estás, qué te dieron? Y sin dejar de ver (devorar) a Rafael. ¡A Rafael! By Jove! ¿A qué horas le coqueteó Rafael para que ella se entusiasmara? ¿A poco es tan pendeja para creer que las sonrisas cachondas de Rafael son para ella? Rafael todo el tiempo ha tratado de impresionarme, de arrastrarme en su terreno esotérico-subdesarrollado-culero, para mostrarme what a prick he is. Y es normal, porque yo

Yo   soy fuego, don't you play with me 'cause you're playin' with fire! Todavía se aglomeran en las playas para mirarme, desearme, se les van los ojos para ver mi figura delgada, muslos firmes y vientre dorado y mis chicharritas siemprerectas y mi hendidura ¡con sabor a alexander! que sabe comprimir, exprimir y succionar y enloquecer, qué perrito ni qué ocho cuartos, el mío es leoncito, grrrao, no hay quien pueda contigo Francine hasta cuando se te va la onda eres algo especial muy especial rostro refulgente echando rayos con tal fuerza y vigor que ni se me notan las arrugas (son poquitas, very) mientras más alterada más hermosa Francine más hermosa y no como la pobre Repugladys, ¡qué espectáculo más deplorable! Desde la primera vez, allá en Montego Bay, ¡qué sacón de onda!, cuando McMathers y yo nos quedamos a-zo-ra-dos sin poder creer que Gladys, la otrora bella Gladys, empezara a descomponerse y hacer semejantes desfiguros, ¡qué fea se veía! Y de allí, el descenso hasta el fondo del pozo, sink fatsa sink. Ahora es todarrugas, muslos flácidos y tristes, vientre vomitable, nadie es capaz de navegar en esa agua empozada y podrida y verle, every day!, su cara de vaquechada, sólo yo porque yo soy así, Magnánima Francine, siempre lista para perdonar las actitudes *inferiores* de Gladys: su gusto por llevarme la contraria, por hacerme quedar mal (como si eso fuera posible, my good grief!), por decir cosas feas de mí a quienes me están admirando, hasta el grado de ponerse envidiosa, agresiva, no le cabe ni un chili (con carne); o si no, el pasón cataléptico, utterly passed out, beyond the beyond: carichantajista-no-te-reprocho-nada-siempre-estoy-a-tu-lado-pero-cómo-eres-mala, mirando al vacío, sin hablar, como muerta durante horas. O llorando. Qué vergüenzas me hace pasar, no sé cómo me atrevo a sacarla a la calle. Qué miserable. Yo. Francine casi no se dio cuenta de que Paulhan fue

Yo

a la recámara sin puertas y apagó el tocadiscos con forma de librito. En el departamento contiguo, más música, Get Yer Ya-Ya's Out: Rolling Stones, ¿a qué horas lo cambiaron? ¿A qué horas pasa el tiempo? ¿Por qué tengo la impresión de que el tiempo se va de mis manos irremediablemente, sin que me dé cuenta, y pierdo así momentos de oro, en los cuales podía hacer algo que debería hacer? Hay algo que tengo que hacer pero ni el tarot me ha podido decir qué, o no lo he sabido interpretar; y nadie, ni el maestro me lo quiere decir, porque asegura: eso es algo que yo solo tengo que averiguar y aunque él me lo explicara con todos sus detalles yo no lo entendería. Y se lo creo, pues ahora resulta que ya no entiendo casi nada, no comprendo qué sucede, qué está sucediendo, y yo sí sabía hoy en la mañana. Sólo sé que mi cuerpo se inflama, como si escuchara truenos que avecinan mi destino, y yo sólo quisiera abrir la boca y respirar; aspirar aire limpio para no sentir que me ahogo y que mis piernas flaquean y que toda mi piel *arde* y que siento ganas de llorar o de gritar y después atisbos de paz inaudita, una paz que me desgarra, una paz que sólo dura muy poco, muy poco, porque todas mis vivencias de este día (de estos meses) cambian y cambian sin ninguna advertencia, de lo caliente a lo frío, de arriba abajo, de lo negro a lo blanco, todo está cambiando y me va cambiando y *no me doy cuenta* hasta que ya cambió; no antes, como quizá debiera ser para que yo controlara esos cambios. Ahora resulta todo lo contrario. Soy arrastrado a los eventos. No soy capaz ni de dirigirme yo mismo. Nada más descubro que mis manos empiezan a sudar y que nubes tensas se adueñan de mi vientre, una ansiedad pavorosamente imprecisa me corroe debe ser mi intuición indicando algo, pero aún no aprendo a reconocerla; a descifrarla, para poder impedir catástrofes o para permitirme atesorar felicidad. ¡Sí es mi intuición! ¡Estoy seguro, sí es eso! Y es terrible, porque en verdad me impregna de una inquietud que me debilita; me dan ganas de tirarme a dormir, o dejarme ir, no pensar, no ver, que pase lo que pase: malvivir o ir muriendo paulatinamente, ir debilitándome, quedar exhausto de una vez para no tener que luchar contra algo desconocido, contra mí mismo, contra lo que desconozco de mí, todos esos mundos llenos de sombras aterradoras, pero también de brillantez, luces deslumbrantes, fuegos incandescentes, renovándose al morir, abismos y cimas, acantilados sin fin. Dios mío Dios mío dame tu luz ilumíname ayúdame a luchar a combatirme a saberme a saberte Dios yo sé que estás dentro de mí y que me puedes mostrar tu rostro calcinante o tu rostro discontinuo dame fuerzas dame ánimos sácame de esta confusión sácame de estas profundidades aligera mi espíritu lima mi alma alivia mis debilidades evítame tus tentaciones más terribles o dame vigor para combatirlas dime cómo canalizar mi energía dime cómo aceptar mis flaquezas dime cómo conocer mi alma y

The deeper you go
Your outside is in
The higher you fly
Your inside is out

cómo aprender a amarte para poder amarme y amar a todos y amar esta vida milagrosa no me dejes convertir en un gusano o en un animal que merodea enciende mi luz enciende mi fuego tolera mis faltas libera mi ser destruye mi ser destruye mi ser aniquila mi ser para poderte ver.

Rafael tenía los ojos cerrados viendo sin ver las líneas que ondulaban en el mar (a lo lejos) hasta que de repente sacudió la cabeza. Abrió los ojos. El mar apenas parecía moverse y los reflejos del sol se perdían, infinitos. Más a lo lejos el monte con sus rocas desnudas, el peinado verdeagreste, cielo implacable, una lluvia de color azul. Rafael de nuevo sentía que sus músculos, sus órganos, sus nerviosidades internas se cimbraban, vibraban, se expandían con la luz aunque en su exterior no se advirtiera nada:

un hombre joven sentado ojos bien abiertos manos unidas volando flotando una emoción recorriendo ganas de llorar de pegar un grito un alud de gritos caer de rodillas y besar la tierra————¿quién habla a través de mí?, se dijo.

Your outside is in

¿Dónde está Virgilio?, se preguntó Rafael. Repentinamente le pareció que una nube densa cubría el sol, trasluciendo un reflejo pálido, brumoso. Pero el cielo seguía limpio. Francine y Gladys discutiendo en voz baja, recargadas en el barandal de la terraza, junto a la enredadera. ¿Y Virgilio? ¿Y Paulhan? ¿Y *Paulhan*? ¿Dónde se metieron? En el departamento contiguo terminó Get Yer Ya-Ya's Out y ya no pusieron otro disco. Silencio. Viento suave penetrando. Francine vio de reojo a Rafael y no le hizo caso. Gladys tampoco.

Rafael dejó de mirarlas. Dentro de sí, aún la apacibilidad. Silencio. Qué distinto se siente. Se acomodó frente a la mesa, donde aún se hallaba la botella de tequila, a la mitad. Francine y Gladys platicando. Y viéndolo de reojo. Rafael encendió un cigarro y descubrió que los ceniceros estaban atestados. Quiso vaciarlos, pero dónde. En la cocina. Por nada del mundo me vuelvo a meter *allí*, ¿cómo podrán vivir en semejante suciedad? No sabía qué hacer. Francine y Gladys en el barandal (¿viéndolo de reojo?), platicando. Una leve punzadita en el estómago. ¿Estarán hablando de *mí*? ¿Por qué? Supongo que tendrán diez mil cosas que decirse, no por fuerza *todo* el mundo *tiene* que estar hablando de mí *siempre*, ¿verdad?

Le hubiera gustado tener las cartas del tarot nada más para verlas. Sentir la vibración de los arcanos mayores. El Mago. Pero Paulhan las guardó. Y tampoco estaba a la vista el I Ching. Suspiró. Ahora resulta que no advierto a qué horas suceden las cosas, y se supone que estoy despierto, *consciente*. No hay duda de que uno vive en la inconsciencia cuando más cree estar despierto. Es para enloquecer. Los cigarros y la mariguana desperdigada. En realidad Francine y Gladys son las únicas que han estado bebiendo. ¿Qué horas serán? Rafael quiso volver a su hilo anterior de pensamiento, Dios mío Dios mío ilumíname libérame | Qué más. Hace rato de plano no era yo. ¿Qué sucedió? Sintió unas mínimas ganas de orinar, no suficientes, pero de cualquier manera se puso de pie, esperando que Francine o Gladys lo detuvieran y hablaran con él (*por favor* Rafael) pero al parecer ellas no lo veían.

Rafael se detuvo en el quicio de la recámara.

Gladys no lloraba ya, su rostro estaba seco, pero se veía agotada, ojos fatigados, sin mirar ningún punto en especial. Suspiraba ocasionalmente sin hablar, escuchando a Francine, quien le sostenía la mano y hablaba, voz bajísima, muy dulce según su expresión. Francine parecía resplandecer: sus facciones se habían suavizado. El reflejo del sol de la tarde la bañaba y todo el cuadro era de una tranquilidad infinita. Rafael tenía ganas de estar con ellas, de oír lo que Francine decía, de contagiarse de esa atmósfera. Y creo que en algún momento anterior Francine ya mostró una actitud semejante. Ser capaz de transmitir esa corriente de paz, luminosidad, y no hacerlo casi nunca. Tan sólo culos-vergas-mamadas-coger. Qué desperdicio.

En Gladys y Francine había tal calor, tal intimidad, tal comunicación, que aun sin hablarles o escucharlas, por el solo hecho de estar a unos pasos de ellas, Rafael se sintió un intruso: mancillando la comunicación entre las dos mujeres. En ese momento parecían dos niñas. Con razón Virgilio y Paulhan prefirieron dejarlas solas, ¿Virgilio y *Paulhan*?, ¿a dónde se fueron?

El corazón de Rafael empezó a bambolearse una vez más.

Silenciosamente salió de la terraza-estancia, pero sin saber la razón, se quedó unos momentos en la recámara sin puertas, viendo por la ventana a Francine y Gladys que en ese momento sonreían,

tomadas de la mano,

inocentes,

y Rafael suspiró, aunque su corazón seguía desbocándose irracionalmente. Dio unos pasos y se dejó caer en una de las camas gemelas para no ver más a Francine y a Gladys a través de la ventana (más allá, el mar).

La mirada de Rafael se detuvo en el tocadiscos, los discos y las cassettes. Silencio. El principio de la tarde tiñendo de dorado la habitación. Qué curiosa es la luz, cómo la complementa la sombra, cómo necesita la luz a la sombra, cómo sin luz todo estaría sumido en la oscuridad más espantosa, cómo cambia el ánimo si se recibe al sol directamente o su reflejo dorado. Qué milagro. Sólo la brisa constante y el ruido lejano de autos y camiones transitando la Costera.

En el buró había varios papeles, escritos en inglés. Rafael ardió en deseos de saber qué decían, una curiosidad compulsiva se apoderó de él y aumentó los latidos de su corazón.

Abrió el cajón del buró.

Varias cartas. Echando miradas recelosas a la ventana (la ventana, la terraza, el mar). Rafael abrió los sobres. Todo en francés. Maldita sea. Un par de frascos, una figurita prehispánica de barro, aceite de coco para broncear…

Volvió a los papeles sueltos e hizo un esfuerzo enorme por entender qué decían. Parecían versos sueltos o poemas.

Solía sentarme y escuchar la lluvia de caída lenta

Y jalar las rodillas hasta la barba y ver de nuevo tu rostro

El fuego solía arrojar tales sombras asustadas sobre la pared

Mientras el tiempo se dejaba pasar lentamente junto a mí desde

    el reloj en el pasillo

Mis ojos hacen suertes sobre el escenario dentro de mi mente

Mientras los recuerdos de mis años habituales se transforman

    en el velo del tiempo

Ata tus manos y gira en círculos cierra los ojos y asegura la

    puerta

No me verás como de costumbre en la forma en que me veías

Los ciegos hacen caras mientras giras y te alejas

Trastabillan mirando la nada de lo que solías decir

Y el amor se sonroja locamente buscando un sitio donde estar

    a solas

Para hacer cuentas de lo que has tomado y de lo que en verdad

    es tuyo.

Peter Rowan: Close Your Eyes and Shut the Door

Y junto a ese papel, otro:

Azencio vivía en un pueblo rodeado de grandes bosques. Desde pequeño tuvo visiones donde percibía qué iba a suceder. Su familia lo llevó a un convento, para que sus visiones fueran bien encaminadas. Un maestro quiso enseñarle a domar su espíritu y a utilizar bien lo que veía. Pero Azencio era joven y la fama de su poder profético fue grande: la gente le llevaba regalos y le ofrecía dinero. Azencio, después de un tiempo, cobraba por informar qué sucedería. El alimento espiritual no debe cobrarse nunca, no es sujeto a comercio, le decía el maestro y Azencio enfureció tanto que un día no pudo aguantar más e hirió a su maestro. Azencio huyó al bosque, donde conoció a un pescador y a dos mujeres. Le dieron unos tallos multicolores que lo condujeron a experiencias vertiginosas y desenfrenadas. Finalmente lo dejaron solo y él permaneció en el bosque, ya sin saber dónde se encontraba. Estaba loco. Desconoció todo. Todo era irreal, grotesco y amenazador. Finalmente Azencio llegó a un lago muy hermoso y se dejó caer en el agua, después de quitarse los jirones de su sotana para quedar completamente desnudo. Voy a morir, dijo, y se dejó hundir en el agua. Pero así descubrió que podía permanecer en el agua y no morir. En un principio vivió eventos terribles, peores aún que cuando se hallaba en el bosque, fuera de sí. Pero después el agua se volvió transparente y cuando Azencio volvió a la superficie, el panorama había cambiado. Cuando corría por el bosque no veía el bosque, sino algo terrible y deforme: los árboles, eran colgaduras de una materia derretida, goteante; y el cielo no era cielo, era un casco erizado que le oprimía la cabeza. Todo era distinto, absurdo. Pero cuando salió del agua todo fue normal; los árboles eran árboles y el cielo, cielo. Pero todo se había vuelto hermosísimo o él había aprendido a ver la verdadera belleza. El mundo se le caía encima, pero ya no era una sensación aterradora sino gratificadora. Azencio bajó los ojos anonadado ante tanta belleza, tanta majestuosidad… Primero hay una montaña, luego no hay, luego hay.

Your outside is in
Your iniside is out

Salir y entrar sin error.

Hacia delante y hacia atrás va el camino.

En el séptimo día viene el regreso.

Es favorable tener a donde ir.

El corazón de Rafael parecía haberse salido de su sitio para sacudirse por todo el pecho. Rafael se puso de pie, mediante un salto, sin ver los libros que tenía enfrente. Nada más una mancha informe, golpeada por la luz. Respiraba agitadamente, y sin advertirlo casi dejó los papeles y caminó hacia el pasillo, con pasos lentos. Cuando llegó a la cocina, escuchó unas risitas apagadas pero muy intensas. Al parecer, toda la mariguana que había fumado empezaba a hacer que su mente se desintegrara. Oía las risas muy lejos y sólo sabía que su mente giraba, lo sofocaba. Cien doscientos trescientos cuatrocientos quinientos alguien está hablando seiscientos setecientos, al inhalar; setecientos pero quién seiscientos quinientos cuatrocientos trescientos pero no no están hablando se están *riendo* doscientos *íntimamente* cien, al exhalar. Uf. Una tristeza sin límites lo acometió, sus ojos se humedecieron mientras el corazón saltaba con violencia. ¿Qué era eso que acababa de leer? ¿Lo escribió Paulhan? ¿O lo *copió*? Debe haber sido un sueño que tuvo.

Las risitas continuaban.

Rafael se asomó, sigilosamente, a la cocina. Allí se encontraban Paulhan y Virgilio, riendo muy bajito, con los rostros enrojecidos. Paulhan tenía las manos (brazos estirados) en los hombros de Virgilio muy cerca de él, y ambos se miraban a los ojos y reían, con mucha intensidad, como si fueran cómplices de algo que los divertía mucho y que con el solo hecho de mirarse establecían una mayor comunicación, mayor intimidad, entre ellos. Rafael se quedó pasmado, viéndolos. El corazón le dio un vuelco.

Pero después, Rafael palideció. Su primera reacción fue retirarse de allí, estaba seguro de que *no* debía espiarlos: era inoportuno, indiscreto. Pero también quería ver *qué* estaban haciendo, o colegir qué habían hecho. Los dos. Cuánta intimidad, parecen amigos viejísimos, parece que piensan lo mismo y se entienden sin hablar y con sólo *mirarse* hay algo que los une y les transmite el mismo calor. El mismo fuego. ¡El amor! ¡No puede ser! ¡Qué desgraciados, qué poca vergüenza!

Siguió mirándolos. Ellos aún reían y parecían ignorar todo

a su derredor: pero no fue así, cuando Rafael menos lo pensaba Virgilio se volvió hacia él.

Quihubo, hijo.

¿Qué haces allí?, agregó Paulhan, casi al mismo tiempo. *Pásale*, por favor.

Rafael se quedó paralizado en la puerta.

*Pá*sale, por el amor de Dios, insistió Paulhan y caminó hasta él, lo tomó de un brazo y lo condujo a la estufa, junto a una cantidad incalculable de trastes viejos, sucios y grasosos que se equilibraban, verticalmente, de una forma milagrosa. Grandes cajas de cartón y bolsas de supermercado.

Hace meses que no barren aquí, ¿verdad?, dijo Rafael, sin darse cuenta y se ruborizó en el acto.

Siéntate, ordenó Paulhan indicando un bote al revés.

Rafael vio el bote de reojo y dijo ustedes no comen aquí, ¿verdad?

Siéntate, por favor. Donde quieras.

Rafael tomó asiento, no sin antes dar unos manotazos al bote para quitarle el polvo. Virgilio trepó en el fregadero, donde había otra pirámide de platos y cacerolas, intocada por manos humanas en mucho tiempo. Paulhan se colocó frente a Rafael, de pie.

¿Qué piensas?, preguntó Paulhan.

¿Yo?

¿Por qué estabas espiando?

¡Espiando? ¡Yo?

Sí, tú.

¡Yo no estaba espiando, no digas tonterías! ¡Soy *incapaz*! ¡Iba al baño y oí *risitas* y me asomé, que es distinto! ¡Es más, voy al baño, compermiso, no quiero disturbar su *intimidad*!

Paulhan meneó la cabeza, haciendo tch tch, mientras Rafael se ponía de pie. Virgilio parecía sinceramente azorado.

No te alteres, *por favor*. No tiene nada de particular, de *anormal*, que estuvieras espiando. Todo mundo espía en un momento u otro. Yo mismo he *espiado* muchas veces. Es una emoción.

117

¡Pero si yo no estaba *espiando*!

Siéntate. Tú sabes que yo soy homosexual, ¿verdad? Bueno, pues oíste risitas, *íntimas*, y pudiste haber pensado que tu amigo y yo nos estábamos besando, por ejemplo… o que yo le estaba practicando la fe*lla*tio…

¡Pero no fue así! ¡Ustedes tienen derecho de hacer lo que se les dé la gana! ¡A mí qué me importa!

No te aceleres Rafael, pidió Virgilio, sonriendo.

Cómo no. Estuviste asomado un buen rato, viéndonos, ¿o no? En fin, ¿qué piensas?

Rafael tomó aire profundamente, cien doscientos trescientos, mirando a Virgilio, quien sonreía, divertido.

Quihubo zanquita, qué pachó, resaludó Virgilio.

Mira Paulhan, yo soy incapaz de estar espiando. Seguramente tuviste una alucinación cuando creíste verme un *largo* rato en la puerta.

Seguramente, admitió Paulhan, sonriendo.

Los tres callaron. Rafael respirando con pesadez. Sentía mucho calor. Paulhan muy tranquilo. Virgilio sonreía. Transcurrieron varios minutos en silencio, que a Rafael se le hicieron eternos, hasta que Paulhan dijo:

¿No piensas ir al baño?

¿Eh? Ah, sí.

Rafael se puso de pie, sacudiendo la parte trasera de sus muslos.

¿Sabes qué?, dijo Virgilio. Cuando termines, te limpias. No. Digo, cuando termines vente pacá y nos damos otro tocador.

¿Otro?

Cómo jijos no, everybody must get stoned!

Paulhan y Virgilio rieron con ganas, mirándose, al parecer ignorando a Rafael, quien salió apresuradamente de la cocina, oyendo las risas. El pasillo parecía muy largo. Perlado del sudor. ¡Qué brutos, todavía más stoned! ¡Yo estoy rezumbando! Pero si les digo que no quiero van a

The higher you fly
The deeper you go

118

pensar que no aguanto nada y que soy un presuntuoso. La verdad es que preferiría irme de aquí. Se detuvo firmemente en la puerta de la recámara de las viejitas. Voy a llamar a Virgilio para decirle que ya estuvo bueno. Y si él quiere quedarse, al diablo. Me voy solo. Me voy solo. Y me voy a un *hotel*, qué se cree. Su casa está espantosa, además. Es un cuchitril. Iba a llamar a Virgilio pero se detuvo cuando ya tenía la boca abierta y una mano alzada, a guisa de bocina. Mejor voy al baño primero. Si no, van a creer que *deveras* estaba espiando.

The deeper you go

Caminó hacia el baño, se colocó frente al retrete, estiró el traje de baño, al lado de la ingle, y sostuvo su miembro lánguido con la mano, apuntando hacia el agua de la taza. Ni ganas tengo de orinar. Lo que tengo es hambre. Y mucha. Y sueño. Hizo presión para que saliera el chorro de orina, pero nada. Consideró: posiblemente la forma tan incómoda como salía su pene del traje de baño, y la manera como lo sostenía, impedía que estuviera a gusto para orinar. Desató el lazo y bajó el traje de baño: cayó en sus pies. El pene y los testículos salieron al aire, sin obstáculos. Mientras continuaba presionando a la vejiga, mediante contracciones del vientre, rascó sus testículos con suavidad: le dolían, estaban hinchados, enormes, hipersensibles. Francine lo había humillado justo cuando su erección se encontraba en su grado más violento y sólo con un esfuerzo pavoroso evitaba eyacular. Enfureció y se reafirmó que se iría de allí inmediatamente; bueno, tan pronto como termine de mear. ¡Si es que llego a mear en algún momento! Rascándose los testículos. El miembro colgando en su mano, ligeramente hinchado a causa de las manipulaciones. Y aún no salía nada. Dentro de sí, una ligera punzada, casi imperceptible, avisaba que la orina saldría, tarde o temprano, sólo era cosa de esperar. Y presionar. Apoyó una mano en la pared mientras con la otra sostenía, acariciándolo, el pene. Vien-

119

do la taza. Un embudo. El cuerno de la abundancia. Vaya abundancia. Repentinamente le entró la idea de que si iba a *esperar* a que la orina se dignara aparecer, bien podría hacerlo sentado. Una ola de calor subió a su rostro y su respiración volvió a agitarse, apagadamente. Qué bruto, ya me puse nervioso otra vez. Y estos *bestias* quieren seguir fumando más mariguana. El traje de baño a sus pies, como un objeto informe, cuerpo sin articulaciones, yerto. Rafael dio vuelta y se dejó caer en la taza del excusado. Su primera reacción fue oprimir el vientre, para defecar, pero en el embudo sólo retumbó una ventosidad. Cómo apesta, Dios mío. Entonces recordó que no iba a defecar, sino a orinar, y siguió tratando de que su vejiga expeliera un poquito de líquido. Es que ni tengo ganas. Suspiró. El calor que había trepado a su cabeza allí permanecía; le emocionaba mucho orinar (o tratar) *sentado*. ¡Como las mujeres! Automáticamente en su cabeza fluyeron varias imágenes de Paulhan. Dormido, bocabajo, en la cama. Con su sonrisa que decía tanto y al mismo tiempo no decía nada. Ofreciéndole la mariguana con la punta encendi-

Paulhan bocabajo da dentro de su boca, y la otra punta (pequeñísima) al aire, para que Rafael la aprisionara con los labios, gustase los labios carnosos de Paulhan, quedaran cara a cara, los labios en contacto, calor calor, y ¡Paulhan había soplado, para que *su* humo llegara hasta lo más profundo de Rafael!, pero después Paulhan acusándolo de espiar, lo más bajo, lo más denigrante. Y riendo sin poder parar, mirando los ojos de ¡Virgilio! (bajito, muy moreno), como si antes se hubieran estado besando o Paulhan se la hubiera estado *mamando*. Y no es la primera vez, nos saludamos de besín en la boca, ¿qué te parece, chato?, ¿y qué hacían en la cocina ¡En la co-cina, por el amor de Paracelso, en ese lugar in-fec-to! Tenía que largarse de allí, templo de culos-vergas-mamadas-coger, de locos viciosos enajenados léperos depravados soeces amorales inconscientes irrespetuosos desconsiderados hijos de toda su perdida y recogida madre. Y Virgilio era de la misma calaña, pobre *vicioso*. Además, era un *traidor*; porque con tal de quedar bien con sus amistades *depravadas* era capaz de hacer chistes a costillas de Rafael con perfecto cinismo. Y sin un ápice de dignidad, era un *servil* (¡lo más bajo, lo más denigrante!): Francine agredía a Virgilio y él ni protestaba, se quedaba tan tranquilo, pobre pusi*lánime*. Y a fin de cuentas, Francine tenía razón: Virgilio nada más era pura verga y nada de cerebro. Y ni siquiera se le ve una verga muy *grande*, en el traje de baño sólo se vio una lanza de regular tamaño cuando Francine lo dejó a media terraza. Qué miserable. La mía es mucho mayor. Yo sí soy mucha verga y mucho cerebro, Francine se la pierde. Soy capaz hasta de acostarme con la gorda fofa repugnante Gladys. Sabes qué, marrana, se te va a hacer. Abre las piernas. Toda dentro, hasta ese agujero antiquísimo empezaría a rejuvenecer con las sacudidas de mi bazuka. Y después Gladys corre a ver a Francine. ¡Ay manita, *ay* manita, lo que te perdiste! ¡La tiene king size! ¡Y es un cabalgador infatigable! Y experimentado, oh querida Francine, pídele perdón y suplícale que te la introduzca, porque es el éxtasis. Y por supuesto, Francine se le acercaría, despacio, contrita, con cara de gentedecente, como hace ratito cuando hablaba con Gladys, y no con su cara *vieja* y *vulgar* como cuando emite grosería tras grosería; y le diría oye Rafaelín perdóname por todo lo que te he insultado pero hasta ahora me doy cuenta de que tú eres *distinto* a cuantos he conocido, y Gladys ya me platicó que no tienes rival en la cama, ¡hazme tuya! Y Rafael, aunque fatigado después de cabalgar a Gladys durante catorce eyaculaciones (bolsa-de-grasa, vientreseboso, músculiflácida, cuerpo gelatiputrefacto, y un agujero enorme, telarañoso ya sin fuerza, sin *succión*), aún tendría para dejar agotada, exhausta, a Francine, cuyo único castigo por su insolencia & vulgaridad sería coger encima dél y ser ella quien se moviera cual desesperada durante las nada-menos-que-quince irrigadas que le prodigaría. Hasta otro día, y si se portase bien, sabría lo ques tener a Rafael sobrella, y sentiría cómo sabe él mamar el culo, entenebrar la verga y coger, ¡truena la tierra, retumbe! cielo el mar hierve! Y por ser para ti Francine, gratis; y de pilón voyte a echar el tarot para quempieces a vislumbrar lo ques la vida y la colisión complementaria de lo creativo y lo receptivo. ¡El

Flashback elemental

tarot! Aún no salía nada de orina, a pesar de que continuaba presintiendo la salida inminente del líquido. Lo único que había logrado, ya que había continuado acariciando con suavidad los testículos, el vello púbico y el escroto, fue que su miembro alcanzara un estado de semierección, dulcemente doloroso, el falo gordo colgando apenas, chocando ocasionalmente con la superficie *tibia* del excusado.

Rafael escuchó pasos en tropel y varias voces confundiéndose. No puede ser, ahora hasta estoy alucinando auditivamente,

y la puerta se abrió de golpe.

¡Danos audiencia, oh rey en el trono!, exclamó Virgilio muerto de la risa al ver a Rafael en la taza del excusado tratando de cubrir pudorosamente sus partes íntimas pero dejando al descubierto las llantitas de grasa que aureolaban su vientre.

Francine, Gladys y Paulhan siguieron a Virgilio y se acomodaron, como pudieron, en el baño, tras descorrer la cortina que separaba el cubículo de la regadera.

Don't move, chato, dijo Francine, al ver que Rafael quiso ponerse de pie y colocarse el traje de baño. Límpiese primero, cochino cagón.

Es que…

Ji ji, rió Gladys (tambaleante) y Rafael le dedicó una mirada iracunda.

Rafael había enrojecido, qué humillación. En esta casa no hay intimidad ni para cagar. Sin querer hizo presión con su vientre y una nueva ventosidad salió lentamente.

Huele, y no a incienso Nankodo, citó Paulhan.

Más vale cagada entre cuates que chaqueta a solas, dictaminó Virgilio, aún riendo. *Todos* reían, menos Paulhan: quien discretamente abrió la ventana del baño.

¿Me dejas ver cómo es tu caquita?, pidió Francine, echando miradas poco discretas entre las piernas de Rafael

Rafael explotó.

¡Lárguense todos de aquí! ¡Inmediatamente!

Tranquilo chavo, dijo Francine, sin moverse.

*Vá*yanse, ¿no?, rogó Rafael (avergonzadísimo).

¡No!, dijo Gladys, con aire de felicidad y picardía.

Vinimos a invitarte un toquecín, muchacho, explicó Francine, y tú nos quieres correr. Qué *ruin*. Préndelo, Virgilio.

Virgilio tomó un cigarro (gordísimo) que sostenía en la oreja y Paulhan lo encendió. En el acto lo pasó a Rafael, quien miraba, azorado, a todos, rogándoles que se retiraran.

Llégale zanca, no te hagas de la boca chiquita, instó Virgilio ofreciendo el cigarro. Rafael no lo tomó.

Francine se había acomodado junto a Rafael, y tras de accionar la palanca para que se vaciara el tanque de agua del excusado, arrebató el cigarro y le dio tres chupadas, tragando el humo. Después le pasó a Rafael, quien seguía cubriéndose con las manos. *Please*, suplicó Francine. Rafael suspiró, tomó el cigarro y fumó. Estaba seguro de que todo era un sueño ridículo, y de que ya nada tenía sentido.

¡Ajajá picarón! Ya te vi la herramienta; está *tentadora*, exclamó Francine, viendo hacia las piernas de Rafael mientras él fumaba. Rafael Enrojecido, sin poder evitar cierta satisfacción.

One toke over the john dijo Paulhan.

Pass the john, ah mean pass the *joint*, pidió Gladys, y Rafael le dio el cigarro, exhalando humo largamente.

Cómo son, dijo Rafael con una sonrisa débil en la boca. Su furia había cambiado a una sensación extraña, agradable, cuando Francine alabó su miembro y al sentir la mariguana en sus pulmones. Vayal carajo, pensó, me voy a poner hasta el extracepillo y que pase lo que pase. En realidad se han burlado tanto de mí porque así es como debe de ser. Para que agarre su onda.

Soy fresísima y ellos lo han sabido desde el principio. Son buenos amigos, después de todo.

Está regularzona esta moronga, ¿no?, comentó Virgilio.

¡Regularzona?, pensó Rafael, ¿pues qué quiere fumar este toxicómano? ¿Hashish? ¿*Opio*?

Pues sí, no está muy buena pero se los advertí desde que estábamos en la playa. Pero tú como buen huevón, no quisiste que fuéramos por la tuya. You're kinda *el*bow, y'know?

Yo sístoy stoned, consideró Gladys, pero porque he estado bebiendo este tequila nefastísimo.

El puro tequila idiotiza, la mota no pega, dijo Paulhan.

Yo sí quise ir a mi casa Fran, tú no quisiste.

De cualquier forma, eres un huevón.

Pues sí, pero hubiéramos ido a mi casa por mi moraleja, Fran, con ésa sí rezumbas. Medio pitón y ya estufas way way out.

Ha de ser pinchísima, tú tienes puras |
Siconefasteces.

Oye Paulhan, no te claves con el toque.

O que se lo clave en el anís, sugirió Virgilio.

Qué más quisiera el puto.

Hold it mac, dijo Paulhan: se hallaba dando unas fumadas larguísimas al cigarro: ya iba a la mitad.

Oye, *límpiate* ¿no? ¿No te da vergüenza estar *cagando* enfrente de amigos?, dijo Francine.

¿Eh? ¿Qué? Ah, no. Digo, en realidad no estaba cagando.

¿Ah no? ¿Entonces qué estabas haciendo, a goode ole chaqueta? ¿Orinando como *señorita*? ¿Con esa suculenta macanota que tienes? ¡Sí que te *impresionó* el toque de a besito que te dio el putarro Paulhan!

Momento momento, ¿qué tengo que ver yo con las defecaciones de Rafael?

Iba a defecar, pero todavía no me salía nada |

¿Nada? ¿Entonces lo que olimos era Femme de Rochas?

por eso me iba a parar, explicó Rafael, acalorado.

Date un tris, no te hagas pendejo. Desde hace rato te estoy pasando el charro.

Rafael tomó el cigarro y fumó, aún sentado en la taza. Nuevamente sus manos sudaban, sus palpitaciones iban a velocidades vertiginosas. En cambio, todos los demás parecían tan tranquilos. Y una capa de opacidad cubría la visibilidad de Rafael. Ya había olvidado que quería ponerse de pie, no le importaba hallarse desnudo frente a los demás. Posición difícil. Traje de baño en los tobillos. Objeto sin forma y sin sentido es todo esto, hasta el calor se me fue. Y los oídos zumbando, no quería moverse, estaba bien así, fumando. Fumando. Virgilio le dio unos golpecitos en el hombro antes de quitarle el cigarro, no exagere chavo no se cuelgue, para introducirlo en una cajita de cerillos a la cual practicó un pequeño orificio. Fumó abriendo toda la boca, la gran boca de Virgilio estaba seca, para cubrir toda la caja y no dejar escapar nada de humo. Las mejillas se le inflaron al aspirar, y aguantando el humo en los pulmones, pasó la cajita de cerillos a Gladys la tomó y fumó.

Wow! Now I'm beginnin'to feel stoned!

Te dije que no aguantas nada, Virgilio, ¿ves?, dijo Francine. Oye gordasquerosafofugnante, en lugar de tratar de meterte esa caja de cerillos en la boca, te cabría mejor en el culo, ¿no?, deberías ir por el holy tequilón.

Al rato, decidió Gladys pasando la cajita de cerillos a Paulhan, con los ojos húmedos porque se anegaron de humo. Paulhan fumó con rapidez y en el acto pasó la cajita a Francine, pero ella la tiró, con un manotazo.

Me choca fumar así, mejor prendemos otro.

¡Cá!mara, exclamó Virgilio.

¿Te pusiste stoned, Rafael?, preguntó Gladys; maliciosa.

Rafael asintió: oía que hablaban pero no había puesto atención, ¿de qué estarán hablando? De cualquier forma, asintió.

Yo estoy muy incómodo, dijo Paulhan: se hallaba de pie, recargado en la ventana del baño que permitía ver la Costera. Ya vámonos de aquí, ¿no?

Bueno, sonrió Francine, a *ti* se te ocurrió venir para que no se quedara solo tu novio, ¿no?

No, respondió Paulhan, sonriendo.

Ahora vas a decir que se me ocurrió a *mí*.

Yo nada más digo que estamos muy incómodos.

Aguántate aguántate, aquístamos just groovy, ¿verdad, Rafael?

Como chiste ya estuvo bueno.

¿Eh?, preguntó Rafael, abstraído.

¿Chiste? ¿Cuál chiste? Ja *ja*. Ya salió La Neurosis del Buen Paulhan. Yin yang los azores de Paulhang. El Protector de los Cagadores Oprimidos. Paulhan el Bueno. Para Nada. No | hagan chistes a mi morcito corazón el cagador vergudo Sonrisas Cachondas. Me van a hacer enojar. No me lo toquen. Déjenmelo enterito para que yo lo reciba *íntegro* y lo *destruya*, lo *aniquile*, como acostumbro. Me gusta acabar solo.

Paulhan sonrió, sin responder. Uf. En esta ocasión sí se me *fue*. Caí en la provocación, le di alas a Francine. Qué difícil es lidiar con Francine. Pero divertido, a fin de cuentas. Es la buena prueba. Y *diaria*.

¿Por qué sonríes, angelito? ¿Para que tu Amado Rafael observe que siempre te conservas cool? ¿Que si te equivocaste una vez y me diste pie para arremeter contigo no lo harás otra vez?

Tú lo dices, Fran.

Eres un canalla, Paulhan, ya no me quieres, ¿por qué ya no me quieres?

Yo te quiero muuuuucho, Francine.

Claro que me tienes que *querer*. Deberías adorarme. Vives gratis en mi casa, ¿no?, y tragas gratis mi comida, ¿no?, y te coges a mis amigos, ¿no?

No, respondió Paulhan.

Sí. Me tienes que querer. Nadie te ha tratado como yo.

¿Voy por otro pito o no?

¡No estés molestando, playero descerebrado, good for nothing, good for for—screwin'! Francine soltó a reír finalmente, sin poderse controlar. Gladys la veía con tranquilidad, sentada en el suelo. Francine se subió en el lavabo y quedó junto a Rafael, quien continuaba calzones abajo, en el excusado. Pues sí, como les iba diciendo, continuó Francine, tienes que *idolatrarme*, Paulhan. Conmigo tienes todo. Mientras yo te viva no te faltará nada. Cuentas con un Espectáculo Hermoso al despertar, al verme radiante, bellísima, *deslumbrante*, sobrecogedora, sobre todo cogedora, tú sabes que soy muy puuuuuta. Naturalmente, a cambio de eso, tienes que soportar el terrible freak out de ver a Gladys, gorda vacuna fofa espeluznante. Comprendo que ante ella se le agria la mañana a cualquiera.

Shoddop!, pidió Gladys. Otra vez ya hasta te subiste en el lavabo, quieres ser el centro de todo, ¿verdad?

Soy el centro de todo, rata vieja, panzona menopáusica. Te mueres de envidia porque no tienes mi simpatía y mi mi palmito.

¡Olei!, aplaudió Virgilio.

Oh, en verdad eres aburridísima, una patada en el trasero. Un glorioso dolor en el culo. Siempre las mismas historias, pareces disco rayado. Hablar a grito pelado para que todos te vean, exhibicionista. Te colocas en el *centro*, en un stage si puedes, y empiezas a disparar estupideces continuas. No piensas *nunca*. Como si en el cerebro tuvieras la misma cinta malísima repitiéndose hasta el infinito, this is a fuckin' recording, this is |

Qué mentirosa eres Gladys.

No soy mentirosa, y deberías tener más cuidado al decirme esa palabra. Te estoy diciendo cosas ciertas y lo sabes. *Odio* que te pongas en ese plan.

¿En qué plan?

El flan de Ayala, dijo Virgilio.

¿El clan de Ayala?

¿En qué plan me pongo, eh? Tú di, Rafael.

¿Eh?

Dile a Gladys en qué plan me pongo.

No sé de qué están hablando.

¿Eres sordo o qué? Estamos hablando en *español*, Sonrisas Culeras. Español, you dig? Con un *ligero* acento pero se nos entiende. ¿O no, Virgilio?

Sí se les entiende.

Pero yo estaba pensando en otras cosas, lo siento, explicó Rafael.

¡Estás hasta las nalgas!

Bueno, sí. Esta mariguana está muy fuerte.

¿Muy *fuerte*? ¿Pues qué fumas cuando te pones high? ¿Espinacas? ¿Polvo de aspirina? ¿Cómo se dice straw en Español?

Paja, dijo Paulhan.

Hazme un favor Rafael, dijo Virgilio.

¿Qué favor?, preguntó Rafael.

¿Qué *favor*?, repitió Francine. ¿De qué hablas? No se te entiende nada.

Paulhan empezó a reír muy suavecito.

¿De qué favor hablan?, preguntó Gladys. Palabra que ahora sí me sacaron de onda.

Lo cual es normal, estás completamente loca.

Es por tanta coca, rimó Virgilio, riendo.

Te hablan, Francine, dijo Paulhan riendo también.

¿Cuál coca? ¿Cuál cocaloca? ¿Alguien sugiere que yo le llego al parrot? Don't need it. Mi aguante es proverbial, legendario.

I've been watchin'you, Fran, dijo Paulhan.

So what? You're completely cross-eyed.

¿Qué dijo?, preguntó Rafael a Virgilio.

Que soy bizco, explicó Paulhan.

¿El bizco es esa tortilla de acetato con un agujerito en el centro?, preguntó Virgilio. El nuevo bizco de George Harrison aguanta.

¡Ése es disco!, aclaró Paulhan.

¿Y disco es esa oficina del gobierno donde se roban el dinero de los ciudadanos con los llamados impuestos discales?

¡Ése es fisco!, dijo Paulhan, riendo. Apoyó sus manos en los hombros de Virgilio. Se miraron,
y rompieron a reír, apagada, intensamente,
                                    ¡como cuando estaban en la cocina!, pensó Rafael, mirándolos reír cara a cara, como si estuvieran solos.

Don't dig, musitó Gladys.

Vaya vaya con los jovencitos, dijo Francine, también mirándolos (atónita).

¿Quién es novio de quién?, preguntó Gladys, con una sonrisita.

¡Chale!, gritó Virgilio, regocijado. No hay ninguna putería de por medio, aunque no sería la primera vez. No veo por qué delatar algo que nada más se supone. ¡Y en público, por el amor de Tini Leary, y en un baño!

¿Qué quiere decir delatar?, inquirió Gladys.

Abrir una lata, respondió Virgilio, siempre riendo.

Very *funny*, dijo Francine, meneando la cabeza, mordiendo una de sus largas uñas. Gladys sonreía, pero con un aire lejano, para sí misma. Y Rafael había apoyado sus antebrazos en los muslos, pensativo, entrecejo fruncido, echando miradas ocasionales a Virgilio y a Paulhan. Todos quedaron en silencio, sin advertirlo, y el ruido de los cantos y canciones transitando la Costera se alzó, mezclado con ráfagas de viento cada vez más sibilantes. Al guardar silencio, todos se dieron cuenta con mayor claridad de los efectos de la mariguana que acababan de consumir. Gladys sorbió en su nariz y recargó su cabeza en la pared. Francine tamborileó con los dedos en la superficie (tibia) del lavabo, donde se hallaba sentada. Paulhan volvió a recargarse (brazos cruzados) en la ventana (abierta), viendo hacia afuera. Virgilio, incómodo de pie, buscó dónde sentarse pero no había dónde, sólo junto a Gladys, ¡qué horror!: el espacio era muy reducido. Tuvo conciencia fugazmente de que se hallaban en el baño con Rafael (desnudo) en la taza del excusado, ¡y qué expresión tiene!, ¡deveras se está azotando! Pero no se atrevió a sugerir que pasaran a otro lugar. Y Rafael no se estaba azotando. Su mente revisaba flashesback melancólicos de su niñez. Una tarde muy soleada como ésta supe que se había muerto la abuelita de mi mejor amigo. Me puse a llorar irremisiblemente, durante dos horas, con toda intensidad, pero al final no supe por qué estaba llorando: a, por el sufrimiento de mi mejor amigo, quien

Flashback elemental   quería mucho a su abuelita, era algo así como su mamá, y había llorado mucho durante varios días; b, porque Rafael soñó, la noche anterior, que se hallaba en una casa enorme junto al mar, en una ladera de monte. Era una tarde muy soleada. En la parte inferior de la casa había un jardín y una alberca en el centro. Allí se encontraban todos los familiares de Rafael, todos sus conocidos de toda su vida. Contiguo al jardín, un comedor enorme, donde Rafael y los padres de su mejor amigo comían muy propiamente. Vajilla de Sèvres, copas de cristal cortado y servilleta roja en los muslos. ¡El sueño era en qué-colores! Rafael vio cómo del mar surgían varias personas nadando. El comedor tenía grandes ventanales con vista al jardín, a la alberca y al mar (en el fondo). Cada vez que Rafael desplazaba la mirada de un ventanal a otro advertía que los nadadores (uno por cada ventana) llegaban a una franja de playa que comunicaba directamente con el jardín de la casa y se iban acercando a la alberca, donde se hallaba, entre la gente, la abuelita del mejor amigo de Rafael. Finalmente los nadadores rebasaron el jardín y entre todos se apoderaron de la anciana, quien se hallaba tomando el sol en un restirador. La anciana pegó de gritos y trató de zafarse, pero al parecer nadie —ni en el jardín, la alberca o el comedor— la escuchó más que Rafael. Chillidos muy agudos. Rafael experimentó un gran dolor en el corazón: se hendía, se partía en dos. Una ansiedad terrible lo poseyó al ver que la anciana seguía gritando, forcejeando y llorando mientras los nadadores (impasibles), silenciosos, la arrastraban hasta el mar. Por alguna razón extraña nadie se daba cuenta, sólo Rafael escuchaba los gritos estridentes y se angustiaba al ver que nadie se daba cuenta. Los nadadores tuvieron que *arrastrar* a la viejecita hacia el mar, por más que ella se desgañitó y forcejeó. ¡Qué pesadilla! La anciana y los nadadores fueron entrando en el mar hasta que desaparecieron y nadie, salvo Rafael, se dio cuenta. Sólo Rafael quedó agitadísimo, y en ese momento advirtió que no tenía su llave, porque se la había dado a su mejor amigo. ¿Cómo podía regresar sin su llave? Era una llave plateada, con forma de cruz, y él la necesitaba. La pidió a su amigo y él respondió que no la tenía. Rafael insistió, con violencia, y su amigo, desconcertado, sacó todo lo que tenía en las bolsas. Había varias llaves pero ninguna de ésas era la suya. Cuando su desesperación era mayor, una señora que estaba comiendo se puso de pie y dijo a Rafael: aquí está tu llave muchacho, la dejaste en la silla. Le entregó la llave, junto con un rollo de billetes de alta denominación que había dejado en la silla; o c, la muerte de la abuelita de su mejor amigo lo hizo llorar porque *cualquier cosa* lo habría hecho llorar de esa manera. Él sólo requería un pretexto, un resorte para desembocar en llanto. Lo que sí recordaba es que después de un momento se dijo épale, ¿por qué estoy llorando? Le costó mucho trabajo recordar que se había muerto la abuelita de su mejor amigo. Y sentado en la taza del retrete, los antebrazos en los muslos, su corazón volvió a agrietarse como en el sueño aquel, un dolor muy profundo le cosquilleó los ojos hasta humedecerlos. Tuvo que morder sus labios para no llorar, qué vergüenza, enfrente de todos, ¡y Paulhan lo estaba mirando!: fijamente, con una sonrisa cálida. ¿Se está burlando de mí? ¿O me está comprendiendo? Rafael hizo lo imposible por sonreír y no soltarse a llorar y cuando pudo, los ojos de Paulhan destellaron con una corriente indudable de comprensión, como si Paulhan hubiera recordado las mismas cosas, el sueño de la viejecita arrastrada al mar y la llave que Rafael había dejado caer. Rafael por primera vez pudo mirar los ojos translúcidos de Paulhan como si fueran viejos amigos, íntimos amigos; des-

131

pués de mirarse unos segundos los dos rompieron a reír al unísono, con mucha intensidad. Rafael no supo por qué. Dios mío, qué hermoso es Paulhan, qué mente tan limpia y qué apacibilidad, qué fuerza. Es | perfecto, uno puede sumergirse en su mirada y regresar diferente, purificado, cerca y distante, con una comunicación más viva y con la misma corriente de energía. Y Rafael se sobresaltó porque de repente acarició la idea de que Paulhan desde el primer momento *supo* cómo era Rafael, lo percibió, lo intuyó, lo sintió o

Your inside is in lo adivinó, vio todas sus hipocresías, sus afectaciones, sus jactancias, su egoísmo, su mezquindad, su cobardía, su debilidad dolorosa, sus deseos insatisfechos, sus ansias descontroladas, su confusión, su terror, su paranoia, su endeble condición de ser humano debatiéndose en su propia oscuridad, aferrándose en momentos a la luz interna que podía vislumbrar dentro de sí, sus sueños, los abismos y resquicios de su alma. Y Paulhan lo supo desde un principio y lo aceptó así, no dijo nada porque comprendió que tarde o temprano Rafael se daría cuenta; con todo y eso Paulhan le regaló su mirada cristalina, lo trató con respeto, le dio amor, calor, no le proyectó sus propias debilidades ni falsas muestras de afecto. Posiblemente Rafael estaba inventando todo eso de Paulhan pero no le importó, para él era una realidad tangible, concreta, y por primera vez Rafael admitió que alguien lo supiera, lo conociera a fondo y así le permitiera conocerse, actuar sin máscaras, sin enroncharse en actitudes estúpidas, inútiles. ¡Yo amo a Paulhan, lo *amo*, sin cortapisas, porque él me conoce tanto como si fuera yo, como si yo fuera otro: él! Rafael sintió una felicidad tan gratificadora que ansiaba gritar. Las paredes de mosaico blanco parecían refulgir con una luminosidad que nunca antes había imaginado en ninguna tarde soleada, en ningún lugar.

Con un carajo pinche cagón ya párate de allí debería darte vergüenza estar sentadote en un excusado, dijo Francine de carretilla, y a Rafael de nuevo se le agrietó el corazón, ¡estoy encuerado frente a ellos!, toda la luminosidad giró durante fracciones de segundo hasta convertirse en una opacidad sofocante. ¿Me regresaron a la realidad? ¿*Ésta* es la realidad? ¿Cuál es la realidad?

Rafael emitió un quejido y vio a Francine: la cara arrugada, una expresión de maldad indescifrable, una sonrisa que la hacía verse como bruja.

Recarajas nalgas pardas, Paulhan, deveras te quieres coger a Sonrisas Cachondas; se te quedó mirando *horas* como niña enamorada|

No seas tonta, replicó Paulhan, muy serio.

¡Ah! *¡Ah!* Y te enojas, señal de que tengo razón. No sólo te gusta chuparles la verga sino también el alma, ¡eres el diablo, el diablo!

El diablo está en tu cabeza, permíteme que te lo repita.

De acuerdo, Paulhan, pero en la tuya también.

Paulhan echó su cabeza hacia atrás, sin decir nada.

Francine abrió la boca pero optó por cerrarla y sólo rió.

Yo tengo hambre, avisó Gladys, con los ojos entrecerrados, rojizos por el alcohol y la mariguana.

Yo *también*, exclamó Virgilio. Vámonos de *aquí*, ¿no? Ya estuvo. Aguanta llegarle a un buen refine. Ya se me endurecieron los músculos.

Chinga tu madre, dijo Francine, como si nada, y saltó del lavabo sobándose las nalgas. Ámonos, agregó, a echarnos unas hamburguesas para que Gladys trague y se ponga todavía más gorda y apestosa a cebolla. Vamos, muévanse, go go, alleoops. Ruédate para acá, Gladys.

Francine salió y Gladys se puso de pie, se estiró y salió también, tambaleándose. Virgilio coincidió en la puerta con Paulhan y los dos quedaron inmóviles, cediéndose el paso mutuamente. Ninguno avanzó hasta que los dos lo hicieron al mismo tiempo y chocaron. Rieron. Volvieron a cederse el paso, ninguno se movió, avanzaron los dos al mismo tiempo y de nuevo chocaron. Nuevas risas. Paulhan avanzó y en esa ocasión

Virgilio sí lo dejó pasar. Uf, dijo. Paulhan se fue, sin volverse. Y antes de que Virgilio lo siguiera, Rafael se incorporó del excusado y movió las piernas: las tenía dormidas, zumbando.

Oye Virgilio.

Qué onda.

Rafael alzó el traje de baño que estaba enredado en sus pies y lo colocó debidamente, anudando el lazo. Virgilio se había detenido en el filo de la puerta.

Qué, insistió Virgilio.

¿Ya se fueron?

Virgilio se asomó.

Simón, qué pachó, ¿eh?

Rafael respiró profundamente y se tranquilizó un poco más. No quería hablar con la voz alterada. En los dos últimos segundos había odiado como nunca a Francine, como a nadie.

¿Sabes qué? La verdad, ya no soporto más.

Virgilio sonrió ampliamente.

¿La tamo?

No, la morita está bien, contestó Rafael a duras penas. Sus oídos zumbaban. Sus piernas flaqueaban y el cuerpo, durante unos segundos, le pareció desprovisto de articulaciones. El efecto de la mariguana aumentó notablemente al ponerse de pie.

Águilas, te vas a caer, rió Virgilio, estás muy pasado.

Bueno sí, pero no lo suficiente. Mientras se pueda alzar la mano para pedir la bacha todavía no se está muy pasado.

¡Muy bien Rafael!

Lo que ya no aguanto es a las ancianas, palabra de honor. Son insoportables: la cúspide de la *vulgaridad*.

¿Ya te quieres ir? ¿Otra vez?

Pues, la verdad, sí.

Ah caray, dijo Virgilio y se quedó pensativo.

Pero tú quédate si quieres. Yo tomo un libre.

Ah. ¿Y a dónde piras?

¿A dónde?, pensó Rafael, en eso no había pensado.

¿A dónde? Pues, este, a la casa de unos amigos que también viven aquí en Acapulco.

¿Tienes amigos en Acapulco? Nunca me habías platicado. Sí fíjate.

Sí fíjome. ¿Dónde viven?

¿Eh? Pues en el centro.

Oye|

Digo, no sé su dirección pero sé llegar, no hay problema.

Es mucho pedo, ¿no hijo?

Rafael de nuevo tuvo que hacer un esfuerzo para no tambalearse. Se quiso apoyar en la tapa del tanque del excusado pero no se fijó y lo hizo en la palanca: el agua almacenada se desplomó en la taza con un ruido que para Rafael fue atronador, un río, muchos ríos, un río es muchos ríos. Se sobresaltó y Virgilio rió.

Cool it, chavo.

Rafael sonrió titubeante.

¿De plano ya te quieres ir?

Sí.

Rafael creía arder. Qué calor. ¡Al diablo con este playero bueno para nada bueno para para para ¡coger! Sonrió. Yo me voy. A como dé lugar.

Tú quédate, dijo Rafael, no hay problema.

Virgilio parecía pensativo.

¿Sabes qué, hijo? A mí tampoco me está pasando mucho este patín. La neta es que como que ya se aplatanó esta onda. Se me hace que yo también pirañas.

Rafael suspiró. Bueno. Perfecto.

Pero también tengo hambre, matador, maese de maeses. ¿Por qué no vamos con las rucas y el putón a las hamburmierdas y luego le llegamos a donde quieras?

¿Sí?, preguntó Rafael, sin convicción.

Sí, ¿no? Así ligamos viaje en el vagonazo que les prestaron y no jalamos en un pinche camión. ¿O te vas a discutir con el taxi?

¡No! Digo, mejor vamos con ellos.

Rafael resopló. Quería salir de allí inmediatamente pero se decía, tampoco quería insistir *mucho* en un punto sin demasiada importancia. ¿Por qué quiero irme? Porque de plano ya no los *aguanto*. Paulhan es otra cosa, pero puedo verlo otro día. Mañana. ¿Y para qué? Bueno, si no: él también a volar. Aunque estaría bueno esperar a que se me baje un poco la morita, si salgo en este momento a la calle y caminamos o tomamos un camión…, o un taxi, seguro que se me va a notar, con todo y lentes oscuros. Lente oscuro macizo inseguro. Y hasta a la cárcel podría ir a parar. Aparte de que apenas puedo moverme y con el calorón que hace voy a terminar cansadísimo.

Francine los llamó, a gritos.

¡Ahí vamos, no chinguen!, contragritó Virgilio y se volvió a Rafael. Tons qué.

Pues sí.

¿Pues sí *qué*? La neta caponeta es que a mí también Francine ya me cayó en la punta del caracol del ombligo. Y la gorda fofa y repugnante Gladys también. Se les ha pasado la mano.

Sí, mano.

¿Sabes qué podemos hacer? Allá en el refine nos ponemos de acuerdo con Paulhan para cotorrear con él en otro laredo. En mi cantera, por ejemplo, ¿no?

¡Perfecto! Digo, Paulhan es otra cosa, ¿verdad? No es como *ellas*. Quién sabe por qué las aguantará.

No es difícil imaginarlo, hijín. Pero eso hacemos, ¿okay?

¡Virgilio, ya *vá*monos! ¡Dejen de estársela mamando! ¡Puuuuutos!

Okay.

Órale, vámonos para que deje de gritar esa arpía jodida puta vieja y recogida.

Virgilio rió, de buen humor, y echó su brazo alrededor de los hombros de Rafael. Salieron del baño mientras Virgilio cantaba I'm Jumpin' Jackflash it's a gas gas gas, y Rafael quería que le quitara la mano de encima. Pesa mucho y hace *calor* y por qué le da a éste por abrazarme, qué se cree… Pero no se atrevió a decir nada. Atravesaron la recámara de Francine, el pasillo y fueron a dar a la terraza, donde ya los esperaban.

¡Carajo!, exclamó Francine, *les fascinó* el baño.

Tengo hambre, dijo Gladys, bebiendo tequila de la botella. Parecía estar a punto de desplomarse. Cara congestionada, ojos inyectados, perlas de sudor junto a las arrugas que hendían todo su rostro. La misma ropa negra, y el chal, lleno de sudor. Por el contrario, Francine, a excepción de cierta veladura en la mirada, se veía considerablemente fresca.

Francine indicó a Virgilio que recogiera todos los cigarros que había hecho, más la mariguana limpia que se hallaba en la cajita. Y a Paulhan, que recogiera algunas de las cassettes que tenía para no soportar la porquería de música que había en el coche. Paulhan asintió: se había puesto una amplia camisa mazateca de colores desafiantes, y pantalón blanco. Rafael recogió su toalla y se puso los lentes oscuros. Todos se habían puesto lentes oscuros, macizos inseguros. Gladys recogió la botella de tequila (aún tenía una cuarta parte de su contenido) y la abrazó.

En el auto, Gladys se colocó en el asiento delantero, junto a Virgilio. Atrás quedaron Paulhan y Francine con Rafael en el centro. Cierren las ventanillas, pon el aire acondicionado. Francine empezó a revolver las cassettes buscando una que le agradara. Shine on Brightly, mamadas; Let It Bleed, mamadas; Traffic, mamadas; The Family that Fucks Together, remamadas, Sell Out, mamadas, Sgt. Pepper's Lonely Hearts, mamadas; Open Road, mamadas, On Tour, mamadas. ¡Ésta me gusta! Tendió a Virgilio It's a Beautiful Day. Una música muy suave, muy fresca, se dejó oír. Acordes relajantes, una sen-

The higher you fly
The deeper you go
Your outside is in
Your inside is out

cillez que en sí llevaba la complejidad de los integrantes del conjunto. La música invitó a Rafael a sentirse cómodo, a ahuyentar la pesadez. Su toalla olía aún a agua salada y la hizo a un lado: el aire acondicionado lo estaba ayudando a sentirse mejor. Se volvió a Paulhan, quien le sonrió y en el acto depositó su mirada en la bahía. Virgilio recorría la Costera a toda velocidad, con una sonrisa enorme de satisfacción, qué carrazo, cámara, no se siente cuando doy las vueltas, ni cuando meto el acelerador, rrrmmm nadie me pasa en este cochezote y todos se quedan atrás, ¡a un lado, ojetes fresas! La Costera desaparecía tras ellos. Por suerte aquí no hay baches. Pinches culeros del municipio: muy monina la Costera y monte adentro puros agujeros y gente cayéndose de hambre y niñitos de cuatro años con unas panzototototas de tantos animales, y yo prrrmmmm con este charger de pocabuela, valiéndome madre que se mueran de hambre de la Costera para dentro, pensando en que ojalá me vieran mis cuates los pasados. Dos hippies pedían aventón, bajo un letrero que decía ACAPULCO WELCOMES YOU, cerca del Club de Pesca, y Virgilio los ignoró, se siguió de largo. Por todas partes letreros en inglés. Ya estaban acercándose al centro, el edificio de la CROM en la izquierda y el principio del Malecón en la derecha (y el mar impasible). La playa Manzanillo. SCUBA DIVING. Ya eran las tres de la tarde y poca gente circulaba, los turistas en las playas y los acapulqueños comiendo en sus casas para después regresar al trabajo, con todo y calorón. EASY NON-STOPFLIGHTS TO NEW YORK, L. A., AND SAN FRANCISCO, WHERE THE ACTION IS! The action is in este carrote, wow! El mar de la bahía sereno, ondulante, y en el Malecón gente acalorada. Vendedores de todo tipo y los inevitables turistas de edad y bermudas viendo los botes y los yates andados que ensuciaban el mar con su aceite. DEEP SEA FISHING. No los detuvo ningún semáforo, ni en el zócalo ni después del edificio Oviedo, FREE TOURIST INFORMATION, y Virgilio volvió a acelerar al llegar a la aduana, ya cerca del Fuerte de San Diego, FUN FUN FUN IN THE SEA CLOUD YATCH, orondo en el auto, viendo de reojo a las damas que iban en autos vecinos, en los jeeps con franjas color de rosa, MARIJUANA IS POISON, pero hay poco tráfico a causa del santo calorón. Pasaron el cine Playa Hornos. VACANCY LOW RATES. Y los supermercados y las quintas y el Mayab y las playas Hornitos, Playa Suave, Playa Azul, Clavelitos, la Playa de los Viejitos, Hornos y el Morro; y el auto cada vez más rápido y dentro nadie hablaba, a excepción de It's a Beautiful Day con su violín elocuente. GORGEOUS PIZZAS. Todos sofocados por el calor, a pesar del aire acondicionado, con el reflejo del sol que hacía hervir el pavimento y que calcinaba a los bañistas descalzos. Paulhan y Rafael viendo hacia fuera, GO GO DANCING & NO COVER CHARGE, hacia el mar (sereno), Francine revisando las cassettes y repitiendo, mecánicamente, mamadas mamadas, aunque se detuvieran a tararear trozos de la canción; Gladys dando sorbitos, casi besos, a la botella de tequila (repugnante) y Virgilio feliz de manejar ese auto. Oh boy, cómo me fascinaría echarme unas carreras en este coche, no me verían el polvo, Daytona Beach me hace los mandados y Le Mans se come los pilones. Rebasaron a un agente de tránsito en motocicleta caravelle y éste no los quiso seguir, seguramente por el calor, el sol incendiando su uniforme caqui. ¡Ojalá me corretearan los tiras de tránsito!, SPEED KILLS DRIVE CAREFULLY, iban a pelarme los dientes, a parir chayotes para verme pasar, no se diga para alcanzarme, the skulls peel me the teeth. Pasaron los hoteles Ritz, Paraíso Marriot, Kennedy, ese hotel es de la familia de July Furlong, Bali Hai, el conjunto Chez Aveglia y el Hilton frente a él, y Virgilio de plano se pasó el alto de la glorieta de la Diana. ¡Oye, no te pases las luces rojas!, advirtió Gladys, bebiendo, pero Francine dijo que se las pase que se las pase al fin que si nos paran él trae la mora. Ah chirrión, pensó Virgilio, síscierto. INVEST IN ACAPULCO THE LAND OF EXTRA PROFIT! Le dieron ganas de esconder la mariguana en la bolsa ¡de Gladys!, pero no disminuyó la velocidad y subió la Costera, mientras a su derecha se iniciaba la playa Condesa. Las banquetas llenas de autos de principio a fin. White Bird de It's a Beautiful Day terminó y fadeó a Hot Summer Day, con una armónica gentil, sencilla, promisoria. Qué violín tan hermoso, pensaba Rafael, extasiado: había atendido a la música mientras a su lado el mar transcurría————el monte con rocas desnudas a lo lejos y una quietud relajante y el violín sobrio e intenso. Una vibración que emocionaba a Rafael, qué me pasa, cualquier tontería me incita a llorar. Pero llegaron a la parte superior de la Condesa, un poco antes de Paradise, DELICIOUS TIPICAL POZOLE & GIANT JUMBO SHRIMPS, en Beach Boy Hamburguesas Condesa Beach, y Virgilio estacionó el auto, no sin cierta desolación. Rafael tomó su toalla pero Francine lo regañó. A ver si ya dejas tu toallita yastás muy huevonzote para hacerle al Linus. Tampoco quiso que Gladys bajara la botella de tequila. Siquiera fuera de Dom Pérignon o Courvoisier o Poire o J&B o Cutty Sark o de perdida Canadian Club, with memories of hometown, pero cómo un tequila, y un tequila tan barato, qué vergüenza; lo que pasa dear Gladys, es que eres una nasty exhibicionista.

Mira quién lo dice,

y Gladys abrazó la botella de tequila (repugnante) y bajó del auto, pero Francine se adelantó y caminó lo más rápido posible en dirección de Beach Boy Hamburguesas Condesa Beach y desapareció bajando la escalera. Gladys la siguió tambaleando y jadeando. Y cuando Virgilio, Rafael y Paulhan bajaron la escalera, con las olas de la Condesa rompiendo frente a ellos, Francine y Gladys ya estaban abajo, en el restorán. Gladys se dejó caer en una mesa, resoplando por el esfuerzo, pero Francine tomó asiento en el barandal, junto a la mesa, los pies en la silla. Radiante, lanzando sonrisas sin escatimar y saludando, la mano en alto, a una infinidad de personas que se le quedaban viendo, extrañados, ¿quién será esa loca?

El restorán tenía mesitas redondas, blancas, y sillas con respaldo enrejado. Toda la decoración pretendía pasar por victoriana. La barra era en forma de u y la cocina estaba a la vista, comercialmente limpia. Estaba lleno: largas melenas, peinado congolés, camisas con holanes, camisetas con rayas voluminosas, pantalones de mezclilla recortados bien arriba de los muslos, con tiritas, o pantalones blancos o rayados y zapatos blancos de piel de cabra, mocasines y sandalias y alpargatas y huaraches, blusas transparentes, hot pants, trajes de baño de una pieza estilo años veinte, anteojos oscuros o de colores azul y rosa y violeta, de todos tamaños, pieles bronceadas, muchos acapulqueños totalmente ennegrecidos por el sol y con cabelleras rojoturbio, amplias musculaturas y cuerpos femeninos que recorrían desde la delgadez que amerita una limosna hasta las redondeces más perfectas. Oh boy mira ese cuerazo. En su mayoría gente joven, oyendo el rock ininterrumpido que salía de altavoces, pero también gente de edad, muy poca, shorts y camisas con sellos de hoteles internacionales para cubrir abdómenes prominentes, huaraches de suela delgada y cintas de cuero color marrón. Del restorán descendía una escalera de palos que conducía a la playa, inclinada hasta llegar al mar. Allí las olas rompían con violencia, formando remolinos donde se agrupaban algunas rocas oscuras, llenas de lama. La Condesa estaba llena de bañistas que yacían en la arena, muy suave, o que caminaban luciéndose o que, los menos, nadaban y desafiaban las esporádicas olas altas turbulentas, que venían de las profundidades sin ninguna ley aparente. Una increíble mezcla de sonidos: el mar rugiendo su movimiento incesante, todas las olas son la misma ola.

Una ola dentro de la misma ola

Algunos ancianos y niñitos en los montículos de arena caliente: sólo se movían, dificultosamente, diciendo uy uy uy cuando una ola grande explotaba y la espuma y la resaca irrumpían hasta las sillas de madera. Éstas rodeaban mesas cuyas patas se hallaban enterradas en la arena, con la sombra precaria de un techo de hojas de palma. Los playeros, con el cuerpo refulgiendo, recorrían la Condesa proclamando una hora desquí por ciento cincuenta jesuses pero si se le hace carioca porque usted es naco del país ahi que muera en seventy-five, paseos en paracaídas, SWINGIN' PARACHUTE RIDES, que jalados por las lanchas rápidas surcaban fugazmente el cielo intenso, recorridos en el yate Sea Cloud o el yate Fiesta, ambos abominables y ultrafresas, una docenita de almeja fresca o de ostiones o de camarones o de patada de mula o un caldito de langostino para cargar la baterida o un cocofís o un ginantoni, *what*? A Gene and Tony? That's pederasty! It's better a bird in the hand than you go fuck yer mother. Y ya que está usted bien pedestal, zancamigo, súbase al Paradáis o al Beto's. Los conjuntos tropicones (trompeta, saxofón, batería, tumbadoras y bongós) eructaban sus versiones ad hoc de las melodías de moda y se revolvían con la culerísima música de los radios transistorizados. La cantidad incontable de turistas estadunidenses pegaba gritos entusiasmados bajo el efecto de los planter's punches. Y los vendedores —niños y mujeres en su mayoría— ofreciendo chicles, papas fritas con salsa búfalo, camisas, blusas, sombreros, huaraches, sarapes, triangulitos de tela para la cabeza, chupe limón, aceite de coco, nieve, periódicos al triple de precio, lámparas y caras simiescas esculpidas en cocos, le traigo un refresco, por un peso le muevo la pancita y por un ciego las nalgas, prestas, tarjetas postales de la colonia Postal, barquitos de madera, a souvenir from Acapulco, quieres mota güero, llégale, acid, speed, inyéctese agua en el lóbulo de loreja, ¡das maximus! Algunos bañistas Muy Mexicanos entonaban sentidas canciones patrias a coro y en corro, acompañados por una guitarra lamentablemente tocada y con una botella de roncito enfriándose en la arena. Abajo de Beto's, cuerpos-casi-cadáveres, miradas silenciosas, cuerpos delgados con mínimos trajes de baño bronceándose desde la mañana (no muy temprano, querido), lentes oscuros siguiendo los cuerpos de quienes iban y venían de las rocas que interrumpían la playa, donde el mar se agita y se estrella, desparramando un fugaz tejido blanco en las piedras enormes, llenas de acapulqueños con puestecitos de ostiones. Y jets rugiendo con periodicidad advertible rumbo al aeropuerto de Plan de los Amates, al lado de la laguna de Tres Palos. Y a pesar de semejante revoltura de sonidos, todos parecían hallarse muy a gusto, o fingían estarlo, y se les veía correr y nadar por la playa desde las mesas de la terraza de Beach Boy Hamburguesas Condesa Beach, donde la brisa corría con fuerza y alborotaba las melenas de los jóvenes; y el sol de la tarde avanzando con lentitud picoteaba los rostros resecos de quienes habían preferido huir de la sombra.

Your outside is out

Francine y compañía, bajo el sol. Gladys revisando el menú, su hambre era mucha. Hot Dog 15.00 Giant Hot Dog 25 Hamburger 20 Cheeseburger 25 Kapelmeister 30 Soup & Crackers 20 Chicken Broth 20 Coffee or Tea 10 Toasts w/ Butter 10 Sodas 10. ¡Aquí no hay nada que *comer*! profirió Gladys. En fin. Yo quiero tres cheeseburgers. That means seventy five pesos, fatsa. So what? I ain't gonna pay. Virgilio y Paulhan se decidieron por Soup & Crackers y Soda. Rafael vio los precios y se aterrorizó. ¿Veinticinco pesos un hot dog gigante? Están lo-cos. Una coca, decidió finalmente, a pesar de que se estaba muriendo de hambre. ¿Y Francine, qué quieres?

No chinguen, dijo Francine de ladito. Se hallaba platicando a grito pelado con un muchacho casi negro, robusto, que se hallaba en la playa. ¡Grita más fuerte! ¡No te oí!

¡Digo que ahi nos vidrios, a ver cuándo minvitas a tu casa!

¡Hoy mismo, pero vete a comer tres kilates de ostiones para que aguantes!

El muchacho agitó la mano riendo y se fue (¿rumbo a los ostiones?).

Qué vas a querer, Francine.

Un kilo de verga en pastel, ¡soy muy puuuuuuta!

Habla más bajo, todos se te quedan viendo.

You don't say.

Hi Fran, saludó una estadunidense escuálida con enormes lentes color de rosa y camiseta de hombre, donde se insinuaban sus pezones.

Very hi!

Have you seen McMathers?

Hell no, but you *have*, oh my gosh, you're so puuuuuta too!

He's at the beach, down El Paradise, dijo la estadunidense y se fue.

¿Con quién estará McMathers?, preguntó Gladys. Vamos con él, ¿no?

Claro que no. Don't suck. Ve tú si quieres vaca fea y vieja. Yostoy a all mother aquí.

¿Qué vas a querer?, preguntó Gladys nuevamente.

Ah cómo chingas. Cuando venga el mesero hablamos. I'm *hungry*.

Rafael había estado llamando a los meseros, quienes lo ignoraban cínicamente.

¡Quihubo Pacón!, saludó Francine a un joven de peinado congolés que platicaba, en el fondo del restorán, con una turista. ¿Vas a atracar a esa gabacha?

Ah. Hola.

Olas las que están enfrente y bola la que está a mi lado, dijo Francine señalando a Gladys. Ey, no pareces muy feliz de saludarme, todo lo contrario de cuando fuimos a cogelle.

Paco sonrió, a fuerzas.

Hey young lady, beware of Paco!

Yeah? Why?, preguntó la turista.

He's stuck on ejaculatio praecox!

I'm afraid I don't understand you.

You will big pussy!

Francine, riendo, se volvió a Rafael.

Esa chava también es muy puuuuuta, le deberías llegar ahora que andas caliente.

Anda pasado, corrigió Virgilio.

Todo tiempo pasado fue mejor, sentenció Paulhán.

¡*Mucho* mejor!

No grites, Fran.

You know, dijo Virgilio, se necesitan blanquillos para hacer esa afirmación.

Pero no los tuyos, kiddie. Tus blanquillos son más bien prietillos.

Prietillos pero apestosillos.

Deveras Francine, no hables tan fuerte, recomendó Gladys.

¡A la verga! ¿Se azotan porque hablo fuerte? ¿Se ve mal? ¡A la vergaaaa!, gritó Francine. Dos muchachos con shorts manchados pasaron por el restorán, hacia la playa. Sonrieron al oír a Francine.

Hi Francine.

Hi Franny.

Hi yourselves, motherfuckers!

¡Chale, aplácate!, contragritaron los muchachos.

Un negro, a todas luces homosexual, vestido con pantalón blanco de campana y blusa manguiamplia, amarilla, llegó hasta la mesa.

Oye Francín, por el amor de Dios no grites tan fuerte, un señor que se acaba dir me preguntó quién es esa momia que tanto grita y yo le dije no es momia, es Francín, un cuero de señora con mucha clase.

La clase de 1716, musitó Virgilio.

Francine se iluminó al ver al negro.

¡Gloria, almamía, tú también eres una puuuuuta!

Es un puto, corrigió Virgilio, pero después vio a Paulhan y se arrepintió.

Pues sí, pero nadie me llega, tú. Ahora todos estos muchachitos se creen los *astros* de Jóligud y me quieren cobrar un dineral.

Es que tú necesitas alguien que te dé, nó que te quite. Aquí tienes a Paulhan, porjemplo.

Hola Polán.

Hola, Gloria.

Polán no sirve. Él nomás se las vive en el Villa Vera, con los rubios carilindos millonarios. Qué raro que ahora se dignó juntarse con los prietitos.

Prietitos pero apestositos, musitó Virgilio.

Es que yo lo traje, dijo Francine.

Además Polán coge muy feo.

Eso nones, Gloria, yo me he acostado con él y tiene lo suyo. Un vellito rubio muy sedosito y sabroso debajo del anís.

Pues nada más *eso*. Yo *también* le he llegado, ¿verdad, Polán?

Anytime, Gloria, y tú sí eres la ídem.

Gracias chato, no podías decir otra cosa.

¡Mesero, por favor! ¡Tenemos siglos aquí!

¿Sabes quién te va a gustar? Este muchachito de sonrisas cachondas que te traje. Specially for yuh. Se llama Rafael, la tiene larga y afilada y como extra te puede leer la mano.

Ay, mejor que me lea el culo, tú.

El mesero se siguió de largo y Rafael cruzó los brazos, molesto, tratando de no mirar al negro.

¡Almamía, me lo trajeron pasadísimo!

Oiga, por fa|

Cómo son, se me hace que lo hicieron adrede. Esto está lleno de tiras de la Federal. Hace un rato un par me detuvo para preguntarme si traía mota. Yo les dije que sí, que la traía metida en el culiacán, para que me cachondearan todita.

Y seguramente se llenaron de tu cagada, dijo Francine. Hay que lavarse de vez en siglos y eso no excluye al agujero.

No seas pendeja Francín, yo me baño diarina, con este calorón cómo ño, y me meto un pito| No se rían, malpensados: un toque, pues, para sentir el agua más sabrosilla. Y luego me talqueo las nalgas y los muslitos para quedar fragante y deseable. Gloria se volvió a Rafael. ¿No se te antoja, Pasado?

Me llamo *Rafael*.

¡Ay, qué pasadillo me lo trajeron! Mejor, así se quedan quietecitos y se dejan hacer *todo*.

¿Te gustó, Gloria?, preguntó Francine.

En tiempo de tempestad cualquier hoyo es bueno, hasta los hoyos funkies. Sonríe bonito. ¿Tú ya te lo cogiste?

Sí, pero no se le paricutín.

¿Nicaragua de Paraguay? Es que tú no sabes coger, reina, deveras per*dó*name que te lo diga. Conmigo sí se le hubiera paraguas.

Paulhan tomó un menú para abanicarse. Rafael estaba sudando, observando todo el rededor en busca de los agentes de la Federal.

Virgilio sonreía.

¡Cómo que no sé coger! Soy el sueño de un sultán degenerado. Conmigo se le pararía hasta a Gerardo de la Torre. Si te bañaras alguna vez te podría invitar a mi casa para darte unas clasecitas.

No gracias Fran. A mí no me pasa la chata, me pasa la pescue.

Pues te puedo agasajar con un un un | dildo, hey, what's the fuckin' name for dildo in Spanish?

De cualquier maniobra no sabes *coger*. Lo sé de buenas fuentes.

Consolador, dijo Virgilio.

Fuentes las que te chorrean de *baba*, pendeja.

Nomás sin insultar. ¿Sabes quién me lo dijo? El viejo panzón que siempre andas correteando, cómo se llama, ¿McMenso?, ¿McPato? ¿McPuto?

Él siempre me anda correteando *a mí*, y eres un mentiroso, puto cochino, Mc*Mathers* se las pela por tenerme una noche en su cuarto. Báñate. Y no hables de McMathers.

Yo me baño *diario*.

Pues te bañas con cagada, porque cómo apestas.

No tan |

Y no te andes metiendo conmigo, Gloria.

Oye Francín, no lo to|

Chinga tu madre, puto-culero-hablador. A mí no me vengas con mamadas.

Estás muy *neurótica*, Francine, mejor piro.

Neurótica tu abuela. Y no te metas conmigo ni con Mc-

Mathers ni con Gladys ni con Paulhan ni con Virgilio ni con Rafael.

Ah. Quihubo Virgilito.

¿Me entendiste, mugroso? Y tú no saludes a este puto infecto, Virgilio.

Quihubo Gloria.

No se llama *Gloria*, se llama Eustaquio Jiménez Ponce y es un puto que no se baña. Te dije que no le contestaras, tarado.

Bueno ya Francín, para tu coche. Ay Dios, no se puede hablar contigo.

Fuck off!, dijo Gladys.

Sí, a la chingada, reforzó Francine,
pero el negro ya se había ido.

Rafael (sudando) se volvió a ver el restorán. Todos los veían, con caras reprobatorias. El mesero llegó, finalmente.

Oigan, por favor, no digan groserías tan fuerte. Ya protestaron con el azotador, no hay que ser. Bueno, ¿qué van a querer?

Carajo, ven cuando te llamemos. Tenemos dos años bisiestos esperándote.

Yo quiero tres ham| No. Cuatro. Cuatro cheeseburgers y coca.

Yo una sopa y una hamburguesa y una coca.

Yo lo mismo.

Yo nada más una cocacola.

¿No tienes hambre, Rafael? Come.

¿Y tú, Francine, qué vas a querétaro?, preguntó el mesero.

No tengo hambre, dijo Rafael, muriéndose de hambre, mientras Francine revisaba el menú sin hacer caso al mesero que, impaciente, con el lápiz daba golpecitos al bloc de notas.

¿Qué va a ser?

Espérate espérate, naquín. Primero te tardas siglos y ahora te azotas nada más porque *leo* el menú.

Oh qué la canción.

Además, no tienen *nada* aquí.

Arajo, ya sabes lo que hay, para qué te haces.

¿No hay algún filetito?

Espérenme, ahorita reboto, avisó Virgilio y salió corriendo hacia la playa, por la escalera de palos.

Claro que no. Mira, nada más hay hamburguesas, hotdogs y sopas.

Y bien *caracas*, dijo Gladys dando un sorbito al tequila.

No te preocupes gorda, al fin que nosotras no vamos a pagar.

Rafael peló los ojos, espantado, al igual que el mesero.

¡Chale! No metan botellas aquí, se nos va a armar un lío.

No mames, replicó Francine. Dejó el menú. Yo no quiero *nada*.

¿Cómo que no van a pagar?, pensó Rafael, ¿entonces *quién* va a pagar? ¡Yo no!

Deveras no se puede chupar aquí, me van a armar un dope. ¿No les han dicho que andan unos tiranos por la playa?

Bueno, danos un vaso para vaciar el tequilón.

El mesero se estiró, tomó un vaso de la mesa contigua diciendo cómper y lo puso en la mesa de Francine. Órale, vacíen eso, pero de volada.

¡No me apures, no me apures!, profirió Gladys. Es más, vacíalo tú, tú eres el mesero, ¿no?

De mala gana, el mesero vació el tequila en el vaso y se fue, con la botella. Gladys resopló, sumamente inquieta. Francine la miró, sonriendo.

En la playa, Virgilio platicaba con un muchacho con pantalón de mezclilla recortado a guisa de shorts y con un sombrero de paja, con tiritas de chicano, bajo el cual se desbordaban unos rizos negros.

Gladys se desplomó en la mesa, con la cara enterrada en sus brazos cruzados.

Bueno, ¿y tú?, preguntó Francine. Mira nada más qué pasada estás, qué figura, qué *fa*chas ¿no te da vergüenza? Aliviánate.

No, respondió Gladys sin alzar la cara.

Pues deberías, gordhorrible. Todos se te quedan viendo. Qué espectáculos das, me haces quedar en ri*dí*culo.

Gladys se incorporó, abriendo al máximo sus ojos hinchados y enrojecidos bajo los lentes oscuros.

¡Mira quién lo dice! *¡Mira quién lo dice!*

¿Tienes algo que reprocharme, vaquechada?

Tú me haces quedar en ridículo. Te la pasas gritando | obscenidades. *Todos* se te quedan mirando, a *ti*. Te pones a discutir con ese fag vulgar con una | bajeza increíble. ¡Ya me tienen cansada tus palabrotas, tus actitudes insolentes, tu *vulgaridad*!

Querida Gladys, concédete una cuenta de protección. Cuando menos cuenta hasta diez antes de hablar.

Te estoy hablando en *serio*, Francine, y tú me entiendes. Ya me tienes *cansada*.

¿Te vas a suicidar?

¿Yo?

Sí, tú.

Rafael dejó de mirar al vacío (Virgilio platicando con su amigo) y respiró profundamente. Miró a Francine con dureza, tratando de controlar la alteración que adivinó llevaría su voz. Su corazón bamboleaba desenfrenado.

No deberías decir esas cosas, dijo Rafael.

What? He speaks! ¿Por qué?

Porque no tienes ninguna autoridad, agregó Rafael: su voz salió alterada, nerviosa. Y porque hay mala fe en todo lo que dices.

Gladys dio un trago apresurado al tequila y miró ansiosa, curiosamente a Rafael.

¿Mala *fe*? ¿De qué estás hablando, estúpido?

Rafael carraspeó.

Tú sabes de qué te estoy hablando. Todo lo que quieres es inquietar a Gladys. Estás jugando con ella, la quieres destruir.

¿Yo?

Sí, *tú*. Y si no lo quieres hacer conscientemente, sí lo haces inconscientemente. Ni cuenta te das de lo que haces.

¿Me vas a sicoanalizar? ¿Tú?

Claro que no————————————————————

————————————————Rafael sudaba ríos en las manos. A
duras penas podía mirar los ojos de Francine, qué calor está
haciendo. Nada más la veía en momentos fugaces.

Pues ya estás diciendo hasta lo que sale de mi inconsciente.

Porque se nota a leguas. Eso no es sicoanalizarte. Es como
si ves a un señor pudriéndose, con la carne cayéndosele en pedazos. No se necesita ser médico para decir que está leproso.

Francine torció la boca, sus ojos destellaron. Pero respiró
profundamente.

Bueno, y aun si eso que dices fuera cierto, ¿qué *autoridad* tienes *tú* para decir lo que sale del inconsciente?

Ninguna autoridad. Pero es que no puedes estar jugando
con Gladys.

Gladys miraba atentamente a uno y otro.

¿Cómo de que no? Al fin que es una pendeja|

Además, quieres destruir a Gladys porque así te destruyes
tú misma|

Además, ¿cómo sabes si a ella no le *fascina* todo esto?

Rafael carraspeó y miró a Gladys.

¿Te gusta que te trate así?

Gladys alzó los hombros, quería saber qué más podrían
decir.

¿Cómo sabes si no fue ella la que inició el jueguito, quien
puso las bases y las reglas, para divertirse más que nadie?

Ahora vas a salir con que Gladys *goza*. Y si fuera así, si
Gladys inició todo lo hizo *presionada*, porque ella no lo quiere,
no se divierte, no goza. Simplemente no puede hacerlo. Es
más, ella intuye, presiente, que su única salvación se encuen-
tra en salir de ese juego, en salir de *cualquier* juego.

La vida es un juego. Oh Dios, qué plática tan pendeja.

La vida *no* es un juego: la vida es la vida.

¡*Ca*ramba, qué sabiduría, qué ilumi*nación* la tuya! General
Electric con patas. La vida es la vida, ni modo que qué.

Bueno, *podría* ser un juego. De hecho, para Gladys y para ti eso es. No es vida. Por eso ella tiene que salirse de todo eso.

¿Y qué haría entonces, pendejo?

Vivir. Conocerse. Conocer lo que la rodea. Encontrar el sentido, la armonía, el orden del universo. No dejarse ir sin saber qué pasa, qué hace, qué la fuerzan a hacer, porque de esa manera nada más se está hundiendo en aguas pantanosas y va acelerando su destrucción y la tuya también.

Eso no le va a suceder a Gladys. Ni a mí.

¿Que no? ¡Cómo no! Aparte de que casi toda su vida sea pura oscuridad, vivir sin estar viviendo, como robot, sin ver lo que tiene dentro de sí y lo que hay en los demás, sin ver la luz, sin estar en el momento por ponerse a *jugar* |

¿Todo eso salió en el tarot?, preguntó Gladys.

aparte de todo *eso*, de ese infierno, cuando se *muera*, porque efectivamente algún día morirá, va a sufrir mucho: no lo va a poder aguantar, no va a querer morir, porque nunca se preparó para morir, porque vivir íntegramente es prepararse para morir bien; y después, mientras su organismo se vaya pudriendo, su mente estará más despierta que nunca, incontrolable, y va a *explotar*, verá qué era ella en realidad y que nunca supo, lo que es todo esto y que ni siquiera *olió*, todo lo que no vio cuando pudo. Y le van a dar ganas de morir pero ya va a estar muerta, y querrá darse de topes contra la pared pero ya no habrá ni cabeza ni pared, va a *rezar* para salir de esa pesadilla pero no podrá porque ella será la pesadilla y tendrá que continuar sufriendo una eternidad pero sufriendo en *serio* porque no sabrá qué sucede, a pesar de que toda la energía del *universo* esté en ella. No sabrá qué hacer, cómo salir de esa oscuridad terrible para alcanzar la luz, el descanso, la paz.

Y tú Rafaelito, ¿sí vas a saber cómo?

Rafael se hallaba jadeando, picoteado por el calor.

¡Posiblemente no! ¡Pero en este momento no estamos hablando de mí sino de ella!

Quién sabe.

Gladys se aferró a su vaso, como si quisiera triturarlo. Estaba pálida, cerúlea. Su rostro se contrajo.

¡Pues no estén hablando de mí, no estén hablando de mí! Francine y Rafael ni la vieron.

¿Sabes qué creo?, preguntó Francine con tranquilidad aparente, creo que tú, en este momento, *inconscientemente*, estás *jugando* con ella. No deberías decirle esas cosas, pero lo haces porque la quieres *destruir*; porque lo haces con *maldad* y porque tú no eres *nadie* para decírselo. Todo lo que quieres es inquietarla, jugar. *Malvadamente*.

¡No es malvadamente! ¡Juro *por* Dios que no es así! ¡Al contrario, he dicho todo eso para que comprenda qué sucede, qué le está sucediendo y qué le sucederá al final! Tiene tiene tiene que |

Habla bien, tarado, eres un pendejo, pura verga y nada de cerebro.

¡Tiene que saber que en esta vida uno tiene compromisos, con uno mismo y con los demás! Si yo la veo sufrir, despedazarse, tengo que hacer todo lo posible para evitarlo, para no sufrir yo y no despedazarme. Si uno ve que los demás sufren, que están en la miseria, que son robots y no piensan, hay que ayudarlos.

Entonces haz la *revolución*, dijo Francine tensa; haz la revolución porque todo mundo está sufriendo, en especial en este *país*, se están muriendo de hambre y de robotismo y si en verdad quieres ayudarlos haz la revolución. ¡Vete a combatir, a protestar, en vez de estar de huevonzote en la playa, tratando de cogerte a dos *ancianas*, cobrando las lecturas de *tarot*, que deberían servir para ayudar a los demás! ¡Eres un puto y filisteo y mercenario y ladrón y azotado!

¡Yo no les cobré por echar el tarot!, vociferó Rafael, sobresaltado, fuera de sí. Como en un delirio fugaz advirtió que mucha gente del restorán los estaba viendo, pero antes de que pudiera comprender,

Gladys explotó.

¡Dejen de estar hablando de mí! ¡Aquí estoy yo! ¡No me he ido! ¡Aquí estoy, no estoy muerta!

Yo creo que sí, considerando la peste que despides, dijo Francine.

¡Métete tus cartas por el el el el | *culo*!, gritó Gladys a Rafael.

Rafael miró el restorán alarmado.

¡Habla más bajito!

¡Y tú, púdrete!, agregó Gladys a Francine. ¡No hablen de mí como si yo no estuviera con ustedes! ¿Quién creen que soy?

¿Quién eres?

Gladys volvió a hundir su cara entre los brazos cruzados.

El mesero llegó a la mesa.

Oigan este este, por favor |

El mesero se interrumpió al ver a Gladys. Se inclinó ante ella.

¿Se puso mal? Este, ¿no sería bueno que la llevaran con un doctor? ¿Le traigo mientras un alcasélser?

¡Métete los alcasélsers por el culo, no estés chingando!, gruñó Francine.

Qué pachó qué pachó, dijo Virgilio. Acababa de llegar de la playa. ¿Quihubo? ¿Y mis hamburguesas y mi sopita?

El mesero enjarró los brazos, musitó uuuut y se volvió hacia el resto de clientes del restorán para que compartieran su estupefacción. Pero nadie lo hizo y el mesero se fue.

Virgilio tomó asiento. Todos guardaban silencio. Virgilio los revisó, extrañado.

¿Y ahora? ¿Qué pasó, qué pasón?

Paulhan alzó las cejas e indicó, con el índice, que guardara silencio, pero Virgilio no se dio cuenta: estaba muy entusiasmado.

¡Acabo de hacer el mejor conecte de mi vida!

¿Por qué no te callas, pendejo?, gruñó Francine.

Virgilio peló los ojos.

Oye, no me pendejees.

Pues cállate la boca, entonces.

¡Franciiiiiine!, llamó un hombre pequeño, gordito, con calva y shorts: subía la escalera, jadeando. Francine hizo cara de nomás esto nos faltaba. El gordito llegó a la mesa justo cuando el mesero, malencarado, depositó en la mesa sopas y hamburguesas. Se fue enseguida.

Comostán, dijo el gordito, a todos. Sólo Paulhan le contestó:

Hola, Goyo.

Ando medio cuetón, ¿me puedo sentar?

Nadie le hizo caso y Goyo tomó asiento, un poco extrañado.

Francine sacudió el brazo de Gladys, quien continuaba con la cara escondida.

Ya están tus hamburguesas, gordita. Come.

Gladys no se movió.

Come, con un carajo.

Gladys alzó la cara, controlándose, con los ojos humedecidos.

Hola Gladys, dijo Goyo.

Gladys no respondió, sólo sorbió en su nariz y tomó una hamburguesa. La vio como si fuera algo extraño y hasta entonces empezó a comerla. Virgilio y Paulhan ya casi habían acabado con la sopa.

McMathers me mandó decirles, anunció Goyo, sonriendo, que ya no estén haciendo escándalo porque se va a enojar.

Dile a McMathers que se vaya a la chingada. ¿Cómo supo que estábamos aquí?

Gloria nos dijo. Estaba furioso el maricón. Dice que lo humillaste y que ya nunca te va a volver a hablar.

¿Así que McMathers te mandó regañarme?

Bueno bueno, ésa fue una broma de mi parte. McMathers dice que vayan con él. Estamos camaroneando al mojo de ajo.

¿Quiénes?

McMathers y Valentín Galas y Parménides y Gloria, que acaba de llegar.

¿Dejaron que Gloria camaroneara al mojo de ajo con ustedes? ¡Pues ve y dile a McMathers que mande dinero para pagar y que no esté molestando!

¿De veras?

Gladys se puso de pie, comiendo su segunda hamburguesa. Tomó una servilleta y envolvió las dos restantes.

¿Y tú qué te traes?, preguntó Francine.

Yo voy con McMathers.

Tú no vas a ningún lado, ordenó Francine sujetando a Gladys del brazo.

¡Me estás apretando!

¡Claro, siéntate!

¡No! ¡Yo quiero camarones al mojo de ajo!

Pero de cualquier manera te llevas tus humildes hamburguesitas, ¿verdad? Estás que ruedas y todavía sigues pensando en *tragar*.

Suéltame.

Suéltala caray, intercedió Goyo, quiere ir.

No va. Tú lárgate y dile a McMathers que mande dinero.

¿En serio?

Claro que sí. *Siéntate* Gladys, no hagas papelitos.

Goyo miraba a todos, alternativamente, y cada vez menos sabía qué hacer.

Oye Francine, ¿por qué no dejas que Gladys vaya con McMathers?

Porque no. Está castigada. No me tiene tan contenta. Que *te sientes*, panzona.

Gladys permaneció de pie unos segundos, alterada, casi temblando, hasta que Francine la jaló con más fuerza y la sentó. Gladys entrecerró los ojos, con rabia. Con ganas de hacer algo pero sin saber exactamente qué. Optó por seguir comiendo las hamburguesas, con los ojos húmedos y la nariz a punto de gotear. Francine se volvió hacia Goyo.

Bueno, ya vete, ¿no? Y nos traes dinero para pagar.

¡Qué gruesa estás, Francine!

¡Y qué lento estás tú! Get movin'!

Goyo meneó la cabeza, se puso de pie y se dirigió, por la escalera, hacia la playa.

Todos quedaron en silencio, interrumpido por los ruidos que Gladys hacía al comer y al sorber en su nariz.

Suénate cochina, dijo Francine tendiendo una servilleta a Gladys.

¿Saben *qué*?, Virgilio se inclinó a la mesa, bajando la voz. Acabo de hacer la transa del siglo. Le cambié a Olivares unas mescalinas piñatísimas, dizque medio orgánicas y medio sintéticas, por seis silocibinas sensacionales. Desde hace siglos andaba correteando unos silocibazos: hace unos días le llegué a uno déstos y wow, what a trip! Me puse hasta las súper nalgas como pocas veces. Más que con un sunshine enterobioformo. Bueno, como con *hongos*. ¿Han probado hongos?

Rafael iba a asentir pero optó por quedarse callado. Francine dijo, con cierto desprecio:

Esas mescalinas piñatísimas fueron las que me vendiste *a mí*.

¿Sí? ¡No! ¡Qué va! ¡A ti te vendí unas efectivas!

Medio orgánicas y medio sintéticas, what a son of a bitch…

Bueno chale no hagas osos, no hay fijón. Te paso una destas silocibas y vas a ver, como hongos pero sin sabor a tierrita.

Una vez me llevaron unos *hongos* a mi departamento, dijo Francine. Pero no los quise probar porque estaban medio podridos. ¡Por Dios, Gladys, suénate de nuevo! ¡Eres una marrana!

Bueno, es que los hongos tienen que estar frescos para que pongan stoned. Mientras más frescos, mejor. La primera vez que refiné la honguiza fue en Huautla, en una casita con paredes de adobe, sin luz y sin música y tirados en el suelo, hijo de su puta madre, qué viajazo maeses. Ya después le he llegado al hongaje como quince veces y qué patín: tiran al suelo y se siente la verga mística: los oídos zumban gacho como si uno estuviera saliendo en un cuete espacial. Te mete en lo más profundo de ti y despersonaliza, no sabes ni quién jijos de la chingada eres y por ahi empiezas a darte color. Nhombre, es la máxima chingodelería. Y la silocibina, cuando es pura y neta, cámara camarísima con la silocibina, pone tan jaizote como los hongos. Y las que acabo de conectar son las meras efectivas, no mamadas, de San Panchito, de los cuates de Owsley y de la ex plana mayor de Timothy Leary: Richard Alpert que el mamón ahora se llama Baba Ram Dass o Algo así y Metzner. Esos cuates se meten lo mejor. Y cuando tienen el viaje muy grueso y andan tronando en las profundidades, como remedio se ponen *todavía* más hasta el gordo. Pero no con unos tres tristes trises de mota coyoyaya sin semilla, sino con purísimo DMT. Carajo, agarren la onda de que están muy heavies. El DMT a mí me pasa el restorán, pero no le llego ya desde que aventaron el patín de que el DMT sí chinga gacho el cuerpo. Pero puta qué chingón el DMT. Lástima. Es un puto polvo que se espolvorea en un charro de mortadela.

The higher you fly
The deeper you go

Pero con tres toques ya estás como en la parte más alta de un viaje: cinco minutos así y luego veinticinco minutos bajando despacito. Media horeja de efecto, le dicen el coffeebreak trip. Así es que imagínense quemar DMT en viaje. O darse más de cuatro tocadores, sin viaje. Ah pues un gabacho que se llama Bernie me contó que él una vez se dio como siete u ocho trises de DM| No, *más*: se quemó *un charro entero* de DMT. Le tenían que sostener el cigarro y luego la bacha en la boca porque él ya no podía ni alzar la mano. Bueno, pues cámara con Bernie, que empieza a ver una especie de túnel interminable. Por ahí empezó a camellar hasta que llegó a una puta sala donde estaban siete culeros con barbas y *túnicas negras* y con el aire más azotador del mundo. Se le quedaron viendo y le dijeron con que eres tú el huevón que anda experimentando con el ácido y la chingodelia, ¿no?, pues ya llegaste hasta donde *esperabas* llegar. Y te vamos a aventar este otro patín, matador: aquí te vas a quedar para siempre. ¡Hijo de su pinche madre! Por suerte no se *quedó*, pero cuando regresó con los cuates, al desmadre, dijo amor amor y trabajo y comprensión y humildad y alguien que me explique qué chingaos es esto.

You talk too much, sentenció Francine, seca.

Así es esto del Bardo Thödol, como dice mi cuate Enrique Jáimez, de la ciudad de Xícome.

Te lo digo en serio, hablas demasiado.

Ni pedo.

Goyo regresó. Subió la escalera y llegó a la mesa, resoplando. Se apoyó y sacó unos billetes de su bolsillo.

Dice McMathers que no te mides, pero te mandó la luz. Aquí está. Dice que posiblemente pase al departamento en la nochecita, que ahi lo esperen.

Dile que se vaya a la verga, que no *mame*, que lo va a esperar su abuela y que, cuando quiera ir, telefonee antes. Ya lo sabe, dijo Francine, tomando el dinero. ¡Cuarenta dólares! Is he crazy or somthin'? ¿Qué se cree?

Mejor vamos con él, Fran.

Tú no te metas, vaca, advirtió Francine a Gladys antes de volverse hacia Goyo. Qué se me hace que tú te robaste algo en el camino.

A mí no me estés molestando.

Entonces dile a McMathers que coma *caca*, esto es un insulto, se ha vuelto un miserable.

Oye, díselo *tú*.

Sí, vamos a decírselo, Franny.

No. Dile a McMathers que es un cochino miserable, avaro, y que se meta su dinero por el culo, porque a nosotras no nos hace falta.

¿Se lo vas a regresar?, preguntó Rafael sin poder concebir semejante estupidez: ¿quién pagaría entonces?

Por supuesto que no.

Goyo rió y aprovechó para irse.

Gladys trataba de controlarse.

¡Te prohíbo que me hables así, Francine! ¡Tú a mí no me vas a callar y a ordenar!

Shoddop!

Yo quería ir con McMathers, qué tiene de malo.

¿A qué quieres ir con McMathers? ¡Ya te conozco, víbora! Además, hay que castigarlo. ¡Cuarenta dólares! Tiene una fiebre. O los pocos viajes que se ha echado ya lo dejaron knock-out.

Pues se necesita ser desvergonzada para mandarle pedir dinero *con Goyo.* Era para haberte mandado al infierno.

¿Dónde está el infierno, Paulhan?

En la cabeza.

McMathers es un pendejo y tú eres otra, Gladys

¡McMathers no es un pendejo y no hables de él!

Yo hablo de McMathers las veces que sean. Paulhan ya sabe quién es McMathers pero Rafael y Virgilio no. Hay que pasarles el chisme.

¡Te prohíbo que hables de McMathers!

Tú no prohíbes nada. Además, ya vinieron a mi cabeza los dulces recuerdos de Montego Bay.

¡No hables de McMathers, Francine, ni de Montego Bay, tú quieres que yo me ponga mal!

No hay problema, ya estás muy mal. No molestes. Yo te *prohibí* que vieras a McMathers y no lo vas a ver, de mi cuenta corre. ¿Qué tal el momento en que te adheriste a McMathers en la mañana, en la playa?

¡No le dije nada!

¿Que no? Ya estabas en las de siempre, víbora. No se te puede dejar sola. Y *menos* con él. Eres un caso perdido, desde Montego Bay.

¡Cállate Francine, no me hagas enfurecer!

Cállate tú, gorda tragona, acaba de devorar las dieciséis hamburguesas que pediste. A ver si así ocupas la boca.

Gladys se puso de pie, bruscamente, y tiró la silla. Toda la clientela de Beach Boy Hamburguesas Condesa Beach se volvió a ella, sobresaltada. Gladys apretó los puños y tensó los músculos faciales, acentuando así las arrugas y el sudor en ellas. Enrojeció a causa del esfuerzo y pronto obtuvo un tinte cercano al morado. Sus ojos inyectados empequeñecieron, se hundieron en los párpados, pero brillaron con una luz intensa, mortecina. No dijo nada, sólo abrió la boca y apretó los dientes mientras su garganta profería un ruido sordo. Los miró durante unos segundos y salió corriendo. Francine se puso de pie y corrió tras ella. Nosotros nos quedamos mirando y a huevo que salimos disparados también. Y el mesero también, seguro creyó que le íbamos a hacer unas hamburguesas corridas. Paulhan tuvo que detenerse para cotorrearlo y Rafael y yo seguimos hechos el pedo. Gladys atravesó el mezzanine de Beach Boy Hamburguesas Condesa Beach y recorrió la plancha de cemento que conduce a la cocina y la barra de Paraíso y luego al restorán mismo y su pista de baile, qué pena, carajo, medio mundo me conocía; y todos nos vieron, azorados, qué onda, ¡Virgilio, qué pasa!, me gritaron, pero yo le metí segunda, porque Rafael iba hecho madre, con una expresión de alarma, ¿qué pensaría? ¿que a Gladys le iba a pasar algo? ¿que se iba a suicidar?, no lo creí aunque la neta es que no tenía ni puta idea de qué iba a pasar, ni siquiera de por qué también yo corría hecho el pedo. Supongo que porque Paulhan y Rafael lo hicieron. Y por la curiosidad, ¿verdad?, y el morbo. Como si yo fuera un lector morboso que lee y lee esperando algo sucio. El caso es que al salir de Paradise, me volteé y vi que Paulhan venía corriendo a toda velocidad, tras nosotros. Gladys, y después Francine, entró en un cuarto, junto a los baños, donde antes había una regadera. Cuando Rafael llegó a la puerta se detuvo en seco, paralizado, viendo hacia dentro. Me detuve, tratando de controlar mi respiración. Con tanta mota las piernas me flaqueaban. Me asomé, apoyado en los hombros del gurú de a peso Rafael.

Gladys se hallaba en el suelo, hecha un ovillo, con todos los músculos apretados, anudados, las venas saltando, explotando, las manos aferradas al filo de la falda, dejando al aire una masa de carne vieja, colgante, muy blanca, casi verduzca;

y los calzones negros de encaje. Aún tenía los dientes apretados y los ojos abiertos, desmesurados, como si en su vista se hubiera congelado, perennemente, el último rincón del infierno. Profería un ruido intermitente, chirriante, sordo, gutural; no salía de ella, sino de alguien en su interior que en ese momento era el dueño de ese cuerpo flácido, inyectado de contracciones interminables. No temblaba, pero era mucha la tensión que proyectaba y parecía estarse sacudiendo, trepidando. Francine se encontraba a su lado, preocupada como nunca la había visto Virgilio; alarmada, sudando, tratando de calmar a Gladys, humedeciéndole las sienes, acariciándola, contagiándole la frescura del cuarto de paredes grises, húmedas.

Gladys, ponte bien, tú puedes ponerte bien, ya lo has logrado en las otras ocasiones. Contrólate, Gladys mi amor, la gente se va a dar cuenta y va a venir a ver qué pasa.

Gladys continuaba apretando los dientes, contraída, con cara de terror.

Paulhan ya se encontraba en la puerta, viendo hacia el cuarto.

Gladys mi amor, tranquilízate, haz un esfuerzo, no te pongas *así*, otra vez ya no, perdóname por favor por favor, tienes que sacar fuerzas.

Échale agua en la cara en lo que consigo un médico, propuso Virgilio, muy impresionado,
pero Francine se volvió a ellos, rabiosa.

¡Lárguense! ¡Lárguense! ¡Lárguense! ¡No se metan en lo que no les importa!

Los ojos de Gladys enormes, redondos, fijos en las profundidades de su ser.

Virgilio y Rafael compartían el calor, una nerviosidad extraña y la impresión. Paulhan los apartó con suavidad y los hizo a un lado. Cerró la puerta y advirtió que varios curiosos se habían acercado y trataban de ver hacia dentro, qué pasa, qué pasa, ¿eh? ¿Mataron a alguien? Nada nada. Una pinche loca que se está revolcando. Se puso mal una señora, ya está grande, ahorita se compone. Y bloqueó la puerta con su cuerpo y con una sonrisa y una mirada firme. Respirando agitadamente, aún. Con un aire de dignidad que ahuyentó a los curiosos————————————————————————————————

————————————frente al mar——————————————————————

————————————————————————olas rompiendo, desbaratándose y reordenándose interminablemente. Uy uy uy, los niñitos corrían para que la ola no los revolcara. Y el sol vespertino inmutable desparramándose en reflejos blancos, cegadores, en las ondulaciones del mar. Fuego sobre el agua:

la imagen de la condición antes de la transición.

Así el hombre superior es cuidadoso

al diferenciar las cosas,

para que cada una encuentre su lugar.

Rafael tuvo que respirar agitadamente. Cien doscientos trescientos cuatrocientos quinientos seiscientos setecientos, al inhalar; setecientos seiscientos quinientos cuatrocientos trescientos doscientos cien, al exhalar. Tomó a Virgilio del brazo y lo apartó de la puerta.

Oye Virgilio, *vámonos de aquí*. Esto está muy mal Virgilio, date cuenta de que esa señora se puso mal, pero deveras *mal*, puede tronar en cualquier momento y nos vamos a meter en un lío que podemos evitar con sólo irnos. Francine tiene razón, tenemos que largarnos. Quién sabe qué cosas se traen esas dos señoras, aparte de que están escandalosamente intoxicadas, y nosotros también, en exceso; también podríamos llegar a perder el control, esto es un *aviso*, *vámonos* Virgilio, todos nos están viendo y se van a dar cuenta de que Gladys está *tirada* en ese cuarto a lo mejor *muriéndose*. Yo la vi muy mal, o con un ataque muy raro, quién sabe cómo se vaya a poner después. Y todos se van a dar cuenta de que estamos muy muy intoxicados. Y además por aquí andan unos agentes de la Federal, ya ves que *todos* nos lo han advertido desde que llegamos. Y nos van a arrestar y eso será *el fin de todo*: el fin de nuestras carreras, de nues|

Calma calma, no te aceleres hijín, advirtió Virgilio. Calmation clavel, no te azotes que hay vidrios|

Vámonos Virgilio|

tentró la paranoria maestro, yo he estado aquí|

Deveras vámonos Virgilio, tengo la sensación de que va a ocurrir algo horrible, la intuición, y mis intuiciones no *fallan* Virgilio.

Yo he estado aquí muchas veces, mucho más hasta el gorro que ahora y ni en cuenta|

¡Shhh ¡habla baj|

¡No te la jales, caray! No pasa nada, Rafael. Gladys nada más está pacheca. Cool it. Es pura paranoria. Yo he rolado por aquí *en viaje* y nunca ha habido *fijón*.

Virgilio estiró los brazos y colocó sus manos en los hombros de Rafael, mirándolo fijamente. Rafael trató de recuperar una respiración normal y bajó la vista. Cuál paranoia, pensó, él *es* el paranoico. Y no se dice *paranoria*, además.

Además, prosiguió Virgilio, te sales de patín hijo. Agarra la onda, ahorita es piñatísimo, de lo más garcía, pirar y dejar a las rucas de a soledad. Date color de que champú y necesitan un médico o sepa la fregada, no van a tener nadie que las ayude porque nosotros nos desalivianamos.

Pero ahi se queda Paulhan. Él vive con ellas.

Él nada más, y además es puto. Con nosotros seríamos tres: dos machines y un topu. Si hubiera algún iris seríamos tres para controlarlo.

Pero nosotros no tenemos nada que ver con *ellos* Virgilio. Que se las arreglen solos.

Chale contigo hijo, te digo que no te azotes. Se te va la onda gacho. No sabes lo que estás diciendo.

Rafael se ofendió y odió fugazmente a Virgilio, pero luego volvió a bajar la vista. Ya estaba tranquilizándose y en ese momento empezaba a avergonzarse.

Además, continuó Virgilio, no hay tanto pedo, maestro. Agarra tu patín. Vas a ver cómo ahorita sale Gladys como nueva, lista para seguir chupando, quemando y armando desmadre |

Pero |

entonces rebotamos al Beach Boy y ya agarramos por nuestro laredo, a ligar otro rollo más efectivo. Pero agarra la onda de que ahorita pirar gachamente y dejarlas solanas es lo más ojete que pueda haber, hijo, pues cómo.

Cien doscientos trescientos cuatrocientos quinientos quéstúpidinconciente seiscientos setecientos me quemé, al inhalar; setecientos seiscientos quinientos cuatrocientos trescientos doscientos *ayúdame por favor* cien ayúdame, al exhalar.

No muy convencido, Rafael asintió————————
————————————————————Virgilio le dio un codazo. Paulhan se hizo a un lado de la puerta y Francine salió sosteniendo a Gladys, quien tenía el rostro y el pelo húmedo, la cara descompuesta, pálida-verdosa, como si hubiera vomitado. Francine lanzó una mirada iracunda alrededor.

Paulhan sonrió a Gladys, quien débilmente le reciprocó la sonrisa.

Vamos al Beach Boy, dijo Paulhan. Les juré que no nos íbamos a ir sin pagar.

Pues qué pendejo eres, respondió Francine, haciendo un esfuerzo, perdiste una oportunidad gloriosa para escaparnos sin pagar. Sonrió con una sombra de cansancio, abandono. Vamos por la playa propuso Francine a Paulhan. Gladys respiraba profundamente mirando sin ver el restorán Beto's y después la escalerita y la playa, el sol arriba del mar. Los rayos solares los calentaron, los llenaron de un cosquilleo agradable y todos se sumieron en sí mismos. Rafael y Virgilio detrás de Paulhan, Francine y Gladys. La arena a esas horas ya no quemaba y sí acariciaba los pies; y la brisa proveniente de las olas se adhería, salitrosa, en sus caras y suavizaba las facciones. Por primera vez Rafael sintió algo que lo uniera con

Virgilio: después de todo ambos eran prácticamente ajenos al ¿lío? entre Francine, Gladys y Paulhan, quienes iban delante, abrazados, al parecer silenciosos, con la mirada en el mar, más allá del mar, considerando muchas cosas que antes ya habían vislumbrado pero que hasta ese momento comprendían mejor: un rayo de luz para otra bóveda de la mente. Aún había muchos bañistas bajo los techos de palma, con aire tranquilo, desposeídos al menos momentáneamente de cierta hipocresía, más relajados, con una actitud menos preconcebida, más sencilla, más natural, gracias al hecho de hallarse bajo el sol, recibiendo la brisa, ausentes de algunas enajenaciones. Una bahía majestuosa. Las olas dejaban un contorno de humedad que desaparecía de la playa y corría hacia el mar; dejaban islas de espuma que se agitaban, persistían en algunas burbujas y dejaban un circulito salitroso como única constancia de su existencia.

Después de un rato, Virgilio consideró que Gladys ya se hallaba fuera de peligro, si es que estuvo en peligro en algún momento. Y se estiró. Alzó la cara para recibir de lleno los rayos de sol. Sonrió. Tarareó it's a gas gas gas, observó los mejores cuerpos de las muchachas más hermosas de la playa. Allá está Laura, con los borrachotes de Costa Azul, pinche Laura. La saludó, agitando la mano, Laura invitó una vez a Virgilio a su casa y aunque permitió que Virgilio la cachondeara hasta la locura, ella no quiso hacer el amor con él. Tampoco quiso fumar mota. Pero no se enojó, lo dejó que se viniera entre sus piernas y después le contó muchísimas anécdotas de su niñez, de sus aventuras cuando se escapaba de la escuela, la Altamirano, para irse a la Condesa, pues en aquella época la Condesa estaba bien: no había tanta gente y mucho menos tantos restoranes y chupaderos: en Beto's que todavía no era Beto's se bailaba con un tocadisquitos y había hamacas como si fuera Pie de la Cuesta o Playa Encantada. Laura también le platicó de una amiga suya de muy buena familia que se escapó de su casa y se fue con unos gringos y los gringos resultaron mafiosos y la llevaron a todo el mundo, en sus transas, y finalmente la dejaron en Marruecos, embarazada y sin un clavo. Ay tanto sol y tanto maldito negro, tú. Pues entonces era como Acapulco. Ay sí tú. Y le refirió cómo casi se muere del susto cuando allá en la laguna de Coyuca se armó una balacera terrible entre unos agentes de la Federal y unos campesinos que sembraban mota y la traficaban, a mí *deveras* no me gusta esa onda, Virgilio. Uy, se dieron de balazos durante horas y finalmente mataron a la mayoría de los agentes, y los agentes prometieron vengarse y regresar con más refuerzos. Parece que a fin de cuentas no regresaron pero qué miedo de cualquier manera. Total, Laura es puro pico, nada de acción por ponerse a contar las cosas: seguro que las inventaba en su mayor parte, o si no eran cosas que le habían sucedido a otros y que le habían platicado: como lo de la balacera en la laguna de Coyuca: Virgilio ya había oído mencionar ese incidente, pero no sucedió en Coyuca sino casi llegando a Zihuatanejo, y los vendedores de mota estaban gruesísimos: tenían puras armas del ejército. Dos muchachas embikinadas ascendían en sentido contrario, a contraluz, filos de sol en los bordes de los brazos y de las piernas; bikinis de color asesino, rayas rojas, naranjas, verdes, azules. Las dos con pechos erguidos, grandes, colgables, hmmmm, de-li-cio-sos; y caderas monumentales, redondas y perfectas. Y los vientres, un suave terciopelo dorado, wow!, exclamó Virgilio, entusiasmado. Ojalá me vuelva a topar con esas gabachas para caerles. Si Rafael no fuera tan naco nos las podríamos ligar, segurísimo. En el cielo azul, intenso, un turista colgado absurdamente en un paracaídas saludaba a sus amigos de la playa. Y en el mar las lanchas rápidas, el yate Fiesta con su música y las luces encendidas, aun de día. Un acorazado de la marina estadunidense en el fondo de la bahía, casi en la Bocana. Pinche barco gringo, qué anda haciendo aquí, ¡que se vaya que se vaya! ¡Gabachos go home! ¡Gabachas go fuck! Le voy a decir a Rafael que mañana vayamos a bucear yo creo que esa onda sí le va a pasar. O a esquiar. ¡Qué ricochón!

Baile usted el ricochón. Un dos tres. Se sacan los billetes, los pasa paracá, mueve tu piernita, vuélvela a mover, pásame el bizcocho, pasa el ricochón. Pero esquiar. ¡Ah! Agua y brisa mientras uno surca la bahía a (casi) toda velocidad; la playa chiquita chiquita, moviéndose a lo lejos como una película muda. Groovy like a movie. Like an old time movie. Pero más groovy bucear. La primera vez que me metí a bucear sentí que me andaba quedando allá abajo, el one way trip. ¡Charros! Knock on wood. Con eso de que hay que hacerlo despacito y con mucho cuidado, por el cambio tan culero de presión. Me puse la chingadera de scuba, los tubos bien colocados en el tanque y vóytelas padentro. Primero muy bien, muy moninos los pescaditos y las rocas llenas de lama, con erizos agazapados y toda la cosa. Yo bajaba agarrado a la cuerda. Pero cuando bajé más, ¡cámara!, ¡camarísima!, empecé a ver todo raroso como en viaje, un tono azulón de lo más cu-

Flashback elemental   lero, y todas esas plantas balanceándose con la corriente, pero la corriente no se veía. Y los animales y todano. De todanou como dice Gladys, ¡pinche Gladys! Pobrecita. Me dio la impresión de estar en otro mundo, un mundo fascinante, okay, pero también de su putísima madre por aquello de lo raro y amenazador. Desconocido. Uno siempre le tiene miedo a lo desconocido. Nos gusta quedarnos muy conchudos en una sola onda, aunque esa onda nos esté cargando la chingada y nomás nos estamos haciendo pendejos con tal de no seguir adelante, a otras ondas desconocidas. Bien lo dice el refrán más puto que he oído: más vale viejo por conocido que pendejo por conocer. ¡Al haber gatos no hay ratones! Y la onda es que también me ponía muy raro respirar oxígeno puro. Estuve seguro, en un momento, de que el aire se me iba, nomás ya no podía respirar, en mi cabeza había una mancha blanca expandiéndose gachamente. Como si me estuviera yendo a quién jijos sabe dónde. Y yo no me quería ir. Me empezó a entrar un terror de su pinche madre y aunque me decía cámara Virgilio cool it tranquilo agarra la onda de que no pasa nada respira bien papacito, hubo un momento en que deveras estuve seguro de que *me iba*, a la muerte, ¡y que agarro la cuerda y empiezo a subir hecho el pedo, a mil por horeja, lo cual es algo que *nunca* se debe de hacer! Resulta peor. Pero a mí me valió madre, llegué al bote en tres patadas, yo creo que subí más allá del nivel del agua, como en las caricaturas. Me quité el equipo de volada y me tiré en el bote, respirando airecito-rico. Los oídos me zumbaban a todo volumen. En el cielo había muy pocas nubes y yo veía estrellitas plateadas, como los circulitos que se forman en la playa después de que truena una burbuja cuando la resaca de la ola va de nuez al mar para darse un tope con una nueva ola que a esas alturas ya rompió, ¡qué viaje, qué cotorreo, mami! Puta, después agarré la onda de bucear a todas horas, con los Arnold, pero no quise ir con ellos, y con el Toro, a Jamaica a buscar tesoros en barcos hundidos por allá. Anyway, qué buena luz saqué en esa época hasta que opté por la vahue, ¡oh la vahue! y la sicodelia y las gabachas y la luz fácil: un conecte de cuatro kilates con el Pelón, o de plano allá dentro, delante de Pie de la Cuesta, donde hay sembradíos con alambres de púas de alta tensión y guardias con *ametralladoras*, me cae, yo los he visto. ¿De quién jijos de la verga pueden ser esos sembradíos de mota? El que responda correctamente se hará merecedor de una fabulosa estancia de por vida en Lecumberri, gastos pagados. A los dueños de esos sembradíos protegidazos no los llevan a Lecumberri y tampoco les dejan irineo la formal prisión, como a mi cuate que resultó que ni se llama Ricardo, sino Filiberto. No le dieron chance de nada y lo clavaron en un lugar donde hay más mota que en la calle, ¡qué manera de cuidarle la salud! ¡Chale! Eso sí me sacaría de onda a mí, que me apañara das tiranía por un cualquier cualquier chivazo y tener que pasarme una larga season of the witch buceando en el tanque grande. En realidad no debería vender mota, para evitarme esos pedos. Claro que alguien tiene que vender la mota, pero ¿por qué yo? Primero, cuando me prendí y empecé a dilerear a madres, a darle al canijo petróleo, me sentí un mesías regular: estaba pasando la onda a tochos, según pensaba yo, el aliviane por una corta feria. Pero si ahora estoy seguro de algo es de que no se debe comerciar con estas ondas, ondas que prendan la mente, por eso Francine agarró en falso a Rafael con lo de la cobrada del tarot. Ésas son puras jaladeces, deberíamos hacer la revolución. Ratatatat, ¡abajo, perros, azotadores, envenenadores de la mente del pueblo! ¡Chinguen a su madre burfresas! Aguantaría la revolución, pero todos somos unos culeros y muy habladores. Yo al menos, en cambio Genaro Vázquez partiéndose la madre muy calladito, aquí cerca. Carajo, yo sí soy un culero: cobro un toleco por cartón de moranga o hasta un ciego por sunshine si el aceite está escaso. La neta es que valgo madre, soy un pinche huevón, debería trabajar. Pero cómo. Cómo cómo. Pues buceando pendejo, pero el pedo es que en la buceada hay puro mono culero de la brigada briaga y que le gusta andar rompiendo sillas y madres en las piqueras, o armando dopes en la zonaja, o metido con los matones de la Costa Grande, que por quítame estas pajas hazme favor te balacean por la espalda, o dándose de madrazos los unos contra los otros. Y no es que yo sea sacón, pero ya pasé la época de los putazos, ahora puro peace & love chavo. Todavía hace cuatro años, yo tenía veinte, cargaba una cuarenta y cinco reglamentaria y a más de un cabrón le rajé la cabezota a cachazos. Gracias a Dios nunca me eché a ninguno. En los viajes que tuve luego, ése hubiera sido el Azote Seguro. Si de por sí me he azotado como me he azotado; con un crimen en la conciencia, peor. No, chale, y conste que la vidita que me soplé antes, cuando andaba en las grueserías del pedo y el olor a calzoncillo, me causó los azotones más gachos que he tenido. La neta es que todavía me sigo azotando, y durón. Pero no se me notation. Cada viaje que me echo las cotorreo a todo dar, pero hay momentos en que de repente todo vale madres, todo empieza a cimbrar, mi mente explota y taladra lo que está alrededor: se cae, se derrumba. Tengo que cerrar el hoceano y sentarme en un rinconcito y clausurar los ojos aunque vea moñas raras, y pedir a Diositochulo que me dé amor humildad comprensión; y hacer hasta lo imposible por no moverme de donde estoy, aunque a cada rato me entran ganas de pararme, de ir a algún lado, de hacer algo, de salir a la calle o al carajo con tal de no ver y sentir lo que estoy viendo y sintiendo, para huir de lo que me está sucediendo. Pero prefiero hacer un esfuerzo y quedarme quieto: así se pasa más rápido el freak out. Con moverse nomás no se gana nada, resulta peor. Como trato de huir del azote, me sigo azotando. La onda es dejarse ir, turn on tune in relax and float downstream. ¡Así sí! Pero a la hora del Terrible Fricoteo esta Verdad se olvida, o no se obtiene la claridad y la voluntad para, conscientemente, dejarse ir confiado en que Dios saca de todos los apuros. Hubo una vez en que estaba tan fuerte el freak out que yo decía no hay pedo al rato se me pasa *siempre se pasa* pero después yo solito me contradecía nel nel se pasa pura madre lo que sucede es que nunca antes había llegado a este nivel y en este nivel el freak out *no se pasa*. Sí se pasa, me volvía a decir, basta con dejarse ir. ¡Dejarse ir! ¡Qué vergas! Si me dejo ir, me muero. One way trip strikes again! ¡No no! Cómo no. Total, llegó un momento en que dije bueno pues que sea lo que tenga que ser, nada gano obstinándome, nada más estoy sufriendo a lo buey. Si tengo que morir, ya estaría: alguna vez me tenía que tocar. Y entonces apoyé la cabeza en las rodillas y me dejé ir. ¡Cámara! Todo se oscureció, oí vientos culeros como en película de terror y me fue llenando un frío tan ojete que me paralizó. Todo mi cuerpo era como de cristal fragilísimo, con cualquier movimiento oía una cascada de cristales tintineantes, pero después ya no escuché nada ni vi nada. Todo se hizo negro negro. Mi cuerpo no existía, no había nada a mi alrededor ni abajo ni encima, una oscuridad totalmente hermética y silencio absoluto. La puta *nada*, nomás *nada*. No podía pensar, no me sentía, ni bien ni mal: sólo de alguna forma estaba existiendo. And how! Y después se empezó a hacer la luz: un rojo penetrante, cegador: un círculo de fuego: era el planeta, la good ole *Tierra* en llamas fulgurantes, lenguas de fuego de un color de su puta madre que me desquiciaban con su movimiento eterno. Después el fuego se fue extinguiendo poco a poquito y el planeta quedaba lleno de vida, con un colorido ensordecedor. Era como el principio del mundo, pues habían grandes tempestades, aludes y nevadas. Y luego todo se volvió blanco y el mundo se cubrió de nieve y luego se deshéló y yo no sabía desde dónde jijos de la chingada estaba viendo eso, como si yo fuera unos ojos en lo alto del universo, sin cuerpo, sin algo material y tangible: conciencia pura. ¡Qué despersonalizada! Sólo hasta después fue cuando me vi: un puntito que se iba gestando en la nadana, o más bien en el vientre de mi jefatura, y fui gestándome a mil por hora hasta que me vi nacer pegando de gritos, y luego viví y crecí y me desarrollé hasta el momento en que me comía los hongos y me fumaba esos fuetazos de moraleja y me ponía a discutir conmigo mismo y me daba mucho miedo porque me iba a morir y decía qué chingaos, me muero deunávez. ¡Y cámara! Behold! Todo se hacía negro negro y cesaban los ruidos y ya no había nada más que la nada, la nothing. Y todo se repitió: la claridad, el fuego, la vida prehistórica, mi nacimiento, the birth of the blues! Ése fue uno de mis viajes más culeros con hongos, allá en Huautla en la choza dadobe, y fue tan fuerte porque ésa fue la primera vez que fumé mota en un viaje. ¡Y de hongos! ¡Camarísima! Yo nunca había querido fumar mostaza en viaje: o me echaba el trip o fumaba yesca, pero no ambas ondas together: se me hacía como cruzarse. Pero vi que los cuates con los que estaba, el doctor Solapas entrellos, estaban en el atizapán de pocamadre. Y aunque yo andaba rezumbando, veddy high, con unas alucinaciones muy cachetonas, creo que hasta aluciné a Snoopy, me entró el gusanito de probar mota en viaje. Si me doy un quetou, what happens?, pregunté. Dátelo, respondieron, no hagas preguntas pendejas. ¿Pero qué me pasa?, insistí. Tú quieres ponerte up to the ass, ¿no? Dátelo. Tomé un cigarro de mortadela y lo prendí: era una mora buenízzima, colas gigantes, del Iztaccíhuatl, apretadas apretadas y oliendo a bosque. Nomás con limpiar tantita mota las manos se ponían negras. Total, pues encendí el superqueto y me lo empecé a fumar diciendo no chale está de la verga esto de atizar en viaje, nomás no aguanta. Esos putos hongos ya me tienen hasta el gordo, y gacho, y yo todavía llegándole al coffee, nostá bien, cada onda por su laredo. No mames, me decían. Y mientras yo decía todo eso y ellos me contestaban hjmm o sí cómo no, seguía dándome toque tras toque, al fin que ni idea tenía de qué estaba diciendo. El doctor Solapas me dijo ¡cámara!, ya te metiste todo el pito. Te doy miedo, alcancé a decir pero pelé los ojos: ya no me podía mover, un dolor del carajo. Me fui echando para atrás hasta que caí como tabla. Es que, en viaje, la mota pega chorrocientas veces más fuerte que cuando uno está normal. Digo, caí de espaldas y fue cuando sentí que todo mi cuerpo era de cristal, ¡el pelo principalmente!: si me movía un poquito, era como si se moviese una cortina de cristales muy finos que creaban una melodía muy hermosa. Y luego me puse a discutir conmigo mismo, como si hubiera mucha gente dentro de mi cabeza, muchos observadores. Y por ahí, entre ellos, anda la neta, la onda efectiva, pero viene el apendeje y el resultado es que anda uno inquieto, angustiado, sin saber qué play. Como esa idea de que no debo vender mota, pero si no vendo mota, ¿de qué jijos de la verga voy a vivir? Pues cachucheándole a las gabachas, me caso con una y como sultán: no: como el Chupera. Como que no aguanta. Buceando. Puedo estudiar algo. Corte y confección, por correspondencia, en las Academias Avilés Fabila. Pero mientras, ¿de qué voy a vivir? Yo no vendo mota porque quisiera ganar las *toneladas* de dinero, ésas las ganan otros, los big operators, los generales o politicazos que tienen sus sembradíos muy chingones. Yo no gano ni madres: me dan el kilo a doscientos y lo vendo a | bueno, a cuatrocientos, pero aunque sea el cien por ciento no es mucho, porque no compro arriba de dos tres kilos y hago cartones de veinte, cincuenta o cien churros. Así gano más que vendiendo por kilo, de acuerdo, pero tampoco es *mucho*. ¡Híjole, ya me está doliendo la cabeza! Es por tanto café. ¡Cámara, esa chava se parece a *Cornelia*! No, no es. Qué bueno. A Cornelia la conocí en el Tequila à Go Go, cuando el Tequila era lo máximo. Tenía creo que veinticinco años y cara muy bonita, como de modelo, pero usaba puros vestidos largos y nunca iba a las playas de rigor. Esta Cornelia estaba casada con un hijo de perra que se llamaba Ernesto y que era flaco flaco y alto alto. Todo mundo cotorreaba que Cornelia era putísima y su marido ya estaba chupado, siempre aparecía con la cara sumida y pálida y flaca de tanto cogerse a su ñorsa. Y ella se cogía a todo el que encontraba, porque su marido nomás no le bastaba. Bueno, yo conocí a Cornelia porque me la presentó el Yipi y ¡cámara! la ruca me empezó a fajar y a dar tránsito. Me aloqué, la neta, porque deveras Cornelia tenía una cara a toda madre y yo pensé que también tendría un cuerpo súper. Bailé con ella y me dijo por qué no vas a mi casa más tarde, chaparrito, allí te puedo enseñar algunas cosillas y no exactamente 'bout the birds & the bees. ¡Papas! Andaba que no me cabía ni un chile porque pensaba ¡ahora sí me voy a agasajar!, ¡me voy a coger a este soberano cuero y con el marido a un lado without givin' himself colour! Cuando Ernesto se empedó y comenzó a babear, en el mero pedírium & guácaram tremens, Cornelia dijo vámonos. Cornelia y Ernesto vivían en el cerro de la Pinzona, abajito del Palacio Tropical, en una casita muy acá. Nomás nos subimos en el coche, por cierto un culero volkswagen, Ernesto se durmió a ronquido limpio. Cornelia se volvió a mí, sonrió y tomó una de mis manos para colocarla sobre su seno. Ahí fue cuando me dije uh, parece que tiene muy chirris los chicharrones, medios jodidones, ¡y trae brasier!, ¡qué fresa!¡Cómo brasier! Ni pedo Alfredo. Llegamos a la casa y ni nos molestamos en despertar a Ernesto: lo dejamos en el coche, durmiendo la mona mientras yo le llegaba al mono de su esposa. Llegando a la sala Cornelia me empezó a besar, a meterme la lengua, a cachondearme y me cae que hasta ella me encueró. ¡Cámara, esta vieja sí está heavy!, me dije, con mi natural sagacidad. Me sentí un poco ridículo estar ya de plano encuernavaca mientras ella continuaba vestida, y quise quitarle el vestido pero nomás no hubo cómo, porque la pinche Cornelia me estaba haciendo sentir the little death al tocar la trompeta dispuesta a tragarse la melodía. Total, logré alzarle el vestido para bajarle las pantaletas, ¡pero no tenía pantaletas! Wow! Palabra que me calenté horrores: era la primera chavacana que llevaba brasier y no usaba pantaletas. Cornelia tenía bien mojados los peligros de la juventud. Yo creo que se había venido doscientas veces con el santo ma-madón. Sin decir nada se levantó de repente y yo me quedé de a six, diciendo what what, dónde firmo. Ella apagó la luz y salió y luego regresó encuerada y con algo en las manos. ¡Era un látigo me cae, un puto *látigo*, pero yo no me di cuenta en ese momento porque no había luz! Lo que sí pude vislumbrar, porque en eso me fijé, fue el *cuerpo* de la Gran Maestra. Estaba flaca huesuda y con las chiches bien enanas colgándole hasta el ombligo cual calcetín con canica. What about that? Por eso traía brasier, la culebra. Anyway yo le llego, pensé, ya borracho. Cornelia se acostó en la alfombra de nuez y cuando se la dejé irineo me cae que hasta salpicó. Tenía un monigote de lo más transitado, parecía la carretera panamericana, no se sentía nada, pero ya entrado en gastos le di duro a las lagartijas y al meneo del hermano Rabito. Cornelia se vino cuatrocientas mil setecientas dieciocho veces en medio minuto y pegaba de gritos, palabra de honor, pujaba y aullaba y *lloraba* como loca. Me cae que hasta me espanté, me estaba sacando de ola porque pensé que podría venir algún vecino o, ¡cámara!, la tiranía creyendo que estaba matando a alguien. Killing floor. Bueno, pues Cornelia se venía y se venía y me clavaba las uñas, unas uñotas que parecían *machetes*. Me mordía con fuerza. Me empezó a doler pero me valió mothers of invention, lo que yo quería era venirme, y a la chingada con la ruca; cuando sentí que me iba a venir empecé a pujar, porque yo casi no hago ruido cuando cojo, nada más unos pujidines discretos a la hora de la venida de los insurgentes. Bueno, pues a pesar de que ella estaba pegando de berridos, me oyó pujar, se dio cuenta de que me iba a venir, ¿y saben lo que hizo? La hija de la chingada me puso las manos en las costillas, me empujó ¡y se salió! Saltó hecha la madre cuando yo ya empezaba a venirme en el aire, como fuente, sin saber ni qué patín, diciendo que pachó qué pachó. Con una rapidez increíble Cornelia recogió el látigo y me empezó a madrear, durízzimo mientras yo me venía. ¡Mocos mocos! Ahora sí que mocos, y desperdiciadazos, y los pinches latigazos culeros, y yo me revolcaba de dolor en la alfombra, con las manos cubriendo a mi pobre pito porque ya me había caído un latigazo en el chilam balam. ¡Mi verguita mi verguita! Pues la jija de su reputa madre me latigueó las manoplas y a huevo hizo que destapara la verdura para pegarme allí. Rodé por la alfombra para que no me diera de faul. Qué chillidos pegaba. Y Cornelia me seguía latigueando mientras yo rodaba. La alfombra ya se había llenado de sangre. ¡De mi sangre, carajo! En ese instante, *zas*, que se abre la puerta y que entra el cornelio Ernesto, ultrapedísimo, catatónico, cayéndose. Prendió la luz, por puro reflejo. ¿Y saben qué dijo? Dijo buenas noches el pinche buey y se fue a su *recámara*, a seguir durmiendo sabrosito. ¡Hijo de la verga! Cuando prendió la luz sacó de onda a Cornelia y ella dejó de madrearme. Y la pude *ver*, encuerada, con su cuerpo huesudo y los muslos llenos de venidas y los senos de calcetín con canica llenos de sudor y toda desmelenada y con el látigo *chorreando sangre*, palabra de honor, y tenía los ojos entrecerrados, parpadeando, y la boca babeante y una expresión de sufrimiento en la cara, como si su orgasmo se hubiese interrumpido. ¡Pa su pinche madre! ¡Me salí corriendo, encuerado, a la calle! Las heridas me dolían una barbaridad. Me metí en el volks de Ernesto, porque me fijé que lo dejaban con las llaves puestas, y salí hecho la madre. Me cae que tiré la puerta del garaje de un volkswagenazo y luego tuve que buscar puras callecitas sin tránsito para que nadie me viera manejando encuerado y lleno de sangre y heridas.

Virgilio se quitó la camisa, los lentes oscuros, y se echó un clavado en el mar. Paulhan, Francine y Gladys siguieron avanzando en dirección de Beach Boy Hamburguesas Condesa Beach. Rafael quedó mirando a Virgilio en el mar. ¿Y éste? Debe de haber tenido mucho calor. Sigue haciendo calor, pero el sol ya no acribilla como hace unos momentos. Rafael quiso nadar un poco pero vio que las olas rompían con violencia y tuvo miedo. Es que nado pero no mucho.

Rafael solo en la playa, sin saber qué hacer—————————————————Virgilio braceó con fuerza hasta internarse mar adentro, pero regresó y después jugó con las olas: nadaba para quedar en la cresta y viajaba en la ola hacia la orilla. Se sumergía cuando la ola rompía. O simplemente se impulsaba y saltaba por encima de la ola. Parecía divertirse mucho. Nadó hasta que sus pies tocaron la arena y se hundió hasta quedar cubierto por el agua, a excepción de la cabeza. Se dejaba llevar por la corriente, y en momentos se *Muy buena ola* impulsaba o se detenía con los pies. Las olas rompiendo en la cara de Virgilio, quien reía—————————————Y Rafael en la orilla, sin saber qué hacer. ¿Y yo qué hago aquí? Nada más ver nadar a Virgilio, arqueó la espalda para cubrir de agua su cabeza y emerger nuevamente, chorreando Virgilio salió del agua, con cierto esfuerzo porque la resaca era fuerte. ¡Ahí viene!, se dijo Rafael. Recorrió con la mirada toda la playa hasta que sus ojos se estacionaron en una pareja que parecía dormir bocabajo. Qué caderotas de muchacha. Virgilio llegó, chorreando.

Oye deberías nadar, para que se te quite lo sudado |
¿Sí?
y lo pasado. Estás bien pachecote todavía, ¿no?
Pues sí.
¿No quieres llegarle al mar hijo?
¿Eh? No, después.

177

¡Virgilio!, gritó Francine desde el barandal del restorán. Come here!

Virgilio sonrió sacudió el agua de su cuerpo y corrió al restorán poniéndose la camisa. Rafael quiso correr también pero se sintió muy pesado y sólo suspiró, echando una mirada postrera a la pareja rendida (bocabajo).

En el restorán, el mesero se hallaba junto a la mesa y Gladys terminaba de comer su última hamburguesa con verdadera hambre.

El *señor* los está esperando, anunció Francine indicando al mesero. Paguen, hijitos.

Rafael se llevó la mano al bolsillo secreto de su traje de baño, como si lo quisiera resguardar, y permaneció en silencio. Virgilio miró a Francine, sonriendo.

Paguen, insistió Francine.

Al carajo, declaró Virgilio. Yo no pago nada, ya pagué en Caleta.

Entonces paga tú, Rafael.

¿Yo?, preguntó Rafael, pálido. ¿Por qué? Yo yo, este, yo dejé la propina en Caleta.

¿*La propina*? Dejaste cinco miserables pesos. ¿Crees que no me di cuenta? Eres muy elbow.

Rafael tosió brevemente, esforzándose por borrar la palidez de su rostro.

Bueno, este, no te fijaste bien, ¿ves?, replicó Rafael, obstinado. Dejé cincuenta pesos.

¡Cincuenta pesos! dijo Gladys, con la boca llena.

Cincuenta pesos mis nalgas, agregó Francine.

Too much, terció Virgilio.

Y además, qué poco *caba*llerosos son ustedes, jovencitos, protestó Francine. Quieren meternos la verga, a *las tres*, y además que les paguemos lo que se tragan. Good grief!

Yo nada más tomé un refresco, explicó Rafael.

Francine dedicó una mirada despectiva a Rafael mientras el mesero, cruzado de brazos, exclamó:

¡Arajo, tanto escándalo por doscientos veinte pesos!

Más tu propina, dijo Paulhan.

Más mi propela, claro. Tanto escándalo por cuatrocientos cuarenta pesos.

Virgilio tragó saliva y ensayó una mirada luminosa.

Bueno Francine, la neta es que como que tú dijiste que ibas a pagar.

¿Yo dije?

Simón. Bueno, le mandaste pedir dinero a McMathers para pagar la cuentation, ¿no?

Por supuesto que no la voy a pagar. Ya ven la miseria que me mandó. Ni siquiera me recuerdes ese incidente.

Yeah, you shouldn't have asked'im for money.

Like hell I shouldn't! He *owes* me a lotta money! Despilfarro mi fortuna.

Like hell he did.

Virgilio sacó el dinero que guardaba en el bolsillo de la camisa. Bueno, ya le van. Yo pongo lo que tengo pero no me alcanza. Son ciento treinta varos. Ahi que alguien pague el resto.

O vamos pagando a la gringa, propuso Rafael, con aire de indiferencia premeditada. Cada quien paga lo suyo.

Francine, hurgando en su bolsa, sonrió abiertamente.

¡No es posible! Can't believe it! ¡En esta época las mujeres tenemos que pagar!

Para que no digan que no están al parejo del hombre.

Tú cállate, puto feo. Quédate con el cambio, muchacho.

Francine dio veinticinco dólares al mesero, quien tras hacer rápidas cuentas se iluminó.

¡Qué bien qué bien Francine, estás en tus grandes días!

Gracias gracias público pendejo, dijo Francine con aires de farsa. Se puso de pie con un suspiro, pero sin poder ocultar una sonrisa de satisfacción. Todos se levantaron y Rafael se acercó a Virgilio.

Bueno, ahora sí dile que ya nos vamos.

Dile tú.

Es tu amiga, tú debes decirle.

Virgilio sonrió. Ya estaban en la Costera. Virgilio abrió la puerta del auto y dijo:

¿Saben qué? Rafael y yo nos vamos a cortar. ¿Nos dan un aventón al zócalo? Al fin que ustedes van a su casa ¿no?

No, respondió Paulhan.

¿Ya se van?, preguntó Francine. No aguantan nada.

Es que tenemos otras ondas. Pero luego nos vemos, ¿no?

¿Para qué? Por nosotras pueden irse al carajo. Ni cargan centavos y además son vomitones.

Y ni se les para, agregó Gladys con una risita.

Virgilio suspiró, alzando los ojos.

Bueno, ¿no que me ibas a regalar una silocibina?

Oye Francine, dijo Gladys al mismo tiempo, compramos otra botella, ¿no?

¿Eh? Ah. Aquí están las silocibinas. Cuántas cuántas.

Yo ni madre buey, no te compro ya *nunca* nada. Al rato compramos tu botella, gorda. Uh, esas silocibinas van a resultar como tus mescalinas mediorgánicas y mediosintéticas.

¿A cómo las vendes?, preguntó Paulhan. A mí me interesa comprar una cuando menos.

Virgilio sonriendo, miró a Paulhan, pero luego se volvió a su rededor, sin fijar la mirada en ningún punto en especial, nervioso.

A ciego,
pero buscó en su bolsa y obtuvo una cajita de cerillos: la abrió y de su interior extrajo una cápsula amarilla.

Te regalo una. Toma.

A *mí* me deberías regalar una |

No le pidas nada Fran, que se vaya al infierno.

en pago de toda mi mota que te quemaste gorrón. Aliviánate. Y por las hamburguesas que te invité.

Es que… Virgilio quedó pensativo pero después sonrió ampliamente. Ya le va. No hay fije. Tomó otras dos cápsulas y las entregó. Para ti y para Gladys.

Rafael miraba nerviosamente ambos lados de la Costera.

180

Oigan, ¿por qué no hacen esas transacciones en el coche? Dicen que hay algunos agentes de la Federal por aquí.

¿Tú crees eso?, son puras mentiras, respondió Francine.

Virgilio terminó de abrir el charger y todos subieron. Gladys delante, con Virgilio; y atrás, Rafael entre Paulhan y Francine. El sol había calentado el asiento y Rafael extendió su toalla para acomodarse. Francine y Paulhan se arquearon para no quemar sus muslos,

Van a ver qué chinguetas están estas silocibas, maeses. Son la pura efectividad, reiteró Virgilio al arrancar el auto con el acelerador a fondo.

Dame esa toalla, maleducado, me estoy quemando las nalgas.

Presta presta, dijo Virgilio.

Rafael acomodó la toalla bajo Francine, procurando que le alcanzara un pedacito.

Qué *calor*. A ver tú, ergudito, pon el aire acondicionado.

Arrancaron. En el autoestéreo volvió a escucharse It's a Beautiful Day y Francine revisó las cassettes.

Pasa una mota, pidió Francine.

Virgilio hurgó en la bolsa de su camisa y dio a Francine otro cigarro de mariguana. Ella lo encendió, le dio una fumada y lo pasó a Rafael.

Vamos, llégale.

No gracias.

Ándale.

Muchas gracias, Francine, pero ya no apetezco. Apenas en este momento empiezo a sentir que se me baja.

Cómo no. Que se te suba, que se te suba. Ándale, carajo, éste es el último toquetón que nos vamos a dar juntos. El toque de la paz,

Francine se inclinó ante Rafael y le prodigó varias caricias en la mejilla, con soplidos prolongados, suaves, en los oídos. Le puso el cigarro en la boca y Rafael no tuvo más remedio que fumar con una sonrisa nerviosa.

Cómo eres malo Rafaelito, susurró Francine, ronroneante. Pasó su brazo alrededor de Rafael y se le acercó aún más, para verlo fumar, sin dejar de soplar cálidamente en el oído. Rafael tuvo un calosfrío, unas mínimas cosquillas lo hicieron agitarse. ¿Sientes la muerte chiquita, gurú? Rafael asintió. Pues no aguantas nada, ni siquiera las bromas inocentes que te echo. Esas bromillas fueron para hacerte ver, indirectamente, que me gustas, porque pensé que desde la mañana, en Caleta, estabas en tránsito conmigo.

Rafael carraspeó. Sabía que ella estaba mintiendo cínicamente y sin embargo sonrió. La cercanía y el aliento de Francine lo ponían nervioso, lo excitaban: un estremecimiento en los testículos, un calor sofocante ascendiendo adherido por el pecho, no podía fumar a gusto, estar cómodo, sentirse relajado, sin turbaciones. Los lentes oscuros cubrían las arrugas que rayeaban en los ojos de Francine, y así ella se veía mejor.

Fuma, ándale. Fuma más. *Más*. Ponte up to the rebound, instruyó Francine; su índice recorrió las mejillas, la nariz y las sienes de Rafael. Estaba casi apoyada en él y le incrustaba los senos (cálidos). Deveras no te deberías ir, tenemos *tanto* que *platicar*, ni siquiera me has querido echar las cartas.

No me lo has pedido.

Rafael sonrió nerviosamente: el aliento de Francine en su oído haciéndolo agonizar. Seguramente esta anciana me quiere calentar para mandarme al diablo otra vez. Cien doscientos trescientos qué rico se siente su seno en mi pecho cuatrocientos cuatrocientos no quinientos doscientos ya me puse hasta el gorro otra vez setecientos, al inhalar| —la calidez del aliento de Francine———los senos apoyados en el brazo———como si estuvieran desnudos|

Te lo estoy pidiendo en este momento.

Rafael mordió sus labios y miró hacia adelante. Los lentes de Virgilio reflejados en el retrovisor. Quizás esté viendo los coches que vienen detrás, pero posiblemente (también) nos está observando. Rafael volvió a carraspear: seguía fumando, y se inclinó para cuchichear en el oído de Francine.

Bueno, la verdad es que Virgilio tiene cosas que hacer y yo prometí acompañarlo.

¡*Yo* tengo cosas que hacer?, protestó Virgilio (los lentes en el retrovisor).

¡Jesu*cristo*! ¡Tienes oídos de tísico!, comentó Francine riendo con ganas. Dijo a Rafael pues mándalo a la chingada, corazón. Que se vaya solo a hacer sus, what's the name in spanish for deals?

Transas, respondió Virgilio, sonriendo.

Sus transas. Por andar con él te puede capturar la policía. ¿No oíste que hay unos federales por aquí? *Toda* la Federal de México anda tras Virgilio.

Que sea menos, protestó Virgilio. Yo *no* tengo nada que hacer|

¿Ves? Es un vago.

él es el que quiere irse. Dice que ya no te aguanta.

Rafael enrojeció. Dio el cigarro a Paulhan, apresuradamente.

¡No es verdad! Digo, este, por supuesto que sí las aguanto.

¡Ah! ¿Nos tienes que aguantar?

No no, es que…

¿Toda la noche?

¿La noche? ¿Qué noche?

Rafael ya no sabía de qué estaban hablando. El humo de la mariguana que fumaba Paulhan se filtraba en su nariz. De nuevo la visión sofocante, borrosa. Pesadez en la cabeza, pero en esa ocasión no era plácida: algo le comprimía el cerebro, inyectaba un dolor penetrante en el centro de la parte superior de la cabeza. Una corriente de dolor (de energía) se descolgaba de allí, recorría, partía la cara de Rafael para depositarse en el corazón oprimiéndolo: lo hizo agitarse, tambalearse. Las manos sudando. Las corrientes tosientes de aire frío, artificial, no lo refrescaban. Rafael, agrietándose por dentro, su garganta más seca que nunca. Ya no debo fumar más mariguana. Qué sensación tan terrible. Algo me va a acontecer, pensó Rafael pero lo olvidó al instante: sus manos eran agua y el corazón continuaba sacudiéndose en su pecho. Algo va a pasar. Rafael se volvió hacia sus compañeros: todos se veían muy tranquilos. Gladys era quien fumaba mariguana: prolongadamente.

Francine tell this sucker to stop the car. There's the store and I wanna buy a bottle of vodka. This nauseating tequila's over, thanks to *God*.

Francine, exasperada, se desprendió de Rafael y pidió a Virgilio que se detuviera. Habían dado una vuelta en u, delante del hotel Presidente y en ese momento se hallaban frente a una tienda de licores. Virgilio metió el freno a fondo y el auto se detuvo de golpe. Echó su auto en reversa para llegar a la tienda y Gladys bajó después de dar el cigarro de mariguana a Virgilio.

Mientras Virgilio fumaba, Rafael seguía asediado por una inquietud extraña, una angustia que crecía y crecía: su mirada revisaba la Costera, la Condesa frente a ellos, el auto y sus compañeros. Cuando Gladys regresó abrazada a una botella de vodka, Rafael experimentó un cierto alivio: había tenido la idea fugaz de que Gladys saldría escoltada por agentes de la Federal. Pero el alivio fue mínimo: de nuevo su pecho recobró la opresión anterior, magnificada.

Gladys subió en el auto y arrancaron nuevamente. Gladys en silencio, bebió los restos de tequila, bajó la ventanilla y tiró el vaso, que se estrelló en la avenida.

¡No hagas eso!, exclamó Rafael, alarmado. ¡Nos puede ver alguien y a lo mejor nos detienen y tenemos un cigarro de mariguana encendido!

¿Ah, te cae?

No te pongas paranoico, advirtió Gladys. Ey, en verdad estás *pálido*. Tiró la bolsa de papel por la ventanilla, la cual ce-

184

rró después para dedicarse a abrir la botella con los dientes. La música estaba excesivamente fuerte, consideraba Rafael. So tired and *wasted*! Y tan *fea*: guitarras agudas y voces revueltas y un violín desquiciado, todo inarmónico, caótico. Como si hubieran aumentado las revoluciones. Rafael cerró los ojos. Unos tentáculos gelatinosos alargándose hasta el infinito.

Virgilio seguía fumando y Francine protestó:

Oye enano, no te cuelgues. Tienes horas con el joint.

No hay pedo no hay pedo, por suerte éste es uno de los charros más gordos que forjé y apenas va a la mitad. Acábatelo si quieres.

Sí quiero.

¡Fíjate cómo manejas!, gritó Rafael al ver que el auto zigzagueaba: en el momento de pasar el cigarro Virgilio perdió el control y el auto enfiló hacia un poste. Virgilio movió el volante bruscamente y evitó el choque. Un auto que venía junto a ellos frenó, claxoneando para no golpear al charger.

Qué torpe eres, calificó Francine y fumó para borrar el sobresalto. Alzó los labios, colocó el cigarro entre ellos y lo sostuvo con el pulgar y el índice: los dedos restantes erguidos, tiesos. Aspiró hasta llenar los pulmones, emitiendo un pequeño ruido sibilante. Llenó el pecho y aguantó el humo dentro, para tragárselo. Expandió el tórax. Cuando exhaló, por la nariz no salió nada de humo. Vio a Rafael: estaba pálido, totalmente blanco, sin sangre, con los labios temblorosos.

¿Qué te pasa, gurito?, ¿te volviste a pasar? ¡No vayas a guacarearnos!

Rafael señaló hacia la ventanilla de Francine.

¡En la madre!, dijo Virgilio.

Al lado de ellos iba un volkswagen de la Dirección de Tránsito. Un par de agentes, dentro del auto, los veían con sonrisas canallescas: movían la cabeza de arriba abajo, lentamente. Francine les asintió también, sin dejar de fumar. ¿Cuánto dinero traemos?, preguntó Paulhan, ligeramente pálido. En el volkswagen los agentes indicaron, con señas, que se detuvieran más adelante. Francine bajó el cristal de la ventanilla. ¿Qué quiere decir esa señita? ¿Que nos echemos un palo? ¡Deténganse!, gritó un agente asomando la cabeza. ¡Por qué!, contragritó Francine, sin dejar de fumar. ¡Usted está fumando mariguana! ¡Y no les voy a dar, cómprense la suya! ¡Desde hace rato los vimos tirar vasos a la avenida y cuando estaban a punto de chocar! ¡Párense! Vamos a darles dinero, dijo Paulhan, eso quieren. El volkswagen aceleró para cerrárseles. ¡Al carajo con el dinero!, resolvió Virgilio, ¡mejor nos pelamos! Hundió el pie en el acelerador y le dio un golpe al volkswagen. Todos fueron a dar a los respaldos a causa del impulso. ¡Muy bien Virgilio, eres de los míos!, comentó Francine. Los agentes aceleraron también, persiguiéndolos. ¡Me la pelan!, proclamó Virgilio. ¡Acelera, good gosh, vas a cero! Llégale al toque, Rafael. Rafael miró a Francine, incrédulo, completamente pálido. Deveras muchas gracias pero no se me antoja, dijo a duras penas. Estaba aterrado, hirviendo, veía todo con tonalidades rojizas y su corazón se agitó, se sacudió. Tenía las manos anegadas y no podía soportar la música del autoestéreo. Por nada del mundo iba a fumar más mariguana. Cien doscientos trescientos cuatrocientos quinientos seiscientos setecientos, al inhalar, setecientos seiscientos quinientos cuatrocientos trescientos doscientos cien, al exhalar. ¿Nadie quiere vodka? ¡Antes que fume este cobarde! Eres un amarillo, Rafael, ¿lo sabías? Crees que ya nos chingamos, ¿verdad? Pues entérate de que estos policías no nos van a alcanzar jamás. ¿O me equivoco Virgilio? Virgilio, tenso, manejaba a toda velocidad, tocando el claxon para que le abrieran camino, viendo en el retrovisor a los agentes de tránsito quienes no se despegaban. Pinches agentes, han de traer arreglado el volkswagencito, pero no hay pedo; ahorita me les pierdo. Francine se volvió y se encaramó para pegarse en la ventanilla trasera, fumando notoriamente para que los agentes la vieran bien: silabeó, sin emitir sonido alguno, la frase agentes culeros vean qué toquezote me estoy dando; y después pegó su cara al cristal, para distorsionarla. Fumando. Los agentes aceleraron y se pasaron el alto de la glorieta de la Diana, cuando Virgilio así lo hizo para seguir disparado, por la Costera, sorteando autos. Me temo que te equivocaste Virgilio, consideró Paulhan. Si te hubieras ido por la carretera te les habrías perdido con mayor seguridad. Este auto es mucho más potente, ¿ves?, tarde o temprano nos hubieran dejado por la paz. ¿Y luego qué? ¿Hasta México? Son capaces de radiar a los tirantes para que nos pepenen a medio camino. Nel nel. En cualquier pueblo hubiéramos dejado el auto para regresar en un taxi. ¡Por supuesto!, vociferó Francine; después el problema hubiera sido para el pendejo amigo de McMathers. Y ellos habrían podido arreglar todo. ¡Pendejo! Pues sí, pero resulta que el que maneja soy yo y se chingan. ¡Vamos a *chocar*!, exclamó Rafael al ver que Virgilio milagrosamente sorteaba un auto que salió de una bocacalle; por favor, *fíjate* Virgilio. Calma gurú, dijo Francine, date un touchdown. Deveras no. Pásamelo, pidió Paulhan. Francine dio el cigarro a Paulhan, no sin antes dedicar un gesto feo a Virgilio. Paulhan fumó. Rebasaron el Tiberios a toda velocidad. Adiós Tugurius. A ver si en la noche venimos a bailar dijo Francine. Al fin que McMathers se emborracha en Le Club. Otro auto tuvo que frenar claxoneando, para no chocar con el charger cuando éste rebasó, como bólido, el alto de los hoteles Ritz. Más cláxones furiosos. El volkswagen de los agentes no se despegaba. ¡Carajo!, si no hubiera tanto tráfico ya habríamos dejado atrás el volkswagencito de mierda, comentó Virgilio. ¡Este coche vuela, wow! Gladys dio un sorbo a la botella de vodka depositando su mirada (sonriente) en Virgilio. Vienes *feliz*, ¿verdad? Feliz exactamente no, pero no pueden negar que éste es un cotorreo de lo mejor. ¡Estás *loco*!, exclamó Rafael, cómo un *cotorreo*. Podemos pasarnos *toda la vida* en la cárcel si nos capturan. Hemos violado muchísimas leyes. Puuuuuta, cómo chingas, rezongó Francine; denle el toque a este pendejo para que se pasonee de una vez y se quede calla-

Virgilio sonreía

do. Mmmmmm, pásenmelo a mí, pidió Gladys. Paulhan cedió la colilla a Gladys y después colocó su mano sobre el muslo de Rafael, tranquilizándolo. ¡Ábranla fresas, ahi les va la verdura!, gritó Virgilio, entusiasmado, al ver que los autos le cedían el paso. Los agentes de tránsito habían puesto a funcionar su sirena. ¡Esa cassette ya terminó! A ver si se fijan, advirtió Francine; pon ésta. Pasó otra cassette a Virgilio: Open Road: Donovan. Que la ponga Gladys, ¿sí Gladys? Ahorita yo necesito las dos manoplas para manejar. Gladys introdujo la cinta. Percusiones tropicales, fantasmas literarios recorriendo la selva con buen humor. Bájale, ¿no?, pidió Paulhan. Gladys no hizo caso. Ofreció la colilla a Virgilio. ¿Quieres darte un toke, big boy? Ahora te quieres coger a Virgilio, ¿verdad, old *bag*? ¡No *fumes* Virgilio por favor!, suplicó Rafael. Yo no me quiero coger a Virgilito, replicó Gladys. Si quieres, agárrame el pispiate nada más, propuso Virgilio riendo, viendo al volkswagen en el retrovisor; nunca me la han chaqueteado mientras me escapo de la tirany. Yo también creo que no deberías fumar Virgilio, dijo Paulhan con un tono neutro. ¡Mamadas!, calificó Francine. ¿Mamadas? Yo dije una chaquetoa al este de Java pero si quieres mamármela Gladys llégale, no hay grito, rió Virgilio: la Costera se iba quedando atrás vertiginosamente. Qué pendejo eres, comentó Gladys, riendo también, ya me estás cayendo bien. ¿Vas a querer la colilla o no? Se va a acabar... ¿Ves cómo sí te lo quieres coger, anciana lujuriosa? Sin perder de vista la avenida, Virgilio sacó su pipa de hueso y la pasó a Gladys. Clávala aquí, por favor. Gladys tomó la pipa pero no pudo acomodar la colilla. No puedo. Además, ya se apagó, es que estaba muy chiquita. Y tú muy temblorosita, agregó Francine. Cómo son ojeras de perro, yo casi no le alcancé a llegar a ese pitoniso. Virgilio, viendo la avenida, sacó otro cigarro de mariguana y lo pasó a Gladys. Le llegamos a otro, ¿no?, dijo; préndelo Gladys, please. Yessir! Gladys encendió el cigarro y lo colocó en la boca de Virgilio. ¡Gladys te prohíbo que cachondees a Virgilio cuando maneja, vamos a chocar! Gladys emitió una risita. Él me pidió que le agarrara la prick, ¿no? Y además tú sí puedes manosear a *todos*, ¿no? ¿Entonces sí se la agarraste? Yo lo dije por bromear. Claro que no, repuso Gladys. Claro que sí, delató Virgilio, and how! Wow! Déjalos que te alcancen, sugirió Francine, vamos a cotorrearlos. ¡Ni madres!, respondió Virgilio, y dio la vuelta derrapando y haciendo caso omiso de la luz roja, en dirección del cine Variedades y del mercado. ¡Qué pendejo eres!, dijo Francine, ¡por aquí hay mucha gente! Pues atropellamos dos que tres para agregar más delitos a la lista de Rafael, que había cerrado los ojos, pensando fugazmente que todo eso era una pesadilla. Volvió a abrir los ojos y vio a todos riendo. ¡Y fumando más mariguana! Tras ellos, el volkswagen. *Era* una pesadilla. Francine también se volvió hacia atrás, vio a los agentes y les agitó la mano. Luego dijo a Gladys ¡a ver, venga la botella! Gladys se la dio. Francine la mostró a los agentes con una seña traducible como ¿brindamos?, antes de beber copiosamente, con la cara pegada al cristal de la ventanilla. ¡Francine carajo hazte a un lado, no me dejas ver! ¡Pues no veas, por mí, choca, yo estoy brindando con mis friends los tiras! Déjalo ver Francine por favor, intercedió Paulhan. Qu'est-ce que tu fais? Rien je te regarde, pero despúes Paulhan dio unos golpecitos en el hombro de Virgilio. Ya te eternizaste con el cigarro, ¿no?, pásalo. Virgilio tendió el cigarro a Gladys quien a su vez lo dio a Paulhan. ¿Saben qué voy a hacer?, anunció Virgilio, voy a dar una vuelta parriba por la fábrica de hielo y le llegamos a la carretera por La Laja. ¡Pero qué pendejo eres, Virgilio! Ah chingá, ¿por qué? Porque vamos a pasar enfrente de la *Dirección de Tránsito*, si no me equivoco, y se van a soltar a seguirnos *todas* las patrullas cuando vean al volkswagencito de mierda detrás de nosotros, con la sirena. Lo cual me recuerda, dijo Virgilio, aquel chiste del puto, sin agraviar al presente, que quería ser ambulancia para que lo abrieran por detrás y le metieran un hombre entero para salir por las calles haciendo uuuuuuh. Qué feo se oye esa sirena. Súbanle al autoestéreo, ¿no? No, *por favor*, pidió Rafael. Cómo no, replicó Gladys y subió el volumen, resultó tan fuerte que los tonos agudos se distorsionaron. Virgilio estiró la mano y lo amortiguó un poco. El auto dejando atrás la avenida, el mercado. Los transeúntes corrieron mentándoles la madre. Por suerte, a esas horas, no había mucha gente, pero sí una buena cantidad de autos estacionados. Virgilio no retiraba las manos del claxon. Por la calle la gente huía del charger. Virgilio aceleró al dar la vuelta, derrapando. Un banquetazo hizo saltar a todos. El volkswagen no se apartó. Pues no se te hizo huir de mis brazos, azúcar, dijo Francine a Rafael, abrazándolo. Le acarició los muslos con la mano libre. Espero que ahora sí te atices cual debe de ser. Dale el cigarro, Paulhan. Paulhan pasó el cigarro a Rafael, quien lo miró con los ojos acuosos. Fumó. Extrañamente se descubrió un poco más calmado. Virgilio oprimía el claxon ya que, en el sentido opuesto, descendían muchos autos que tenían que pegarse a la banqueta: el charger iba cargado del lado izquierdo, rebasando, seguido por el volkswagen. Francine volvió a asomarse por la ventanilla trasera. Qué caras de pendejos tienen esos agentes. Y qué *tercos* son, agregó Gladys. Ya deberían habernos dejado por la paz. Oye Fran dame la botella, o pásala. No molestes, respondió Francine Risueña, mirando a los agentes, dando tragos ocasionales a la botella————————los agentes rehuían la mirada fija empecinada, picaresca, de Francine. Iban muy serios, en silencio. Deben estar furiosos, comentó Francine, por darlings, ni platican. What a bore! ¿Qué pensarán?, ¿qué pueden estar pensando? Sonrió con amabilidad mientras decía, en voz baja, aunque de cualquier manera los agentes sólo la veían mover los labios: ¿verdad que ustedes son unos agentes neuróticos hijos de su reputa madre? Yo no tengo nada contra los hijos de su reputa madre, pero sí contra los agentes neuróticos. Son la peor peste del mundo. Una real patada en el culo. No tienen sentido del humor y *nunca* quieren admitir que son neuróticos. ¿Tú no eres neurótica, Fran?, dijo Paulhan, al quitar el cigarro de mariguana a Rafael. Claro que *no*, lo cual prueba que sí soy, pues si no lo fuera te diría sí soy. ¿Por qué?, protestó Virgilio, un neurótico cínico sí admite ser neurótico. Cállate la boca y da vuelta en la próxima, porque si no vamos a pasar frente a Tránsito. Virgilio, sin disminuir casi la velocidad, dio vuelta y entró en Ejido, hacia la carretera a Pie de la Cuesta. Paulhan apagó la colilla de mariguana y la dejó caer en el cenicero, suspirando. Stoned again. Con seguridad nadie quería más. Rafael continuaba silencioso, con los párpados muy caídos tras las gafas oscuras y la mirada fija adelante, sin ver. Ejido, la calle que descendían, le resultaba completamente desconocida, llena de baches. Pero la impresión no era de hallarse en un lugar que nunca había pisado, sino en el escenario de un sueño, terriblemente extraño y familiar al mismo tiempo. La luz del sol confería curvas rojizas a todas las casas y a la gente que los veía, asombrada. ¡Qué chinga!, exclamó Francine, ¡ojalá podamos pasar! Frente a ellos la avenida estaba siendo reparada y la circulación era en un solo carril, muy estrecho. Al lado había pilas de arena, y tras ellas, bulldozers, camiones y mezcladoras bajo el sol. Ojalá, concedió Virgilio, sudando. ¡Pero qué pendejo eres Virgilio!, agregó Francine, qué pinches rumbos viniste a escoger, este coche se va a partir en dos en uno de estos *abismos*. Todo Acapulco está igual, por cualquier lado hubiera sido lo mismo; nada más la Costera está bien pavimentada y no siempre. ¡Ay!, gritó Gladys. El auto pasó por un bache gigantesco y todos saltaron. Qué puntería tienes directo a todos los baches, dijo Francine. El motor rugió, trepidó y el charger avanzó, a duras penas, a todo claxon, batiéndose en la arena apilada Si quieren suicidarse háganlo en su casa chinguen a su madre animales los están persiguiendo ya te fijaste qué habrán hecho mancillaron el lábaro patrio han de ser asesinos de la mafia qué carrote se traen uy uy casi nos pegan imbéciles borrachos mariguanos maripedos líderes de las cruzadas ojalá los agarren qué coche dónde. El charger salió de la arena y el volkswagen tras él. Cuesta arriba, más baches. Qué subidota. Nos la pélican. Francine tendió otra cinta a Gladys: On Tour: Delaney & Bonnie with Eric Clapton & Friends. El volkswagen subía con enormes esfuerzos y Gladys hacía circular la botella de vodka. Things get better baby when I'm with you. Ya vas. Qué música tan *violenta*, comentó Paulhan. Fuck you, respondió Francine recargada en el respaldo del asiento trasero, frente al volkswagen. Quería que la vieran bien, ¡no la fueran a olvidar!: gestos, mostraba la lengua, besitos, torcía la boca, ojos entornados, caras terroríficas, suspiros, les mentaba la madre (a señas)————los agentes de tránsito esforzándose por verse indignados, severos. Salieron de Ejido y entraron en la carretera a Pie de la Cuesta. El auto a ciento veinte kilómetros por hora a pesar de los baches y las curvas (muy cerradas) y de los reflejos del sol hirviendo en el mar recién reencontrado delante de los despeñaderos (en el horizonte, nubes triangulares). Rafael sacudió la cabeza y observó si alguien lo estaba mirando. ¡Arre arre!, alentó Virgilio, golpeando el cigarro como si fuera un caballo. Ya no voy a fumar más morita, Paulhan, susurró Rafael en voz muy baja. Paulhan lo miró (sonriendo). Te juro que es muy *mala*; la mariguana, digo. Es que te has excedido, nada es bueno en exceso. La voz muy baja, muy cerca el uno del otro, y al parecer nadie les prestaba, atención: la música estaba muy fuerte, llena de energía. ¿Qué tiene de bueno la mariguana aun en pequeñas cantidades? Mira Rafael, nunca digas esta boca es mía; si piensas hacer algo, hazlo, no lo pregones. ¿Crees que estoy alardeando, que sí voy a volver a fumar mariguana? Yo no creo *nada*. Ahi va la botella, avisó Gladys. Suck it to me. ¿Y qué tiene de bueno la mariguana, a ver, a ver?, insistió Rafael. Es un cotorreo, terció Virgilio, lo que pasa es que ahorita te estás azotando. Estoy hablando con *Paulhan*, oídos de tísico, pensó Rafael, pero no dijo nada. Rápidos latidos en el corazón, se suponía que nadie nos estaba oyendo, ¿o no? Pues sí, quizá la mariguana es mala, todo es probable, respondió Paulhan, pero lo más probable es que quien esté mal seas *tú*.

¡Acelera, carajo!, pidió Francine y Virgilio sonrió, meneando la cabeza: no es posible, pensó. La velocidad le erizaba la piel. ¡*Yo* estoy mal? ¿Yo? ¿Por qué?, preguntó Rafael. El auto pasó otro bache. El efecto de la mariguana depende de la condición moral, de la posición social, de la clase económica, de la cultura y de la sensibilidad y de las inclinaciones de quien la consume. Pinches agentes, no se despegan comentó Francine, bebiendo vodka. A una persona le puede hacer bien, continuó Paulhan, a otras mal: a otras no les hace. Es una planta que no es buena ni mala en sí. Muchas veces ocurre que algunas personas fuman mariguana y les cae bien, pero después de un tiempo la dejan: no está bien aferrarse a nada y uno se puede enajenar a la mariguana también. ¡Nhombre!, dijo Virgilio, ¡yo ya tengo ocho años fumando mota y no me ha hecho vicio! En cambio, otras personas la fuman y no pasa nada, concluyó Paulhan. Salvo uno que otro apañe, agregó Virgilio. ¡Tú fíjate cómo manejas!, avisó Francine: habían rebasado otra curva, entre rechinidos de llantas. Y a ti, ¿qué efecto te hace?, preguntó Rafael. A mí me parece un cotorreo también, respondió Paulhan. Eso es exactamente lo que dec| ¡Ay buey, qué curvota! El auto se inclinó a la izquierda, rechinando de nuevo. Jesús!, exclamó Gladys. Pues sí, continuó Paulhan, tomando la botella que Francine le ofrecía, yo pienso dejar de fumar en estos días. ¿Por qué? Porque ya llegué a mi límite, I slowly turn and take a step; a mí me gusta la meditación también: meditando se obtienen estados muy *claros*, muy altos. Mejor le sigo llegando a la meditaçao para seguir adelante, porque uno ya no puede echarse para atrás. CURVA PELIGROSA VEL MÁX 50 KM P/H. ¡Baja la velocidad, bájala!, urgió Gladys. ¡La bajo pura madre! El auto entró en la curva, inclinándose. Y Paulhan dijo, con la curva rechinante a su lado, yo ya me amacicé mucho: fumo y fumo y sí me pongo high pero no gran cosa, y ni es agradable siquiera. Con LSD o con hongos, sí. Y a veces, otras veces ya no, resulta el puro cotorreo; y yo quiero cotorrear pero también aprender, conocer. Tú eres muy bueno, Paulhan, musitó

Rafael. Muy bueno para mamar, puto feo, declaró Francine. Yo *no* soy muy bueno, replicó Paulhan, disgustado; estoy bueno, eso sí. Soy un pauvre puto mamador, aquí nadie ha llegado a su centro, como dijo Stevie Winwood. Pero tú *sabes*. Por *favor* Rafael, dijo Paulhan en voz muy baja, muy tensa, yo qué sé, yo no sé nada, ¿a dónde quieres llegar?; a lo mejor no sabes a dónde quieres llegar, estás muy confundido. ¿Yo estoy confundido?, preguntó Rafael. Estás *jodido*, terció Gladys. Perdón yo estoy confundido, posiblemente tú no estés confundido pero yo sí, sufro mucho porque soy excesivamente cobarde. No eres tan cobarde donde lo admites. O soy un cobarde cínico, como dice Virgilio; no me hagas *hablar* Rafael, ¿ya se te olvidó lo que está sucediendo?, ¿no tenías mucho *miedo?*, mira hacia atrás. ¡Otro bache!, anunció Virgilio. Atrás continuaba el volkswagen, impertérrito. Pero a ti no te preocupan los agentes, ¿verdad?, preguntó Rafael. Ya cásense, sugirió Francine. Claro que sí me preocupa, no quiero pasar la noche en la cárcel. Mucho calor. Todos saltaron y después se fueron de lado. CURVA PELIGROSA VEL MÁX 50 KM P/H. ¿Tú crees que yo no deba de fumar morita?, insistió Rafael. Ay sí: morita, pareces puto, dijo Francine. He *is*, observó Gladys, *care*ful Virgilio, don't go so fast! Yo qué sé, ése es problema tuyo, respondió Paulhan. Pero tú me has invitado a que fume; o sea, tú crees que está bien que yo fume mariguana. ¿Ah sí?, pues también te podría invitar a que asesinemos a Francine, a que secuestremos a McMathers, a que vayamos al *cine* o a que nos *acostemos* juntos, ¿te gustaría? Claro que le gustaría, respondió Francine, se está muriendo de ganas. Francine se acomodó mejor en el asiento, viendo de reojo el mar, surcado por el sol, y la vegetación del monte quedándose atrás a toda velocidad. Pero no te lo recomiendo, my Dear Cachond Smiles, agregó Francine, es *antinatural*. Todos soltaron a reír. ¡Mira quién lo dice!, deslizó Gladys. Mejor llégame *a mí*, Paulhan no se lava el culiacán, le apesta y con razón: allí tiene el resto de millones de venidas. ¡Curva a mi favor!, anunció Virgilio. *No* es verdad, protestó Paulhan, hacer el amor conmigo puede ser una experiencia inolvid*a*ble; pero de cualquier manera, responde Rafael: ¿te gustaría acostarte conmigo? Sí le gustaría, replicó Gladys: bebió vodka y ofreció la botella a los demás. Only you know and I know, cantaron Delaney, Bonnie, Eric Clapton y Dave Mason en el autoestéreo. ¿Nunca te has acostado con hombres, Rafael?, preguntó Paulhan (sonriendo). ¡Eres el diablo Paulhan!, opinó Francine (regocijada). Rafael *es* el diablo, deslizó Gladys. Pues yo sí, admitió Virgilio, pálido porque rebasó un camión de pasajeros en plena curva; wasn't so bad as a matter o'fact. El volkswagen sin despegarse, con la sirena a todo volumen. Gladys palideció, la curva inclinándose. Fíjate cómo manejas azuquítar; nos están persiguiendo, sería muy *feo* que nos recogieran *carbonizados*. No hay pedo no hay pedo, explicó Virgilio, tomando aire, y agregó chale, ahí siguen los agentes, ya los había olvidado. ¿Alguna vez te he dicho que el diablo está en tu cabeza, Francine? Francine rió. Y en la de Rafael también, *cuídense*, insistió Gladys. Lo que me saca de onda, ¡cámara, qué curva!, digo lo que me saca de onda es que a todos ustedes les gusta jugar. Incluyéndote, ergudito, aclaró Francine. Of course, aceptó Virgilio, pero mis juegos son más sanos, menos complicados… como correr este charger a cien por hora en curvas peligrosas nomás para huir de la policía. Paulhan colocó su mano en el muslo de Rafael, al parecer llevado por la inclinación de la curva. Las relaciones sexuales entre individuos del mismo sexo son esencialmente inarmónicas, lo sé, pero nadie puede negar que tienen un atractivo muy especial, señaló Paulhan. Sobre todo al sacar el pito lleno de cagada, opinó Virgilio. No seas vulgar, dijo Paulhan, sin poderlo reprimir. ¿Vulgar? ¿*Yo*? What about that? El orgasmo es de otro tipo, prosiguió Paulhan con cierto rubor y moviendo la mano sobre el muslo de Rafael; muy *efectivo*. Dijiste que no te gusta hablar, recordó Rafael, controlando una risita a duras penas: sentía mucho calor a pesar del aire acondicionado. ¿Ahora ves por qué nunca hay que decir esta boca es mía?, sentenció Paulhan, riendo. No hay que decir este *culo* es mío, sugirió Francine. No seas *vul-gar*, protestó Virgilio, riendo. Chinga tu madre, pinche enano. ¿Cuál culo enano?, preguntó Gladys. ¡Acelera, con un carajo!, rugió Francine. ¿Acelera, *acelera*?, oye, vamos a *cien* por esta puta carretera llena de curvas, tengo los huevos en la garganta. Veamos, curioseó Gladys y acarició la garganta de Virgilio, con una risita. ¡Otro *bache*!, exclamó Francine, ¡ya tengo cuadradas las nalgas! Concédeme tu atención, pidió Virgilio. Una nueva curva pronunciada: todos se inclinaron a la izquierda y ¡curva a mi favor!, sonrió Francine, restregándose contra Rafael. ¡Y qué curva!, agregó Virgilio. Wow! ¿Verdad que no vamos tan *despacito*, Fran? A la verga contigo, culero; y tú Rafael, shucks, *bebe*, parece que estás mamando la botella. O que estás embotellando la mamada, concluyó Virgilio. Rafael salió de su ensimismamiento y bebió un largo trago. Su garganta se desgarró. ¿En qué estábamos?, preguntó. En que sí quieres coger con Paulhan respondió Francine; cóbrale caro, no seas tonto. Yo nunca me he acostado con un hombre, susurró Rafael, pensativo. Eres de acción retardada, ¿eh?, eso preguntó Paulhan hace siglos. Es que estoy muy pasado. De moda, agregó Francine. A propos, vamos a darnos un tocador, ¿no? No, respondió Paulhan. ¿Dónde quedó la bacha?, bien vi que no se acabaron el cigarro, fresas. Yo lo guardé, es que todos estábamos muy high; nadie hablaba. Préndela pues y déjate de mamadas. Mamadas pero cobradas. Dame tu pipa Virgilio. Ahí te va la pipa Paulhan, dásela Gladys. Ahi te va la pipa Paulhan, repitió Gladys. Paulhan acomodó la colilla en la pipa de hueso y fumó. Con una de éstas se fuma muy bien, comentó Paulhan. Pega más fuerte, agregó, y empezó a toser. ¿Tú crees que yo deba hacer yoga, Paulhan?, preguntó Rafael. ¡Otra vez la burra al trigo!, rió Virgilio. ¡Otro bache!, denunció Francine, ¡pinche Acapulco! Rafael vio, con aire ofendido, a Virgilio; pero después el humo de la mariguana penetró en su nariz y lo hizo oír la música: el grupo parecía estar en éxtasis o en plena posesión demoniaca.

Rafael alzó la vista y descubrió el mar nuevamente: se movía y no se movía. La pipa con mariguana circuló y regaló a todos la conciencia renovada de la carretera serpenteante, las curvas muy cerradas sin parar, ningún tramo recto hasta ese momento, las paredes del monte parecían caer sobre de ellos en cada inclinación del auto. CURVA PELIGROSA VEL MÁX 50 KM P/H. El charger derrapó y se coleó, estuvo a punto de ponerse a girar, pero Virgilio, absolutamente pálido, aceleró aún más y el auto recobró el equilibrio. Antes de que pudieran reponerse del susto, apareció una calle muy empinada y llena de agujeros y Virgilio no dudó: torció el volante y dio vuelta calle arriba. El volkswagen, por supuesto, los siguió. La calle se encontraba en peores condiciones que la carretera: sin pavimentar, con piedras de todos tamaños y agujeros por doquier. Tan pronto como empezaron a subir el charger trepidó como en el centro de un terremoto. Gladys se aferró a la manija de la puerta para no saltar, y como el seguro no estaba puesto la puerta se abrió y medio cuerpo de Gladys colgó en el exterior: el polvo y las piedras a centímetros de su cara. ¡Cuidado vieja idiota!, gritó Francine, alarmada, y detuvo a Gladys, quien recobró el equilibrio y regresó al auto. Cerró la puerta, pálida. Seguían subiendo a gran velocidad, entre brincos. ¡Diablos, no corras tanto!, gritó Francine. ¡Nos está persiguiendo la policía y tú me dices que no corra tanto! Gladys se limpió el polvo y bebió vodka, prolongadamente. Eres pendejo, ¿eh?, insistió Francine, en esta callecita no nos van a rebasar. ¿Por qué te metiste en este valle de agujeros, después de todo? Éstos son mis rumbos, ¡van a ver cómo nos les vamos a perder en menos que canta un gallo! ¡Carajo, parecemos coctelera! Al oír esa frase Rafael abrió los ojos y vio la calle, que parecía abalanzarse desde arriba: casas airadas entre pedazos de monte, yerba verde. Eso era casi idéntico a la calle donde se perdió el taxista, en la mañana. ¡En la *mañana*! El volkswagen siguió al charger en la cuesta y dieron vuelta en la curva que

Siete veces abajo, ¡ocho veces arriba!

197

se hallaba en la cima y no disminuyeron la velocidad ni dejaron de hacer funcionar la sirena, imán de innumerables perros que perseguían, ladrando, a los vehículos, y de niños y señoras que se asomaban en las ventanas. Otra calle. ¿A la derecha o a la izquierda? ¡Siempre a la izquierda! Una bocacalle absurda en plena subida empinada, con más piedras y agujeros que nunca, pero escoltada de palmeras y árboles y yerba crecida con flores silvestres. Por último llegaron a una intersección de cinco calles, una gran campana roja en una casa esquinada y bajo el monte, el mar hendiendo los despeñaderos hasta la playa de Pie de la Cuesta, una hilera de vegetación y tras ella la superficie enorme, visionaria, de la laguna de Coyuca. ¡Por aquí pasé yo en la mañana y por aquí me perdí, nos vamos a volver a perder! El auto ya había enfilado por una calle con casas y autos estacionados, atrás quedaba una visión fugaz de serenidad infinita y deseos, casi ansiosos, de estar allí. Enfrente ya tenían, en ese momento, la calle con sombra, jardines con palmeras y árboles de plátano, cuyas hojas se agitaban con furia, se desgarraban ante el viento inesperado, y albercas y pastos bien cuidados y solitarias regaderas automáticas desparramando círculos de agua y Rafael pensaba que debía de leer el tarot a Francine, interpretárselo bien, sin trucos, sin mentiras, sin ambigüedades, ¿le saldría la Muerte, la Arrebatadora? Qué desolación, qué vacío en el pecho. Una rata cruzó la calle. ¡Qué rata, parecía conejo! Rafael cerró los ojos, con un cólico en el estómago: estaba muriéndose de hambre. El charger llegó a una glorieta de piedra, la circuló y tuvo que regresar por la misma calle. Crazy Acapulco, dijo Francine. El sol se acercaba al horizonte y la hilera de nubes con formas triangulares tenía un ligero color rosado. ¿A dónde jijos iremos a salir por esta calle?, preguntó Virgilio, más bien para sí mismo, encendiendo otro cigarro de mariguana. ¡Cómo! *¿No sabes?*, exclamó Gladys. No tengo ni la más remota idea: ya me perdí, qué cotorreo. Just marvelous: éstos son mis rumbos, dijo Francine: arrebató el cigarro de mariguana, blandió la botella de vodka y se volvió para que los agentes la vieran fumar. Pobres agentitos, comentó, desde que entraste en esta zona *absurda* se la han pasado bañados en *polvo*. Que paguen su karma, sentenció Paulhan, sonriendo. ¿Karma sencillo o karma matrimonial? Virgilio encendió otro cigarro de mariguana y Paulhan se dedicó a liar más cigarros, en especial uno de treinta centímetros, con hojas pegadas, pero se asombró como todos al ver que volvían a llegar a la intersección de calles con la casa de la gran campana roja y Pie de la Cuesta, más allá, con las olas rompiendo en la franja de vegetación que las dividía de la laguna de Coyuca. ¡Volvimos al mismo lugar, no es posible! Siempre se vuelve al punto del principio, recitó Paulhan. Nomás esto nos faltaba; ponernos a dar vueltas como pendejos, dijo Francine. Lo mismo lo mismo, murmuró Rafael, riendo quedito, pero Virgilio ya había enfilado por otra calle. Ninguna construcción en ese tramo, sólo el mar quedándose cada vez más abajo hasta que Pie de la Cuesta se perdió de vista. La música había cambiado y en ese momento era A Saucerful of Secrets: Pink Floyd, que con la mariguana llevó a Rafael hacia imágenes fugaces de grandes desiertos ejércitos egipcios con estandartes guerreros, formaciones geométricas. El charger seguía dando tumbos y llegó a otra calle. Pues a ver si por aquí, dijo Virgilio y enfiló hacia la derecha, hacia más agujeros. Te vas a equivocar otra vez, predijo Francine, aún fumando mariguana. Oye, quita esa puta cassette, está siniestra, exclamó finalmente. I dig it, respondió Gladys, it's kinda classic; no te neurotices, Franny. Pues ya me cansaron estos montes del carajo, y tú eres la que está pasada. Yo nunca dije que tú estuvieras passée, comentó Gladys y vio hacia atrás: allí seguían los agentes. Llegaron a otra bocacalle. Virgilio consultó a Gladys con la mirada. Ella alzó los hombros y el auto dio vuelta a la derecha. Gladys rió, roncamente, y dio la botella a Virgilio, que bebió, eructó, dijo ¡ahhh!, devolvió la botella a Gladys y stoned like a rolling, agregó. No suspires, vaca, dijo Francine; ya te enamoraste, ¿eh? Y mira nada más

de *quién*. Play it cool. Virgilio te va a dejar más miserable todavía. El amor senil es varil. ¡Carajo! What the hell means
this! Una vez más habían desembocado en la intersección de
calles y en la gran campana roja y en Pie de la Cuesta y la laguna de Coyuca, el espejo gris, inmóvil con las montañas
azules a lo lejos. Virgilio enfiló a toda velocidad por una calle que descendía entre la yerba crecida. ¡Por aquí no era!,
gritó Francine, ¡qué pendejos son! ¡Cómo no!, contragritó
Gladys, por esta calle entramos y por ésta vamos a salir a la
carretera, ¿verdad Virgilito? ¡Virgi*li*to, good *gosh*! ¿Eh? Ah,
pues sí. Bueno, la neta no sé. Si de nuevo salimos a esa casa
de la campana roja yo voy a decir por dónde. Como quieras,
pero por aquí vamos bien. Se ve bonito Pie de la Cuesta desde la casa de la campanota, ¿no?, comentó Virgilio. ¡Qué horas para ver el paisaje!, dijo Francine, irritada. El charger dio
vuelta a la izquierda, coleando, brincando por los agujeros
(enormes). Montes y rocas desnudas. Rock electrónico: un
continuum de sonido con muchas emociones sumergidas. ¿No
vas a dar vuelta, Virgilio?, preguntó Gladys. Pues no sé, ¿tú
qué dices? Síguete derecho, decidió Gladys. Wrong, again,
stoopid, dijo Francine antes de tomar el vodka. Luego se volvió a los agentes y les mentó la madre, a señas, repetidas veces. Ya me aliviané, dijo después. Subieron una lomita llena de
baches y fueron a dar a la glorieta con la fuente seca en el centro. ¡Por aquí ya pasamos, qué regada! ¡Otra vez a donde mismo! Les dije les dije, canturreó Francine. Ahora ni modo; sí-
guele, pendejo, pero cuando lleguemos a la campana roja te vas
por donde yo diga. Yeah boss. La ladera del monte volvió a
tapar al sol. La música se descomponía en sonidos cada vez
más profundos y expansivos. Más mariguana. Francine se recargó en el hombro de Rafael y sus manos descendieron.
¡Estate *quieta* Francine, *por favor*! Si te *vienes*, dijo Virgilio, no
vayas a salpicar hasta acá, chavo. Oye Rafael, pidió Francine,
bájate los pantalones para poder ver tu macanuela. Rafael enrojeció. ¿Tú crees que lo haga?, preguntó Gladys a Virgilio. No

es tan pendejo. Sí es, insistió Gladys. ¡Esto es una treta, una trampa, una conjura!, pensó Rafael, ¡y yo no soy pendejo!, ¡romperé este complot de *todos* contra mí! ¡Ya verán! ¡Va de nuez!, anunció Virgilio, viendo enfrente la casa de la campana roja y en el fondo, como visión paradisiaca, impasible, serena, la laguna de Coyuca y Pie de la Cuesta. La música se había convertido en unas voces celestiales, solemnes. Algo más. Pandemonio sincopado. Señal de la tormenta. Voces celestiales (grandiosas). ¿Por dónde? La izquierda. La nueva calle descendía pronunciadamente, entre árboles y matas hasta perderse en una curva, cientos de metros adelante. Allí no había ninguna casa, sólo el despeñadero. El auto saltó más que nunca y su velocidad aumentó con vertiginosidad. Todos se agarraron de donde pudieron y el charger entró en la curva a toda velocidad, coleó con violencia y golpeó un árbol de mango. El monte, el mar y Pie de la Cuesta parecían estar abajo de ellos. La callecita terminaba en otra glorieta de piedra, con un mirador. El volkswagen, aunque frenaba continuamente, chocaba con la parte posterior del charger. Virgilio aceleró y al llegar a la glorieta frenó y la circuló, derrapando, resbalándose, estrepitando. De nuevo Virgilio aceleró para subir por la misma calle, entre tumbos y nubes de polvo. ¡Pinche Francine la próxima vez que digas por dónde te voy a agarrar a patadas!, chilló Virgilio, muy pálido. Cállate, apenas se me está quitando el susto. Uy, yo creí que nos íbamos a *despeñar*. What a trip!, exclamó Virgilio, and still there'll be more!, pálido pero revigorizado, alerta, con un placer insufrible al apretar el volante y dar la vuelta, ¡ábranla, que van las bolas!, gritó. Frente a ellos reapareció la casa con campana roja, donde las calles convergían. ¡No nos vayamos a equivocar otra vez! Virgilio aceleró, torció ligeramente a la izquierda y entró calle arriba, a toda velocidad. ¡Pendejos! ¡Retrasados mentales! ¡Ya nos volvimos a equivocar! ¡Por aquí ya pasamos! Que no, dijo Gladys. Fíjate questa vez Fran sí tiene razón. ¡Claro! ¡Idiotas! ¿Quieres?, ofreció Paulhan, viendo a Rafael. ¿Eh? ¿Y ahora qué onda, por dónde me voy, pues? Da vuelta en la primera calle que encontremos. Ándale Rafael, *fuma*. ¿Y luego?, inquirió Virgilio. Pachó un borrego, fuma *bien* Rafael, nada más estás haciéndote pendejo. Quiero que estés bien stoned para una cachondeadita. Rafael fumó. ¡Ay Virgilio no caigas en esos hoyos! protestó Gladys, sobándose la cabeza. My *God*, some holes. A ver si ahora sí pones la cinta que te di gordinfecta. Okay okay, accedió Gladys y lo hizo, resultó una tonada suave, con mandolinas: Earth Opera. And you sell yourself so short everytime. ¡Da vuelta, da vuelta!, dijo Gladys: Virgilio lo hizo a toda velocidad, derrapando. Más brincos. Atención, avisó Paulhan, por aquí también ya pasamos. El mar se había perdido de vista y en el monte una hondonada con varias casas humildes, construidas precariamente. Pasen el queto, ¿no? Todos brincaron ante un nuevo agujero descomunal. ¡Hay que dar vuelta a la derecha, digo a la *izquierda*!, exclamó Rafael, vehementemente, ¡por aquí salió el taxi hoy en la mañana! El auto dio la vuelta, seguido por el volkswagen. Varias personas enguayaberadas y niños, casas y tienditas y la sombra del monte, benefactora. ¿Cómo andamos de gasolina?, preguntó Gladys. Pues queda casi un cuartuco todavía; más vale que nos deshagamos de esos agentes pronto porque si no, nos va a cargar la gáver. ¿Qué quiere decir la gáver? Die prick, explicó Paulhan. Suck it to me!, pidió Francine. Finalmente vieron la carretera frente a ellos. And it's being only being being as it is before. Virgilio tocó el claxon sin parar, y después de otro salto descomunal, el charger frenó un poquito y dio la vuelta, coleando, para entrar en la carretera. Un camión de pasajeros tuvo que frenar para que pasaran el charger y el volkswagen. Todos aplaudieron, dentro del charger, hasta que salimos se acabó la pesadilla mi pesadilla sin salsa por favor ya estaba a punto de volverme loca en esas callecitas. You wake up in the dark to know you're blind. CURVA PELIGROSA VEL MÁX 50 KM P/H. Todos buscaron el sostén más a mano. El volkswagen no se despegó y ambos autos rugieron estruendosamente. Wow!, dijo Virgilio al salir de la curva. Thanks to God you drive *well*, musitó Gladys. Francine se incorporó y dio un golpe en el brazo de Gladys, quien se volvió a ella, sorprendida. Big Sister's watchin, gorda vacuna, no quieras pasarte de lista, ¡eres una puuuuuuta! Deberías, dijo Paulhan, bajar la velocidad porque las curvas que siguen son como ésta, y en bajada. ¡Not even mothers, sigue así, yo *amo* la velocidad! indicó Francine. Speed kills, recordó Paulhan. Y yo amo mi *vida*, dijo Gladys. Tú cállate porque ya te vas a morir, momia: falta poco. CURVA PELIGROSA VEL MÁX 50 KM P/H. Muy pocos autos transitaban en sentido contrario a esas horas. Pie de la Cuesta y la laguna de Coyuca se habían convertido, para Rafael, en un espectáculo que suavizaba y aliviaba sus tensiones. Como una visión. Una confluencia de paz entre tanta confusión. La música también contribuía: melodías muy resignadas su-

Your inside is in bían su intensidad mediante pulsaciones
Your outside is out de los instrumentos que, sin embargo, no aumentaban el compás. La misma melancolía pero más intensa, más arrolladora. Being as it before. Lo inesperado. Rafael tenía la impresión de hallarse a la mitad del camino. Confuso, impotente, con atisbos (nada más) de una realidad sublime. El mar impasible, las olas perladas de brillantez. Comprendía que iba a seguir viviendo y eso bastaba para estremecerle de terror, y después un miedo triste, acompasado por la música. Un niño en un rincón oscuro. Las telarañas del mundo envolviéndolo. La sola perspectiva de vivir lo ahogaba, humedecía sus ojos, sacudía su corazón. Es tan terrible vivir, se repetía, tan incomprensible. En el horizonte, sobre el mar, delante del cielo intenso, unas nubes de la misma forma, casi triangulares, se agrupaban, ligeramente rosadas. Ay Dios, me estás volviendo loco, ¿qué así ya nos llevamos? Tampoco tenía deseos de no vivir. Qué situación, estar envuelto en una red. Durante todo el trayecto del auto, desde que el volkswagen empezó a perseguirlos, Rafael era distinto, ignoraba de qué manera, en qué consistía la diferen-

cia; y eso lo llenaba de una tristeza vasta. Había olvidado por completo que él se dedicaba a leer el café y las cartas, que trabajaba en el salón de té Scorpio, que era miembro de la Hermandad y que se hallaba en Acapulco. ¡Se hallaba en Acapulco, a cien kilómetros por hora, seguido por *la policía*! Pero eso era tan poco importante, tan fútil. No podía precisar nada, en su rededor todo se agitaba, se desplazaba, vibraba, ajeno por completo a él: el color de la vegetación, la majestuosidad inmensa del cielo, la gente ocasional que aparecía. Pero al mismo tiempo todo eso lo influía, lo condicionaba. Durante el trayecto había sido parte de la totalidad de una forma misteriosa, perfecta. Qué hermoso era el cielo, aun a esa velocidad, y las nubes uniformes y Pie de la Cuesta con sus olas que desde allí, en el charger inclinándose peligrosamente en la curva, parecían inofensivas. Muchas olas en la misma ola blanca, casi inmóvil, eternizada en el tiempo————————El charger había descendido del monte, después de las últimas curvas, y el mar se aproximó. El volkswagen continuaba tras de ellos, haciendo sonar su sirena. Muchas casas, gente caminando y ciclistas. Una bifurcación: por un lado la vegetación exuberante escoltando la línea gris, candente, de la carretera a Zihuatanejo y la Costa Grande; y del otro lado, el camino a Pie de la Cuesta con grandes anuncios de restoranes y una inexorable profusión de baches, en ese lugar llenos de arena. ¡Por Pie de la Cuesta! La playa no se veía, pero sí se escuchaba entre silencios, el ruido de las olas. Grandes árboles, inmensos y desbordantes, y palmeras inclinadas. Niños y hombres con traje de baño o pantalones recortados salieron a la calle agitando la mano para llevar clientes a los embarcaderos. Huyeron en el acto. Entre los brincos del auto se vio, después de una continuidad de árboles, palmeras y yerba crecida, la superficie de la laguna de Coyuca, en la que muchas embarcaciones se deslizaban con lentitud. A lo lejos, en el fondo de la laguna, emergía una isla de buen tamaño, y en los márgenes garzas y flamingos delante de lirios, manglares, carrizales y palmeras inclinadas. En el otro lado de la calle, la arena del mar y restoranes enfilados, y en el fondo, a toda velocidad, enramadas con sillas de madera y hamacas, y el mar y el sol. Virgilio encendió otro cigarro de mariguana. Y Paulhan se acercó a Rafael para decirle esto es el paraíso, ¿no crees? Rafael asintió. Qué chingonería, comentó Virgilio, viendo la laguna; qué puta serenidad. Wow! Y el agua, Gladys, es calientita, cuando nada uno allí es como venirse, palabra de honor. Yo la veo muy| muddy, dijo Gladys. Lodosas tienes las nalgas, ¿cómo que lodosa? Okay Virgilito, no vamos a discutir por eso, let's havva drinkie. Este paisaje merece que nos pongamos más high, consideró Paulhan y tomó el cigarro recién encendido. ¡Vientos!, aprobó Virgilio, ¡vientos huracanados! Up up and awaaaay! El cigarro circuló. La música también cambió: en ese momento era Shine on Brightly: Procol Harum. Piano y órgano complementándose perfecta, majestuosamente. Una guitarra sollozante se integraba con devoción al órgano, piano y voz casinegra, muy sencilla. La laguna desapareció detrás de casas y trozos de vegetación, y frente a ellos, el camino embachado terminó: frente sólo estaba una reja protegiendo una construcción antigua: el puesto de soldados de Pie de la Cuesta. Virgilio aceleró aún más y tomó la desviación a la barra, mientras un par de soldados veía, sorprendido, al charger seguido por el volkswagen, este último con la sirena puesta y claxoneando. El auto entró en un camino estrecho, de arena y con curvas que lo obligaron a bajar la velocidad notablemente. El volkswagen no se les despegaba, a pesar de las nubes de polvo.

Oye Virgilio, preguntó Gladys con cierta aprensión, ¿a dónde vamos a salir por aquí?

Al haber garaje sí hay techo.

A la Barra de Coyuca, respondió Paulhan. Ya he venido varias veces por este camino.

Clarinete, comentó Virgilio, los macizos extranjeros conocen mucho mejor los lugares groovies del país que los nacos mexicudos.

¿Y esa Barra de Coyuca, qué?

Está *lejos*, continuó Paulhan. Y si quieren que les diga los hechos desnudos, entramos en un callejón sin salida.

Pues sí es cierto, admitió Virgilio, este puto camino termina en la Barra. Y además este camino es de la verdolaga: pura arena, hay que ir a mil por horeja o muy despacito. Nacherly, nosotros iremos hechos la muy absoluta chingada.

¡Cómo eres pendejo, Virgilio!, vociferó Francine, ¡ya nos hundimos! ¡Te hubieras seguido por la carretera!

Nelazo, Fran. Tú sabrás mover las nachas pero en el patín persecución estás jodida. Por la carretera estos culeros no se nos hubieran despegado, o cualquier puta patrulla de caminos nos habría dado en la madre. En cambio por aquí hay más champú de que no puedan seguirnos. O si, ya de perdis, nos siguen hasta la Barra, a huevo que les podemos ganar mucha delantera y treparnos en una lancha y perdernos por la laguna, que entre otras cosas está ideal para chingarnos las silocibinas que les di. Está cabrón que esos pinches agentes tarados también nos sigan en *lancha*, ¿no?

No, respondió Paulhan.

De cualquier manera ya estamos por este camino, what the heck, dijo Francine.

¿Y el carro, qué?, preguntó Paulhan.

Con el carro no hay problema, replicó Francine. No es *nuestro*, ¿verdad? Que se chingue el dueño por ser amigo de McMathers y prestar un coche tan a lo pendejo.

You're *mean*, dijo Gladys.

Ay sí: you're mean. You're an obnoxious pendeja. Te has estado portando con mucha insolencia últimamente, vaca vieja, no creas que no me he dado cuenta.

Hey! What's *that*?

Eso Gladys, explicó Virgilio, son los restos del antiguo aeropuerto de los Acapulcos.

Gladys se estremeció. ¡Uf! Se ve tan| gloomy, don't know why. It gives me the creeps!

Ya estás muy peda, diagnosticó Francine. A ver, venga la botella. Gladys se la dio. *Ca*-ramba, exclamó Francine. Ya casi te la acabaste, con un carajo. Se te suspende el trago, agregó y bebió largamente. Después se volvió a Rafael y se recargó en él. Bebe gurito, dijo, ponte pedito y te meto el dedito.

Rafael se hallaba completamente abstraído: no escuchó o fingió no oír. Francine le picó las costillas, con fuerza.

¡Te estoy hablando imbécil!

¡Por favor, Francine!

Por favor *qué*. Te estoy pidiendo que bebas conmigo y no me haces caso. *Todo el tiempo* no has querido hacerme caso, nada más te la has pasado *contemplando* al puto Paulhan.

Puto mais catholique.

Déjame en paz, no te entiendo, dijo Rafael, molesto, muy nervioso. No sé de qué estás hablando.

Not exactly 'bout the birds and' the bees, chatito, aclaró Gladys.

El camino de arena en ese momento era recto y se alargaba, ondulante, entre la playa y la vegetación de la laguna de Coyuca.

¿Cómo que de qué estoy hablando? Creí que yo te gustaba, susurró Francine, ronroneante, y apoyó su cabeza en el hombro de Rafael.

Paulhan veía la arena con atención, aferrado a la agarradera lateral para no saltar. El charger iba a toda velocidad y sólo así lograban no atascarse en la arena. El volkswagen continuaba tras ellos, pero a mayor distancia.

¿Qué quieres, Francine? No te entiendo.

Francine ofreció la botella a Rafael.

Pues qué pendejo eres, naquín. Bebe, por principio. Y no *tiembles*. ¿Qué tienes, eh?

Rafael negó.

Que *bebas*

No quiero.

Cómo *no*.

Paulhan seguía viendo los promontorios de arena dorada.

Rafael bufó, exasperado. Tomó la botella y bebió, nerviosamente. El vodka devastó su esófago y Rafael tosió. Francine rió, volvió a colocar su mano sobre el muslo de Rafael y frotó suavemente.

¡Épale!, exclamó Virgilio. ¡Algo les pasa a nuestros cuates!

Se hallaba viendo el retrovisor: al parecer los agentes se habían detenido, considerablemente atrás.

Dentro del charger, todos se volvieron para ver.

¡Se pararon!, anunció Gladys.

¿Qué se traerán entre manos?, se preguntó Francine.

Se les debe haber acabado la gas, especuló Paulhan.

O se atascaron, sugirió Virgilio.

Virgilio frenó y el charger se detuvo, después de patinar hasta el otro extremo del camino.

Vamos a ver, ¿no?, dijo Virgilio.

No, respondió Paulhan.

Everybody's got something to hide except me & my monkey

Todos bajaron del auto y por primera vez pudieron estirarse a placer, disfrutando los rayos tibios del sol y la serenidad del paisaje. La playa se alargaba, amarilla, hasta donde alcanzaba la vista, seguida por los movimientos azules del mar. El sol vestía todo con una luz profusamente dorada. Del otro lado del camino había una cerca de púas, y tras ella terrenos que conservaban rastros de sembradíos muy antiguos. Los árboles ocultaban la laguna. Y la música no resultaba insólita en ese lugar. Was about to jump into the earth when a man from the street called and he said, hey wait a minute don't you realize the danger? What do you think you are, some kind of an angel?

Después de que la nube de arena se dispersó del camino el volkswagen se distinguió con toda claridad. Al parecer los agentes se hallaban dentro del auto.

No se atascaron. O se les descompuso el vagón o se les acabó la gasofia, decidió Virgilio. ¡Qué cotorredo!

Francine subió a un montón de arena y agitó los brazos.

Heeello there! ¡Yuju!

Gladys se recargó en el auto, después de recoger la botella.

Bueno, al menos ya nos los quitamos de encima.

Rafael respiró profundamente y alzó la cara para recibir la brisa que venía del mar. Continuaba muy agitado. Dijo:

De cualquier manera *vá*monos, ¿no? ¿Qué tal si no se les acabó la gasolina y su coche sí funciona y esto es un truco para capturarnos?

¿Qué tal si te callas, eh?, pidió Gladys.

What'd you think you are, some kinda angel?, canturreó Paulhan, sereno, viendo el cielo: las nubes triangulares que crecían de tamaño en el horizonte.

¡No te azotes que hay espinacas, Rafael!, dijo Virgilio. ¿No ves que están muy lejos? *Nunca* nos alcanzarían. Nos pelan los dientes las calacas.

Está muy bien aquí, murmuró Gladys bebiendo traguitos de vodka.

Francine pegó un salto y regresó al charger. Pobres agentitos, comentó, tanto seguirnos dando brincos para que se les acabe la gas en plena playa. ¿Y ahora qué?

Podemos regresar, sugirió Virgilio.

Pero ellos están bloqueando el camino, dig it.

Eso es lo de menos. Me jalo por un laredo, sí se puede, y cuando pasemos junto a ellos todos les hacemos, al mismo tiempo, ¡mocos!

Yo les daría un aventón, poor sweets, se condolió Francine.

Qué mala suerte, reflexionó Paulhan, van a tener que regresar caminando hasta Pie de la Cuesta.

Bueno, no están tan lejos, ¿verdad, Virgilio?, dijo Gladys.

Yo diría que mejor siguiéramos hasta la puesta de sol en la laguna de Coyuca, propuso Paulhan. Atravesamos en lancha para ir a la carretera y regresamos en taxi.

¡Y dejamos abandonado este coche! ¡Qué buena onda!, rió Francine, dando un puntapié al charger.

Yo insisto en que no debemos hacerle eso a McMathers, recordó Gladys.

¿Que no? ¡Al carajo con McShit y sus cochinos amigos! No le perdono que me haya mandado *cuarenta* dólares.

Decídanse, ¿no?, intervino Rafael. Seguía muy nervioso.

Cool it kid, dijo Francine, sonriendo, y abrazó el hombro de Rafael, quien no supo qué hacer y finalmente cruzó los brazos, incómodo. No seas neurothique, agregó Francine.

Yo creo que es inevitable, consideró Paulhan, que abandonemos el carro. Esos agentes deben estar tan obnubilados que van a poner a toda la policía de Acapulco a buscar el coche.

Uy uy, dijo Virgilio, riendo. ¿Qué creen? Ahi vienen los agentes, ¡y a pie!

En efecto, los agentes de tránsito bajaron del volkswagen y caminaban, entre la arena, hacia el charger.

¡*Vámonos!*, urgió Rafael.

Tranquilo |

Están muy lejos |

tranquilito chavo, ordenó Francine, abrazando aún más a Rafael.

Rafael respiró profundamente. Cien doscientos trescientos cuatrocientos quinientos seiscientos setecientos, al inhalar, setecientos seiscientos algo va a suceder quinientos cuatrocientos algo nos va a suceder trescientos doscientos algo *me* va a suceder cien, al exhalar.

Durante unos segundos todos permanecieron inmóviles. Los agentes avanzando en la arena. Una corriente de inquietud los hizo subir en el charger, rápidamente. Virgilio accionó la ignición y aceleró, pero el auto no avanzó, a pesar del estruendo del motor. Los agentes avanzando.

¡Nos atascamos! ¡En la madre!

En la arena, corrigió Paulhan.

Virgilio continuó acelerando hasta que el auto, hundiéndose, comenzó a cimbrarse.

Big deal, dijo Gladys.

Cálmate, señaló Paulhan, suavemente; nada más lo estás enterrando. Vamos a desatascarlo.

Paulhan y Virgilio bajaron del auto al mismo tiempo y corrieron a recoger cocos viejos, ramas y hojas de palmas que se hallaban esparcidas alrededor de la cerca de alambre de púas.

Rafael sintió que la angustia lo debilitaba, le nublaba la visión. Miró hacia atrás. Los agentes, aún lejos, habían empezado a correr al ver que el charger se había atascado.

Ve a ayudarlos, ordenó Francine a Rafael,
quien bajó en el acto, atropellándose, a recoger cocos para colocarlos bajo la rueda atascada. Francine tomó otra cinta y la pasó a Gladys. Gladys había recuperado la botella y dejó de beber para colocar otra cassette: Sgt. Pepper's Lonely Hearts Club Band: Beatles.

Bueno, parece que vas a tener que sacrificar las nalgas para calmar a los agentes.

No estaría del todo mal |

Más bien, los exacerbaría |

pero no creo, van a desatascar el carro antes de que lleguen los agentes. Gladys miró hacia atrás. Están muy lejos.

Pero sí nos van a alcanzar. ¿No ves que este carro pesa mucho?

Bueno, admitió Gladys, bebiendo. Entonces sacrificaré das culo. Cheers, Fran. You ain't gonna get me paranoid, you know, the paranoids are *after* us.

Paulhan, Virgilio y Rafael recogían ramas y cocos a toda velocidad para colocarlos bajo la llanta que estaba considerablemente hundida, como atestiguaba la inclinación de la parte derecha del asiento trasero.

No creas que me tienes tan contenta, dijo Francine (entrecejo fruncido). Dame el vodka.

Okay, accedió Gladys y pasó la botella. Francine la tomó y la colocó entre sus piernas, sin beber.

¿Crees que soy idiota, crees que no me he dado cuenta de nada? ¿Crees que estoy *ciega*? Big Sister's watchin', fatsa.

¿Y qué con eso? Estás delirando. ¿De qué hablas? Tú eres la paranoica.

Francine estiró la mano con un movimiento elegante hasta que sus dedos prensaron un hombro de Gladys. Pellizcó fuertemente la carne floja. Gladys chilló.

¡Tranquilas!, gritó Paulhan acomodando cocos en la llanta. Remember Montego Bay!

You're such a lovely audience we'd like to take you home with us, cantaron los Beatles.

Gladys se volvió a Francine con los ojos húmedos.

¡Estás local ¡Estás loca! ¡Suéltame! ¡Me duele! ¡Deveras me duele!

De eso se trata gorda. Tú estás loca, respondió Francine, fríamente, aún pellizcando. Crees que puedes hacer de las tuyas *en mi presencia*, ¿no es verdad?

¡Suéltame! ¡Suéltame Francine!

Awright,

Francine soltó la carne floja de Gladys y después le sobó el hombro.

Los agentes corrían a toda velocidad y ya habían rebasado la mitad del camino entre el volkswagen y el charger. Paulhan, Virgilio y Rafael acomodaban cocos vehementemente, pero riendo a carcajadas y platicando entre sí todo el tiempo. Sus voces ininteligibles se mezclaban con las olas y la música del autoestéreo. It's wonderful to be here, it's certainly a thrill.

No quieras pasarte de lista, Repugladys.

Yo ni sé de qué estás hablando. Dame la botella.

No te doy *nada*. Y sí sabes de qué estoy hablando, hipócrita. Escucha bien: vas a portarte seriecita de aquí en adelante|

Yo he estado *tranquila*.

¡No me interrumpas o te doy una bofetada! Más vale que te aquietes y actúes como anciana buena porque si no después vas a estar *babeando*, como en la Condesa.

¡No tienes derecho a hablar así!

Chinga tu madre. La próxima vez te voy a dejar *hundir*, no te voy a *salvar*.

Gladys se puso pálida.

I get high with a little help from my friends, cantó Ringo Starr en el autoestéreo.

Sí, *salvarme*… No me molestes, Franny.

Y tampoco va a estar McMathers junto a ti como en Montego Bay. Te vas a pudrir, porque todo eso te sucede por tu conducta asquerosa. ¿Me entiendes?

Gimme the bottle, *please*.

No. Me entiendes, ¿verdad, gorda fofa y repugnante?

Gladys bufó, sudando, y miró hacia atrás.

¡Nos van a alcanzar los agentes, Franny! ¿Qué vamos a hacer? ¿Qué va a pasar, eh?

Vas a tener que sacrificar tus nalgas flojas y sucias y hediondas para calmarlos, ya te dije.

¡Déjame en paz, *Francine*! ¡Dame la botella!

Okay, dijo Francine, y dio un botellazo, fuerte, en el hombro de Gladys, quien volvió a gritar. Francine soltó la botella.

¡Te odio cuando te pones así, Francine! ¡Te odio!, chilló Gladys desatornillando el tapón de la botella.

Virgilio subió en el auto a toda velocidad, muerto de la risa, mientras Paulhan y Rafael empujaban, apoyándose en la parte posterior.

¡Si no salimos vamos a tener que madrear a esos agentachos!, dijo Virgilio.

Cállate, gruñó Gladys,
pero Virgilio no la escuchó: el retrovisor avisaba que los agentes corrían desesperadamente, tratando de alcanzarlos. Virgilio arrancó, el motor rugió, las llantas traseras patinaron unos segundos y bañaron de arena a Rafael. Por último, el charger

describió un semicírculo. Paulhan y Rafael subieron en el auto, a toda velocidad. El charger salió hacia adelante con un salto tremendo.

¡Fíjate cómo manejas!, dijo Francine, sonriendo. Abrió la ventanilla, asomó la cabeza y la mano para despedirse de los agentes, que se habían detenido, jadeantes.

¡Adiós, hijos de la chingada!

Los agentes de tránsito empequeñecían en la distancia, al parecer gritando y con señas insultantes.

Francine se reacomodó. Todos reían, menos Gladys.

¡Aliviánate, gordinfecta!, rugió Francine, ¡parece que estuvieras en un entierro!

Ojalá fuera el tuyo, musitó Gladys, entredientes.

Virgilio se volvió hacia Gladys, extrañado. ¿Y ora qué pachó?, dijo.

Bugger off, you pimp!

Tch tch, sentenció Paulhan y encendió un cigarro de mariguana.

¡Vaya, hasta que se te ocurrió algo bueno Paulhancito!, festejó Francine. Gimme gimme.

Hold a sec.

Luego me lo pasan a mí, terció Virgilio. Después del sofoque, un buen toque.

¡Oh, cómo chingas!, protestó Francine. A ver si te compras tu mariguana, gorrón.

No te afreses, dijo Virgilio, inseguro; o ya no te vendo más mortadela.

Goddamn the pusher, man! ¿A poco tú crees que eres el único que vende mota en Acapulco?

But mine's the very best. Ni el Pelón tiene mejor.

El auto volvió a saltar en el momento en que Paulhan distribuyó cuatro cigarros más.

Lléguenles. A propos, ¿quién es el Pelón?

Te voy a dar un premio, dijo Virgilio tomando su cigarro, con una risita. ¿Cuántos quedan?

Ya pocos. Mmmm. Seis. Y el cigarro tamaño familiar.

¡Ése hay que reservarlo para las silocibas! Oye Gladys, gordita, ¿no me prendes mi cigarro, por favor?

Gladys titubeó.

Por faplís, Gladycita. ¿No ves que estoy manejando? And how!

Gladys tomó el cigarro de Virgilio y lo encendió con el suyo.

There you go again, creep! Big Sister's watchin', repitió Francine, al parecer bromeando. También ya había encendido su cigarro y fumaba como maquinita. Sólo Rafael tenía el suyo en las manos, viéndolo. Francine se lo arrebató, lo encendió y lo colocó en la boca de Rafael. Git stoned agin indicó.

Rafael dio una inhalación breve, titubeando entre fumar más o apagar el cigarro. Recoger los cocos lo había extenuado y los párpados se cerraban, sin que él pudiera evitarlo. Ya se había tranquilizado mucho e incluso hubo un momento en que se sintió de buen humor. Sin embargo, en ese momento, una cierta opresión recurrió a su pecho. Deseaba dormir, pero también sabía que no podría conciliar el sueño si continuaba angustiado.

C'mon c'mon *fuma*, exigió Francine.

Rafael fumó, sin prestar atención a la música de los Beatles, impregnada a la línea ondulante de arena. Rafael había ido a Acapulco a cumplir las indicaciones de su maestro: leer las cartas del tarot con honestidad absoluta. Pero ya no quería echar las cartas a Virgilio; de alguna manera Virgilio había mostrado su verdadera identidad en ese día y Rafael lo despreciaba. No estaba bien despreciarlo pero en ese momento no lo podía evitar. En cambio, la idea de leer el tarot a Francine lo empezaba a obsesionar. Francine era tan caótica, tan pavorosamente inconsciente que él podría ayudarla a ver la luz. Aunque en esos momentos Rafael se hallara como zombi, sin poder ni hablar, angustiado, podría salvarla. ¡Sí, salvarla! Pero cada vez que fumaba mariguana (y el cigarro, en sus manos, parecía incombustible) era como si entrara en un ascensor para subir un piso más, sin ninguna transición:

The higher you fly con sólo oler la mariguana, subía. Su pecho se calentó, bulló como agua hirviendo, y sus manos sudaron nuevamente. Sin embargo, siguió fumando. Después de todo el auto estaba lleno de humo de mariguana, pues cada quien fumaba su propio cigarro, con vigor. El paisaje casi no cambiaba: la extensión de arena dorada, el mar y el cielo de un lado, y la tierra arenosa con esporádicas dunas y matorrales, y el enjambre de árboles, yerbas y plantas, atestiguando la presencia de la laguna con su frescura y serenidad. Rafael siguió fumando. Increíble que se hubiera acostumbrado a tanto salto, a la velocidad excesiva, el charger patinando. ¡Tenían siglos en ese camino de arena! El sol mismo parecía inmóvil sobre las nubes de forma triangular. Sólo faltaban los agentes persiguiéndolos. Luego entonces no era la persecución lo que lo había angustiado. ¿Entonces *qué*? Algo iba a suceder, era como la presencia de————————muerte inminente. Estar oprimido por algo que no debía oprimirlo. Apoyarse en algo que no debería apoyarse. Entrar en su casa y no encontrar a su esposa. ¿Cuál esposa? Estaba desvariando. Y *fumando* (todavía). Más arriba, paredes grises, metálicas, casi bruñidas pero desprovistas de hálito viviente. Fugazmente lo invadió la idea de que *él* iba a morir y no Francine, como su visión en el baño había indicado. Él no tenía por qué angustiarse tanto si esa anciana cruel iba a morir. ¿Y las cartas que le salieron a Gladys? Misterios imponderables. Tenía que ser algo relacionado con él, aunque, ¿por qué *todo* iba a estar relacionado con él? Eso era una visión muy parcial, unilateral, de los acontecimientos. Era muy egoísta (sí sí, ¡muy egoísta!) como si se hallara contemplando a través de la ranura de una puerta: obviamente eso estaba *mal*, ¿no que en esencia todos eran uno? ¡Qué horror! Más mariguana. Sabor rasposo. Toser. Toser. Horas enteras tosiendo. Los poros de la piel desflorándose, vomitando gotas gruesas, perladas, de sudor. Los párpados tan pesados que los ojos apenas veían a través de una rendija (la ranura de una puerta). La angustia se había mitigado y todos sus sentidos se afinaron también. Su piel parecía experimentar el roce de la tarde, a pesar del aire acondicionado. ¡Qué hambre! ¿Por qué no se movía el sol?

She's leaving home after living alone for so many years, plañó Paul McCartney.

El azul del cielo desfalleciendo.

Carajo, no se aplatanen, dijo Virgilio.

Es que esa música está muy culera, replicó Francine, creo que ya la he oído hasta en Sanborns.

Sangrons, corrigió Virgilio.

Qué canalla…, musitó Paulhan.

Tú la pusiste, dijo Gladys, malencarada.

Errare francinum est, sonrió Francine y pasó otra cassette a Gladys. Pon ésta, hipopótamo. Está más heavy.

¡No no!, protestó Virgilio, ¡están a toda madre los Beatlecines! Además, ya se va a acabar.

Chinguen a su madre los Beatlecines. Pinche grupo de cagada. Qué bueno que tronó.

Gladys, muy seria, quitó Sgt. Pepper's Lonely Hearts Club Band, con un consiguiente ohhh de tristeza de Virgilio. Colocó la nueva cassette: Let It Bleed: Rolling Stones. Una guitarra sinuosa, con un matiz de solemnidad.

Groovy, dijo Virgilio. Esto también está chinguetas.

Entonces quítalo, ordenó Francine.

You *do it*, replicó Gladys, fríamente.

Oye Paulhan, dijo Virgilio, tienes pura cinta bien ruca. Deberías llegarle al Blows Against the Empire y Sticky Fingers y el If I Could Only Remember my Name|

¡Basta! Shoddop!, gruñó Francine. Toda esa música es| *disgustante*. La Buena Música es la de| Mantovani y Roger Williams y Stanley *Black* y|

A Mantovani deberían darle unas patadas en la matriz, suspiró Virgilio.

En la patriz, corrigió Paulhan.

Además, ese tipo de fresada es la que tenía el buey dueño del coche. Si quieres, le llegamos. Go Latin With Los Panchos, oh gosh!

No exageremos, dijo Francine.

¿Qué hay de malo con Mantovani?, preguntó Gladys (¿inocentemente?), a mí me gusta.

¡Ahora sí estamos bien stoned!, declaró Virgilio, ¡qué pinche plática!, aspirando profundamente la mariguana, wow!, al soltar el humo, guturalmente, y oooops!, cuando el charger dio otro salto.

Francine se volvió a Rafael.

¿Ya estás estoncín, gurito? A ver esos ojos arrebatadores, dijo Francine y alzó los lentes oscuros de Rafael para ver los ojos inyectados, rojísimos, con la pupila enorme entrevista tras los párpados caídos e hinchados. ¡Uuuuuy! Smoke gets in your eyes, baby|

And in his *brain*, agregó Virgilio.

What *brain*?, cuestionó Gladys.

Shut up, you dealer. Y tú Rafael, hace mucho que no me dedicas una de tus seductoras sonrisas. Venga.

Que se venga, dijo Virgilio.

Que te calles, tú.

Rafael tomó aire, con fuerza: su cuerpo empezaba a agitarse por dentro: las células estremeciéndose, los huesos cuarteándose, la sangre burbujeando, el corazón trepidando. Como Rafael no sonrió, Francine le hizo cosquillas en el vientre pero Rafael sólo se contorsionó un poco.

¡Carajo! ¡Parece que te hubieras fumado un *anestésico*!, exclamó Francine, riendo, con el cigarro de mariguana ya colillado colgando del labio inferior. Introdujo su mano bajo la camisa de Rafael y le frotó el vientre.

Por favor Francine, alcanzó a musitar Rafael con la garganta más seca que nunca,

y Francine osciló los dedos por el bajo vientre,

insinuándolos bajo el traje de baño——————fumó nuevamente y su rostro se encortinó de humo,
deslizó un par de dedos bajo el traje de baño
y Rafael bajó sus manos, ¡en el acto!, para cubrir las de Francine.

¡Estate *quieta* Francine!, exclamó Rafael, a duras penas. Su
mente giraba al compás de las guitarras solemnes, el piano de
Nicky Hopkins y la voz de Mick Jagger en Gimme Shelter.

Dame un beso, un sitobe, un besiti*t*ito, pidió Francine.
Dejó la colilla en el cenicero y aproximó su cara a la de Rafael,
quien respiraba agitadamente,

cien doscientos trescientos cua-
trocientos quinientos seiscientos setecientos ¡me voy me voy
no me quiero ir!, al exhalar.

Todas esas cassettes, dijo Paulhan, las compré en San Fran-
cisco antes de venir a Acapulco |

Abre la boca, no seas granjero.

aquí no hay dónde comprar cintas nuevas. Y hasta regalé
mi grabadora. Era una norelco.

Francine frotó la boca de Rafael con sus labios secos, cuar-
teados, mientras su mano se abría paso bajo el traje de baño
de Rafael.

¡No me quiero ir!

Hey! ¡Ya recordé a quién le regalaste tu grabadora!, dijo
Gladys, bebiendo vodka, ¡a un morenito de Caleta!

Not me!, aclaró Virgilio.

Cállate, ¿no?, suplicó Paulhan, con una sonrisa.

El auto volvió a saltar por los declives del camino de arena y Francine no se despegó: movió su lengua sobre los labios
de Rafael y sus manos ya escarbaban el vello púbico, bajo el
traje de baño.

¡Basta ya, Francine!, chilló Gladys, finalmente.

Francine dejó escapar una risita gutural, ronca, mientras
Mick Jagger cantaba it's just a kiss away kiss away kiss away.
La mano delgada (la piel arrugada-adherida a las venas saltadas

y a los huesos frágiles) se estiraba en busca de los testículos y el miembro.

Una punzada resquebrajó la frente de Rafael, encima del entrecejo, y penetraba y devastaba e incendiaba y nublaba su vista. Tuvo la idea fugaz de que se iba a volver loco y tomó a Francine de los hombros y la empujó con todas sus fuerzas. La viejecita fue a dar contra la portezuela y se enterró el cenicero en la cintura.

¡Quítese vieja loca! ¡Anciana pervertida! ¡Depravada! ¡Sucia! ¡Sucia!, gritó Rafael, furioso, fuera de sí.

Gladys se volvió y se estiró para arañar a Rafael, con las uñas estiradas.

¡No le grites! ¡Más sucio eres tú, porquería!

Paulhan detuvo a Gladys, quien parecía querer atravesar el asiento trasero. El auto saltó con más fuerza que antes.

¡Carajo, cállense, no dejan oír a los Stones!, gritó Virgilio.

Cálmate Gladys, cálmate por favor.

Sí, *cálmate*, dijo Francine con una nota aguda, de alarma.

¡Que no te grite!, insistió Gladys, en su voz.

What'd you think you are, some kinda angel?, musitó Paulhan, sin proponérselo.

Gladys se volvió adelante y bebió. El auto saltó.

¡Y tú no corras tanto, parecemos coctelera!, gritó Gladys a Virgilio. ¡Ya nadie nos viene siguiendo! ¡Estúpido!

Virgilio la miró de reojo varias veces, desconcertado. Ey, ¿qué te pasa? Si no corro nos atascamos, agarra la onda.

¡Estúpido!, repitió Gladys.

Rafael hundió la cabeza en las manos. Francine lo observó largamente, sobando aún su cintura. Y Paulhan advirtió con toda claridad que Francine estuvo a punto de acariciar la cabeza de Rafael, de consolarlo, de estrecharlo contra su pecho. Los ojos de Francine resplandeciendo. Pero finalmente —Paulhan se dio cuenta— Francine optó por recargarse en el respaldo del asiento; tomó la colilla que había dejado en el cenicero y la encendió. Fumó largamente, y después de un nuevo salto del charger, dijo:

Pues fíjate que después de todo no está tan mala esta mostaza, Virgilio.

Virgilio la miró a través del retrovisor y sonrió.

Wow!, exclamó. You're far out of sight!

Gladys soplaba en la botella de vodka, y como ya estaba casi vacía, emitía sonidos prolongados, sirenosos, mientras Mick Jagger cantaba devotamente.

Rafael continuaba con la cabeza hundida entre las piernas, sin ver la arena ondulante de la playa, ni la luz del cielo que empezaba a disminuir de intensidad: el sol se acercaba cada vez más a las nubes de forma triangular y de tamaño progresivo regalando sombras rosadas, apenas anaranjadas. La línea del horizonte coloreándose. No sé qué está sucediendo qué acontece no debo permitir que me arrastren necesito un poco de luz para poder sujetarme controlarme *Your inside is out* domarme dominarme doblegarme en este día he sido aniquilado por completo pues de una vez que se aniquilen mis instintos yo quería ayudarla en verdad quería ayudarla para poder ayudarme incitarla a conocerse para poder conocerme leerle las cartas para que se viera y se supiera y así me ayudase ella es la única que puede ayudarme la única.

Yo sería de la opinión, dijo Virgilio con seguridad aparente, de que nos tomáramos las chingocibinas que conecté en la Condesa.

Y yo sería de la misma opinión, admitió Paulhan. Me temo que todo conspira: el beau paisaje, la música que escuchamos |

¡Ésa es la primera idea sensata que se les ocurre en su vida!, dijo Francine, ¡venga a nos tu reino!

Cómo que vénganos: sáquenlas, cada quien tiene la suya, ¿no? ¡Aleluya! Digo, no esperarán que les regale *otras*. Ustedes me salen muy caritos, ¿eh?

Al carajo contigo, playero.

I don't *want*, dijo Gladys, bebiendo.

Like hell you don't!, contradijo Francine. Escúchame bien, barril, tú te tomas una, cómo no. Y también el gurito.

Que no quiero, insistió Gladys.

Pues yo me encargo de metértela en la asquerosa cloaca que tienes por boca. O por atrás, como supositorio. Groovy!

Gladys estaba tensa, molesta, pero con un aire de aparente tranquilidad. No quiero, dijo, posiblemente me *haga daño*.

Ja. No estaría *nada mal*, pero no va a hacerte daño. Oh gosh, no es la primera vez en que algo te haya hecho *daño*.

Gladys cruzó los brazos, enfurruñada.

El auto saltó nuevamente.

Y a Rafael le llegó una oleada de nerviosidad. De verdadero terror. Quizá Gladys estuviera enojada y por eso no quería tomar la silocibina, aunque en el fondo ingerirla o no le importaba poco. Pero Rafael definitivamente no quería. Estuvo a punto de musitar en realidad nunca he viajado, si les dije que sí fue mentira. La única vez que estuvo a punto de viajar con ácido lisérgico fue unos meses antes, en la ciudad de México, en su propio departamento. Unos amigos y él estuvieron fumando mariguana y hablando de experiencias-esotéricas-visiones-trascendentes-expansión-de-la-conciencia.   Eso era lo que parecía estar de moda, ¿no? Rafael aseguró haber comido hongos y peyote. Y muchos *ácidos*. En realidad sería muy buena idea viajar. Lástima que Rafael no tuviera algún sicodélico en ese momento, porque su amigo, el dealer de Acapulco, no lo había visitado. Sin embargo, para el terror absoluto de Rafael, un jovencito con cara de niño pelo muy largo, sin calcetines bajo los tenis, creo que se *Flashback elemental* llama Jorge Espinoza, sacó unos ácidos de su bolsillo. ¡Cómo iba a saber que ese chavito resultara una sicodelifiera! Pues aquí tengo unos white lightnings, dijo Jorge Espinoza, ya que todos quieren llegarle les llegamos; yo los pongo, agregó con cierta tristeza: seguramente ya tenía cliente para esos ácidos. Todos se mostraron muy

222

dispuestos, pero Rafael fue sacudido————como después fuera sacudido en el charger a toda velocidad en el irregular camino de arena, pero no tan *fuerte*, aquello no se puede comparar a esto. Aquella vez Rafael hizo todo lo posible por retrasar el momento de ingerir los ácidos. Propuso, y no aceptaron, tomar un cafecito. Ya hemos estado llegándole al *cafecito*, opinó Jorge Espinoza. Rafael trató de cambiar la conversación, pero no lo permitieron: se hallaban muy entusiasmados. Cuando ya todos tenían su pastilla en la mano, Rafael fue al baño. Mientras ellos podrían llegarle a sus ácidos y tan pronto regresara él tomaría el suyo. Ya vas. Y Rafael *sí* fue al baño: su estómago se descompuso de tal forma que creó una diarrea fulminante. En el excusado, expulsando litros de líquido pestiviscoso, observó sin cesar la pastillita blanca tratando de darse ánimos para ingerirla. Cada vez que decidía: sí la tomo, su estómago retumbaba y un nuevo chorro de líquido lunareaba sus nalgas al salpicar en el agua de la taza: un obvio aviso de Dios para que no la tomara. Estaba muy intoxicado por la mariguana, casi alucinaba, y el terror lo hacía temblar, le erguía los vellitos de las extremidades y estrujaba sus intestinos. Finalmente, Rafael tiró la pastillita en la taza, se limpió el ano y las nalgas con sumo cuidado y jaló la cadena, con los ojos llorosos. Cuando regresó a la sala sus amigos estaban callados, oyendo los escasos y prehistóricos discos de Rafael: Time Out: Dave Brubeck, Misa Luba y West Side Story, Original Soundtrack. Al parecer, la droga empezaba a hacerles efecto. ¿Tanto había tardado en el baño? Rafael aseguró que ya había ingerido su ácido, se acostó en la alfombra (de yute), muy nervioso, y cerró los ojos diciendo a cada rato a mí ya me está haciendo efecto, ¿y a ustedes? Ellos ni respondían y Rafael continuaba igual de nervioso, revisaba sus libros esotéricos en la repisa, junto al Preciado Póster (en blanco y negro) de Romeo y Julieta. Por último se puso de pie, fastidiado, y dijo tengo que ver a mi *tío*, al hospital, está gravísimo, ahorita me acabo de acordar. ¡Pero si estás hasta las nalgas de aceite!, advirtió Jorge Espinoza. Allí los dejó, en su propio departamentito (de una recámara) en Oaxaca y Sinaloa. Y en la calle, Rafael no pudo dejar de sonreír. Seguramente Jorge Espinoza y los demás pensarían qué *aguante* tiene Rafael, mira que ir al hospital con un ácido dentro. Pero su sonrisa se congeló al poco rato. Lo más probable era que no le hubiesen creído *nada*. ¿Qué tal si la pastillita blanca no se fue y la ve alguien que vaya al baño? Qué frío. Y Rafael pensando que podría encontrar a un *policía*, quien con toda seguridad lo arrestaría porque Rafael se hallaba *notoriamente intoxicado*. Acabó metiéndose en un hotel: no se le ocurrió a dónde ir. El cuarto, por supuesto, resultó deprimente, glacial, y Rafael se maldijo por gastar *cuarenta pesos* cuando podía estar en su casa, en su camita cálida. En el cuarto, cesó el efecto de la mariguana y como no se le ocurrió sacar una poca, se quedó con ganas de fumar y sin poder dormir hasta las primeras horas del día. El charger volvió a saltar. Tengo que decirles que *nunca* he viajado, que me estoy muriendo de miedo, si me llego a tomar esa cosa cuando menos cuídenme mucho.

Todos tenían su silocibina ya y Virgilio dio una a Gladys para que la pasara a Rafael. Una capsulita amarilla. Cómo siendo tan pequeña podía atemorizar a Rafael, se hallaba sudando nuevamente, haciendo un esfuerzo prodigioso para no temblar a la vista de todos. Otra vez ya no. Virgilio puso el ejemplo al colocar la silocibina en su boca, un poco pálido, con los ojos brillantes. Gladys le dio la botella de vodka y Virgilio tragó la cápsula, entre un chorro de licor.

Down the li'l pill goes where it stops nobody knows!

Venga la botella, pidió Gladys.

Virgilio se la dio y Gladys tragó la silocibina musitando what the hell, con el entrecejo fruncido, muy seria, pero absolutamente calmada, observó Rafael, no había despegado la vista de Virgilio y de Gladys para ver sus reacciones. Gladys pasó la botella para atrás y Rafael quiso correr. Paulhan tomó la botella y bebió la silocibina, también muy tranquilo. Ofreció la botella a Francine.

No, dijo ella, yo quiero que el gurito de cagada se tome la suya: es capaz de fingir que se la toma y luego la tira.

¿Yo?, dijo Rafael.

Estás como papel, Rafaelito. O no has viajado tantas veces como *alardeas* o tienes la conciencia muy sucia. *Deveras* estás pálido. No vayas a vomitar otra vez, ¿eh?

¡Tú fíjate por dónde manejas!, ordenó Gladys porque el auto saltó de tal manera que se escuchó un ruido seco.

¿Qué pasó?, preguntó Paulhan.

Estás destrozando este carro, comentó Francine, muerta de la risa, viendo hacia atrás. Creo que se cayó algo.

Wow!

Bueno, tómate eso, pequeño, insistió Francine a Rafael, con una sonrisita burlona.

Rafael cogió la botella de vodka. Sus manos sudaban tanto que la cápsula nadaba en sus dedos. Todos lo miraban.

Whatsa matter? Tómatela *ya*, exigió Francine.

Es que…, no tienen por qué quedárseme viendo, logró balbucir Rafael: cada palabra apretujó su garganta.

Es un amarillo, deslizó Gladys, sonriendo también y sin dejar de ver a Rafael, quien por último, y no supo cómo, llevó la cápsula a su boca y bebió un largo trago de vodka. El licor cayó en su interior, devastándolo, y la capsulita descendió presionando el esófago, obstruyéndolo. Qué sensación tan horrible, ¿no?, como si fuera a ahogarse. Tuvo un acceso de náusea y volvió a beber, larga, desbocadamente.

Francine le arrebató la botella. Ya ya, no te empedes, dijo, y depositó la silocibina en su boca y bebió largo rato orgullosa, a la vista de todos con una gran sonrisa y un tic casi imperceptible en los párpados————————————————————

—————————————————Bueno ya estuvo, dijo Gladys. Regrésame la botella.

Gosh, *eres* un barril sin fondo, ¿eh?, dijo Francine al devolver la botella, cuyo contenido había disminuido notablemente.

Yo creo que estas silocibas nos van a prender de voleto, maeses, doctoró Virgilio, porque nos acabamos de atizar. As you know, así prende más rápido el ácido.

La silocibina, corrigió Paulhan.

Rafael descubrió que su corazón se comprimía y estuvo seguro de que la silocibina ya le había hecho efecto: le pareció ver que la playa se meneaba, se contorsionaba, y que percibía cada pequeño grano como si estuviera observando la arena muy de cerca. Sus manos temblaban aún más que antes y Rafael las colocó sobre la tela del asiento.

Pues vamos prendiendo another toke, ¿no?, para ponernos más estoncetes luego luego, propuso Francine.

Wow! Out of sight!

No exageres, dijo Paulhan. Tenemos muy poca mota y más vale que la administremos.

Pues por *supuesto*, observó Gladys. Eres una exagerada Francine. Exhibicionista.

¡Es que a mí me hacen los mandados estas porquerías de droguitas! Por eso quiero acelerarla, para ver si siento *algo*.

Esta silocibina una *droguita*. Wow!

Eres una mentirosa, delató Gladys, yo te he visto muy calladita en viaje, con cara de help |

I need somebody not just anybody you know I need someone, berreó Virgilio.

¿Cuándo, cuándo?, preguntó Francine, con vehemencia; ¡tú eres la mentirosa! ¡No te metas conmigo, hipopótamo!

En el viaje que tomamos al llegar a Acapulco esta última vez, informó Gladys, eran unas pastillitas redondas, púrpuras |

¡Los bienllamados ácidos Revolución! Yo se los di.

Tú no nos *vendiste* nada, porquería, gruñó Francine. Nos las conectó Rosales el del restorán Caleta.

Bueno, yo se los vendí a Rosales para que él se los vendiera a ustedes. Agarra la onda de que yo casi ni las conocía.

Anyway, esos Revolución me hicieron los mandados, insistió Francine. Creo que me pongo más hasta el gorro con un Grand Marnier.

Que no, dijo Gladys, porque era la primera vez que viajábamos con ácido. Con *cualquier* cosa. McMathers se puso como loco y hasta pidió que le llamara a un médico. Se bebió como mil botellas de Cutty Sark de los nervios. No se emborrachó pero después del viaje tuvo un hangover gorgeoso.

Gorwhat?, preguntó Virgilio.

Gorgeous?, dijo Gladys.

Anyway, una buena silocibina como ésta es catorce mil veces más fuerte que un Revolución, dictaminó Virgilio. La neta es que los Revolución eran unos aceites suavezones, para beginners. Bueno, regulares, como los verd |

Yo no me friquié con esos acidejos morados, reiteró Francine.

agarren la onda de que la silocibina es la pura neta, la pura efectividad de los hongos alucinantes |

Psylocibe mexicana, precisó Paulhan.

y la silociba sintética tiene la ventaja de que no sabe a tierrita. ¿Tú le has llegado a la honguiza, Paulhan?

Claro. He ido a Huatla tres ve |

Wow! La primera vez que yo fui a Huautla qué cotorreo, nos costó un sacote llegar, porquera la temporada de lluvias y ya ves que el camino ese está de la verga hijo |

Sí, ya nos *contaste*, dijo Francine.

¿Sí? Cámara. Anyway, cuando compramos los hongos |

A cinco pesos el viaje, canturreó Gladys.

A *siete*. Chale, espérense. Le dijimos a la señora que nos los vendió oiga con cuántos viajamos. Con ésos, nos dijo, y le dijimos ¿y si nos comemos más? Pues nada más se pone más fuertecito. ¡Carajo! Más *fuertecito*. El doctor Solapas se chingó *catorce*, y los huatos eran de nueve y qué hongos: eran derrumbe, bien panzones, puras familias. ¡Cámara! hasta me regresa el sabor del hongo nomás de acordarme. Olían a *kilómetros*. Bueno pues hasta se guacareó.

¿Quién?, preguntó Gladys.

Cómo quién. El doctor Solano. Y eso que es un macizo con muchísimas horas de vuelo. ¿No lo conocen? Deveras es doctor; bueno, médico; y cada vez que un pasado se fricoteaba le hablaba por el telefunken dóctor dóctor míster M. D. help I need somebody |

Not just anybody, dijo Paulhan.

¡Simón!, rió Virgilio. Qué cotorreo de doctor. En cada trip se ponía un *kimono blanco*, qué desmadre de cabrón, y se ponía a cotorrear con el Mesías y la Magalena.

¿Con *quiénes*?, preguntó Paulhan, sonriendo.

Unos cuates que siempre la engordaban en la cantera del doc. Digo, un cabrón y su chava. El cuate éste dilereaba a madres y fue uno de los precursores del patín pasado y por eso siempre te andaba tirando la Neta, diciéndote cómo es la Onda, por eso el doctor le puso el Mesías. Y a su gabacha la Magalena, porque como cualquier pendejo sabe la Magalena le puso unos aceites a las patas del Mesías, de allí que desde hace un chinguero de tiempo, desde los principios de la ruca era de Piscis sean famosos los aceites de la Magalena. Aunque la neta es que en este caso el que maneja la aceitiza es el Mesías, digo, el cuate de mi cuate el doc.

Gladys rió quedamente.

Oh boy, you're *stoopid*…

Y tú también, gordasquerosa, no te me aloques, dijo Francine.

Gladys heló su sonrisa y cruzó los brazos.

Wow! ¡Me cae que ya me está prendiendo! ¡Que qué! ¡Que que *qué*! ¡Putísima madre! ¡Ojalá lleguemos pronto a la Barruca porque al rato no voy a poder manejar, me cae!

¿Al rato? ¿Llamas manejar a lo que has venido *cometiendo*?, dijo Francine en el momento en que el auto dio un nuevo brinco.

Oooops! Chale, Fran, agarra la onda de que este camino está culerísimo. Me cae que los chingones del volante se la pélican por estos lares, which means que soy una verga paralizada en lo que se refiere a *manejar*.

El auto volvió a saltar.

Tras ellos se arremolinaban nubes de polvo. When you need someone you can bleed on, baby you can bleed on me, cantó, sinuosamente, Mick Jagger en el autoestéreo. Y Rafael se tranquilizó un poco más. Había rebasado la angustia inicial, fulminante, y en ese momento tenía la impresión de que la silocibina no le hacía ningún efecto y de que no le haría ningún efecto. Si tan sólo hubiese comido bien, comido siquiera, podría controlar tanta droga. Estaba muy arriba, y la sensación era distinta a la de la mariguana, entonces *sí* le estaba haciendo efecto la cápsula. Pero no era casi nada. Ni desagradable. Tenía la impresión de que había tomado la silocibina desde mucho tiempo antes. El charger volaba a cien kilómetros por hora, entre tumbos, y sin embargo Rafael sólo sentía una cadencia. Veía, más allá del perfil de Francine, el mar tranquilo, con los reflejos más pálidos en las olas. ¡*Eso* creaba la sensación de inmovilidad! Allá en el horizonte todo seguía igual; más bien, casi igual: sólo la luz variaba un poco. Un *Your outside is in* triangulito endeble, casi equilátero, de nube, seguido por otro un poco mayor, y luego otro más grande, y después de una transición invisible ya estaban las nubes inmensas, siempre triangulares, como pirámides. El reflejo amarillo: no: dorado; no: anaranjado; no: rosado; bueno, los reflejos del sol permitían que Rafael casi sintiera el volumen de las nubes: no eran unas figuras planas, bidimensionales, colgadas en la pared del cielo con fines decorativos, sino cuerpos piramidales con bordes irregulares, con forma y consistencia. ¿Nubes con forma y consistencia? Pues sí, cómo no. Y además, el paisaje sí cambiaba, sólo un imbécil podría pensar que no cambiaba, ¿entonces por qué Rafael tenía la impresión de la inmovilidad? El sol, cada vez más dorado, no acribillaba tanto la vista: noster naturalis ignis certissimus. En momentos Rafael creía ver una corola de llamas alrededor del círculo incandescente. El sol es sólo una pequeña estrella más. Después la luz era tan fuerte que Rafael cerraba los ojos y en la pantalla de sus párpados cerrados reverberaba un halo de luminosidad. Cuando abrió los ojos el charger se inclinaba en un simulacro de curva, patinando en la arena floja. Las casuchas inermes a los lados y una cantidad incongruente de perros corriendo tras el auto. Perros flacos, malcomidos, pero con pulmones potentes. El charger dio otra vuelta y el caserío quedó atrás.

Frente a ellos una vez más la perspectiva uniendo la vegetación de la laguna (cada vez más retirada) y la arena vasta formando valles, colinas y cordilleras minúsculas, doradas, despeinadas por la brisa que en ese momento soplaba con fuerza y levantaba pequeñas cortinas de arena. En un instante (fugaz) pudo verse la playa, planchada por el mar que dejaba una miríada de pequeños diseños irregulares en su ir y venir. Una cantidad extraordinaria (absurda) de cangrejos corriendo con sus patas ridículas hacia una infinidad de agujeros. ¿O fue una alucinación (fugaz)? Dicen que los hongos, y por tanto estas silocibinas, son prolíficos en alucinaciones. Bueno, al menos ya estoy acostumbrado. El ruido de las olas se sombreaba por un eco ligerísimo, pero perceptible a pesar de que Gladys había dado vuelta a la cinta y en ese momento se escuchaba una armónica febril, perseguida, angustiada, como los pasos de un merodeador nocturno y avezado. I'm not one of those sssshit!

Lapis elevatus cum vento

¡Suficiente!, exclamó Francine, ¡esa Barra de Mierda está lejísimos! Tenemos siglos recorriendo este *espantoso* camino de arena.

Paulhan consultó su reloj, con aires de profesionista.

Exactamente llevamos veinte minutos desde que entramos en este *espantoso* camino de arena. Para ser justos, el lapso no es excesivo. Y lo que ocurre es que ya estás viajando.

¡Y querías darte un toque!, dijo Virgilio, riendo bajito.

Hubiera *enloquecido*, agregó Gladys.

¡Chinguen a su madre todos ustedes!

Which suits me mommy, consideró Gladys bebiendo vodka: no mucho, la botella se estaba acabando. Qué estúpida soy, debí haber comprado otra botella, cómo no pensé que todos iban a beber como cosacos. Debí pensarlo. Pero es que no se me ocurre nada, no pienso, no puedo prever nada, repentinamente ya estoy dentro de una situación, buscando dónde aferrarme. Como este viaje de silocibina. Todo hubiera esperado, menos *eso*. Viajar no me parece mal, pero no creo que éste sea el día propicio. Al menos para mí. Detesto tener que soportar a Francine cuando está en sus peores momentos. Desde la mañana. Seguramente se debió a lo poco que dormimos. Veamos. ¿A qué horas fuimos a la cama? Debieron haber sido las cinco, y todo porque McMathers se negó a pagar más botellas. Estúpido McMathers, debió de seguir pagando, después de todo él estaba atiborrándose de cocaína. No me gusta que tome cocaína, se vuelve más duro. Últimamente ha estado muy tenso, frío. Pienso que se está volviendo viejo. En nuestra belle époque *nunca* habría ido a la cama a las cinco. Y *solo*. De Le Club nos llevaron al departamento y allí no teníamos nada que beber. A fumar mota, eso nos hizo dormir.

Todo el licor se acabó la noche anterior, con los amigos de Paulhan. Paulhan no debería llevar a sus amigos *tan* hippies en ciertas ocasiones, cuando Franny quiere beber y no fumar mota. Francine estaba imposible desde anoche. Cada vez que me acercaba a McMathers se ponía como fiera. Nos habrían corrido de Le Club a no ser porque McMathers es cliente importante, a shitty VIP. Y Francine había estado tan *bien* toda la semana anterior. Dios, estaba hasta tierna. Y después pegando de gritos y rompiendo vasos y por qué, porque yo hablaba con McMathers: si yo no tengo derecho de hablar con McMathers entonces es el fin del mundo. Todo esto está mal, porque McMathers se va a cansar uno de estos días. De por sí pierde el control, se le va la mirada, se le olvida de qué está hablando. Y después… *Detesto* que Francine se ponga en ese plan y me diga *nombres*. Enfrente de tantas personas. Tendría que huir, irme a algún lugar donde ya no viera a Francine ni a McMathers. Nada más con Paulhan. No, ni siquiera con Paulhan. Me van a volver loca. Cada vez me cuesta más trabajo volver a lo normal. Simplemente hoy, cuando caminábamos por la playa, la Condesa, y yo veía el mar. Beyond el mar. Todo se rehusaba a integrarse otra vez. No podía pensar, sólo corrían por mi mente pensamientos incontrolables, como si hubiera muchas Gladys dentro de mí. Miles de personas, de fuerzas, deambulando por mi cabeza, discutiendo, gritando, insultándose. Y el mar como un gran embudo negro, sin fin. ¡Un pozo! Oh God, no puedo recordar qué decía Francine. No quisiera recordar nada. Yo sé que todo está mal y sin embargo allí estoy. Actuando sin saberlo. Adrift! ¿Qué hago? ¿Qué puedo hacer? No puedo irme, alejarme de ellos, porque entonces qué harían sin mí. Y qué haría *yo*, mainly, de qué viviría, ya estoy muy vieja muy vieja muy inútil muy estúpida, ya nadie puede fijarse en mí y hacerme caso y tomarme en serio, sólo Franny…, y McMathers. Detesto a McMathers. Si volviera a nacer, en el momento de conocerlo lo asesinaría con mis propias uñas. La bella mata a la bestia. Pero yo no sabía que él era así, en realidad no es así, ha sido algo grande. Pero él tiene la culpa de que mi vida se haya convertido en el mismo círculo vicioso. Yo era muy bella, ¿verdad? Era la más bella de todas, más bella aún que Francine. En Canadá todas palidecían frente a mí. ¿Y McMathers cómo se quedó? Empedrado, mirándose de reojo con Francine. Se parecen, los dos muy preocupados por mí pero en el fondo felices, ¡sí, felices! ¡Los hijos de puta! Tengo que reconocerlo alguna vez, sobre todo ahora que ya no me queda nada. Estaban muy contentos, mirándose, supuestamente diciendo cosas lindas para *ayudarme*, tú puedes controlarte Gladys contrólate, pero mirándose entre sí con su mirada oblicua, y yo no sabía qué, trataba, pero después, cuando recordé que me encontraba en Montego Bay y no en el infierno, cuando Montego Bay volvió a integrarse, a hacerse hermoso, quise averiguar en qué momento empezó a descomponerse el asunto, a oscurecerse, a volverse | ¿Por qué estoy pensando todo esto, diciéndome todo esto? ¡Estúpida silocibina! Oh Dios. Maldición. Cuando McMathers me vio en Canadá, todo era tan distinto tan | fresco, no sé. Él mismo era otra persona. No había empezado a reír desde lo más profundo de la garganta, como si eructara la risa, y a ver con esa mirada brillante, torcida, *retorcida*, como me veía después cuando peregrinábamos los tres en busca de doctores. Y él, antes, era un adonis, como un joven semidiós. Pero con todo y eso se le quedaba mirando a Francine, de reojo, en Montego Bay, y Francine, por qué hizo todo eso. Cómo hablaba, no podía soportarla. Quería que se callara ¡ya ya! ¡Suficiente! Y quería regresar con McMathers allá en Montego Bay, y... ¡Claro! ¡Ésa fue la primera vez que McMathers pidió un cuarto para él solo y no conmigo, como siempre! ¿A quién se le ocurrió que Francine y yo compartiéramos otro cuarto? A Francine. A McMathers. A *mí*. No. Los tres habíamos estado bebiendo, días antes, en Nueva York, viviendo juntos, los tres. Y decidimos que todo fuera así. Solamente whisky en aquella época. Francine era distinta, todos éramos diferentes. Pero no *tanto*, porque allí estaba ya, dentro, lo que somos ahora, porque ya pensábamos lo que pensábamos y lo que *Flashback elemental* ideábamos y hacíamos todo eso. Y yo por delante, la que más reía, la más irónica, la más aguda, la más bella, más que Franny. *Detestaba* que McMathers mirara a Francine, que fuera atento con ella, pero también me gustaba, *gozaba*, agridulcemente, abajo de Francine, pensando que los dos se estaban acostando juntos y hablaban de mí como Fráncine y yo hablábamos de McMathers cuando explotábamos en ese hotel de Montego Bay. Repentinamente me fascinaba verlos hacer el amor y que él nos viera a nosotras. Con una copita de Cutty Sark. ¡Estúpido McMathers! No paraba de hablar y de movernos con sus manos delgadas, casi transparentes. Así, así. Muérdele allí, ¡Dios mío! viejo sátiro. I'm a monkey and all my friends are junkies but that's not really true. ¿A quién se le ocurrió, a él, a Francine, o a mí? ¡A mí, a mí! La culpa de todo se debió, seguramente, a tanto licor. ¿Qué creíamos? Que éramos algo distinto, especial, superior, porque creíamos sentir algo distinto. ¿Cómo saber si era algo diferente? ¡Qué estúpida vaca, gorda, hipopótamo, Repugladys! Porque McMathers *juraba*, y eso desde el segundo mes del matrimonio, creo que todavía ni conocíamos a Franny, él juraba que sentía todo eso y que nadie más lo podría sentir. Sólo Franny, pero después. Dios, qué revuelto está todo. Estoy segura de que fingían, fingían. Pero yo quería sentir también, para no verlos mirándose de reojo, oblicuamente, siguiéndose el juego, como en Montego Bay. Y claro, yo era la que se contorsionaba y veía que todo se desgajaba y la que sabía *eso*, y ellos mirándose entre sí. Después, cómo no, por supuesto, muy solícitos conmigo, pero antes como si ellos *sintieran* gracias a que *yo* me retorcía y mordía la sábana, llegué a romper la sábana: toda húmeda, la sábana. Era como si los tres, en ese momento, fuéramos el mismo, lo mismo, pero no era así, porque yo, la bella Gladys, era la que jadeaba y gritaba y me contorsionaba y mordía la sábana. Esa vez fue la más fuerte, más que nunca, porque fue la primera vez. Después siempre ha sido terrible, pero de alguna manera el efecto no es el mismo: sólo es igual *después*, como hoy cuando caminábamos por la Condesa. Fue hoy, *hoy*, y parecería que fue hace siglos. Hoy en la mañana tardé más tiempo en reordenar todo. Francine era mala, cruel, cuando me trataba a insultos y me decía nombres, pero me quería, me quería, me quiere, me ama, me adora, no puede vivir sin mí, ¿verdad? Cómo no va a amarme; aunque yo esté gorda fofa y repugnante *tiene* que seguir amándome porque si no le pasaría lo que a mí: se fragmentaría en pedacitos, no sabría qué ocurre, no podría integrar todo, vería, como a través de un caleidoscopio, un rompecabezas revuelto. Ella lo sabe. Me lo ha dicho, en esas veces en que es serena y hermosa. ¿Qué diablos cree? Que McMathers me quiere hacer qué. No la entiendo, parece que le tuviera miedo a McMathers y que, para *protegerme*, me impide acercarme a él, hablarle siquiera; ya no entiendo nada. Yo veo a McMathers como siempre; bueno, un poco más viejo, más frío, más duro. Más tenso. Pero también ha sido así en otras temporadas, otros acapulcos. Como cuando me dijo ya no tienes ni un centavo, Gladys. Todo era de él, y no es así, nunca ha sido así, pero pobrecito, está mal, está enfermo, es como un niñito| And I sang my song to Mister Jitters and he said one word to me and that word was death| que me necesita, aunque durante tanto tiempo se portara como esclavo de Francine, sin saber que Franny era mi esclava, yo la compré, porque ella me ama a mí, desde siempre y para siempre. Pobre McMathers, pobre querido, pobre estúpido, dentro de poco todo será como el día en que Francine le dio el ácido Spring Sunshine entero, en el Tiberios. Entonces sí se arrastró, se contorsionó, se retorció| ¡y miraba la playa con los ojos muy abiertos pero vacíos! Como si me culpara a mí. ¡No! ¡No! Es que me necesitaba, siempre he sido la más fuerte, aunque sea yo la que se contorsiona y muerde la sábana, como en Montego Bay. ¡*Detesto* Montego Bay! Allí dejé de ser hermosa, aunque también allí fue donde me hice más fuerte, más impenetrable. Más que McMathers. Francine lo ha querido *asesinar*, y yo también, ay Dios, en ocasiones, cuando de plano me pongo muy mal: en esos momentos no pienso, ni siquiera desordenadamente, todo se reduce a franjas de colores contrayéndose y a sonidos tan agudos y tan chillantes que quieren desprender mi corazón, y a sentirme reducida pequeña tan pequeña hasta la desintegración; pero cuando todo amengua, porque amengua, es como el mar, como intervalos en que se reúne la resaca; en esos momentos en que puedo pensar, quisiera matar a McMathers y estrangular a Francine. Ella también lo dice, pero no lo dice en serio: es buena, Franny, es como un espejo empañado, como un sable oxidado; y solamente le hace esas bromas terribles, macabras, a McMathers, porque no podría hacerle algo malo, porque así se descarga, porque lo ama tanto como si fuera parte suya, como me ama a mí. Gladys mecánicamente llevó la botella a sus labios pero no bebió. Vio una playa extendiéndose, la arena meciéndose como si fuera el mar. Un círculo dorado, casi rojizo, encima de las nubes triangulares. ¿Qué ha sucedido? ¿Qué pasó aquí? Aquí hay algo raro. You can't always get what you want but if you try sometimes you may get what you need. Un nuevo brinco la hizo recordar que se hallaban en el charger, a toda velocidad sobre el camino de arena, y que la música parecía salir de su propia cabeza: unos coros celestiales alzándose como si quisieran arañar el cielo, mientras abajo de los coros explotaba un ritmo frenético, incontenible, de batería, guitarras, piano, tumbas y bongós. El ritmo hacia abajo y los coros hacia el cielo ¿cómo podía haber equilibrio si llevaban rumbos irreconciliables? Gladys sacudió la cabeza. Vio el cielo y le pareció ver una corola de llamas alrededor del círculo incandescente. El sol sólo es una pequeña estrella más. Virgilio, a su lado, se distinguía con claridad, todos sus rasgos más delineados, con mayor precisión; los poros de la piel hormigueaban: y los tonos, los matices del rostro, eran más definidos. Gladys bufó. *Defi-*

nitivamente esa droga le había hecho efecto ya. Emitió una risita, alegre, aún viendo a Virgilio y él se volvió, muy rápido a ella, como si los dos pensaran lo mismo————————————————

————Virgilio rió al mismo tiempo (bajito, alegre, intensamente), como si existiera un lazo sobrenatural entre ellos,

como

si

los

dos

pensaran

lo

mismo.

Francine dio un manotazo a Gladys.

Ey panzona, cómo te sientes.

Uf. Eight miles high.

La música terminó y todos volvieron a quedar en silencio.

Varios suspiros colectivos. Paulhan rió.

Pues yo también estoy estonzón, comentó Virgilio.

Et moi aussi.

El auto continuaba saltando las irregularidades del camino de arena, pero ya nadie protestaba.

¿Puedes manejar bien, Virgilio?, preguntó Gladys con una preocupación repentina, después de un silencio prolongado.

Cómo no. Estoy pastel pero ésta no es la primera vez, chava. Manejar me hace los mandados.

Francine iba a decir algo pero prefirió callar.

Además, apenas nos está prendiendo, todavía no estamos hasta el gorro.

¿Todavía *no*?, balbuceó Rafael.

Claro que no. Qué pachó, hijín. Parece usted neófito. Los hongos y la silocibina van prendiendo poco a poco pero sin parar. Up up and awaaaay! Hay veces en que crees que estás totalmente stoned, y que ya es *imposible* subir más, ¡que ya no *se debe* subir más!, pero sigues hacia arriba. Wow! ¿Verdad, Paulhan?

Sí, cuando más alto se vuela más profundo se penetra|

Clarinete, y cuando más das, más recibes y más hay, y es demasiado. Yo también me sé dos tres letras de los Beatles.

El peyote y las mescalinas son parecidas en el ascenso, continuó Paulhan, sólo que van más despacito. Uno se dice pues esto no sirve para nada, pero de repente las cosas ya están rarísimas y la pregunta inmediata es qué pasó aquí, ¿a qué horas *subió*?

¡Simón simón! Y cuando más alto está el puto viaje, ¡cuas!, se acaba.

¿Cómo que se acaba en lo más alto?, preguntó Francine, fastidiada.

Ey, se acabation. Te duermes. Sobre todo si ha habido atizapán. Se va uno metiendo más y más charros que ni se sienten porque lo que rezumba es el peyoyo, y de volón se acaba el peyoyín y ya nomás queda uno pasadote. Y te requeteduermes, quieras o no, porque en circunstancias normales, digo, sin la droga, nadie aguantaría tanta moronga.

¡No hables sinsentidos!, protestó Francine, ¿cuánto hemos fumado hoy? ¡Muchísimo!

Bueno okay Francine, muchísimo, pero mota mala y hasta con eso, sin el chocho que nos acabamos de chingar, en poco tiempo ya estaríamos bien aplatanados, knockout. En cambio, ¿a poco ahorita sientes la mostaza?

¡Ahorita me siento fabulosa! Pero *siempre* me siento fab.

Es verdad, reconoció Gladys, yo ya no siento ni la mariguana ni la bebida.

¿Qué sientes, Gladys?, preguntó Paulhan.

No sé. Me siento bien. Quiero decir, no me siento lenta, pesada, sino al revés: muy despejada, ligera.

¡Ja! ¡Se siente ligero el hipopótamo!

Gladys no hizo caso.

Me siento muy clara. Bueno, también algo| weird que me recorre el cuerpo. Algo especial, como vacío en el estómago, pero no es vacío en el estómago.

Claro que no, tragaste como marrana, dijo Francine; más bien, como *siempre*. ¡Bueno, ya estuvo! ¡Aliviánense! Vamos prendiendo un toque.

¡No no!, replicó Gladys. Yo estoy bien así.

Lo que pasa es que todos ustedes son unos culeros que no aguantan nada, dijo Francine, pero no insistió en fumar más mariguana.

Rebasaron otro caserío, más pequeño aún que el anterior. Y los inevitables perros a la persecución del auto, entre ladridos. Rafael se encogió, aterrorizado. Palideció. El miedo fue terrible, fulminante, pero fugaz. El auto dejó atrás a los perros en segundos.

Ahora sí ya está cerca la Barra, anunció Virgilio.

Ya era *hora*, sopló Francine. Pongan música, ¿no? Esos perros idiotas me pusieron nerviosa.

A mí también, dijo Paulhan, riendo.

Pues dame otra cassette, pidió Gladys. A mí también me aceleraron esos perros.

Otra ¿*qué*?, preguntó Francine, alarmada: había olvidado de qué estaban hablando.

El motor del auto cesó de funcionar repentinamente, sólo se escuchó el ruido de la arena, bajo las llantas, golpeando la parte inferior del auto. La velocidad fue disminuyendo poco a poco y los saltos también amainaron. Todos se miraron entre sí, extrañados.

¿Qué pasó?, preguntó Gladys, desconcertada.

¡Qué va a pasar, que este estúpido enano está jugando! ¡Enciende ese motor en el acto, Virgilio, o te doy de patadas!

Virgilio se hallaba perplejo. Yo no apagué el motor, palabrita. Revisó el tablero pero sin fijarse, y agregó ¿y ora?

Llora, respondió Francine. Ya descompusiste este carro y lo vas a pagar.

¡Chale! Yo no le he hecho nada. Estoy bien erizo, además. ¿Qué habrá pasado? Le voy a echar un vistazo al motor, ¿no?

No, replicó Francine.

Virgilio abrió la portezuela, pero no bajó.

Nada más que no sé qué jijos le voy a ver al motor porque no sé ni madres de mecánica.

Pues le verás algunas alucinaciones, dijo Francine. Cosas *horribles*: la carota de Gladys por todas partes. ¡Uy!

Ja *ja*, comentó Gladys.

Paulhan respiró profundamente y se concentró. Dijo, tras algunos esfuerzos, se le ha de haber acabado la gasolina.

¡Pues a huevo!, exclamó Virgilio. Vio el indicador de combustible: en efecto, la gasolina se había acabado.

¡Pendejo Virgilio! ¡Tú tienes la culpa!, veredictó Francine.

Será nueva disposición. Yo por qué. Ni modo que le pusiera gasofia al vagón con la tira persiguiéndonos, agarra la onda.

Todos quedaron callados, hasta que Gladys dijo, despacito:

La tira siguiéndonos… ¿Qué quiere decir la tira?

La policía. Ya estás pasadísima, gorda fofa y repugnante, gruñó Francine. Y'know, the cops.

The cops! Jesus *Christ*! It seems *centuries* ago…

Paulhan echó a reír, alegremente, quizá porque se le había borrado de la mente, por completo, que unos agentes de tránsito los habían perseguido desde la Condesa hasta Pie de la Cuesta. Rafael y Virgilio se soltaron riendo también, por el simple hecho de que Paulhan reía, sin poderse controlar.

¿De qué se ríen?, protestó Gladys.

No le respondieron y ella empezó a reír también.

Francine quiso mostrarse molesta, musitar algo ingenioso, pero no le salió nada: sin que lo pudiera evitar, la risa brotó de su garganta espasmódicamente, hasta que al poco rato también se hallaba riendo sin poder parar. Durante unos instantes todos siguieron riendo dentro del charger hundido en la arena floja mientras la brisa penetraba con fuerza por la portezuela abierta. Ululando. En el fondo, el mar resplandecía.

Bueno, ¿de qué nos reímos?, insistió Gladys, atacada de la risa.

Sepa la chingada. It's laughing time before you leave me, respondió Virgilio, riendo también.

¡Ya cállense! ¡Pendejos! ¡Pero qué pendejos son!, dijo Francine, riendo sin poder evitarlo, con los ojos húmedos. Se creía ridícula carcajeándose de esa forma, pero cuando más quería evitarlo, más reía.

Paulhan tomó aire profundamente. Dejó de reír. Sonrió. Los ojos húmedos. Dijo:

Es increíble, ¿no?

¡No!, casi gritó Virgilio.

Paulhan volvió a reír y todos redoblaron sus risas, con las manos en el estómago.

¡Ya ya!, clamó Virgilio, ¡ay mi pancita!

Todos rieron a carcajadas, hasta que Paulhan volvió a tomar aire profundamente.

Siempre pasa, dijo Paulhan, sonriendo. Todo lo que hicimos antes de tomarnos las silocibinas parece que sucedió hace muchísimo tiempo y no hoy.

Francine dejó de reír también y miró a Paulhan con resentimiento, pero sin saber por qué. Gladys también cesó de reír y meneó la cabeza, sonriendo, suspirando.

Y Rafael también dejó de reír. Todo era tan distinto. Él también se descubría muy claro, muy despejado, muy ligero. Como si hubieran encendido la luz dentro de su cabeza. Lleno de un regocijo inaudito. No se le ocurría hablar pero se divertía, disfrutaba enormemente lo que decían los demás. Reír a carcajadas le había hecho tanto bien. Y como decía Paulhan, le resultaba muy difícil recordar qué había sucedido antes de que se tomara las silocibinas. ¡Se había tomado unas silocibinas! ¡Cuándo fue eso! No podía recordar, si acaso por su cabeza llena de luz pasaban imágenes fugaces, como sombras, de paredes de monte deslumbrantes de vegetación. Era como si algo de su interior se negara (rotundamente) a ver el pasado, nada de eso tenía importancia, como tampoco tenía importancia considerar qué sucedería después, hacia dónde se dirigía. Como un niño, qué bonito. No sé ni dónde estoy. Estoy *aquí*. Viviendo. Ni sé qué día es, qué hora es. Es este momento. Y le daba mucho gusto, quería reír más. Estaba feliz. Se sentía espléndidamente, quería a sus compañeros de viaje (en ese instante, silenciosos, ¿por qué?), lo recorría una gran emoción. Cerró los ojos y se vio en la cima de una montaña muy alta recibiendo el viento en la cara, viendo a sus pies valles irrigados, iluminados por el sol. Y el mar a lo lejos.

Oigan, dijo Francine, no pensarán quedarse *toda la vida en este carro*, ¿verdad?

Está tan bien aquí, musitó Gladys.

Virgilio se estiró. Oh boy, I'm pretty stoned, dijo, y salió del auto.

You may be stoned but you ain't pretty and that's a *fact*, replicó Francine saliendo tras él.

Ey, esperen, ¿qué hay de malo en que nos quedemos aquí?

¡Baja inmediatamente, cuero viejo! ¡O te bajo a golpes!

Gladys, Paulhan y Rafael se miraron entre sí, alzaron los hombros con una risita simultánea (inexplicable) y tuvieron que moverse. Paulhan guardó en el bolsillo de su camisa los cigarros restantes y las colillas de mariguana que recogió de los ceniceros. Tomó el cigarro de treinta centímetros, lo caló entre la sien y el oído, y salió. Gladys ya se hallaba afuera, con su botella y sus Winston, cara al sol poniente. Rafael titubeó: tampoco quería moverse de allí, para qué irnos, ahora todo se va a echar a perder. La luminosidad de la tarde se opacó ligeramente y el corazón de Rafael latió con fuerza. Le estaba dando miedo, pero ¿a qué?

¡Vamos, apresúrate, huevón!, urgió Francine.

Rafael salió, cauteloso. Vio que podía sostenerse en pie y suspiró, aliviado. La brisa le refrescó la cara y respiró plenamente.

Y tú, cierra el automóvil, no se vayan a robar algo.

Pero *quién* Francine, rezongó Virgilio. No mames.

No faltaría quién, este país es de lo peor: raza de ladrones.

Hija, a estas sicodélicas alturas eso es lo de menos, dig it, consideró Virgilio pero aseguró las puertas con llave, no sin cierto esfuerzo.

Todos veían hacia occidente, hacia las nubes de forma triangular que se multiplicaban y crecían en forma progresiva. El sol, en ese momento tras las nubes las iluminaba con muchos colores cambiantes. La brisa recorría la cara grasosa de Rafael quien de nuevo estaba feliz. Las nubes parecían solidificadas y el azul del cielo se había nitidizado, como si fuera un cuerpo tangible y no atmósfera. Detrás de las nubes surgían rayos de sol de distintos tamaños, conos también solidificados. Qué diferente es todo, más preciso. Y las olas seguían oyéndose con toda claridad: un rugido uniforme, muy lento, lleno de vida. ¡Qué bueno que salimos de ese coche!, pensó Rafael, ¡aquí todo está hermosísimo!

Todos continuaron inmóviles, recargados en el charger, hasta que Francine reiteró:

Move on kiddos. A la Barra.

Simón, lleguémosle a la Barra, consintió Virgilio, aquí está de poca pero allántaros está de superduperpoquísima. Vamos llegándole por este caminito cotorrón, al fin que ya estamos muy cerca.

A mí esto me sigue *subiendo*, observó Gladys, con una risita.

Despacito, ¿verdad?

No aguantas nada, fatsa.

Despacito… y rico… Siento toda la boca llena del sabor de la silocibina.

¡Yo también!, exclamó Rafael.

Simón, yo tambor de hojalata, agregó Virgilio.

Y yo…, dijo Paulhan.

Francine asintió en silencio, sin darse cuenta.

Hey Franny, ya tienes las pupilas| What's the name in Spanish for huge?

Enormes, dijo Paulhan.

Enormes, repitió Gladys. Y muy bonitas.

Francine sonrió, estuvo a punto de musitar algo agradable a Gladys, movida por una fuerza imperiosa, pero se controló. Acabó indignándose, qué me pasa, pensó. Todos continuaban inmóviles viendo el cielo, en silencio. El sol, cada vez más rojo, se ocultaba y reaparecía tras las nubes triangulares. ¡Carajo, muévanse!, dijo Francine. Se estaba poniendo nerviosa.

Mejor vámonos por la playa, propuso Paulhan, y también por allí llegamos a la Barra.

Groovy! ¡Qué buen patín! Wow!, se entusiasmó Virgilio, pero nadie se movió. Siguieron viendo el cielo hasta que Francine gruñó oh shucks y echó a caminar hacia la playa. Todos la siguieron. A los pocos metros Francine se quitó las sandalias y los demás la imitaron, a excepción de Virgilio, quien andaba descalzo desde que salió de su casa, en la mañana. Rafael avanzaba fascinado: la arena, calientita, envolvía sus pies deliciosa, gentilmente. Cada grano parecía ser un animalito rebosante de vida; la superficie irregular de cada grano brillaba: un prisma perfecto, una pequeña estrella dorada. Rafael caminaba sin problemas, recibiendo la brisa en la cabeza. En definitiva todo era distinto: él caminaba, pero la sensación primordial consistía en que su cuerpo se movía solo; Rafael y su cuerpo tenían otro tipo de relación: como si él estuviera y al mismo tiempo no estuviera dentro. Después, Rafael reparó en sus manos. Se traslucían las venas, todas las articulaciones, la sangre rojísima bullendo sin cesar. Todo lo demás se borró y sólo quedó la mano. Miles de pequeñas ramificaciones moviéndose. Empezó a reír, bajito, fascinado.

¡Vamos gurú, no te quedes atrás pendejeando!, gritó Francine: se hallaba varios metros adelante, con Virgilio y Gladys.

Rafael dejó de ver su mano y avanzó, sin darse cuenta. Se sentía herido. No entendía por qué Francine le hablaba así. ¿Por qué me dices eso?, preguntó Rafael.

¡Chinga tu madre!, rió Francine.

Momentáneamente todos los sonidos se agudizaron: la arena se volvió más nítida, con un color coral. Era algo doloroso: cada sonido penetraba en su cabeza como una daga. Rafael alzó la vista y vio a Paulhan, esperándolo, sonriendo. Rafael se apaciguó. Sonrió también.

Wow!, exclamó Virgilio. Vengan pacá, ¡qué chingonería!

Virgilio, Gladys y Francine acababan de llegar a un promontorio de donde se veía la playa: las olas altísimas explotando con lentitud: todos se detuvieron nuevamente contemplando el mar, escuchando su fuerza. A Rafael se le humedecieron los ojos. Tenía ganas de llorar, de rezar, para vaciar tantas emociones exaltadas. El sol, ya muy cerca del horizonte, bañaba todo con una luz dorada, tenue, casi palpable, y en la arena húmeda se formaban innumerables juegos de colores cambiantes en cada retirada de las olas.

Paulhan se aproximó a Rafael.

¿Qué te parece?

Rafael miró a Paulhan, enmudecido: ya no podía hablar pero sus pupilas, dilatadas, chisporroteaban. Paulhan sonrió y miró hacia arriba y después hacia atrás. Rafael lo imitó en el acto. El cielo aún muy intenso, sin nubes; y a sus espaldas yacía, como un objeto informe, extraterrestre, el charger ligeramente hundido en la arena. A Rafael le costó, para su sorpresa, mucho trabajo reconocer que ese objeto insólito era un automóvil y que en él habían pasado parte de la tarde. Se sobrecogió con una sensación ensombrecedora. A duras penas podía recordar que ese auto había significado mucho, ¿pero qué? Frunció el entrecejo al advertir que algo estaba sucediendo a toda velocidad: no podía recordar los nombres de las cosas, sólo con un esfuerzo que lo bañaba de intranquilidad; y el charger, con la luz dorada, resultaba testigo de algo poco agradable. Dejó de verlo, para posar su mirada más al fondo, donde se alzaban las palmeras (inclinadas) y los árboles y la vegetación exaltada de la laguna.

Tú no has viajado mucho, ¿verdad?, preguntó Paulhan.

Rafael lo miró nuevamente y sólo después de un momento recordó que estaba viajando.

¿Ésta es la primera vez que viajas?

Después de un rato, Rafael asintió, con una sonrisa de vergüenza, pero no mucha: no le importaba que Paulhan supiera *eso*. Pero después se dio cuenta de que le costaba mucho trabajo entender lo que decían y que, antes, él tenía miedo a viajar. Sin poderlo evitar, susurró:

Tú me vas a ayudar, ¿verdad?

Paulhan palmeó la espalda de Rafael, con cierta brusquedad.

¿Ayudarte a qué? No pasa nada.

Paulhan calló repentinamente. Bajó la vista. Algo cambió en él y Rafael lo experimentó con toda claridad: como si le hubiera sucedido a él. En ese mismo instante desconfió de Paulhan. ¿Quién se creía ser? ¿Quién *es*?, se dijo después, con alarma creciente. No lo conozco. ¿No querrá hacerme daño? Pero Paulhan suspiró y alzó la cara y vio el mar. Rafael lo imitó nueva, automáticamente. Había mucha fuerza en el mar, casi ferocidad, pero era imperturbable, ajeno a Rafael, quien volvió a sonreír.

Gladys, Francine y Virgilio habían bajado a la orilla del agua y caminaban entre los más suaves restos de las olas, mirando la luz dorada en la arena húmeda y en la espuma.

Arriba, Paulhan tomó a Rafael del brazo y caminaron también, hacia el norte. Cuando me pongo muy nervioso, dijo Rafael, quien se alarmó de oírse hablar, respiro profundamente y cuento de cien a setecientos, al inhalar, y de setecientos a cien, al exhalar. Paulhan lo miró fijamente y después soltó el brazo de Rafael. Sólo le dedicó miradas ocasionales, como si lo vigilara, lo cuidara. Rafael no lo advertía: en ese momento su mente se había vaciado, no se agitaba ningún pensamiento; el interior de su cabeza era una sala de paredes altas, barricadas, iluminadas por antorchas. La arena dorada cambiaba de tonalidades, hacía sombras, se metamorfoseaba en luz. Las conchas y los guijarros se desplazaban de lugar con velocidades increíbles. Las nubes triangulares y el sol mismo cobraban mayor volumen, más nitidez, y los rayos se fijaban, se solidificaban. La arena y la orilla del agua se acercaban y se retiraban, adelante y atrás. El ruido de las olas se amortiguó hasta volverse muy lejano, subliminal, y después creció nuevamente hasta que cada burbuja irrumpió con claridad. El mar, a lo lejos, era cubierto por manchas de tono casi violeta, islotes de color. Cuando las olas se alzaban dejaban ver una gran caverna oscura de la cual salían construcciones derruidas, bóvedas altísimas, grandes engranajes, partes internas de máquinas, ruedas, arcoíris solidificados. Su cabeza se llenó de una música sibilante mientras se formaban remolinos que iban hasta el infinito. Cerró los ojos. Experimentó una sensación tan poderosa y terrible que le dio la certeza de que el universo era su mente y de que el universo explotaría como un globo. Todas las imágenes se sucedían con tanta velocidad e incoherencia que el tiempo se convirtió en algo sin sentido: no podía existir tal simultaneidad. Aterrado, abrió los ojos. En la playa, detrás de Francine, Gladys y Virgilio, apareció, dibujada en la arena con nitidez, una *Your inside is out* figura que Rafael al principio consideró extrañísima, pero que después resultó familiar y significativa: era la primera carta del tarot, el Mago: una mano alzada y otra en la mesa, los cuatro elementos, el símbolo del infinito.

¿Ves, ves? ¡Es el Mago!, exclamó Rafael.

Paulhan siguió caminando, sin responder.

¿No lo *ves*? ¡Allí está, dibujado en la playa!

No, no lo veo, respondió Paulhan.

¡Pero cómo no! ¡*Allí* está!

Pues sí, pero nada más lo ves tú, explicó Paulhan con cierta reticencia. Es el viaje. Yo no veo nada, más que lo que está: el mar, la playa, el cielo. Yo no tengo alucinaciones, ¿ves?, desde hace mucho. Eso nada más sucede en los primeros viajes cuando uno tiene que descubrir que nada es como parece ser y que nada permanece igual. ¡Pero ve el *sol*, Rafael! ¡Qué colores! ¿Y sabes qué? Hoy hay una luna llena, bien llena, la vamos a ver salir sobre la laguna.

Rafael miró a Paulhan, extrañado. No entendió casi nada de lo que oyó, pero advirtió que Paulhan hablaba mucho y que le estaba diciendo mira niño ves cosas que no existen estás *en-*

fermo toda tu vida has visto cosas que no son y a pesar de eso te sientes el Mago verdad pues no eres más que un pobre pusilánime hipócrita cobarde mezquino intrigante mediocre. Rafael creyó desfallecer: los colores del cielo se agudizaron, oprimiéndolo. Varios calosfríos lo sacudieron. Vio la inmensidad de la playa y se vio caminando sin rumbo, desorientado, a la mitad del camino, creyendo que iba hacia algún lugar y en realidad estaba perdido, ridículamente perdido. Y por eso el tiempo se suspendió: el sol colgado tras las nubes inmóviles. Todos los sonidos se opacaron, se hicieron lejanos, y sólo escuchó ráfagas de viento que le hacían patente su desorientación. Sufrió mucho: quería llorar, abandonar todo. Sus pies llenos de arena parecían grotescos caminando sin rumbo fijo. Sus pies eran objetos terribles, llenos de ramas azules en ebullición. La alucinación de la carta del tarot el Mago se desvaneció hasta entonces. Las plantas se convirtieron en triángulos y de éstos la arena se elevaba uniformemente hasta convertirse, en el cielo, en nubes triangulares, distorsionadas. De las porosidades de la arena surgieron escorpiones, arañas, piojos, chinches, reptiles que se metamorfoseaban en cáscaras de huevo, en martillos, en ruedas de carretas, en tuercas, en miembros desarticulados de mínimos muñecos. Y luego emergían ojos flameantes rojísimos que se agrandaban hasta transformarse en manos con puñales y en bocas con colmillos sanguinoletos y órganos sexuales carcomidos y aves prehistóricas y murciélagos y moscas y ratas y cerraduras que se desplazaban de lugar en instantes fugaces y con una velocidad desquiciante, como antes la arena. Mil veces mejor ver hacia arriba pero el cielo se resquebrajó y cayó sobre la playa las nubes se petrificaron y se desplomaron convertidas en lluvia de fuego pero al caer eran trozos de carbón pedazos de excremento y después cabezas decapitadas con los ojos vacíos y las cuencas sangrantes y las cabelleras flotando meciéndose danzando y todas esas cabezas eran su propia cabeza y luego resultó que no: era la cabeza de Paulhan caminando junto a él, con una sonrisa. Rafael le vio marcadísimos los ángulos faciales. Era muy hermoso, era perfecto, era completo, ¡era el demonio! ¿Qué quiere? ¿Qué me quiere hacer? La verdad es que Paulhan sólo era un pobre creído sabelotodo mezquino mediocre pusilánime cobarde.

¡Tú no tienes derecho a decirme nada! ¡Quién te crees ser?, exclamó Rafael tras un esfuerzo, lleno de un odio cálido hacia Paulhan.

Paulhan se volvió a él, sonriendo un poco, tratando de enmarcarse en una expresión neutra.

Eso decía yo, no tengo derecho a decirte nada.

¿Eh?

Paulhan sonrió.

Tú eres el diablo, ¿verdad?, dijo Rafael, tú inventaste todo esto, ¿no es así? Estás creando todo esto para volverme loco para que no reconozca nada, para perderme. Tú inventas el cielo y el sol que no se mueve y las cosas que salen de la arena, ya me di cuenta.

Es mejor no hablar Rafael. Nada más se hace más grotesca la confusión. Cuando el viaje está muy fuerte las palabras tienen miles de significados. Estás *viajando.*

¡Tú crees que estoy loco!, gritó Rafael, y al proferirlo su cabeza se cimbró: ésa era la verdad, estaba totalmente loco y así se iba a quedar toda su vida.

Todos estamos locos, ¿no?, replicó Paulhan, divertido. De poète et fou nous avons beaucoup. No hay *problema*, Rafael, ¿alguna vez te he dicho que el diablo está en nuestra cabeza? Déjate ir y al rato pasa, todo pasa, todo fluye. Aprovecha esto.

¿Qué es esto?, preguntó Rafael, angustiado.

Un *viaje.* Lo mismo que siempre sólo que más fuertecito y con colores vibrantes. Te metiste una silocibina.

¿Qué es una silocibina?, pensó Rafael, exhausto.

Sus pies grotescos, envueltos de arena pesada. Sin rumbo.

¡Lléguenle, ya se va a meter el solapas!, gritó Virgilio desde la playa. ¡Hay que aplatanarnos un rayo para cotorrear el clave del güero! ¡Setecientos monos!

Paulhan miró hacia la laguna y comprobó que la vegetación profusa, con tenues tonos dorados, ya se hallaba mucho más cercana.

¡Ya vamos a llegar a la laguna, falta muy poquito!, contragritó Paulhan.

¡Pero aquí está a toda madre!

¡Cállense la boca!, intervino Francine, molesta. Junto a ella, Gladys caminaba viendo el sol.

¡Mejor seguimos hasta allá, Virgilio! ¡Hoy hay luna llena! ¡En la Barra se verá mejor!

¡Nhombre! ¿De veras? Wow!

¡Me cago en la luna llena, en la puesta de sol y en ustedes dos, par de putos!

Siguieron caminando hacia la Barra: a lo lejos ya se distinguían algunas casitas de pescadores. Pinches casitas de pescadores, chinguen a su madre, se dijo Francine: se hallaba muy tensa. Ese estúpido viaje la estaba sacando de quicio. Le irritaba que Gladys anduviera de un lado a otro, sin decir nada, sonriente, tan tranquila, asintiendo a todas sus provocaciones. Le indignaba que Paulhan anduviera de santurrón, como si ella nunca lo hubiera visto *mamándoles* las vergas a los niños del Villa Vera Racket Club. Cuidando al bebé Rafael, quien obviamente nunca había viajado, qué *farsante*. Y Virgilio, con su onda de que todo le parecía maravilloso, qué color matador, qué cotorreo Timoteo, groovy like a movie, chiro Ramiro, portándose como todo Buen Hippie en Viaje: Paz Amor Good Vibes Everything's Beautiful & All That Shit. Y podía controlar tan bien el viaje. Es que era un vicioso empedernido. Francine también podía controlar ese imbécil viaje, cómo infiernos no: aunque viera caras de diablos fosforescentes, colmillados, saliendo del mar: aunque su cuerpo temblara. Eso la ponía tensa. La silocibina, con mucho, estaba más fuerte que *todo* lo que había ingerido antes. Era tan fuerte que sucedía lo que nunca: olvidaba qué iba a decir, veía diablos truculentos en el mar y le jugaban bromas muy pesadas, tener que reír como pendeja sin saber por qué, simplemente porque *todos reían.* ¡Siguiendo a todos, cuando ellos deberían seguir a ella! Imitarla, como cuando salió del charger, cuando echó a caminar, cuando se quitó las sandalias y todos la imitaron como monos. O no poder evitar quedarse como estatua, viendo el cielo. Pinche cielo es el mismo pendejo cielo de siempre, sólo con más luz y alucinaciones. Estúpidas alucinaciones. Y después, la sensación terrible de que su mente no era *suya:* alguien merodeaba por allí jugándole bromas macabras: sensaciones de emoción tormentosa, un amor inaudito hacia Gladys, y luego, sin transición, un odio infinito a Gladys, Repugladys. Y todo el cuerpo hormigueando, pero no de una forma agradable, sino fricoteada: ganas del ¿de qué? De no haber tomado nunca esa silocibina. Tantas cosas que no podía evitar controlar. ¡Ella Francine! Nada más faltaba que en poco empezara a sentirse en verdad mal. A morder la sábana. Fuckin' shitty sheet. Iba a creer que en verdad estaba enloqueciendo, pues, ¿por qué todo vibraba *así?* (¿por qué caras de diablos-colmillos-sanguinolentos en el mar?), ¿por qué el imbécil sol tenía que henchirse, convertirse en un globo *gigantesco* (goteante) y no poder dejar de verlo (como tarada)? Y sentir que no dominaba sus pensamientos. Subía en un cohete y arrancaba, con furia, hacia— ——¿dónde estoy, qué sucedió? Ah. ¡Porquería de silocibina! Hacía que todos fueran unos pendejos hijos de puta, que no se alivianaran. ¡Ya se va a meter el solapas! Chingue su madre el solapas. ¡En la Barra se verá mejor! ¿Se verá mejor qué? Cuánta idiotez. Mil veces mejor estar en Acapulquito, bebiendo unos cutty sarks. ¿Cutty *Sark?* Fumando mota. Porque la mariguana no era como *eso,* nunca la había hecho reír como estúpida u olvidar qué iba a decir o estar tensa tensa tensa, explotando, the mind *blowing* luchando consigo misma, con ese sabor ridículo en la boca. Como *todos.* La pulverización del ego. Oh *gosh*! ¡Pero no de *mi* ego! ¿Por qué se quedaban viendo el sol como zombis, si ella era el sol? Pero nadie le hacía caso, ni *Gladys* (Repugladys), todos inmersos en sus pendejos problemas, forzándola a que ella también pensase cosas que para *nada* le gustaba pensar, obligándola a fingir que ella *supo* que en realidad ellos eran un agujero dispuesto a *tragársela*. En realidad todo indicaba que ellos habían *planeado* ese viaje de silocibina para hacerla caer, para orillarla a sentirse mal, o creerse *loca*, y claro que estoy loca, pero no loca-loca, if you know what I mean. Ellos sabían desde antes que Francine escucharía el viento y el mordisqueo de las olas como algo terrible, cruel, el aviso de su muerte. Sólo querían confundirla. ¡Los odiaba, porque andaban tan tranquilos y ella *azotándose*! ¡Calladita con cara de help help! ¡Qué pendejada! ¡Quién se está azotando? Francine *no*. Claro que no. ¿Que se muriera de angustia? ¿Que se dejara ir? Turn on tune in drop *dead*? Turn on your mind relax & float downstream? *Downstream*? Like hell she would! ¿Ir a *dónde*? ¡A la locura! ¡A la *muerte*! The one-way trip! Y no es que temiera la muerte, se la pasaba por los *ovarios*. Pero ellos (hijos de puta) querían que Francine muriera, pero Francine no iba a morir, viviría o moriría intentándolo. ¡No no! No podía morir. En todo caso, antes les haría pagar su osadía. A todos, incluso a McMathers. ¡Y McMathers! ¡Él era el que hacía falta allí! McMathers, su otra cara, la persona que en verdad la entendía, la quería, la amaba, no podía vivir sin ella. Pero McMathers era malo, McMathers era era | ¡El diablo! (apareciendo en el mar); siempre había querido manejarla, pero, claro, Francine no era manejable, ella manejaba... Pero manejaba *qué*. Ni siquiera podía evitar tener que respirar hondo, tener que oír el mar llamándola para que se dejara *hundir* ¡nunca! ¿Pero qué pendejada era *ésa*? ¿Por qué todo se ensombrecía así? ¿Por qué su cabeza explotaba, se iba? ¡No me quiero ir no me quiero ir! ¡*Alguien* tenía que ayudarla! ¡Tenía que gritar ayúdenme! Pero no, antes morir. ¡Pero no quería morir! Eso era todo: no quería morir *nunca*, ¿por qué iba a morir si todavía era hermosa, elástica, la más inteligente, la más rápida, la más fuerte? Pero no era la más hermosa, ya estaba vieja| ¡No no! No era vieja: era *perfecta*, experimentada, fascinante, enigmática, fuerte. Gladys sí era fuerte: para nada abandonaba esa estúpida sonrisa de apacibilidad. ¡Mentira! Gladys hacía lo que *ella* quería, luego entonces ella era la más fuerte, como también había llegado a ser la más hermosa, cuando Gladys empezó a *pudrirse* después de Montego Bay: a beber, a tragar| ¿Por qué todo eso en este momento, por Dios? Muy bien muy bien ya llegamos a la Barra. Okay aquí nos sentamos a ver la puesta de sol pero cállense cállense siquiera un momento (hijos de puta). ¿Y si se dejara ir? Quizás así cesaría de estremecerse, de temblar por dentro, de sudar copiosamente en sus manos (ríos en sus manos), de sentir que en su estómago había *ratas* devorándola (por dentro). ¿Por qué ratas? ¡Una estúpida silocibina no la iba a *tirar* y a hacerla llorar, a hacer que sus dientes crujieran, a obligarla a revolcarse, contorsionarse, mordiendo la sábana! ¡No iba a pedir ayuda! Aunque Virgilio y Gladys y Paulhan parecieran no haber tomado nada (fingían). ¡El sol! ¡Qué inmensidad! ¡Me voy! ¡Me voy! ¡No me quiero ir!

A sus espaldas, lejanas, algunas casitas de pescadores coronadas por las copas de las palmeras y los árboles de la laguna. A un lado, la Barra de Coyuca, abierta: el mar recibiendo a la laguna. Enfrente, el mar ondulante, las nubes triangulares sobre el horizonte. Y el sol, enorme, radiante, color bermellón, a punto de tocar la superficie del mar, tan preciso que se distinguían las explosiones de llamaradas en el borde. Imposible dejar de verlo. Los cinco sentados en la arena, quietecitos, calladitos, frente a las olas que barrían la playa y formaban dibujos dorados, diseños fugaces, perfectos, con la luz intensa del atardecer. Todo pasmosamente dorado, la playa recibiendo luz y tinieblas en sus promontorios: un desierto con algunos matorrales y cocos viejos, vomitados por el mar, y guijarros y conchas y cangrejos corriendo a sus agujeros. Y

el sol, enmudeciendo a los cinco, lleván-
doselos, limpiando sus mentes. Ninguno
podía dejar de ver el sol, de volverse par-
te del círculo inmenso, henchido de poder, cambiante: no era
ni rojo ni dorado ni anaranjado ni bermellón: tenía innumerables matices de color y ellos los percibían: oro en el centro,
naranja intenso en la circunferencia, pequeñas lengüetas
rojiazules queriendo desprenderse. Y encima, el cielo y las nubes cambiando, convirtiéndose en trazos fantásticos, en objetos incandescentes, como la gran mancha dorada, cegadora, en
el centro del horizonte, detrás del sol. Todo el cielo iluminado,
reviviendo el espectro: del amarillo goteante hasta fantasmas
de verdes, violetas, que se integraban en el azul de la parte superior de la bóveda, donde la intensidad semejaba la del mediodía. Una enorme bóveda llameante, apagándose medidamente.
Todos calladitos viendo cómo el sol se depositaba en la curva del horizonte y parecía deshacerse, desintegrarse, derretir-
se. Todos muy silenciosos siendo parte de la naturaleza incen-
diada; siendo parte del sol que se iba, del mar que lo recibía,
de los colores flameantes del cielo, de las nubes triangulares
que se estremecían y se derretían en luz, de la más pequeña a
la más grande. Todos callados sin un solo pensamiento en la
mente, sin una sola imagen, convertidos, los cinco, en una llama frágil que eternamente se hallaba a punto de cesar, en una
agonía perenne, pero también siempre renovándose, renacien-
do en el mismo momento de morir. Y el sol, apenas sumergi-
do hasta la mitad cada vez más grande, más vibrante, más po-
deroso. Y todos calladitos, viéndolo, agonizando de placer; las
cinco mentes vacías como una sola, sintonizadas en la misma
frecuencia, sin poder dejar de ver el mar y de ser arrastrados
por él hasta el mismo centro de fuego eterno. En esa eternidad las luces seguían cambiando con una transición perfecta,
se fusionaban, se expandían, creando tonalidades distintas. Las
nubes triangulares en ese momento con un resplandor álgido,
hirviendo de luz, terriblemente encarnadas; y el sol hundién-

dose con tanta lentitud que los cinco se retorcían de gozo, tenían que suspirar, Virgilio entre dientes musitó wow! too much!, sin darse cuenta, con los ojos llenos de lágrimas y la piel con una sensibilidad finísima, abierta toda para recibir hasta la última partícula rabiosa de luz, intensa como una llama, como si su cuerpo se hallara provisto de ojos por todas partes, invenitur in vena sanguine plena; sintiendo que sabía todo al experimentar el todo, hundiéndose con el sol en el fondo del mar. Sólo quedaba ya una curva rojísima regalando a los cinco (calladitos) un paroxismo de felicidad, de gloria, de fusión extraordinaria, de armonía total. Las lágrimas fluyendo por las mejillas de Virgilio (too much!) y la luz incendiando los ojos de Rafael: abiertos, pasmados, como los de un niño. La curva restante de sol haciendo que Paulhan respirara breve, agitadamente, como en el orgasmo más completo, más delirante, más intenso de su vida; con cada respiración la luz se volvía más clara, el cielo envolvía su piel tan sensible que parecía llorar ante la brisa, ante las olas de luz que lo elevaban, irisándolo como en una danza. Una sola puntita de sol, una curva mínima desparramando rayos casi sólidos, cegadores, vaciando la mente de Francine, lavándola a su pesar, dejándola boquiabierta, haciéndola olvidar que era Francine y que luchaba contra sí misma momentos antes; y dando más serenidad a Gladys, quien suspiraba prolongadamente, a punto de desplomarse a causa del acumulamiento de sensaciones cristalinas que ofrecían un ritmo ardiente a su corazón. El sol parecía haberse detenido, negándose a desaparecer, y su último resto continuaba incendiando el mar, bañándolo de tonos rojos encarnados————————————————————

————————————————————

————————————Paulhan se volvió para observar a sus compañeros viendo el último vestigio de sol. Sacudió la cabeza. Sonrió. Y tomó un cigarro de mariguana consumido hasta la mitad. Lo encendió, con una sonrisita juguetona. Aspiró largamente en tres ocasiones sin dejar de advertir cómo, en cada fumada, el sol se ensombrecía, el sol terminaba de desplomarse iniciando otro día en otra parte. El cielo agitándose, girando, desgarrándose (con cada fumada).

El humo de la mariguana penetró en la nariz de Rafael, quien se hallaba muy cerca de Paulhan y eso bastó para que el milagro cesara, toda la luminosidad se volvió inhóspita y una sensación más fuerte sacudió a Rafael. Vio con toda claridad que repentinamente las olas enormes se negaban a caer y quedaban paralizadas, formando una pared azulverdosa. En ese momento la cortina de agua se abrió y una figura emergió del mar. ¡Era la *Virgen María*!: avanzó hacia Rafael mirándolo fija, inflexiblemente; pero a los pocos pasos se desplomó y entonces se convirtió en Francine quien yacía en la arena toda vestida de blanco, con un agujerito arriba del entrecejo de donde manaba sangre fresca, dorada por la presencia del crepúsculo. El corazón de Rafael se hendió. Tembló convulsamente. Paulhan pasó el cigarro de mariguana a Virgilio, quien durante unos instantes lució una expresión de extrañeza, hasta que comprendió de qué se trataba.

¡Vientos huracanados!, dijo Virgilio: tomó el cigarro y lo fumó profundamente con una sonrisa amplia, diciendo wow! Out of sight!

En ese momento Rafael vio que las olas se estremecían para caer con un estrépito inaudito, y al alejarse engulleron el cadáver de Francine.

¿Quieres las tripas, Gladys?

Gladys, tras unos titubeos, tomó el cigarro y lo fumó, con aire abstraído.

¡Ahora sí nos vamos a poner a *temblar*, maeses! ¡Me cae que la puta moronga es el diablo!

¿Alguna vez te he dicho que el diablo está en tu cabeza?, preguntó Paulhan, sonriendo.

Yep, and heaven too!

Oh shut *up*, masculló Francine, temblando. Arrebató el cigarro para fumar vehementemente, casi con rabia, hasta ex-

256

tinguirlo. A ver qué pasa, que venga lo que sea, alcanzó a pensar Francine, experimentando un calor que le hacía zumbar los oídos, que opacaba la luminosidad del crepúsculo. Con toda claridad se empezaron a escuchar las olas y el canto de algunos grillos.

¡Recarajas nalgas pardas! ¡Qué hasta el gorro me puse!, proclamó Virgilio, y era una bacha nada más, ¿verdad, Paulhan?

Sí. ¿Enciendo uno entero?

¿Tú quieres *más*?, preguntó Gladys, asombrada. La arena y el cielo y las nubes y la mancha de color que permaneció como presencia del sol, se habían ensombrecido.

Pues no estaría mal otro acelerón, confesó Paulhan, con cierto rubor.

Oye hijo si quieres tú llégale porque yo nelazo, dijo Virgilio, estoy bien servilleta. ¡Carajo, al rato voy a ver salir a la Virgen *María* del mar!

Rafael no alcanzó a escuchar nada: sus oídos estaban anegados de un chorro sibilante, turbulento. Una cápsula espacial arremetiendo contra el espacio. Las olas volvieron a detenerse y quedaron erguidas, formando una muralla. De allí emergieron serpientes y ranas contorsionándose, y Rafael optó por cerrar los ojos pero con los ojos de la mente vio árboles zarandeándose hasta caer y montañas corruptas y un laberinto oscuro por donde él avanzó adentrándose en las tinieblas y rebasando habitaciones clausuradas y sabía que a pesar de todo continuaba vivo en una vida latente o en una muerte flexible que a fin de cuentas era lo mismo porque su mano atestiguaba que su corazón latía y quizás había cesado porque cuál mano cuál corazón que atestigüe la mano y en su mente llovía a cántaros tormentaba con furia y el viento aullaba cortaba penetraba se arremolinaba y caían rayos y rodaban truenos se esparcían y detrás de todo eso germinaba una mezcla extraña de voces discutiendo desconsideradamente qué discuten qué dicen qué gritan qué maldicen yo no les he hecho nada y pisadas mudas quién recorre mi cabeza va a explotar y lla-

ves girando en cerraduras oxidadas y cascadas y olas deteni-
das, formando una muralla, al abrir los ojos: Rafael se aterrorizó. De nuevo vio a la Virgen María abriéndose paso entre la
cortina azulverdosa para avanzar hacia él; pero después la Virgen se desplomó y se convirtió en Francine, vestida de blanco y con la sangre dorada fluyendo de un agujerito en la frente. Las olas, nuevamente, cayeron con estrépito, y cuando la
resaca se retiró se llevó el cadáver de Francine. Las olas volvieron a alzarse para detenerse en lo alto formando una pared de agua y Virgilio dijo ¡vientos huracanados! y de la nariz
de Rafael no se iba el olor de la mariguana es el diablo y de la
muralla de agua emergían piedras rodando, la arena se alzaba
como una cortina, y sin duda él no iba a soportar *eso*, su mente reconocía a la pared de agua como todo el universo pues allí
se encontraba el cielo estrellado y después el sol descendiendo con lentitud, expandiendo luminosidad, y más tarde aparecía la luna pero no era de noche ni era la luna (siquiera), sino
una de carreta girando con lentitud; era la cara de Rafael con
ojos flameantes, sin ojos, con las cuencas vacías chorreando
sangre; era una bola de arena, una burbuja en cuyo interior
germinaba el mundo o una parte del mundo, cuando menos
un gran desierto con un ejército *egipcio* avanzando en camellos
y enarbolando estandartes; y después la burbuja crecía y mostraba una playa donde Rafael se hallaba sentado frente a una
muralla de olas estáticas, viendo al sol hundirse y observando
cómo de la cortina de agua se abría paso una figura: la Virgen
María: avanzaba hacia Rafael, pero a los pocos pasos se des-
plomaba y en su lugar quedaba el cadáver de Francine, vestida de blanco, con un agujerito en la frente donde manaba un
hilo de sangre dorada; después las olas se estremecían y caían
estrepitosamente y Rafael *saltaba*. Las olas lavaban la arena, se
llevaban el cadáver de Francine a las profundidades y después
volvían a inmovilizarse formando una
larguísima pared de agua y la voz de Virgilio decía ¡vientos huracanados! y del

The deeper you go

mar irrumpían unas nubes monumentales y como en un delirio Rafael pensaba ¿nubes dentro del mar?, ¡qué absurdo!, como si todo lo demás hubiera sido normal. Y parecía que había transcurrido una eternidad pero en verdad no había pasado ni un fragmento de segundo porque Paulhan, con cierta vergüenza, estaba diciendo pues no estaría mal otro acelerón.

Oye hijo si quieres tú llégale porque yo nelazo, dijo Virgilio, estoy bien servilleta. ¡Carajo, al rato voy a ver salir a la Virgen *María* del mar!

Vas a ver salir tus nalgas del mar, llenas de *caca*, pronosticó Francine, sudando copiosamente bajo la nariz. Prende otra motuela, Paulhan, porque yo no siento *nada*.

No sientes nada *agradable*, deslizó Gladys.

Chinga tu madre vaca espantosa, replicó Francine. A mí estas drogas escolares me hacen los mandados.

Francine tomó la botella de vodka y bebió: el líquido era un cuerpo sólido, una columna cilíndrica, una víbora descendiendo por su interior.

Y todos ustedes son unos puuuuuuuutos, agregó Francine, a duras penas, sudando. Aliviánense.

Ya le va, masculló Virgilio.

Paulhan suspiró.

Entonces Francine, ¿enciendo un cigarro entero?

¡Pues *claro*!, ¡qué esperas que no te apresuras!

Que no te encueras, corrigió Paulhan. Encendió otra colilla de mariguana. Fumó y la pasó a Francine, quien iba a protestar porque no sacó uno entero, miedoso, pero experimentó tal sacudida dentro de sí, que optó por callar.

Había menos luz. La mancha del horizonte menguó y ya era anaranjada. Las nubes triangulares resplandecían con una coloración casi fosforescente, carmesí. Francine sintió que tardaba siglos en llevar la colilla a su boca.

Wow! Ya casi no puedo hablar, confesó Virgilio al tomar la colilla que Francine le ofrecía. Pero ya entrados en drogas hay quir palante palante. Hasta el pasón siempre. Total, más loreto ya no puedo estar.

Cómo no, musitó Gladys.

¡Aliviánate, gordinfecta!, rugió Francine: tenía los párpados semicerrados y la conjuntiva enrojecida, ¡pareces momia!

Gladys sonrió. Pasen das mariguana, s'il vous plaît. Recibió la colilla y fumó intensamente, en silencio.

¡Ey! ¡Ey! ¡Agárrense, hijos! Take a peka*boo* at *that*, avisó Virgilio. Estaba viendo hacia atrás: sobre las copas de la vegetación acababa de salir otro círculo rojo, como si el sol hubiera dado vuelta y en ese momento reapareciese por oriente. Pero el círculo tenía menos luz, y dentro de él aparecía un dibujo, consideró Gladys, un jeroglífico, se dijo Virgilio, una letra china, pensó Paulhan. ¡Cuál jero*glífico*!, pensó Virgilio, qué pastel estoy: ¡es el afamado conejo de la luna! Todos veían la luna.

¡Qué chingonerida!, dijo Virgilio. Palabra que dan ganas de arrodillarse, como los putos árabes en La Meca y La Bandida, y cantar blue mooooon...

Dan ganas de patearlos, dijo Francine. ¿Qué tiene de chingona la luna?

¡Y ésta no es alucinación, maestros!, prosiguió Virgilio, ignorando a Francine.

Sí es alucinación, dijo Francine. Ahorita estás tan *passed out* que no te das cuenta de que estamos en mi departamento de la Costera, atizando. Nada de esto existe.

¡Ah chingá!, exclamó Virgilio. Tú sí me la ganas.

En todo caso, musitó Gladys, estamos en Montego Bay. Nada de esto existe.

¡Ah! Back to belle époque, ¿eh, panzona?

Paulhan rió para sí mismo.

¿Cuál belepoc?, preguntó Virgilio, sinceramente confundido. No ligo tu patín.

Porqueres pendejo.

Pendejo pero no armo pedo por estarme azotando, dig it.

Virgilio tiene razón, Franny. ¿Por qué no te callas?

Summertime and the trippy is freaky, canturreó Paulhan.

¡Váyanse al carajo todos ustedes! ¡Y tú no me vuelvas a callar, barril! No porque ustedes sean unos *cadáveres* yo también voy a callarme y a tenderme como muerta.

A dead man's dream rememoró Paulhan. Keith Reid strikes again.

Pero qué hermosa está la luna, suspiró Gladys.

Y qué vieja estás tú, fatsa. A dead bag's crap. Eres un cadáver ambulante. Y cursi también.

Mira quién lo dice, balbuceó Gladys.

¿Y éste?, preguntó Francine señalando a Rafael. ¡Éste sí *se murió*! A ver gurú, aliviánate, bailamos la danza de los viejitos.

Rafael continuaba con la mirada fija en las olas: las pupilas enormes, como de gato, llameando. No pareció escuchar a Francine.

Déjalo en paz, pidió Paulhan. Está muy high.

Que se aliviane, insistió Francine, agitando los hombros de Rafael. Wake up! Read the cards!

No la chingues Fran, dijo Virgilio. Agarra la onda de que está totalmente despersonalizado.

¡Está *pasado*! Para mí que ya se murió. ¡Ey tú! ¿Estás vivo o te estás azotando muy fuerte?

Tú te estas azotando muy fuerte, deslizó Virgilio.

Déjalo, le puede hacer daño, reiteró Paulhan.

¡Váyanse a la mierda! ¡Y tú en especial, puto mamador! No quieres que siquiera toque a tu sweetheart, ¿verdad? Con toda claridad *vi* que a él no le pasaste el cigarro de mariguana.

No le hacía falta, dijo Paulhan.

¿Y crees que no advertí, con toda claridad, que tú casi *no* fumaste?, acometió Gladys. Tú también estás haciéndote pendeja. Estás muriéndote de miedo. Hablas y hablas para no azotarte, no puedes estar contigo *ni un segundo*.

Fuck you, old bag! ¡Cómo que no fumé! ¡No fumaste *tú*! ¡Yo aguanto más que todos ustedes juntos!

Rafael los oía hablar pero no podía precisar qué decían. Las voces, muy lejanas. Tenía la certeza de que todo había cesado, la humanidad se había extinguido y sólo quedaban ellos como únicos sobrevivientes. Eran dioses. Todo se hallaba a su alcance. Pero también algo estaba sucediendo, la playa se oscurecía, agonizaba a su rededor.

Enciende otro cigarro y vas a ver, dijo Francine. Pero este imbécil indio Rafael también va a fumar, cómo no.

Ellos cinco eran los únicos seres vivos del universo. Y ni siquiera se hallaban en el planeta Tierra, sino en otro mundo de otra galaxia, terriblemente solos. Y sus compañeros sabían algo que él ignoraba aún y por eso ni siquiera podía precisar qué decían.

Virgilio rió, quedito.

Pues yo digo que qué viajazo. Ha sido uno de los mejores de mi vida. Carajo, miren qué luna, qué luz.

Me duele mucho el corazón, dijo Gladys, inesperadamente.

Te duele el *culo*. Porque eres muyy puuuuta. Crees que no me he dado cuenta, ¿verdad? Mientras más vieja te pones más puta te vuelves. Te odio.

Oh, cállate Franny, por Dios. Estás *incoherente*.

¿Qué están diciendo?, se preguntó Rafael. De nuevo sintió su cuerpo: ardía, estaba en llamas, como el cielo, en donde se había dibujado, con toda claridad, una enorme franja dorada, perfectamente separada del azul violáceo, cada vez más pálido, del resto del cielo. Las nubes triangulares aún ardían, pero su color en ese momento era más carmín, más apasionado. Rafael se volvió a Paulhan, quien le sonreía, y no lo pudo reconocer, sobre *The higher you fly* todo porque primero vio la cara de Paulhan pero después reconoció su propio rostro en el de Paulhan; y luego, con velocidad vertiginosa, como relámpagos sobre el rostro de Paulhan apareció la cara de Francine y la de Virgilio y la de Gladys y la de su maestro y la de todos los de la Hermandad y las de sus padres (¡en *Torreón*!) y las de sus familiares y las de todos sus amigos y la del dueño del salón de té Scorpio y la de Jorge Espinoza y la de Teresa Ulloa, la bruja mayor, y las de los compañeros del Templo Teosófico y las de artistas de cine y las de señoras encopetadas que lo consultaban y se acostaban con él y después, siempre relampagueando, las caras que veía ya no eran conocidas: eran rostros de hombres, de mujeres, de niños, de todas las razas, colores y edades, hasta que por último volvió a aparecer el suyo y después el de Paulhan: totalmente blanco, con sombras muy negras, muy contrastadas; y el rostro de Paulhan sonreía y Rafael se sintió flotar, volar, sin cuerpo. Y el sentimiento de amor amenguó y Paulhan sonreía; y Rafael hasta entonces se dio cuenta de que frente a él se hallaba Paulhan, el Hermoso, aún en blanco y negro y en alto contraste, qué mirada tan serena, qué resplandorrrr, ¡es el aura!, y el crepúsculo envolviéndolos, tintes rojizos en la arena. En el horizonte aún persistía la mancha de color y las nubes triangulares en ese momento aparecían casi rosadas mientras el cielo estaba rojo, violento. Rafael parpadeó varias veces, extrañado, hasta que logró decir:

¿Qué *pasa*? ¿Qué es lo que está sucediendo?

¿Ya viste la luna?, preguntó Paulhan.

Rafael vio la luna casi rozando las copas de las palmeras (inclinadas) y un espasmo de placer lo hizo doblarse.

Suave, ¿no?

Rafael asintió, con los ojos muy abiertos fijos en la luna sobre las palmeras.

¡Qué suave ni qué ocho cuartos!, vociferó Francine; con que ya *regresaste*, Rafael, siempre no te quedaste, ¿verdad? Pues no te confíes, al rato ya *verás*. Te voy a dar el cigarro de ma-ri-*guana*, el king size que forjó tu novio Paulhan y que lleva en la oreja pudorosamente porque preferiría traerlo enterrado en el culo. ¿Entiendes lo que te estoy diciendo?

Rafael se volvió hacia ella, parapadeando; la vio, pensó ah es Francine. ¿Qué?, dijo.

Eres un pendejo, ¿eh? Te pusiste como muerto, chiquito, según tú eras el experto y no puedes aguantar ni un cochino *ácido*.

Silocibina, corrigió Paulhan.

Rafael se estremeció. La cercanía de Francine era insoportable: quería echarse a correr. La sola presencia de Francine le hería la piel, la cortaba.

A ver, por qué no le echas las cartas a Gladys *ahora*, ¿eh?, dijo Francine sin poder controlar una furia caliente, irracional, que la dominaba. ¿Por qué no se las echas y te quedas *callado* otra vez? No sé qué quiere decir el tendido, no ligo nada, ¡hijo de tu puta madre!

Por Dios Francine, *ya*, musitó Gladys.

¡Es un farsante! ¡Un hijo de puta! ¡Se cree lo má-ximo! ¿Por qué no te echa las cartas *ahora*?

Rafael aguzó la mirada para poder centrar la cara de Francine entre tantos detalles demoniacos que le veía. Temblaba, casi no entendía lo que Francine vociferaba, pero presentía algo terrible, percibía mucho odio, le daban ganas de llorar, su cabeza era perforada por agujas delgadas, penetrantes. Estoy en Acapulco, logró recordar Rafael, y ella se llama Francine y yo estoy aquí porque tengo que leerle las cartas, *ella me lo está pidiendo* porque quiere que la ayude. Rafael carraspeó para no sentir su garganta inflamada. Yo vine aquí a leer las cartas. De sus ojos salían pequeñas lágrimas: endurecidas, consistentes.

Francine, yo te puedo ayudar, dijo Rafael, alarmándose porque no reconocía su voz, no creía ser él quien hablaba; yo te puedo enseñar lo que crees ser y lo que eres en realidad, ¿quieres que te lea las cartas? Te las voy a interpretar como a nadie. Rafael palideció: su voz salía sola, sin que él se lo propusiera; y resultaba lejana, llena de ecos; un arroyo de color y los ecos eran sombras, otra manifestación de luz. Me da una felicidad inmensa que tú me pidas que te lea las cartas porque yo lo puedo hacer muy bien, aunque no lo he hecho por egoísta. Pero contigo será diferente, verás qué bien te voy a ayudar.

Francine tuvo que concentrarse para entender lo que Rafael decía, pero él hablaba con voz muy baja, casi entrecortada, como si no fuese Rafael quien hablara y de esa boca sólo emergieran ecos y efectos electrónicos. Creció el volumen de las olas: un estruendo de agua rabiosa y espuma efervescente y rayas azules. Francine se encogió, se sintió arder y tuvo que luchar contra sí misma porque la penetró una emoción oscura, cálida, que la hacía tenderse, irse: ojihúmeda, estragada la garganta. Finalmente su cuerpo fue sacudido por una inmensa corriente casi eléctrica, y empezó a reír.

¿Tú me vas a ayudar *a mí*? ¿*Tú*? ¿Me vas a echar las *cartas*? ¿Yo te lo *pedí*? ¡Estúpido! ¡Me cago en tus cartas y en ti! ¿Quién te crees ser, para *ayudarme*? ¡A mí nadie me puede ayudar porque no lo necesito!,

Rafael se fragmentó, se rompió, se dividió: un dolor expansivo desquebrajaba su corazón,

¡ayúdate a ti mismo!, ¡si es que puedes saber *quién* eres! ¡Eres un pobre pendejo! ¡Un hijo de puta! ¡Hijo de puta!,

Rafael exprimiéndose, volviéndose líquido, desvaneciéndose,

¡yo soy la que puede enseñarte algunas cosas, cómo puedes evitar quedarte *petrificado* en el peor de los infiernos, luchando por no azotarte, fingiendo que estás en el gran *éxtasis* cuando te estás *revolcando* en tu sufrimiento, en tu mente asquerosa y sucia! ¡Sucia!,

las nubes triangulares con un tono violeta, dulce, sobre el fondo del cielo enrojecido, más oscuro; y la luna en el extremo contrario, ya amarillenta,

¡te la has pasado luchando contra ti mismo, tratando de *controlarte*!, gritó Francine, fuera de sí; ¡pero no puedes! ¡Alguien te *maneja*! ¡No puedes evitar ver tus *porquerías*! ¡Y me quieres echar las cartas a mí! ¡Yo estoy *perfecta*! Perfecta, perfecta, como nunca. ¿No lo ves? ¿Acaso me he *ido*? ¿Me he *perdido*? ¿Petrificado? ¡Nunca me vas a leer tus cartas porque a ti y a tu tarot los mando al *infierno*!

¡Francine, ya! ¡Ya! ¡Suficiente!, pidió Gladys.

Proyección 150, comentó Paulhan.

¡Sí carajo, ya estuvo!, gritó Virgilio, ¡qué saque de onda eres pinche Francine!

¡Chinguen a su madre ustedes también!

No griten, susurró Paulhan y después empezó a reír (bajito).

Virgilio se puso de pie, elásticamente, y bajó a la arena mojada, para humedecer sus pies. Corrió de un lado a otro dando puntapiés a la espuma tibia, inclinándose para recoger agua con las manos y para echársela en la cara, riendo.

Rafael se dejó caer en la arena. Cerró los ojos pero vio una sucesión radiante de figuras extrañamente geométricas: fondos amarillos, un edificio en forma de clave de sol, círculos concéntricos expandiéndose, líneas fosforescentes cruzándose y luego una caverna fría, helada. Tenía que entrar allí. Abrió los ojos, espantado. El cielo cada vez más oscuro. Venus resplandecía. El cielo se dividió en grandes bloques, cada bloque desgajándose de los demás: rayas de color índigo por todas partes.

¿Qué es *esto*? ¡Estoy loco! Del cielo se descolgó un murciélago gigantesco, batiendo las alas ominosamente: se lanzó contra Rafael, quien se encogió: pero sólo

The deeper you go   alcanzó a sentir el roce fétido en su rostro, porque el ave se desvaneció en el aire. Rafael se levantó y vio a su lado a su maestro e iba a decirle que lo sacara de allí, *por favor*, por lo que más quisiera, pero el maestro también se desvaneció en el aire y en su lugar quedó Virgilio, pero Virgilio también desapareció,

porque en realidad Virgilio caminaba en la orilla del mar, donde se hallaba Gladys. Virgilio se detuvo y los dos rieron

(¿alegremente?).

Rafael rió hasta que reparó en Paulhan, de pie, brazos cruzados, ensimismado, resplandeciendo. Pero Paulhan se desvaneció también, porque Paulhan también se hallaba en la orilla del mar, riendo con Gladys y Virgilio (¿alegremente?).

Junto a Rafael sólo se hallaba Francine. ¿Y cómo estaba Francine?

Hecha nudo, cimbrándose, como una cáscara vacía. Rafael volvió a reír. Los brazos de Francine eran largos y las piernas también, y se enrollaban en el tronco. Francine viendo hacia el horizonte cada vez más oscuro, más indistinguible. Francine mordiéndose los labios, muy pálida, con una expresión de terror. Pero Francine se desvaneció también, de repente,

y Rafael vio hacia la playa y Virgilio y Gladys y Paulhan se habían desvanecido, el mar había desaparecido también: sólo quedaba un desierto doloroso, inconmensurable. Rafael no comprendió. Se puso de pie y caminó por la playa con la mirada fija en los granos de arena que hervían bajo sus pisadas. Sin darse cuenta caminó hasta unos matorrales, bajo una pequeña pared de arena. Allí advirtió que su estómago se agitaba. Aflojó el lazo de su traje de baño y lo dejó caer sobre sus pies (grotescos). Y se agachó, azorado, viendo cómo la arena se convertía en la superficie inmóvil de un lago donde se reflejaban nubes monumentales y la luna llena, amarillenta; después reapareció la arena, formando cordilleras por donde cabalgaban jinetes diminutos que se desvanecían y que hacían reír a Rafael. De la arena surgieron armadillos. Qué risa. El vientre de Rafael retumbó. Las piernas bien abiertas, el ano distendido, expulsando, mediante contracciones del vientre, un líquido verdeviscoso, donde varias personas pequeñísimas, ¡y todas con su cara!, se estaban

Your inside is out ahogando y braceando desesperadamente, y a Rafael le daba mucha risa, pues oía con claridad que gritaban y maldecían y eres un hijo de puta ¡sucio! ¡sucio! Y vio su pene, terriblemente encogido, como un ancianito, lleno de resplandores verdosos. ¡Qué luz tan extraña! Todo moviéndose. Se traslucían sus huesos y las ramificaciones de sus venas. Y si alzaba la vista, frente a él encontraba a cuatro ancianos vestidos de blanco y deliberando. Y el líquido verdeviscoso expelido con lentitud, como si se hallara provisto de ventosas que se adherían al recto, al ano y a las nalgas de Rafael. Por supuesto, los ancianos deliberaban acerca de esa cosa que cagaba entre los matorrales. ¿Y por qué Virgilio, Paulhan, Gladys y Francine no veían a los ancianos junto a ellos? Pues porque ya no se encontraban allí, porque Francine se hallaba hecha nudo y Virgilio, Paulhan y Gladys iban a ella. ¡Qué risa! Rafael se puso de pie pero en el acto sintió, entre sus muslos, la humedad viscosa. Volvió a agacharse. Buscó a su alrededor y después llevó su mano a la bolsa de la camisa. Tomó los billetes, todo el dinero que había llevado, y con ellos se limpió cuidadosamente el ano y las nalgas y los muslos, desechando los billetes sucios tras los matorrales. Ya se había limpiado bien pero continuó sacando billetes y llevándolos a su ano, hasta que se terminaron. Volvió a ponerse de pie y se colocó el traje de baño. Se hallaba más tranquilo, pero con una corriente de sonidos rodeándolo; voces casi celestiales lo envolvían. Caminó por la arena, a punto de caerse, pues no podía dejar de ver, en el mar, una capa blanca efervescente.

¡Rafael!, gritó Virgilio, ¡qué pachó contigo! ¡Lléguele, magisterio!

Me llaman a mí, pensó Rafael. ¿Yo soy Rafael? ¿Y qué quieren? Un terror repentino lo sacudió, sus oídos zumbaron con la descarga de adrenalina. ¡Me quieren matar, hacer daño!

¡Carajo apúrate Rafael! ¡Vamos a la lagoon!

Me van a matar, pensó Rafael. Pero eso no puede ser porque ya morí desde hace tiempo. Qué curioso, uno se muere y aun después de muerto puede seguir viviendo. No, no me van a matar, simplemente van a regañarme porque he estado haciendo todo lo que no debería de hacer. Por eso se reían antes (¿alegremente?). Nunca hago lo que debería. Míralo nada más, oyó la voz de Virgilio, el estúpido ese se queda allá sin moverse pensando que no hace lo que debe de hacer en vez de venir aquí, que es lo que debe de hacer. Sí, es un imbécil mezquino mediocre hipócrita cobarde pusilánimegoísta, consideró Paulhan.

¡Qué bien los escuchaba! Aunque se hallaran lejos, él oía lo que comentaban y sabía qué pensaban. Pero entonces ellos también sabían lo que *él* pensaba, ¡lo que había estado pensando desde el principio, desde que los conoció! Rafael ardió de vergüenza, le daban ganas de deshacerse llorando. ¿Cómo puedo verlos a la cara si saben lo que soy? Una soberana porquería, una broma grotesca de la vida. ¡Qué vergüenza! ¡Qué vergüenza!

Rafael se encontraba llorando cuando Paulhan se le acercó. Lo abrazó.

No llores, Rafael. Vamos a la laguna. Vas a ver qué bien está allá.

Rafael asintió, mágicamente reconfortado, se limpió las lágrimas, alisó su cabello y sintió que su cabello estaba compuesto por tiras de tela pegajosa, sorbió en su nariz y se dejó guiar por Paulhan. Subieron por la arena hasta donde los aguardaba Francine, bebiendo vodka, con Gladys y Virgilio.

La luz del crepúsculo casi se había extinguido, a excepción de una llamarada que permanecía en el horizonte, en el poniente. Las nubes triangulares casi no se veían ya y en esa penumbra aumentaban las alucinaciones: una infinidad de pequeños rostros de indios por doquier.

¿Qué tal, eh? ¡Qué maravilla! ¡De rodillas, perros!, exclamó Virgilio, viendo la laguna.

La superficie del agua reflejaba apenas los últimos destellos del crepúsculo, también se veía la luna, ya más arriba en el cielo que empezaba a estrellarse, un color azul oscuro tan intenso que parecía adherirse a la piel y soplar en los oídos. Los márgenes de la laguna estaban llenos de palmeras (inclinadas), manglares, carrizales, zarzales, lirios, mantilines, pimuches, plátanos, guayabos, guanábanos, naranjos, cajeles, limoneros y paloblancos se perdían a la izquierda, al unirse con el mar, en la barra. La vegetación se contorsionaba, fantasmal, iluminada por las luces débiles del crepúsculo y por la luz blanca, cada vez más expandida, de la luna. En el fondo descendía el río de Coyuca, amplio y aparentemente inmóvil; más allá del río, a la derecha, las palmeras inclinadas se enmarañaban con los árboles hasta perderse de vista cuando la laguna se cerraba, formando el brazo de agua que conducía a Pie de la Cuesta.

Mientras Francine mantenía la vista tercamente en el suelo, dando puntapiés nerviosos a la arena. Gladys, brazicruzada se llenaba de la serenidad de la laguna, experimentaba una felicidad gentil y suspiraba sin cesar, desbordada por una sensación diáfana, lúcida. Hasta ese momento su viaje había sido fuerte, pero ella no había presentado

Your outside is in ninguna resistencia y lo había experimentado muy bien: todo la azoraba, el paisaje le había ayudado mucho y le transmitía grandes intervalos de paz, de una claridad que sólo era ensombrecida por un hilo de agitación latente, un cordel enrollado en la espina dorsal. Las cosas brillaban y vibraban con una luminosidad insólita, pero no había tenido ningún tipo de alucinación. Su mente no se aferraba a nada y a través de ella fluían las sensaciones y emociones más diversas e intensas. No se había propuesto analizar nada y sin embargo creía percibir con toda claridad el estado de ánimo de los demás. Era tanta la luz que si cerraba los ojos podía ver a través de los párpados: sus amigos, el paisaje. Abría los ojos y era lo mismo. Lo de afuera estaba dentro. Como si ella se hallara por encima, observándolos, sabiéndolos, comprendiéndolos, amándolos con tranquilidad (imperturbable). No necesitaba pensar, analizar, para saber cómo se sentía Franny o Virgilio o Paulhan o Rafael: todo se ordenaba natural, espontáneamente en su cerebro. Un gran amor hacia todos, hacia todo lo que la rodeaba. Un cariño reposado, maternal. Le entristecía mucho que Francine estuviera tan estrangulada por la tensión, pero no estaba dispuesta a hacer o decir algo para que ella se sintiera mejor: sabía que no lograría nada. Sólo ansiaba en momentos que Franny no fuera a molestarla (atormentarla): quizás a eso se debía el estremecimiento interno que, por instantes, oscurecía su serenidad.

Virgilio propuso: como prácticamente ya había oscurecido, podrían alquilar una lancha para dar la vuelta por la laguna y después, conseguir una cabañita para pasar la noche, pero del lado de Coyuca, no del lado de la barra, pues al día siguiente así podrían regresar, en un taxi, a Acapulco. Todos estuvieron de acuerdo y Virgilio sonrió ampliamente, avisó: iba a conectar al lanchero y la cabañoa y que nos preparen unos pescados, y'know, mojarras o lisas recién sacadas de la laguna, wow, y unos frijolianos prietos de poquísima que hacen aquí con su salsita supergroovy colorada y rigurosas tortillucas. ¡Maestros, qhambre tengo! Verán cómo nos va a saber a gloria el refinuco con el viaje fortalecido por unos poderosos fuetazos. Qué poco nos hemos atizapán, ¿verdad? Todavía nos queda el charro superstar tamaño rascacielos. Es queste viaje ha estado efectivísimo. ¿Verdad que están potentes las silocibinas? Blow your mind and in technicolor too!

Aw cut the *crap*, interrumpió Francine.

No te azotes que hay erizos, replicó Virgilio y echó a correr hacia la casa de pescadores más cercana, para evitar discutir con Francine.

Rafael se había tranquilizado de nuevo y veía la laguna sin parpadear, con los ojos extrañamente húmedos. Se hallaba seguro de que ellos veían a través de él como si fuese una radiografía. Pero eso no tenía importancia: ellos habían visto ya, al igual que él, un atisbo de las profundidades de su alma. Seguía viajando muy fuerte, pero sin sobresaltos. Sólo evitaba, instintivamente, ver a Francine, porque en el momento de estar frente a ella, su corazón se contraía.

¿No quieren nadar?, propuso Paulhan. El agua está rica.

Yo sí quiero, dijo Gladys. Ven Franny, vamos a nadar.

Bugger *off* old bag, masculló Francine.

Gladys se metió en la laguna con todo y vestido negro: caminó largo rato hasta que el agua le cubrió la cintura; entonces se encuclilló y metió la cabeza en el agua; y finalmente se dejó flotar con la cara al aire, y Rafael no podía dejar de verla: Gladys se veía muy bella. Dejándose llevar por el agua. O: impulsándose con los pies.

Paulhan se quitó toda la ropa y entró desnudo en el agua, pero la noche había caído y el cuerpo de Paulhan, bañado por una luz blanca, parecía el de una mujer. Mareas de emoción mordiscaban la garganta de Rafael, quien se quitó la camisa y entró en el agua. Paulhan se había echado a nadar. El agua sí estaba calientita. Hundió la cabeza y una oscuridad benéfica lo envolvió, todo cesó en su rededor, una sensación pura fundiéndolo con la oscuridad 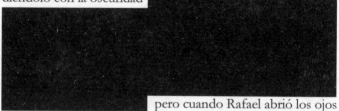 pero cuando Rafael abrió los ojos vio, en la playa de la laguna, a Virgilio con un hombre descamisado. Rafael se aterró. ¿Quién es ese hombre, qué quiere? Una nueva descarga de adrenalina que casi lo hizo caer. Gladys, Paulhan fueron a la orilla y Rafael los siguió, dejando que sus pies se enterraran en el lecho tibio, acariciador, de la laguna. Virgilio y Francine subieron en una lancha y sólo el descamisado quedó abajo, esperando: era un hombre de edad avanzada, pelo lacio, escueto, con rayas blancas, irregulares. Algunos mechones blancos en su barba crecida y muy morena. El hombre descamisado vio a Gladys acercarse a la embarcación, chorreando agua en todo su vestido negro, adherido a la piel. Paulhan, desnudo. Y Rafael con los ojos chispeantes, temerosos, escudriñando la penumbra con las pupilas enormes llenas de azoro. Los tres subieron en la lancha, cuando Virgilio decía lléguenle maeses, el maestro nos va a dar una vueltecita por la laguna.

El lanchero no dijo nada cuando vio a Paulhan ponerse el pantalón blanco y su camisa mazateca. Francine quiso decir algo pero se contuvo y sólo dedicó, a todos, una mirada de profundo desprecio.

(FINAL EN LAGUNA)

El lanchero empujó la embarcación con todo su cuerpo y luego montó en ella. Accionó la cuerda del motor fuera de borda, cuyos estornudos ensuciaron la infinidad de ruidos relajantes que se escuchaban: insectos, grillos, pájaros, las olas (lejanas), el viento penetrando en las hojas de los árboles. El motor dejó de petardear y ofreció un ronroneo casi uniforme mientras la embarcación enfilaba hacia el centro de la laguna, cuyos márgenes sólo eran siluetados por la luz de la luna llena. Gladys quiso colocarse en proa junto a Francine pero ésta masculló stay away from me wet bag gorda fofa vieja y repugnante. Rafael dejó de temblar y se puso la camisa con un hormigueo en la piel estirada. Virgilio tarareó I'm Jumpin' Jack flash it's a gas gas gas pero después cerró los labios y sólo de vez en cuando sus murmullos revelaban que dentro de su mente diversos tipos de música se sucedían, apaciguándolo.

¿Viene mucha gente en esta temporada?, preguntó Paulhan, cortés, al lanchero.

Poca.

Esta laguna debería estar llena de visitantes, es muy hermosa, ¿no cree?

El lanchero asintió.

¿En invierno no viene más gente?

No.

La vez anterior que vine aquí a la Barra me pareció ver más visitantes. Bueno, era domingo.

Ah.

Paulhan titubeó antes de preguntar:

¿Usted pesca también?

Sí.

Todos guardaron silencio. La embarcación avanzaba sobre el agua quieta, creando unas ligeras ondulaciones, hacia el río de Coyuca. La vegetación apenas podía distinguirse y la luz, parca, permitía la sucesión de pequeñas alucinaciones inofensivas: puntos de luz que cambiaban de lugar, agujeros de mayor oscuridad subrayando la penumbra, movimientos elásticos de los árboles y las palmeras (inclinadas) en los ojos de los cinco. It's a gas gas.

A media laguna, Francine se desesperó: necesitaba hablar, pero no quería hacerlo pues ellos no merecían los honores de su agresión. Los despreciaba profundamente y esa sensación la sobresaltaba, la obligaba a cruzar los brazos para descruzarlos en el acto, buscar otra posición en la banca dura de la embarcación, tronarse los dedos, menear la cabeza hacia ambos lados, rehuir la vegetación oscura porque ya no había alucinaciones *inofensivas* sino trazos de caras grotescas, desdentadas; manos huesudas (¡como las suyas!) emergiendo del mar para llevársela. ¡No me quiero ir! Imposible estar en paz, incluyendo a ese lanchero estúpido indio repugnante que ni siquiera tenía el pudor de protestar porque sus clientes (ellos) estaban tan *notoriamente* drogados (estúpido lanchero); en especial *Rafael*: parecía zombi caripendejo & ojistúpido. Desde momentos antes, cuando Gladys, Paulhan y Rafael nadaban, Francine quería fumar más mariguana, aunque, al mismo tiempo, la sola idea la *aterrorizaba*. Tenía que hacer algo y pronto, pero qué: una situación que debe cambiar, debe transformarse o infortunio será el resultado. De otra manera el galope de ruidos, en crescendo, del ambiente la iba a enloquecer. Ya no soportaba a los *grillos*, a las olas, al viento en las palmeras y en los plátanos, porque producían esos sonidos tan dolorosos, tan distorsionados y agudos, tan agresivos. ¿Y para qué? Para *perderla*, para enloquecerla, para hacer que ella, ¡Francine!, perdie-

274

ra la onda, no supiese qué sucedía, ¡y eso no podía ser! Ella era *superior* a los demás. Cuerpotenso-temblando: trepidó con fuerza, con alevosía, con gran poder, y Francine a duras penas logró evitar que su voz no surgiera demasiado vieja, torturada por el terror y la angustia:

¡Bueno! ¡Suficiente! A ver tú | ppppinche puto asqueroso, prende el *Marijuana's* Special.

Francine acentuó la palabra marijuana y aguzó los ojillos en dirección del lanchero, para detectar su expresión. Sin embargo, el lanchero no se inmutó.

Wow! Muy buen patín, it's now or never, consintió Virgilio. ¿Van a quedar más, Paulhan?

Dos, de tamaño normal.

Paulhan recogió el cigarro de treinta centímetros de mariguana, encontró los cerillos y encendió. Su rostro resplandeció con un tono maligno, rojizo. Fumó largamente durante siete ocasiones hasta que un ligero tambaleo le indicó que pasara el cigarro. Lo ofreció a Virgilio.

¡Ah no! Rien dça!, protestó Francine con un tono chillón en su voz que asustó a los demás. ¡Que fume Rafael! ¡Y el pinche lanchero también!

Paulhan sonrió al lanchero, quien no le reciprocó la sonrisa. Dio el cigarro a Rafael, y Rafael lo tomó con una vaga aprensión meciéndose en el fondo de su mente.

¡Fuma, pendejo!, indicó Francine.

Rafael buscó la mirada (la autorización) de Paulhan, pero éste, por primera vez, parecía hallarse un poco tenso, con los ojos inexpresivos fijos en el agua. Rafael fumó y con cada chupada lo fue penetrando un frío glacial que lo congeló, lo paralizó, al grado de que el mecanismo que llevaba el cigarro a su boca cesó, se desprogramó.

Virgilio reparó en que Rafael se había estatuado y recogió el cigarro. Cómper hijín, dijo. Wow! Here we go again! On the road de nuez. Fumó aspirando profundamente, con expresiones de placer absoluto. Expandía su pecho, con los pulmones llenos, y hasta la cara se le restiraba. Después exhalaba a través de la nariz pero ya no salía humo: lo había tragado todo.

Francine lo miraba ansiosamente, llena de inquietud. Colores exorcizantes en su rededor. Llena de una energía tan fuerte que no lograba encontrar salida y sólo podía (Francine creía) sepultarse con la mariguana.

¡Bueno, *ya*!, dijo Francine y su voz le pareció llena de reverberaciones ondulantes, altibajos de volumen. ¡Dame el toque!

Ya le va profesora, no hay dope, replicó Virgilio ofreciéndole el cigarro respetuosamente.

Francine lo arrebató y fumó con avidez (desesperación). En un principio experimentó cierta calma cuando el humo la penetró, pero después de fumar vigorosamente durante varios minutos (el cigarro ya se hallaba a la mitad) se llenó de mayor inquietud la oscuridad parecía sólida, casi podía tocarla, sentirla, adivinarla agruparla en grandes bloques. Cercándola. Estuvo a punto de gritar pero lo advirtió y sólo pasó el cigarro a Gladys, quien lo tomó con absoluta tranquilidad, lo oprimió un poco en la punta, para remover la resina, y fumó sin aspavientos, como si se tratara de tabaco muy común y corriente. Fumó muchísimo y redujo el cigarro al tamaño de uno habitual. Hasta entonces se estiró, no sin cierto bamboleo de la lancha, y lo regresó a Paulhan.

¡Que fume el lanchero!, exigió Francine, ¡que se ponga hasta el culo también!

Todos miraron al lanchero, pero él continuó impasible.

¿No quiere llegarle?, dijo Francine, aferrándose a los bordes de la embarcación. No se haga de la boca chiquita, viejo hipócrita, culero. A todos ustedes nacos les gusta la mariguana, todos la trafican.

Dilerean, corrigió Paulhan, con los ojos muy abiertos.

Habían llegado a la boca del río de Coyuca y enfilaron hacia una orilla.

Fume viejo cabrón, insistió Francine con un ligero temblor en la voz. Póngase calientito con la tamo y le juro que después le doy las nalgas para que sepa lo que es coger con una mujer verdadera, *blanca*. Y no con las indias podridas pestilentes con que vive.

Chale Francine, intervino Virgilio, cálmate, ¿no?

¿Que me cal-me? Si estoy calmadísima. Ustedes son los que se están azotando tan duro que no pueden ni hablar.

Paulhan pasó el cigarro a Rafael.

Qui sait ne parle pas, qui parle ne sait pas.

Fuck you, puto feo. Palabra de honor que no aguantan nada. Hasta el pinche lanchero está más entero, y eso que ya debe de estar rozando el *siglo*, ¿verdad, viejito?

No se mueva tanto, advirtió el lanchero, o se va a volcar la lancha.

¡No se salga del tema, ancianito! A ver didígame, ¿todavía se le para la verga? Se me hace que sí, en cada eclipse de *sol*.

Oh boy, musitó Virgilio, recibiendo el cigarro que Rafael (como zombi) le pasara.

Qué original eres, dijo Gladys. Tu repertorio de conversación es *variadísimo*.

Y tu culo está stinkísimo, gorda fofa y repugnante. Y mejor sigue callada, temblando, como *moribunda*.

Oh shut up, replicó Gladys, inquieta. Vio a Paulhan, para comprobar si ya había terminado de fumar.

Paulhan dio el cigarro a Rafael, pero Rafael ya no se hallaba allí, sus ojos vacíos, con un ligero centelleo de terror. Se hallaba rígido, con la espalda inmóvil, respirando acompasadamente con el vientre como fuelle. Paulhan cedió el cigarro, ya muy disminuido, a Virgilio, pero Gladys lo pidió, casi temblando.

Pásenmelo a mí,
y lo recogió. Fumó apresuradamente. Por primera vez en el viaje todo se descomponía, la tranquilidad se desvaneció. Quizá se debiera a la oscuridad de la noche, o a que Francine había vuelto a molestarla. Con cada fumada las tinieblas se

intensificaban, se llenaban de puntos polvosos, como agujeros en la penumbra. El ruido del motor fuera de borda estaba
aguijonándola, pero ella seguía fumando, sin evitar la impresión de que se veía grotesca, con la cabellera erizada, con un
brillo en la cara que la hacía verse lustrosa, llena de grasa. Cada
vez que llevaba el cigarro a la boca su mente parecía estar lejos,
como si no le perteneciera. La mano en un nivel de realidad
distinto al de su mente. Los ruidos del motor fuera de borda
empezaron a salir de su propia cabeza y Gladys tembló, aterrada. Dio el cigarro a Virgilio, quien se volvió hacia ella, tratando de sonreír.

Dáselo a Francine, para ver si siente *algo*.

¡Dénmelo!, proclamó Francine, ¡y prendan otro! Tomó el
cigarro sabiendo que sus labios temblaban incontrolablemente. Apretó la boca para evitar el temblor, pero sus mandíbu-
las empezaron a sacudirse. Creyó que todos la miraban, no le
quitaban la vista, estúpidos, y la verdad es que todos veían
otros puntos, preocupados por otras cosas. Francine sonrió
nerviosamente y fumó muy poquito. Sin embargo, fingió que
aspiraba a todo pulmón; incluso expandió el pecho como si
lo tuviera lleno de humo. Volvió a fumar de la misma forma y
deslizó una mirada oblicua (ojos entrecerrados) a los demás,
y después dio el cigarro a Virgilio. Yo ya fumé, para que aprendan. Ahora llégale tu collón. Virgilio sonrió débilmente. This
bird has flown, dijo. Él también se encontraba distinto. Su
cuerpo se resquebrajaba por completo. Ya no quería fumar
pero no tuvo el valor de explicar perdónenme pero yo ya no
puedo más, sino que tomó la colilla y observó: un pequeño
cilindro de nitroglicerina, hasta que comprendió de qué se trataba. Fumó una vez más y en su interior algo se cuarteó y en
la oscuridad de la laguna surgieron flashazos de luz externa,
extraña como unos relámpagos que nunca hubiera podido
concebir. Volvió a fumar y supo que ya no iba a poder aguantar más, aunque lo intentase; ofreció el cigarro a Gladys pero
ella no se dio cuenta: tenía la vista fija en el piso charcoso de

la embarcación. Virgilio tendió entonces la colilla a Paulhan, pero él negó con la cabeza, haciendo un verdadero esfuerzo. No gracias, ya estoy stoned. Virgilio no supo qué hacer con la colilla, le estaba quemando los dedos y sin advertirlo la dejó caer en el piso, donde se apagó inmediatamente. La lancha se estaba meneando. Virgilio pensó ya no puedo ni hablar tengo que permanecer muy quietecito en lo que pasa esta onda gruesísima. Quietecito, dejándose llevar. Si se movía o si hablaba ocurriría una catástrofe. Impregnado de un terror total, experimentando cómo su cuerpo se desquebrajaba, caía. Se desplomaron los alveolos pulmonares y se desprendió el páncreas y se desarticularon las costillas. ¡Quietecito, para que no se caiga el corazón! Desplazó la mirada y vio a Francine con una cara espantosa, más vieja que nunca, absolutamente desencajada, con los ojos entrecerrados y hundidos en las cuencas. Se está muriendo, pensó Virgilio. Todos nos vamos a morir. Su mirada pasó a Gladys, quien seguía carinclinada, respirando profundamente, con los puños apretados, tensos todos los músculos. Paulhan se había recostado, apoyando su pelo despeinado en el borde de la lancha, los ojos fijos en el firmamento donde las estrellas inventaban trayectos dolorosos. Y Rafael inmóvil, con la espalda rígida, respirando acompasadamente, con el vientre como fuelle. Nos estamos muriendo. Hacía siglos que Virgilio no se ponía *así*, ni en los primeros viajes. Todo su cuerpo lleno de oscuridad: No: el cuerpo ya no existía, sólo había un espacio profundamente negro donde centelleaban pequeñas estrellas que giraban desordenadamente en unas órbitas absurdas (dolorosas). La oscuridad se abría en momentos y Paulhan contemplaba una pared bañada por el sol, prado mullido a sus pies, y rostros radiantes, jovencitos pelirrubios, hermosos, mirándolo incriminatoriamente. La oscuridad regresaba y de nuevo no había cuerpo, sólo oscuridad y estrellas locas, danzando irracionalmente, fuera de sus trayectorias; y sobre su cabeza, o sobre su conciencia, más allá del campo de visión se insinuaba el círculo blanco, impasible, de la luna con sus jeroglíficos indescifrables. Paulhan respiraba agitada, profundamente, contando (sin poder evitarlo) cien doscientos trescientos cuatrocientos quinientos seiscientos setecientos, al inhalar; y setecientos seiscientos quinientos cuatrocientos trescientos doscientos cien, al exhalar. Eso calma mucho, ¿verdad, Rafael? La pared soleada con el prado mullido ¡una esquina del Villa Vera *Racket* Club!, eso no calma mucho, ¿verdad, Paulhan? Paulhan se arrepintió de no haber fumado más mariguana, pues en ese momento se hallaba *en el borde*: no perdía la conciencia pero tampoco la poseía. Su mente se desconectaba durante segundos: no podía pensar————se iba y era entonces cuando todo –arriba, abajo y a los lados– se convertía en firmamento negrísimo donde las estrellas se obnubilaban. Con un poco más de mariguana se habría desconectado del todo –como Rafael– y no existiría ese terror. Nada más habría un azoro infinito hacia todo (como Rafael). Y en su bolsillo tenía más mariguana, pero no podía extraer el control para ordenar a su mano que tomara los cigarros restantes, ¡qué *lástima*! Paulhan habría querido fumar más y morir, hundirse en la nada (la oscuridad) para regresar refrescado, revigorizado, purificado, iluminado: como iba a regresar *Rafael*. ¿Y si no regresara? Anyway, Paulhan no moría, caminaba por una barda (altísima) rodeada de firmamento: ni en un lado ni en el otro. Sin darse cuenta empezó a repetir más allá más allá más allá del más allá. Al repetir la frase advirtió que aparecía un puntito de luz cegadora en el cielo, y Paulhan siguió repitiendo la misma frase con la esperanza de que esa apertura, esa rendija de *The higher you fly* luz, se convirtiera en un torrente luminoso que lo envolviese, lo trascendiera, lo llenara de fuerza y regocijo. Un manantial interminable de luz, luz clara llenando toda la oscuridad pero *qué oscuridad*, se dijo Gladys, es insoportable, no voy a poder aguantar más: el petardeo más o menos uniforme del motor fuera de borda se había sincronizado con los latidos desordenados del corazón de Gladys, qué pena descubrir que ni siquiera su corazón latía con ritmo propio. Qué oscuridad engullendo todo, tragándose la laguna de Coyuca, su vegetación y sus embarcaciones. Esto *era* el paraíso, ¿cómo se transformó en este infierno? Corazón agrietándose. Eso era peor que Montego Bay, que la Condesa en la mañana. No iba a poder aguantarlo, tarde o temprano todo se acabaría. Desde antes intuyó que no debía de viajar: ése no era el día adecuado; pero el viaje había estado muy *bien* hasta ese momento: fuerte pero lleno de paz, de luz. Sólo hasta el momento en que la noche se desplomó y en que volvió a fumar mariguana, todo se descompuso. No debió de fumar mariguana es el diablo me persigue con su imagen fosforescente la laguna bajo los rayos de la luna suspendida en el cielo solidificándose en momentos como éstos ya no los voy a aguantar. Ni Montego Bay. Cuando fumaron mariguana viendo la puesta de sol resultó distinto porque el espectáculo los condujo, se integraron en él, fue la unión perfecta, se desconectaron, no existió nada más que la grandeza, la solemnidad, la majestuosidad del fuego en el cielo: en ese momento, en cambio, todo era oscuridad solidificándose, agresiva. ¡No iba a poder aguantarlo! ¡Ojalá todos continuaran *callados*!

Francine sintió una sacudida que le desorbitó los ojos. ¡Basta!, pensó, ¡hay que hacer algo!

¡Aliviánense, carajo!, chilló Francine, temblando. ¿Por qué se quedan como *muertos*? ¿Para que yo me sienta muerta? ¡Están muy equivocados, ya descubrí su jueguito, su *complot*!

Gladys cerró los ojos con fuerza repitiéndose no pasa nada no pasa nada no pasa nada pasa. Francine buscó atropelladamente la botella de vodka en el piso de la lancha. Sus dedos chapotearon en el agua encharcada y la sensación fue repulsiva: una sustancia gelatinosa, aceitosa. Encontró la botella y bebió el resto de vodka y no sintió nada. Tiró la botella al agua, con fuerza.

¡No estén como muertos!, repitió Francine, ¡no aguantan nada! ¡Cotorreen, *ya*!

Nadie respondió y Francine sintió que se ahogaba.

What a bore you are, for Pete's sake, you're drowning me!

Paul se volvió hacia Francine, quiso hablar pero su voz no salió y los ojos se le humedecieron. Francine: el diablo más viejo del infierno. Dejó de mirarla en el acto. Francine lo advirtió.

¡Chinga tu puto madre! ¡Eres un taron! ¿Por qué no se la mamas a tu novio Virgilio?

Paulhan suspiró, respiró profundamente y contó cien doscientos trescientos cuatrocientos |

¡Hagan algo! ¡Hagan *algo*!, insistió Francine. ¡Les juro que parecen muertos!

Gladys continuaba repitiéndose todo pasa todo pasa nada pasa.

¡Y tú, gorda fofugnante! ¡Dime algo! ¡Aliviánate! ¡Ya vámonos de aquí Gladys, con McMathers, a beber Cutty Sark! ¡Gladys! ¡Contéstame, por favor!

Gladys apretó los ojos con fuerza.

¡Respóndeme, gordasquerosa! ¡Hazme atención o te asesino! ¿Estás ya a punto de revolcarte, de contorsionarte, de morder la *sábana*?

Gladys sintió que no podía controlarse más y mordió sus labios con tanta fuerza que una gota de sangre salió.

¡Estás muerta! ¡*Parece* que estás muerta ya! ¡Gladys! ¡Contéstame!

Gladys se sacudió y alzó la vista: toda la oscuridad centelleante comenzó a caerle encima.

¡Basta ya, Francine! ¡Francine! ¡Ya! ¡Cállate!

Francine se llenó de una alegría inmensa.

¡No me callo, vieja gorda y fea y fea! ¡No porque tú estés a punto de morirte de anciana y degenerada yo voy a *acompañarte*!

¡Por favor Francine, ya *cállate*!

¿Te estás volviendo loca, corazoncito? No olvides que ya estabas loca desde Montego Bay, ¿qué crees que eso significó? Que se te fue la onda, azúcar, ¡te fuiste al otro *lado*! ¡Estás loquita!

¡Ya, Francine ya!

¡Loquita, loquita, crazy nut!

¡Por favor |

Nutty old bag loquita gordita

¡cállate! ¡cá |

¡Siempre has estado off your rocker baby, loquita, loquita!

¡*Tú*, tú eres la que se volvió loca!

¡Loca! ¡Loca! ¡Loca!

Gladys se llevó las manos a la cabeza y la oprimió con fuerza. Durante unos segundos pareció que todo se había paralizado, se había detenido, petrificado, pero después, de su garganta irrumpió un chillido gutural, espinoso. Francine palideció, se alarmó,

pero Gladys continuó emitiendo el chillido prolongado, como nota sostenida de oscilador: salía desde lo más profundo de su interior, desde sus vísceras, hasta que culminó en un matiz más agudo, desnudo, que sobresaltó a todos y reverberó en la laguna (oscura).

Se hallaban muy cerca de una orilla y Gladys dio un salto agilísimo, insólito a su edad: los pies salpicaron en el agua y Gladys se perdió en la oscuridad,

con las manos en la cabeza,

desapareció,

ya no se le veía——————Todos se habían incorporado a medias pero volvieron a recostarse ya que en la oscuridad sólo había ondulaciones de luz tenue. Nada de Gladys. Pero su chillido gutural aún permanecía en el aire.

¿Esperamos a la señora?, preguntó el lanchero.

Francine estaba lívida, boquiabierta.

¿Vamos a esperar a la señora?

Gladys huía de ella, de Francine: para revolcarse en el suelo, para contorsionarse sola, a gusto, sin que nadie la viera con su vestido mojado, mordiendo su chal (negro). O para descansar al recorrer, sola, la vegetación; para encontrarse a sí misma en la infinidad del universo.

¿Esperamos a la señora?

Don't fuck, you sucker!, gritó Francine, ¡no esperamos a nadie, a nadie! ¡Que se muera!

El lanchero había apagado el motor de la lancha y lo volvió a encender. El petardeo hizo que todos los sonidos de la noche aumentaran de volumen. La embarcación volvió a enfilar hacia el centro del río. Francine no pudo más y se puso de pie, quiso ver hacia la orilla. Nada, salvo la oscuridad (gelatinosa). El terror fue ascendiendo, desde la punta de los pies hasta sus cabellos. Quería llorar y no voy a llorar por nada del mundo. Las lágrimas empezaron a fluir por sus mejillas, incontenibles. En la lancha, Paulhan, Virgilio y Rafael se hallaban quietecitos, en silencio. ¿Y Gladys? ¿Dónde está Gladys? ¡No puede abandonarme, dejarme morir en este infierno!

No se mueva señora, recomendó el lanchero. O se va a volcar la lancha.

Francine se volvió al lanchero y lo descubrió impasible, ajeno, entre las tinieblas, sugerido por la penumbra alucinante de la luna. Francine creyó que le introducían un cincel en la cabeza y tuvo que cubrir su cráneo con las manos. A punto de desplomarse. La lancha se meneaba.

Señora. Nos vamos a volcar.

¡Cállate! ¡Cállate!, logró pensar Francine sin abrir la boca. No pudo resistir más y pegó un salto, con las manos en la cabeza. El agua estaba poco profunda y Francine sólo se horrorizó al ver que sus pies se hundían en la arena viscosa del lecho de la laguna. Sus pantalones blancos se adherían a su piel como ventosas, le chupaban la vida. ¿Qué estaba haciendo en el agua? ¿Por qué había saltado? ¡Tenía que encontrar a Gladys! ¡Gladys la necesitaba! ¡Gladys se encontraba en algún rincón de la oscuridad! Francine echó a caminar hacia un islote. El lanchero cambió la dirección y la siguió, lentamente————
————————Paulhan, Virgilio y Rafael quietecitos, sin poder articular ninguna palabra, ninguna frase, ni siquiera: ahora somos cuatro, que fue lo que pensó Paulhan inesperadamente. Francine apenas podía caminar, cada paso le costaba enormes

esfuerzos, toda su voluntad. Y resultaba muy difícil caminar porque en esa laguna no había agua, sino aceite hirviendo. Con toda claridad Francine veía las burbujas negras que se alzaban a causa de la ebullición. Eso era lo más deplorable del mundo, el aceite era viscoso, repugnante, incineraba las piernas, las corroía. Francine quiso gritar alarmada, pero no pudo, sólo se descubrió *corriendo*, asombrada, pasmada, sin advertirlo, hacia el islote, para huir de ese aceite hirviendo que la iba a consumir. El aceite era tan pesado que Francine podía moverse a duras penas. Bajo sus pies tenía arenas movedizas, tragándola, por eso era tan difícil avanzar, sacar los tobillos del lecho de la laguna. Quería llorar, gritar, pedir perdón, pedir ayuda, encontrar a Gladys, ¿qué Gladys?, ¿quién era Gladys?, huir, salir de allí.

Francine llegó, jadeante, al islote, y salió del agua con un estremecimiento. La lancha llegó tras ella y atracó nuevamente en la orilla. Paulhan y Virgilio apenas se dieron cuenta. Los dos se hallaban luchando una batalla de vida o muerte. Ya iba a pasar, todo consistía en quedarse quietos, aunque los acosara la convicción que de ésa no iban a salir, a escapar jamás. Siempre se regresa de los viajes, pero no de ése, nunca antes habían llegado a semejante nivel y por eso creían que ignoraban que cuando se llega allí no hay escapatoria. Pero se repetían, con toda su esperanza, no no ésta es pura paranoia siempre se regresa todo pasa todo cambia nada cambia nada pasa——————Y Rafael no pensaba Rafael no existía lo habían aniquilado pero quienquiera que estuviese pensando dentro de él advertía que su despertar fue tan

Cognitio sui ipsius

violento (implacable) que Rafael se había vaciado se había convertido en oscuridad respirando acompasadamente con el vientre como fuelle y silencio total y dónde estaba quizás había muerto al fin las tinieblas se fueron despejando hasta volverse algo gris y luego una luz clarísima calcinante y Rafael volvió a sentir su cuerpo apenas sacudido por algo que podía considerarse regocijo pero su cuerpo cesó nuevamente y algo en Rafael supo que volvía la nada lo gris y después la luz clara pero hasta la luz clara se fue se fue todo integrado en la totalidad

y después sólo ocurrió un chorro, un manantial de luz clara, luz blanca, cegadora, vibrante, calcinante: llegaba en oleadas e hizo que todo se fundiera en esa luz, en las olas luminosas, en la radiancia absoluta donde nada existía y al mismo tiempo existía todo integrado en la unidad perfecta, en la totalidad

                              y en el rostro de Rafael sólo res-
plandecía una sonrisa de sublimación————————————
————————exaltación————————————————

―――――――Salir y entrar sin error.
Hacia delante y hacia atrás va el camino.
En el séptimo día viene el regreso.
Es favorable tener a donde ir―――――――

―――――――Francine se hallaba rodeada de árboles y palmeras que no tenían sentido, tan sólo poseía una energía que amenazaba desmenuzarla, aniquilarla. Nada tenía sentido, no había orden; la rodeaba el caos más estruendoso. Ningún vestigio de realidad. ¿Cuál es la realidad? Francine tenía la piel a punto de hacer erupción: temblaba espasmódicamente. Su estómago se descompuso y de repente se dio cuenta de que se hallaba recargada en un árbol, vomitando. Observó, aterrada, cómo de su interior surgían chorros de colores agresivos, se descolgaban zapatos sin agujeros, pedazos de alambre, clavos, anillos, vasos de baccarat, candiles, lunas (llenas). Terminó de vomitar y el temblor no cesó. Se alejó de ese árbol con las piernas consumidas, hundiéndose en la tierra húmeda. Por último, del caos de su mente emergió la idea de que todo eso ocurría porque ya no comprendía nada; no sabía quién era, dónde se hallaba, qué le habían dado, qué significaban esas alucinaciones promovidas por todos sus sentidos. Hasta el momento en que saltó de la lancha aún podía coordinar, sabía qué sucedía, pero después ya no. Sin poderlo evitar, movida por una orden extraña, cayó en el suelo y se revolcó, tragó tierra húmeda y yerbas frescas. Tenía que saber qué estaba sucediendo. Empezó a contorsionarse hasta que la sensación fue tan terrible que tuvo que morderse un brazo con todas sus fuerzas, hincando sus dientes (postizos) con todo su vigor. No sintió nada y sólo descubrió que estaba gritando:

¡Qué sucedió! ¡Qué sucedió! ¡Yo sabía y ahora ya no sé! ¡Ya no sé! ¡Alguien tiene que decirme qué está sucediendo!

Francine se levantó con rapidez extraordinaria, con elasticidad casi mecánica, los ojos desorbitados, llenos de lágrimas, revueltos. Corrió hasta la lancha. Subió en ella, entre tumbos, y tropezó con Virgilio, quien se hallaba acostado en el suelo, entre el agua, con los brazos apretando sus piernas, casi en una posición fetal. Francine lo reconoció, después de mirarlo largamente, pero no supo quién era. De cualquier forma, tomó a Virgilio de los hombros y lo sacudió.

¡Tú sabes! ¡Tú sabes! ¡Dime qué está sucediendo! ¡Dime!

Virgilio alzó la cara, sus ojos acuosos, y miró a Francine, con luces demoniacas en sus facciones.

Chale Fran no chingues, ¿no ves que este patín está *gruesísimo*?

Francine dejó a Virgilio, llorando sin sentir que lloraba, y fue hasta Rafael, quien continuaba inmóvil, con la espalda rígida, respirando acompasadamente con el vientre como fuelle, ojivacío. Francine lo miró, hasta que las facciones de Rafael cesaron de moverse y se integraron en una quietud relativa.

¡Ya no sé qué sucede! ¡Siempre había sabido! ¡Se me fue! Gone! ¡Explícame por favor! ¡Ayúdame! ¡Dime qué está ocurriendo!

Rafael no la escuchó: continuó inmóvil, con los ojos fijos más allá de la oscuridad, en montes y olas de luz envolviéndolo. Francine lo dejó por la paz, después de mirarlo largamente. Vio a Paulhan y sí supo quién era. Se alegró por unos instantes y se llenó de esperanza.

Paulhan, my dear, Paulhan tú sí sabes, siempre has sabido y me vas a decir, ¿verdad?, ¿verdad? Por favor, Paulhan. Please...

Paulhan hizo un esfuerzo inaudito y tuvo un calosfrío al escuchar su voz:

Yo no sé nada Franny, nunca he sabido nada, te lo juro, perdóname,

y no pudo decir más; tan sólo pudo reunir fuerza para sonreír a Francine con todo el amor posible. Pero Francine no lo advirtió,

dentro de ella había un campo minado que ya había empezado a explotar. Finalmente reparó en el lanchero: un hombre viejo, delgado, muy moreno, con cabellos blancos y absoluta impasibilidad. En la popa de la lancha, fumando al parecer ajeno a todo. Francine lo percibió tan distinto que su esperanza volvió a agitarse.

Tú sí, tú sí, no me digas que no. Yo sé que tú sabes, tell me what's goin' on, explícamelo por favor, why can't I understand anything! Tú sabes tú sabes, tú eres diferente, eres mejor, eres mucho mejor, ¡tú sabes! And you got to tell me! Tell me! Please! Por favor por favor, I don't wanna die without knowing, I'm going to die if I don't know! ¡Por *favor*!

El lanchero exhaló el humo lentamente, mirando a Francine con aire de extrañeza. Vio hacia arriba: la bóveda celeste casi negra sembrada de estrellas luminosas; la luna llena blanca, ya más arriba. El lanchero respondió:

Yo creo que mejor nos regresamos. Se está haciendo tarde.

Octubre, 1970/julio 27, 1971/abril 30, 1972.
Colonia Roma, cárcel de Lecumberri y colonia del Valle, D.F.

OTROS TÍTULOS
DE LA BIBLIOTECA

Se está haciendo tarde de José Agustín
se terminó de imprimir en octubre de 2022
en los talleres de
Impresora Tauro, S.A. de C.V.
Av. Año de Juárez 343, col. Granjas San Antonio,
Ciudad de México